孔庆东解读鲁迅小说

重来故鬼

解读鲁迅《故事新编》

孔庆东 著

北京大学出版社
PEKING UNIVERSITY PRESS

图书在版编目(CIP)数据

重来故鬼：解读鲁迅《故事新编》/ 孔庆东著 . — 北京：北京大学出版社，2023.1
ISBN 978-7-301-33589-5

Ⅰ.①重… Ⅱ.①孔… Ⅲ.①鲁迅小说 – 小说研究 Ⅳ.① I210.97

中国版本图书馆 CIP 数据核字(2022) 第 210186 号

封面插画：画家　颜铁良

书　名	重来故鬼：解读鲁迅《故事新编》 CHONGLAI GUGUI: JIEDU LU XUN《GUSHI XINBIAN》
著作责任者	孔庆东 著
责任编辑	李书雅
标准书号	ISBN 978-7-301-33589-5
出版发行	北京大学出版社
地　址	北京市海淀区成府路205号　100871
网　址	http://www.pup.cn　新浪微博：@北京大学出版社 @培文图书
电子信箱	pkupw@qq.com
电　话	邮购部010-62752015　发行部010-62750672　编辑部010-62750112
印　刷　者	天津光之彩印刷有限公司
经　销　者	新华书店
	660 毫米 × 960 毫米　16 开本　23 印张　306 千字 2023 年 1 月第 1 版　2023 年 7 月第 2 次印刷
定　价	79.00元

未经许可，不得以任何方式复制或抄袭本书之部分或全部内容。
版权所有，侵权必究
举报电话：010-62752024　电子信箱：fd@pup.pku.edu.cn
图书如有印装质量问题，请与出版部联系，电话：010-62756370

目录

1 　不周山下红旗乱 ——《补天》

38 　英雄的乌鸦炸酱面 ——《奔月》（上）

71 　老爷吃一盘辣子鸡 ——《奔月》（下）

106 　群体免疫和乌头考证 ——《理水》（上）

136 　不懂莎士比亚的杀千刀 ——《理水》（下）

168 　隐士的悲喜剧 ——《采薇》

208 　黑色的孤独与复仇 ——《铸剑》（上）

243 　什么是孤独 ——《铸剑》（下）

256 　孔子的一团剑花 ——《出关》

286 　攻与不攻的故事 ——《非攻》

324 　做神也不必迂腐 ——《起死》

不周山下红旗乱

——《补天》

同学们好,很高兴跟大家度过2014年最后的一天。今天本人很高兴,中午和我们学校领导一起吃的饭,下午和亲爱的同学们见个面。一个当老师的,这样度过一年的最后一天是很幸福的,这也寓意着明年可能会大吉。

这个学期我跟大家一起学习了鲁迅四篇《呐喊》里面的小说,四篇《彷徨》中的小说,我们最后还要讲四篇《故事新编》中的小说。虽然我有意挑选的都是鲁迅相对不太重要的作品,以此来显示鲁迅——雄鹰飞得低的时候,也依然雄壮。但是我依然在最后一次,选择了一篇《补天》。《补天》本身具有很特殊的意义。因为这篇《补天》,我们现在是把它收在鲁迅《故事新编》这部小说集里面了,可是这篇小说原本在《呐喊》里面。大家要这样去想,它本身具有复杂性,原来是收在《呐喊》中的,也就是说它在《呐喊》中也就那么回事,它具有呐喊的性质。鲁迅既然把它放在《呐喊》中,它就有放在《呐喊》中的道理,也就是说

《补天》里面有呐喊。可是后来鲁迅因为别的原因，又把它拿出来了，放在《故事新编》里，后来又写了七篇小说放在《故事新编》里，那七篇小说是受《补天》的启发，用鲁迅自己的话说，"一发而不可收"（《呐喊·自序》）。

而不用鲁迅写《补天》，"补天"这两个字，已经成为我们中华民族一个固定的词。我们经常会说补天，"无才可去补苍天，枉入红尘若许年"（曹雪芹《红楼梦》），我们说补天说惯了。当然我们可以加上"女娲"，不加女娲我们自己也会说补天，大家可以说"我可没有那补天的本事"。那补天是什么意思呢？补天这个概念本身，就是非常中华的。我跟外国朋友交往很少，我不知道怎么跟外国朋友讲补天这个事，你要讲这事好像很麻烦，得先给他说古代有个天，天漏了，后来我们中国就出了一个女汉子，把天补上了。这事外国人听了一定很奇怪，会说你看中国人多么不科学，多么愚昧，这就成为我们不讲民主与科学的一个罪证。所以你先要了解中国文化，在中国文化系统中理解什么叫"天"，中国说的这个"天"是什么。

首先要想古代真的发生过这个事没有。做学问为什么麻烦呢？做学问就是字字要落实。古代是不是臭氧层被破坏过，然后有一批非常了不起的科学家想了一些什么办法，把臭氧层给补上了，我们才山清水秀？这是从一种自然科学的角度来考虑问题。还可以超越科学，说这个天啊，不是我们说的臭氧层，不是大气层，天可能是别的东西。发生一件大事，我们中国人经常说："了不得了，天塌了。"比如过去家里的老公死了，妻子就会说："天啊，天塌了，我可怎么办啊？"老公死了叫天塌了，或者这个家的家长死了叫天塌了，"我可受不了"。这个天显然不是臭氧层，不是大气层。按古人的说法，天可能就是"天宇"，而"宇"就是房子，所以有人说补天其实就是补房子，房子漏了把房子补上。房子有麻烦了，它是皇帝的宫殿还是百姓的住宅？所以补天这个事，本身就寓意很多。

而补天这个人到底是谁，这个人承载的信息做何阐释，这又是人类学、历史学、考古学的一个大问题。我们现在历史学界还在进行夏商周断代工程，即使整个工程基本告竣，仍然不能解决女娲、伏羲那些事。严格地说，可考证的历史我们中国不是最远的，最远的据说是埃及那边、巴比伦那边，那这些存在于神话传说中的故事，我们如何理解？这些故事如何进入我们现代人的思维，而我们现在为什么还能用？鲁迅抓住补天二字，要做什么文章？

我们知道《故事新编》里面的小说多数是后来写的，只有这篇《补天》是写于《呐喊》时期，鲁迅在《呐喊》时期就写了这样一篇历史小说，与众不同的、特别另类的历史小说。因为有了《补天》，所以我们不能把《故事新编》完全和《呐喊》《彷徨》断裂开来看待，把它们对立起来看待，不，鲁迅的思想是一以贯之的。假如他不再写《故事新编》其他那些小说，单一篇《补天》放在《呐喊》里不动，或者后来我们找到了这么一篇小说，我们恐怕要用研究《故事新编》整体的精力来研究这篇小说。当然我们上课不是做学问，我们还是按照我们以往细读的原则，来逐段地欣赏这篇小说。

我们先来看看这篇小说的版本问题，这个版本有一个周折。这篇小说最初发表于1922年12月1日。大家算一下，也是现在这个季节，发表在北京《晨报四周纪念增刊》上，1922年就发表了。发表时原名叫《不周山》，不叫《补天》。我们会想起毛主席的诗词里提到过"不周山"——"不周山下红旗乱"（《渔家傲·反第一次大"围剿"》），毛主席很喜欢不周山这个意象，不周山意味着革命，跟革命是有关系的。《不周山》曾经收入《呐喊》，原来《呐喊》里面是有《不周山》的，一直印，印了十二次都有《不周山》。可是到1930年1月的时候《呐喊》第十三次印刷——

《呐喊》给鲁迅挣了很多钱，到1930年就印了十三次了——作者将此篇抽去，不是检查人员给删掉的，鲁迅自己删掉的。也就是说我们现在看到的《呐喊》都是没有《不周山》的。大家有空去逛旧书摊的时候，发现哪本《呐喊》里面有《不周山》，赶紧买下，只要一千块钱以下你都买下，绝对大赚，你要记住这个事。你看学者好像收入不高，他为什么能赚钱，就是因为掌握了这些知识，他就能赚钱。现在你正好家里有这么一本带《不周山》的《呐喊》，就了不起了，你就可以来欺负下孔老师："孔老师，这本《呐喊》要不要？五万！"【众笑】但是鲁迅并没有糟蹋这小说，改名叫《补天》，收入了《故事新编》。

为什么这么做？有一个直接的解释，有一个直接的原因，这直接的原因是有一个叫成仿吾的，成仿吾是著名的革命作家、革命理论家，创造社的大将，创造社四元老之一，新中国成立后当过中国人民大学校长，也是我们国家高级的文化界的领导。不过成仿吾等人年轻的时候是对鲁迅进行过残酷围剿的。所以我讲课大家注意，我一方面强调鲁迅的革命性，但是又强调鲁迅和那些极"左"的明确的界限。革命如果遇不到毛泽东和鲁迅这样的人，革命一定会失败，极"左"的革命一定会失败。只有遇见毛泽东和鲁迅这样的真正集中华文化传统精华之大成的人、真正走"中庸"之道的人，革命才会胜利。成仿吾那些人年轻的时候，把鲁迅打成双重的反革命，认为鲁迅是最反动的，比蒋介石还坏。成仿吾有一篇著名的文章就叫《〈呐喊〉的评论》，专门砍《呐喊》的。你们不是说《呐喊》好吗，他就专门来批评《呐喊》，他说《呐喊》中的《狂人日记》《孔乙己》《药》《阿Q正传》等都是浅薄庸俗的自然主义作品。就是你们说鲁迅最好的几篇小说，他觉得都很差——"浅薄""庸俗""自然主义"。但是人家都说鲁迅作品好，你把鲁迅一斧头砍翻，说什么都不好，好像他也有点心虚，那多少得说鲁迅两句好话吧。于是他就找了这么一个辙,说只有《不周山》这一篇,"虽然也还有令人不能满足的地方",却是表示作者"要进而入纯文艺的宫庭"的"杰作"。[1]他说这篇是鲁迅最好的小说,别的都很差,就这一篇最好,这是成仿吾的战法。

鲁迅后来说就因为成仿吾,你不说我这篇最好吗,那么对不起,我把这篇拿掉,我不要了,我专门把这不好的留着恶心你,【众笑】你说我这好的我拿走,杰作不要了。这是一个最通常的解释,鲁迅自己也是这么解释的——因为成仿吾,我把《不周山》拿掉。但是拿掉之后他没糟蹋,他后来又改个名在另一本书里面发出来,而且放到那本书的第一篇。

成仿吾对《呐喊》的批评是一个直接的原因,但未必是决定性的因素。我觉得成仿吾倒成全了鲁迅,因为成仿吾后来跟鲁迅关系又很好。他们残酷围剿过鲁迅,因为太过分了,后来党中央看不过去了,党中央给他们训斥了一通,说你们几个乳臭未干的小娃娃,这么攻击,不像话,赶紧赔礼道歉。然后他们几个承认错误,重新团结在周树人的大旗之下,一个个都成了周树人大旗之下的"猹"。后来成仿吾对鲁迅是心悦诚服,尽管年轻的时候他们互相攻击都很厉害,鲁迅骂他也毫不留情面。

可是到1930年,情况已经变了,鲁迅这个时候已经有另一个完整的写作计划、出版计划。这个计划就包括我们已经讲过的几篇小说,它们系统地大规模地回顾中国历史,通过典型人物思考中国儒释道法等各家的问题。后面那些思考正好是从《不周山》开始。所以鲁迅正好有一个契机把《不周山》拿出来,而且觉得《不周山》这名还不大好,干脆改为《补天》。我们现在翻开《故事新编》一看,《故事新编》里这些小说的名字都是一样的类型,整体考虑过的:《补天》《奔月》《理水》《采薇》《铸剑》《出关》《非攻》《起死》,全部是两个字的动宾结构。要是叫《不

---

[1] 《关于鲁迅及其著作》,台静农编,未名社出版部,1926年,第81页。

周山》它还不整齐、不统一了。所以实际上我们把这八篇小说当成一个长篇来看待都可以。这是介绍一下《补天》这篇小说的版次周折。而改为《补天》之后，它的意义似乎也不一样了，这个意义隐藏在叙述中。我说了文学和其他学问的不同之处，就在于它有无穷的可阐释性，它的意义藏在字里行间，永远可被重新挖掘。

我们下面看看小说的主人公，主人公我们都知道——女娲。我上大学的时候，我们北大有一个挺有名的老师给我们上课，课上得很好，就是老念错别字，其中最著名的就是把女娲读成"女祸（huò）"，【众笑】读成了"中国有一个著名的女祸补天"，然后我们班都笑。第二年我就问低一年级的，我说你们班什么什么课是谁讲的，他说某某老师讲的，我说该讲到"女祸补天"了吧，他说你怎么知道，他说刚讲的"女祸补天"。这个"女祸补天"，给我的记忆特别新鲜、特别生动。

关于女娲的记载有很多，不用看原文我们老百姓也都知道女娲抟土造人，据《风俗通》——《风俗通》这书已经失传了，我们是在另一本书《太平御览》里引用的地方找到的——"俗说天地开辟，未有人民。女娲抟黄土作人。剧务，力不暇供"，就是造不过来，"乃引绳于絚泥中，举以为人"。一开始是拿黄土捏人，后来捏不过来，烦了，拿绳子抽，一抽一片，所以先前拿手亲自捏的那些小人呢，是富贵者，"故富贵者，黄土人也"，那贫贱者怎么来的呢？"贫贱凡庸者，絚人也。"就是后来拿绳子抽出来的那些。

我们看这个解释很有意思，这个解释本身就是带有阶级性的，原来我们劳动人民都是"欠抽"的，劳动人民都是"欠抽"之辈。人家富贵，人家不是靠智慧、靠勤劳，是人家女娲娘娘细心给捏巴出来的。这个记载是我们的一个造人的记载，可以比一比其他民族的造人传说，也可以跟基督教、犹太教的比一比。从《圣经》中我们不知道上帝是怎么造人的、上帝造人之说，光告诉我们说是照着他自己的样子造的，但是拿什么造的、材质是什么，没说。我们这儿说得很清楚，材质和工具都说得很清楚。这里虽然有阶级性，但好像没有性别差异，没说女人是拿男人肋骨造的，人家《圣经》里说的好，上帝造的主要是男人，后来觉得男人太寂寞，把他一根肋骨抽出来变成女人。《圣经》里面那个传说，解释起来好像更有意思，我们这个是光有阶级性。

女娲补天、女娲造人、女娲跟伏羲是两口子这些事，大家不用看书也都听说过，也都知道，那么这事还有什么可重新阐释的呢？鲁迅从中能说出什么来呢？鲁迅没有去做学问，是用文学的方式来展现他理解的、他想象中的补天。

下面我们直接看原文。小说开头就说——

女娲忽然醒来了。[1]

叙述一个时代，每个民族的神话都有一个时间开始。1949年，中华人民共和国成立，有一位著名的文学理论家，也是著名的诗人，叫胡风，号称鲁迅第一大弟子。胡风写了一首诗，诗的名字就叫《时间开始了》。他说毛主席站在天安门城楼上宣布中华人民共和国成立了，中国人民站起来了，这叫"时间开始了"。难道此前没有时间吗？难道1948年那不叫时间？1945年、1840年、667年那不叫时间？但是胡风说"时间开始了"。这是一个诗人的语言，一个哲学的语言，这是什么意思？它是一个象征，只有文学可以这么说——时间开始了。

《圣经》也是这么讲的，以前是不论的，直接就说"太初有道"。我们看《圣经》，尽管现在很多人越来越反感基督教，但是当全国人民都觉醒反感基督教的时候，我要讲讲《圣经》的好处。《圣经》的文学是很

---

1 本书中引用的鲁迅《故事新编》原文根据2005年人民文学出版社《鲁迅全集》第二卷校对。

伟大的,《圣经》的叙述方式是非常高妙的,更高妙的是我们的汉语翻译,西方不论什么文体被中国人一翻译,就变得很好读、很好看。"太初有道"这四个字之美妙,是外国人想一辈子都想不出来它美在哪儿的,我觉得我们中国人这么有本事,用这么好的语言给它翻译——"太初有道",翻译得太"有道"了。你一说"太初有道",上帝行走在黑暗之中,这上帝从哪儿来的,你不能问,他是谁生的,他妈妈是谁啊,你一问他就烦。我有时无聊,就揪着我家的猫过来,我说:哎,你妈妈是谁啊?它很烦,它听这些特别的烦,恨不得赶快逃掉。我就知道,伟大的生灵不愿意被问这些问题,不愿意听这些,听这些特别烦。所以,这个上帝你不能问,大家都有一个假定,这就是文学理论中讲的文学的虚拟性和假定性。你不能较真,它不是科学,它说这个时候时间开始就开始了,上帝说要有光于是便有了光,这光从哪儿来的,你不能问。

也就是说胡风同志写《时间开始了》,你不能追问他1948年不是时间呀,蒋委员长那时候没有时间吗。你不能问。这就是一个伟大的开始。同样,女娲之前是怎么回事你不能问。鲁迅就深刻地理解这种神话,人类的神话意识,他一句话就戳到点儿上:"女娲忽然醒来了。"她怎么睡的你不能问,她在哪儿睡的?她怎么睡着的呢?反正她醒了,世界从女娲醒了开始,我们从这开始往下说。

伊似乎是从梦中惊醒的,看这个"伊",我们就知道这篇小说必然写于《呐喊》时期,因为《呐喊》时期还没有用女字旁的"她"。这也是考证的一个本事,你要是发现1922年有一篇鲁迅的文章里面用了"她",这肯定是伪造的,这是可疑的,《呐喊》时期都用"伊",跟以后的作品是不一样的。"伊似乎是从梦中惊醒的",不能说实了,只能似乎。**然而已经记不清做了什么梦**;记不清是说,以前好像有些事,但是无法叙述,这叫记不清。同学们以后有了小孩,小孩刚会说话的时候,你赶紧问他以前的记忆,他也许还保留着一星半点过去的记忆,有时你还能问出一些"世界秘密"来,但只要再长大一点儿他就全忘了。你一定要趁着他刚刚在"半人半兽"之间那个状况的时候,问他:"你从哪儿来?""你刚才干吗来着?""你刚到哪儿了,都见过什么人?"有时候他会说出令你非常吃惊的话来。最近我看了一个报道,有一个村的人全部有前世记忆,当然这是科学之谜了。我们就说鲁迅,他这么写女娲,写得很传神,就是"记不清做了什么梦",好像不科学,然而与科学并不矛盾。

只是很懊恼,觉得有什么不足,又觉得有什么太多了。大家有没有这样的感觉?现在我们都是一周工作学习五天,周末有两天,过了星期六,星期天早晨醒来的时候,你有没有这个感觉?记不清做了什么梦,很懊恼,觉得有什么不足,又觉得有什么太多了。是不是曾经有过这样的状态,就是说不出来那个劲儿,有一种说不出来的东西。然后鲁迅写外面的环境是什么呢——煽动的和风,暖暾的将伊的气力吹得弥漫在宇宙里。有时候有一种感觉,我们不会描写,我们说不出来,伟大的文学家就在于他能够说出来我们的感觉,他一说我们就觉得对,就是那样子。这个风一吹,好像把我们的气力"吹得弥漫在宇宙里"——"弥漫"写得好,我们想换一句话就换不出来,你还能用什么语言写出一个人醒了之后那个状况呢?你说你是有劲呢还是没劲呢?我有天晚上一氧化碳中毒之后,第二天醒来真的是没有劲儿,觉得自己不要紧、没事儿,但是我拿起一个东西来,我觉得恐怕好像要肌无力了,要变成一个渐冻人了,"哗"一松手掉了,身体确实很虚。你身体不虚的时候,身体很有劲儿,但是那个劲儿好像没处使的样子。

鲁迅写《补天》的时候,已经是受了弗洛伊德心理学的影响。你读过弗洛伊德心理学就知道,这写的是一种"力必多"(通常译为"力比多")。我们的汉语很伟大,翻译成"力必多"这三个伟大的汉字,就好像你的力气到底是多还是不多啊,是必须得多还是已经多余了,反正就那么一个状态。一种说不清楚的欲望,一种能量,还没有发挥出去,不知道怎么发挥,要不要发挥都不知道。其实我们中国有另一个词,我觉得更好,来表示这种状态,叫"势"。势也是一个围棋术语,势如何转换为力,外势雄厚怎么转换为力,我们同时用这个势翻译成物理学的"势能",势能如何转换为动能。为什么我们老一代的物理学家很伟大,因为他们的国学好,他们用我们汉语中最高档的词翻译西方很浅俗的东西。现在的科学家不行了,因为他首先国学就不行,语文就没有学好,语文没学好怎么能成伟大的科学家呢?恐怕他们现在看到势能都没有感觉,都不知道势是什么。

在这种状况下,**伊揉一揉自己的眼睛**。揉了眼睛之后,镜头就从她的眼睛看出去,所以下面奇异的画面是以女娲的眼睛为镜头拍摄出来的。

粉红的天空中,曲曲折折的漂着许多条石绿色的浮云,多奇妙啊。我们何曾看见过这样的画面,这不就是后来所谓的印象派、先锋派的绘画吗?粉红的天空、绿色的云。星便在那后面忽明忽灭的映眼。天边的血红的云彩里有一个光芒四射的太阳,如流动的金球包在荒古的熔岩中;那边有个太阳是那样的太阳。这太阳是拍不出来的,恐怕只能画出来,而那一边,却是一个生铁一般的冷而且白的月亮。然而伊并不理会谁是下去,和谁是上来。为什么呢?因为她是一个神,她自己就是伟大的,她自己体积就很大。我们觉得日升月落,月升日落,我们有这个感觉,可是在女娲这个神的视角中,谁上谁下无所谓。这是一个大片儿的开始。我们想得用什么样的手段能拍出这样伟大的一个开端、这幅伟大的画面?我备课的时候看这一段,就想到"大梦谁先觉""太古无日月"。那个时候,其实是最伟大的时候,我们仰慕的时候,都不知道从哪个角度去仰慕的时候,是这样的一种状况。女娲在这样的一个环境里,醒了。

地上都嫩绿了，便是不很换叶的松柏也显得格外的娇嫩。谁说鲁迅的笔就是生冷的呀，老是横眉冷对的呀？不是。鲁迅写到柔嫩的地方，比谁都柔嫩，谁都写不过他。他要写娇嫩，不写杨柳，他写连松柏都格外娇嫩。写杨柳娇嫩谁都会写，"二月春风似剪刀"，那不难。**桃红和青白色的斗大的杂花，在眼前还分明，到远处可就成为斑斓的烟霭了**。鲁迅是大画家！他的构图能力，他对色彩的敏感，那是超一流的。

在这么好的环境中，"唉唉，**我从来没有这样的无聊过！**"伊想着，女娲有心理活动，从来没有这么无聊，因为她不知道睡了多久，大概睡了好几万年，醒来无聊。**猛然间站立起来了，擎上那非常圆满而精力洋溢的臂膊，向天打一个欠伸**，你看人家懒腰伸的，向天打一个欠伸。但是大小是相对的，我们觉得女娲是一个特别巨大的女神，比美国自由仙姑要伟大得多的神，我们想仙姑打一个哈欠，伸一个懒腰也够伟大的了。但她自己未必觉得自己有这么伟大，更多的是有一种心理状态，就是人生于天地之间，旁若无人，想伸懒腰就伸懒腰。有时候我观察小猫伸懒腰，猫身体很小，并不大，但在伸懒腰中有一种雄浑的气魄，不在乎这世界上有谁，管你有谁呢，老子要伸懒腰！这就是一种伟大的生命的尊严。而我们有时想伸懒腰，还看看旁边有没有人。正因为女娲是这样一个状态，所以她打一个欠伸，**天空便突然失了色**，你看人家懒腰伸的——天空失色！**化为神异的肉红，暂时再也辨不出伊所在的处所**。她一伸懒腰，能量散发出去了，天地为之变色。

下面更是一个非常奇异的画面。我觉得世界上超一流的作家，也写不出这么奇异的画面，只有鲁迅能写出来。

伊在这肉红色的天地间走到海边，全身的曲线都消融在淡玫瑰似的光海里，直到身中央才浓成一段纯白。波涛都惊异，起伏得很有秩序了，然而浪花溅在伊身上。这纯白的影子在海水里动摇，仿佛全体都正在四面八方的迸散。这是鲁迅笔下的伟大的女神,他写出了神的伟大,同时又写出了一个女性的妩媚,女性的性感,但这是一种伟大的性感,有哪一位女明星能演出这种伟大的性感来?!所有的女明星都要低下惭愧的头,你看看人家同样不穿衣服,人家这画面演的:往海水里一走,不是我们惯常想的什么美人出浴,跟这完全不一样,就是这纯白的影子在海水里四面八方迸散这一点,这叫女神入浴,整个大海是她的澡盆。**但伊自己并没有见**,真正的美是自己所不知道的,这是老子讲的,如果一个人成天老想着我很漂亮,我很美,那你顶多是二流,一般来说是三流以下的美。真正的美人心里根本就没这念头,她昂然走在街上,不知道自己漂亮,这才是一流的。而女娲就是这样,自己没有见,她自己没有这些想法。**只是不由的跪下一足,伸手掬起带水的软泥来**,她也不知道为什么,毫无目的地就跪下,掬起软泥,**同时又揉捏几回,便有一个和自己差不多的小东西在两手里。**

解释造人了,造人就是这么造的。《圣经》说上帝按照自己的模样造人,女娲也是这样——造"和自己差不多的小东西"。所以古希腊的哲人说"人是万物的尺度"(柏拉图《泰阿泰德》)。我记得我们上哲学课的时候老师讲,"古希腊人这样说,人是万物的尺度",这个老师的普通话有点问题,我们班有个同学就记着"人是万物的耻辱",还用笔记写着。结果他写作业,题目就叫"论人是万物的耻辱"。写得还很有道理,歪打正着。为什么数字要十进制呢?因为我们手指头脚趾头各是十个,就是拿自己当尺度的。女娲造人也是一样,随手捏巴捏巴,按自己的样子捏出来了,这小东西这么出来的,这就叫生命之初。鲁迅理解的生命之初是这样的——他理解的女娲造人。

"阿,阿!"伊固然以为是自己做的,但也疑心这东西就白薯似的原在泥土里,禁不住很诧异了。造物主并不那么固定地认为这东西是自己造的，这东西到底是你造的还是原来就有，不过是你发现或者是你弄一下而已呢？我们原来很注意发明与发现的区别，但是有时候是不是发明与发现不那么好区别？女娲并不认为这就是我伟大的创造，我要申请个专利。

然而这诧异使伊喜欢，以未曾有的勇往和愉快继续着伊的事业，呼吸吹嘘着，汗混和着……她觉得这事好玩儿，愉快，就继续造。

这里女娲造人和上帝造人就是不一样，上帝造人是有明确的目的性的，这是康德意义上的目的性。我们读《圣经》会觉得上帝他老人家很严肃，是有计划有理性有组织有纪律地在造人、造物，上帝说要有什么要有什么，还缺什么还缺什么，上帝是一个工程师，是一个总设计师，上帝是一个伟大的工头，而且是一个残酷工头。他告诉你这东西不能改，你改了他就给你灭了："我让你这样了吗？！"而女娲不是这样，女娲没有目的，第一是她有劲儿没处使，第二是她来入浴洗澡，无聊，抓把泥玩玩，哎，看这东西好，再弄几个。这就是李泽厚说的，中国文化是乐感文化，中国文化是喜乐的。虽然基督教老说要喜乐平安、平安喜乐，老糊弄我们平安喜乐，但是有基督教就没有平安没有喜乐，何曾平安过？何曾喜乐过？只有伟大的中华文化从根上就是快乐的。你听听中国所有的音乐，你看看中国的绘画，你看看中国的民间艺术，都是让你快乐的。鲁迅理解的女娲造人是快乐的，她没事，她玩儿。我讲戏剧的时候，重点强调戏剧的本质就是玩儿。不要成天满脸的阶级斗争，人生的本质是玩儿，女娲就是玩儿中造人，她没有那么伟大的目的。

下面是这个小东西叫的声音，"Nga！nga！"那些小东西可是叫起来了。这叫的声音怎么发不知道，是"啊呀"？是"嘎呀"？怎么发音不知道，反正这些小东西是叫起来了，这是鲁迅所发明的这些小东西发的音。

"阿，阿！"伊又吃了惊，觉得全身的毛孔中无不有什么东西飞散，

她觉得有什么东西飞散,于是地上便罩满了乳白色的烟云,伊才定了神,那些小东西也住了口。

"Akon,Agon!"有些东西向伊说。有些东西开始会说话了。

"阿阿,可爱的宝贝。"伊看定他们,伸出带着泥土的手指去拨他肥白的脸。这个画面很感人,让人想到母亲对刚出生的孩子,虽然这是女娲高兴之中造的人。有一种理论说,父母生孩子也是在愉快中生的,说父母对孩子没什么恩,孩子不过是你们两个寻欢作乐造成的结果,这样说好像很不孝,好像否定父母对孩子的恩,但是未必完全没有道理。当这个母亲从产房里面睁开眼睛,第一次抱着她的孩子的时候,那个愉悦的心情和此时的女娲是不是有相似之处?看着自己的产品,自己做出来的,很可爱的宝贝,用手指去摸一摸他的脸,女娲身上有很大的母性出来。但是这个母性不是被特意地拔高得那么伟大——"世上只有妈妈好",那就庸俗了,不是那样。这个母性是很愉快地造物,这个愉快就跟儿童玩泥没什么区别,这里就是童心的表现,小孩拼命地玩儿。

钱理群先生有一个论述,他说"五四"发现了儿童。我们还可以进一步说,其实"五四"发现了童心,继承了李贽的《童心说》。鲁迅在女娲身上看到这个童心。儿童未必就有童心呐,现代教育体制下,儿童被摧残的最坏的一个结果就是儿童没有童心。童心需要保持,需要捍卫。我们看到很多大人还有童心,孩子已经未老先衰了,小小孩子已经有深刻的机心。这是鲁迅理解的造物。

下面就是什么哇哈哈之类的了。"Uvu,Ahaha!"他们笑了。这是伊第一回在天地间看见的笑,于是自己也第一回笑得合不上嘴唇来。此前没有造物,所以她没看见过别人的笑,至少没在天地间看过。她以前在哪儿咱不知道,她以前不在天地间。她自己也笑了。

伊一面抚弄他们,一面还是做,被做的都在伊的身边打圈,但他们渐渐的走得远，说得多了，事情会发生变化，你只要做一件事，这个事做着做着，就不以你的意志为转移了。小人做多了，走得远，说得多了，伊也渐渐的懂不得，只觉得耳朵边满是嘈杂的嚷，嚷得颇有些头昏。我们也知道旧社会妇女生那么多孩子，生到四五个就管不过来了，这四五个孩子成天在那儿闹，真的管不过来。生到七八个的时候，爱干吗干吗去吧，所以大人很烦孩子，我们也是可以理解的。现在把一个孩子当成宝贝，当然这是变态，但是过去也不是说父母就不爱孩子，太多了，爱不过来。你看这女娲也是造得太多了。

伊在长久的欢喜中，早已带着疲乏了。几乎吹完了呼吸，流完了汗，而况又头昏，两眼便蒙胧起来，两颊也渐渐的发了热，你说她为什么要干这些呢？可是不干这些她干吗呢？她没什么可干的，神仙就是干这些的，就好像我们看小孩在那儿玩泥，玩得浑身大汗特别累，我们说你干吗玩这么累呢？孩子不觉得累，只有大人才觉得累，只有为了赚钱而工作才觉得累。小孩游戏，不赚钱，他是不累的，不为资本家打工就不累，小孩做游戏是和为人民服务一样的高尚，因为他都没有赚钱的罪恶目的。女娲此刻也是这样的。自己觉得无所谓了，而且不耐烦。然而伊还是照旧的不歇手，不自觉的只是做。就好像小孩一直玩到累得不行，才自然地结束。

终于，腰腿的酸痛逼得伊站立起来，倚在一座较为光滑的高山上，我们看女娲靠一靠都靠在山上，这得多大的身体，她倚在光滑的高山上，仰面一看，满天是鱼鳞样的白云，下面则是黑压压的浓绿。要写出这样的文字，你得想象自己也是这么大的体量，鲁迅得想象自己是女娲的样子，才能看见这个云和绿。伊自己也不知道怎样，总觉得左右不如意了，反正不得劲，便焦躁的伸出手去，信手一拉，拔起一株从山上长到天边的紫藤，得多大的紫藤啊，随手一拉，一条紫藤，一房一房的刚开着大不可言的紫花，伊一挥，那藤便横搭在地面上，遍地散满了半紫半白的花瓣。

伊接着一摆手，紫藤便在泥和水里一翻身，同时也溅出拌着水的泥土来，待到落在地上，就成了许多伊先前做过了一般的小东西，只是大半呆头呆脑，獐头鼠目的有些讨厌。我们读了前面的原文知道这个典故是从哪儿来的了，这就是后来用绳子抽出来的人。但是鲁迅没说抽出来的那些就是贫贱的人，鲁迅没有从阶级角度说，鲁迅说抽出来的那些人是什么样的呢？是"呆头呆脑，獐头鼠目"，鲁迅是从文化上区分。然而**伊不暇理会这等事了，单是有趣而且烦躁，夹着恶作剧的将手只抡，愈抡愈飞速了，那藤便拖泥带水的在地上滚，像一条给沸水烫伤了的赤练蛇**。鲁迅很喜欢赤练蛇的形象。**泥点也就暴雨似的从藤身上飞溅开来，还在空中便成了哇哇地啼哭的小东西，爬来爬去的撒得满地**。这个造人的情节写得如此生动，又是如此搞笑，原来这些人都是这么弄出来的，而且同时写出造物的这个人是如此的随意。

有一本科普读物就叫《上帝掷骰子吗？》，它追问的是我们这个世界的偶然性和必然性的问题。我们这个世界，真的是那么有秩序，像牛顿和爱因斯坦他们研究的那样，事事都有道理？我们今天不就是成天上学学这些道理，然后按着这些道理去活，按着这些道理去坑人、蒙人，按着这些道理去防人，然后我们建设这个社会、那个国家吗？真是这样吗？那为什么那么多理性的大科学家研究到最后都自杀了呢？因为研究到最后，他的信仰突然崩塌了，他发现世界没有秩序，所有这些都是假的，都是骗人的，世界上最核心的那一部分，是完全偶然的。就好像父母生小孩，到底生的是男孩还是女孩，是偶然的。从统计学的意义上，我们可以统计出男女比例应该差不多，但是具体到一个人身上，没有办法预测这人是男孩还是女孩，当你能知道的时候，已经定型了，不可改了。

万事万物都是这样。在科学上，我们经常说的所谓波粒二象性，到底是波还是粒？所以我们为什么说马列主义还有发展的余地，因为马列主义是建立在19世纪科学发现史上，而20世纪我们有了量子力学之后，有没有一种新的哲学是建立在量子力学的基础上？而量子力学的出现恰恰证明了中国传统文化的伟大，证明了儒释道的伟大。但是我们不能简单地把儒释道拿来，就这么原封不动地去用。我们今天如何重新认识世界，能不能在经典马克思主义基础上再向前推进？

回到这个问题上来，就鲁迅笔下写的这个造物，她创造宇宙是带有极大的随意性，不是万事万物都那么有道理。道理有，道理是后来的，从根上讲，不是我们讲的这种道理，或者说可能是另一个宇宙的道理决定着我们这个宇宙的道理。那么同学们有没有想过：你有没有前世？你从哪里来？你真的是你父母所生的？你真的是那两个细胞结合变的？你死了之后就什么都没有了？你有没有想过这些问题？你心甘情愿死了之后什么都没有了吗？随着你的肉体被火化，这事就算啦？你有没有想过其实你到了另一个时空？你在这个时空只是被派来暂时完成一项任务，你真实的生命展开在另一个时空里，另一个时空里的你正在观察着这一个时空中的你。有没有这样的可能性？你之所以到这个时空里来，又是由于某种偶然性。也许真的是某个女神拿绳子一抽，就把你崩到这儿来了。【众笑】

我们要从象征意义上来理解文学作品，为什么这么一抽就能抽出人来呢？其实它和我们所学的生理常识，和精子卵子的结合道理是一样的。我在网上看过一个片儿，拍摄精子怎么进入卵子的，那看起来也像一部宏伟大片，惊心动魄，排山倒海。就是说我们看这样的科技片，还有看《动物世界》的片子，会让我们想到许许多多跟人的社会、跟人的思维有关的哲学性的东西。所以我们不要把这个看成搞笑的，鲁迅随便解释经典，那里面包含着对万事万物本质性的思考，就是上帝是否随便掷骰子的问题。

伊近于失神了，强调她的无目的性，更其抡，但是不独腰腿痛，连两条臂膊也都乏了力，看来力气都要使完了。伊于是不由的蹲下身子去，将头靠着高山，头发漆黑的搭在山顶上，这得多长的头发呀，这头发搭山顶上去了。喘息一回之后，叹一口气，两眼就合上了。紫藤从伊的手里落了下来，也困顿不堪似的懒洋洋的躺在地面上。我们看小孩经常玩着玩着就睡着了，小孩下完雨之后跑出去玩泥，大人怎么喊都不回来，小孩也饿了就是不回来，一直玩到给自己累得睡着了，大人把他拽回来了，抱回来了。女娲就是这样，玩到把所有力气使尽，躺下。

轰！！！一个画外音，切换镜头，切换画面，移另一个画面进来。

在这天崩地塌价的声音中，女娲猛然醒来，又一次醒来，上一次醒来是不知从哪儿醒来；这一次醒来，我们知道她在哪个世界中醒来，但是过了多久不知道。她这一醒来呢，同时也就向东南方直溜下去了。我们想，根据今天的科学解释，这是发生了大地震，所以她这么大的身体像一座山一样，肯定是向东南方溜下去了。伊伸了脚想踏住，然而什么也踹不到，连忙一舒臂揪住了山峰，人家一伸手揪住了山峰，这才没有再向下滑的形势。

但伊又觉得水和沙石都从背后向伊头上和身边滚泼过去了，这动词也用得非常准确：滚泼。略一回头，便灌了一口和两耳朵的水，这全是大片儿镜头，一个巨大的人在地震、泥石流的滚滚洪流中。伊赶紧低了头，又只见地面不住的动摇。幸而这动摇也似乎平静下去了，伊向后一移，坐稳了身子，这才挪出手来拭去额角上和眼睛边的水，细看是怎样的情形。这里写出女娲是神，可是又写出这个神的普通一面，我们把镜头放大了她是神，镜头缩小了，她就是一个普通的劳动妇女。作为普通的劳动妇女形象，在自然灾害面前的一个劳动妇女，她也一样的，身体要受到冲击，额角上、眼睛边都是水，还差点儿被水呛着了。她也要努力去看看，发生什么事了。

情形很不清楚，遍地是瀑布般的流水；大概是海里罢，有几处更站起很尖的波浪来。你看"站"字用得多好，这波浪不是涌起的，是站起来的。一个普普通通的动词在鲁迅笔下，就活了。伊只得呆呆的等着。

可是终于大平静了，大波不过高如从前的山，像是陆地的处所便露出棱棱的石骨。伊正向海上看，只见几座山奔流过来，这样的情景太好看了，几座山奔流过来了。一面又在波浪堆里打旋子。伊恐怕那些山碰了自己的脚，她这脚也够大的哈，山能碰着她脚。便伸手将他们撮住，望那山坳里，还伏着许多未曾见过的东西。她看见山坳里有奇怪的东西。

伊将手一缩，拉近山来仔细的看，只见那些东西旁边的地上吐得很狼藉，似乎是金玉的粉末，又夹杂些嚼碎的松柏叶和鱼肉。他们也慢慢的陆续抬起头来了，女娲圆睁了眼睛，好容易才省悟到这便是自己先前所做的小东西，这个写得好，古书只记载女娲造人，造了人之后没说她跟这些人的关系，鲁迅研究这个写出来了。只是怪模怪样的己经都用什么包了身子，这时候，人已经文明了，人穿衣服了。但在造物看来，怪模怪样的，竟然穿上衣服了。我们想想《圣经》里怎么写伊甸园的，伊甸园里那俩人本来也是不穿衣服的，后来穿上衣服了，上帝才要把他们赶出伊甸园。在我们看来，穿衣服不是文明吗？现在谁敢不穿衣服啊？可是在上帝眼里，穿衣服是罪恶，穿衣服是人犯罪的开始，自从人开始穿衣服，便有了互相杀戮，便有了阴谋诡计，便有了原子弹，有了毒气弹等等。这是一个逻辑。那么鲁迅写的女娲，在她看来，"用什么包了身子"，奇怪，有几个还在脸的下半截长着雪白的毛毛了，虽然被海水粘得像一片尖尖的白杨叶。看鲁迅拍的大片，这个镜头是伸缩自如，可大可

| 不周山下红旗乱——《补天》 | 19

小,我觉得得用非常高级的电脑技术,"几D"来制作。

"阿,阿!"伊诧异而且害怕的叫,皮肤上都起粟,就像触着一支毛刺虫。我们看造物都怕自己造出来的东西,变化成这样了,她肯定想,我造的时候不是这样啊,怎么变成这样了呢?

"上真救命……"一个脸的下半截长着白毛的昂了头,一面呕吐,一面断断续续的说,"救命……臣等……是学仙的。谁料坏劫到来,天地分崩了。……现在幸而……遇到上真,……请救蚁命,……并赐仙……仙药……"这穿了衣服的文明人,求仙的人的言行,在鲁迅笔下是这么恶心,是这样的不堪。其实这些人算是我们人类里的上等人,按照古书的记载,应该是黄土造出来的,可是说的话是这样的恶心。他于是将头一起一落的做出异样的举动。这都是从女娲的眼睛里看的,我们都知道这是磕头,但是女娲不懂这是干什么。

伊都茫然,只得又说,"什么?"

他们中的许多也都开口了,一样的是一面呕吐,一面"上真上真"的只是嚷,接着又都做出异样的举动。伊被他们闹得心烦,颇后悔这一拉,竟至于惹了莫名其妙的祸。伊无法可想的向四处看,便看见有一队巨鳌正在海面上游玩,好不容易看见一堆大王八,伊不由的喜出望外了,立刻将那些山都搁在他们的脊梁上,嘱咐道,"给我驼到平稳点的地方去罢!"让巨鳌把山驼走,这也是神话传说。巨鳌们似乎点一点头,成群结队的驼远了。可是先前拉得过于猛,以致从山上摔下一个脸有白毛的来,此时赶不上,又不会凫水,便伏在海边自己打嘴巴。这倒使女娲觉得可怜了,然而也不管,因为伊实在也没有工夫来管这些事。

在这里鲁迅写出了造物者,或者说超越人类的生命——我们叫他造物也好、上帝也好、神仙也好、伟大的圣贤也好——没有义务救众生。这些求仙拜佛的人,往往拿一个道德的绳索,想把神仙绑架到自己一面：你不是神吗，所以你得救我；我很穷，我是弱势群体，我就赖上你了，你既然救了我一个人，你得救我们所有的人。那些做了滔天坏事的人，没有人去追究；而你做了一件好事，只要不做第二件，便有人来追究；你做了一万件好事，有一件没做到，你就有罪了，而且他不问你做的那一万件好事，他专门追究你没做的那一件，追究你的所谓错误。你让全体人民都翻了身还不行，他发现你有一天吃红烧肉了，他说你就不伟大了。我记得我上大学的时候，中国女排来北大讲座，郎平同志很委屈地说，她有一天在王府井买了一根冰棍吃，结果一个读者给《人民日报》写信，说郎平同志怎么能随便在王府井吃冰棍呢！郎平说，我怎么就不能吃根冰棍呢？中国女排为中国人民赢得那么大的荣誉，郎平吃根冰棍就不行了，就因为你是郎平。

鲁迅呢，当然是要救群众，但是他最悲哀的一件事，是群众对这些先觉者的态度。这是鲁迅终生的一个情结，鲁迅终生都在写着《药》，什么是救弱势群体的药？弱势群体往往和统治阶级站在一起迫害革命者，迫害救他们的人，迫害女娲，迫害基督。是谁把基督弄死的？那些号称信基督的人，你们对得起基督吗？像孔老师这样经常拿上帝基督开开玩笑的人，心里边才真正装着基督。像我这样成天拿蒋介石开玩笑的人，才知道蒋介石到底做了哪些好事，到底有哪些严肃的地方。真正懂佛的人，一定是呵佛骂祖的。

所以要记住，救命不是义务，没有人有义务要救你。你自己没出息，想让别人救你，要看别人心情。谁都没有义务救你，只有先自强！人家救你，你要感恩；不救你，是应该的。这是鲁迅没有好意思完全对青年人说出来的话。我们中国人有一个不好的习惯——也不仅是中国人——就是责怪贤者，老去责怪贤者，不去追究坏人。鲁迅从女娲的眼中，写出这些人——本来是应该感恩她的人的可恶之处。

伊嘘一口气，心地较为轻松了，再转过眼光来看自己的身边，流水已经退得不少，处处也露出广阔的土石，石缝里又嵌着许多东西，有的是直挺挺的了，有的却还在动。直挺挺的就是尸体，在她看来不过是风景。伊瞥见有一个正在白着眼睛呆看伊；那是遍身多用铁片包起来的，身上用铁片包的，我们知道穿的是铠甲，脸上的神情似乎很失望而且害怕。

"那是怎么一回事呢？"伊顺便的问。看来这神并不太了解人间的事。我们不要以为神什么都知道，神有时候看不懂人间的事，他们是两个时空。

看这个人怎么回答的。"呜呼，天降丧。"那一个便凄凉可怜的说，"颛顼不道，抗我后，我后躬行天讨，战于郊，天不祐德，我师反走，……"这是鲁迅直接引用原文。直接引用原文一般来说很严肃很难懂，但是这里引用就有一个搞笑的效果出来了，幽默从这里出来了。

"什么？"伊向来没有听过这类话，非常诧异了。女娲当然没听过，跟我们这些人比，女娲是文盲，女娲连这些话都听不懂，我们今天说的这些话，女娲就更听不懂了。但是谁更文明？谁处在生命的高级阶段？你看这个人说的话，我们中国人能写出这样的话，说明文明已经高度发达了，如此精炼的文言，单独看这段文字是非常精彩的。但是鲁迅放在这上下文里就显得这么可笑。文明就怕比，就怕相衬，这一衬雅俗就异位了。这么高雅的东西变得这么俗了，变得这么可笑了，在我们始祖的眼中很诧异。

"我师反走，我后爰以厥首触不周之山，折天柱，绝地维，我后亦殂落。呜呼，是实惟……"

"够了够了，我不懂你的意思。"我们要学这段文言还得老师解释半天，幸亏我们都知道这段故事。这写的就是共工怒触不周之山，把山弄折了，最后天地倾，然后才去补天。伊转过脸去了，却又看见一个高兴而且骄傲的脸，也多用铁片包了全身的。

"那是怎么一回事呢？"伊到此时才知道这些小东西竟会变这么花样不同的脸，她没想到自己造出来的东西会变化。所以也想问出别样的可懂的答话来。

"人心不古，康回实有豕心，觑天位，我后躬行天讨，战于郊，天实祐德，我师攻战无敌，殛康回于不周之山。"我们看这是两方说的话，但语言大概都一样，就是用非常文明高雅的词，说自己这一方杀人是有道理的。

这才是文明的本意。特别是我们中国古代战争频繁，早都经历过数不清的世界大战，但是战争促进了战争文学的发达，有这么美好的战争文学。不管站在谁的立场上，我们两边一看，两边的文献都写得如此美丽。我也曾经说过，我们可以看一看北洋军阀发的那些电报，他们把那些通电都写得非常好，非常漂亮，非常有文采，非常有哲理，但是我们今天一概称之为军阀混战。反正你必须看穿这些文件，你要不看穿他们这些文件，你觉得他们都是圣人啊！而我们为什么看不穿呢？因为我们要学习，我们一学习就上了当了。真正能看穿这些东西的是谁呢？是金庸笔下的石破天。石破天为什么能破解侠客岛武功？因为他不认字，他没文化，他才直指人心看懂了武功秘籍。跟石破天相等的就是女娲，女娲根本就不听你说的这些是什么东西。

"什么？"伊大约仍然没有懂。

"人心不古，……"那要说古，女娲是最古的，你跟我讲什么人心不古。

中国人很喜欢说人心不古，我们今天社会道德败落，经常有些老人说："哎呀，人心不古啊！"其实三千年以前中国人就说人心不古了。它容易给人造成一个假象，什么是"古"，"古"为何物啊？"古"翻译成西方语言是什么意思？西方有对应的词吗？"古"翻译成日语，翻译成俄语，翻译成法语、西班牙语，有我们中国"古"的意思吗？古翻译成西方语言，是不是就是"遥远的，过去的"意思啊？那显然不是我们中国这个"古"字。

中国的"古"字什么意思呢？请看甲骨文。"古"本来是一个"中"加一个"口"。"中"就是仲裁的意思，"中"就是对不对的意思，"中"就是"中"（zhòng）——河南话"中"，对了，准确的意思。口是说话的器官。所以"古"这个字在汉语中的意思，是表示传说中对后代有权威影响的久远时代。也就是说"古"的意思不是遥远的过去，不是物理学意义上的某一段时间。后来金文误把甲骨文这个"古"上半部分写成了"十"，这个十加一个口变成金文的"古"了，又把"口"写成"曰"，明确了是说话的意思。曰和口改来改去，都没有离开说话。解释到这里大家可以明白，中国人为什么重视这个"古"呢，它不是简单的时间久远的意思，这里面有口，有判断。所以我们用现代话语权的理论来解释，古代好不好是说出来的，它跟话语有关系，它跟叙述有关系。上面这个"中"其实是指话语权，它必须是有权威的，古代好不好是依靠叙述。

比如中国人早就知道，克罗齐讲的：一切历史都是当代史。（《历史学的理论和实际》）所有的历史都是我们今天人说的历史。你说唐朝好不好，你找些书，这不还得我们今天解释吗？你能找到唐朝人的解释吗？所以我们今天对唐朝的理解是我们今天的理解。那这里就打破了简单地从单项的材料来判断历史的这样一个模式，这里面就有辩证的思维存在，这就是"古"这个字的奥妙。我上课的时候经常给大家解释一些关键字的来源。比如我讲武侠小说的时候，专门讲"武"是什么意思，"侠"是什么意思，从这里面来理解我们中华固有的一些概念。我们必须知道自己这些概念是怎么来的,知道它的来龙去脉才好去和人家的文明对比。中国人为什么这么重视古,并不仅仅因为它时代久远。

可是这个时候就说人心不古。女娲听不懂。"够了够了,又是这一套!"伊气得从两颊立刻红到耳根,火速背转头,另外去寻觅,好容易才看见一个不包铁片的东西,身子精光,带着伤痕还在流血,只是腰间却也围着一块破布片。他正从别一个直挺挺的东西的腰间解下那破布来,慌忙系上自己的腰,但神色倒也很平淡。

伊料想他和包铁片的那些是别一种,应该可以探出一些头绪了,便问道:

"那是怎么一回事呢?"

"那是怎么一回事呵。"他略一抬头,说。

"那刚才闹出来的是?……"

"那刚才闹出来的么?"这是鹦鹉学舌的人,你说什么他跟你说一遍,这是人类里的另一种。这个对话也是没有办法进行的,也就是说女娲无法和她造出来的东西对话。有些作家有这个体会,作家创造出来的人物自己已经不能把握了,无法和他们对话。就是说我们自己创作的东西,我们无法决定他今后的命运,就像爱因斯坦并不知道以后原子弹会产生什么结果一样。

"是打仗罢?"伊没有法,只好自己来猜测了。

"打仗罢?"然而他也问。这话没法说了。

我们知道地震之后,地可能会裂开,但是我们没有看过天裂开,这怎么写古书上的天裂开了呢?我们看看:**女娲倒抽了一口冷气,同时也仰了脸去看天。天上一条大裂纹,非常深,也非常阔。伊站起来,用指甲去一弹,天能够着,她是可以弹的,女娲个儿多高,能够弹天。一点不清脆,竟和破碗的声音相差无几了。**这一写,这宇宙写得太形象了,弹天跟弹破碗一样。**伊皱着眉心，向四面察看一番，又想了一会，便拧去头发里的水**，这些细节都不可少，有生活气息，很逼真，女娲这头发里都是水，拧去了。**分开了搭在左右肩膀上，打起精神来向各处拔芦柴：伊已经打定了"修补起来再说"的主意了。**伊为什么要补天？古书中好像没有记载说她为啥要补天。她是为人民服务吗？她是不忍心看这些人受苦受难？还是她是个完美主义者？都没有写。她只是有一个朴素的想法，看这个好像不太好，修补起来再说。其实这就是儒家讲的良知，良心一闪，良心不远。

古代曾经把儒家、道家、佛家讲得很高深，离劳动人民这么远，到了王阳明先生，他指出这良心谁都有，就是你平常随便产生的那个念头，想做点事的念头，想救人、帮人一把的念头，那就是圣贤之心，那就是佛心，你不要回避。那些大人物，是真正的圣贤，和我们也一样，也不过是有了这些念头。你看见一个房子破了，你没什么目的，就是说把这修一修，本能的一个想法，就是圣贤之念。你千万不要去想，我要学雷锋，我不忍心看着这么破，我是一个共青团员，我怎么能这样呢？你只要这么一想，就不是圣贤了。圣贤是直奔目的，我应该把它修了。我们看见路上有半块砖头，所有人都绕过去、迈过去了，有一个人一弯腰捡起来，把它放到旁边，你问他为什么把这个捡起来放到旁边，他如果说为了学雷锋嘛，这肯定是假的。他应该什么都说不出来：没为什么呀，就看着不像话嘛，这儿怎么能有个砖头，挡着人走路，应该放到一边儿嘛。就这一念，就是圣贤之念。女娲不过就是有了这一个念头，"修补起来再说"，没那么多理由。所以女娲本来是这么朴素的想法。

既然这么想了，就开始这么做了。**伊从此日日夜夜堆芦柴**，因为她这一觉不知又睡了多少年，现在满身是劲儿，没事干。**柴堆高多少，伊也就瘦多少，因为情形不比先前，——仰面是歪斜开裂的天，低头是龌**

龊破烂的地,毫没有一些可以赏心悦目的东西了。所以她决定把它弄好。

芦柴堆到裂口,伊才去寻青石头。当初本想用和天一色的纯青石的,然而地上没有这么多,大山又舍不得用,有时到热闹处所去寻些零碎,看见的又冷笑,痛骂,或者抢回去,甚而至于还咬伊的手。这都是她造出来的,不但不帮她补天,还要破坏她补天。

伊于是只好揀些白石,因为材料不够啊。再不够,便凑上些红黄的和灰黑的,因为材料有限,后来总算将就的填满了裂口,止要一点火,一熔化,事情便完成,然而伊也累得眼花耳响,支持不住了。

所以女娲说,"唉唉,我从来没有这样的无聊过。"伊坐在一座山顶上,两手捧着头,上气不接下气的说。女娲形象是鲁迅的独造,古书里没有记载,这是鲁迅对英雄的理解,英雄累成这模样了。

这时昆仑山上的古森林的大火还没有熄,西边的天际都通红。伊向西一瞟,决计从那里拿过一株带火的大树来点芦柴积,正要伸手,本来准备完成最后的工程了,又觉得脚趾上有什么东西刺着了。英雄圣贤本来自己想怎么过就怎么过,可是她非要没事补这个天不可,把自己累得要死。可是你想想,她不干这些又干吗呢?英雄好像命里注定就是要干这些。你说武松不打虎,他干吗?他生来就是要打虎的,虎在那等着他打。"有什么东西刺着了",我们看是什么东西。

伊顺下眼去看,照例是先前所做的小东西,然而更异样了,累累坠坠的用什么布似的东西挂了一身,腰间又格外挂上十几条布,头上也罩着些不知什么,顶上是一块乌黑的小小的长方板,手里拿着一片物件,刺伊脚趾的便是这东西。我们看这个形象,如果我们在地上用凡人的眼光一看,这人应该写得很高大,这是一个官啊,是个达官贵人、士大夫啊,说不定还是宰相、皇帝呢,衣冠楚楚的人,可是在女娲眼里一看是这么可笑!

那顶着长方板的却偏站在女娲的两腿之间向上看，这一笔写得非常好，就写出道貌岸然的这些文明的后代人的心思。见伊一顺眼，便仓皇的将那小片递上来了。伊接过来看时，是一条很光滑的青竹片，上面还有两行黑色的细点，比槲树叶上的黑斑小得多。伊倒也很佩服这手段的细巧。这就是所谓的"笏板"，开始启奏，开始上条陈，给神仙提意见了。

"这是什么？"伊还不免于好奇，又忍不住要问了。

顶长方板的便指着竹片，背诵如流的说道，"裸裎淫佚，失德蔑礼败度，禽兽行。国有常刑，惟禁！"女娲是不穿衣服的，我们的老祖宗是不穿衣服的，但是在子孙们看起来，老祖宗是禽兽。为什么不穿衣服呢？而且"国有常刑"，说你这个赤身裸体的，道德败坏。这个讽刺写得太好了！女娲是文盲，她不会发明文字，她也不认识这些字，她也不懂得这些礼法。而始祖好像都是这样，始祖可能不一定都是文盲，但是她的心是文盲的心，没有这么多繁文缛节。我们后来建立的这些所谓的文明，在始祖的思维映照下，就显出我们的荒谬。原始社会的人不穿衣服，不会互相盯着看对方的肉体，而我们自从穿上衣服之后，彼此专门看对方裸露出来的部分。顶着方板的这位人，这位高人雅士，他在递上他的条陈之前，首先是站在女娲两腿之间往上看的，然后他说人家不道德。鲁迅再次拿出他的辩证思维，对我们这个所谓的文明社会有一个反讽。

女娲对那小方板瞪了一眼，倒暗笑自己问得太悖了，伊本已知道和这类东西扳谈，照例是说不通的，于是不再开口，随手将竹片搁在那头顶上面的方板上，不理他，回手便从火树林里抽出一株烧着的大树来，她随便抽出一棵大树跟抽根牙签似的，抽出大树，要向芦柴堆上去点火。

忽而听到呜呜咽咽的声音了，可也是闻所未闻的玩艺，伊姑且向下再一瞟，却见方板底下的小眼睛里含着两粒比芥子还小的眼泪。因为这和伊先前听惯的"nga nga"的哭声大不同了，所以竟不知道这也是一种哭。上古之人，哭便大哭，笑便大笑，完全是依着自己的性情，不会有表演式的哭和笑，不会有皮笑肉不笑。今天的表情都是非常细微发达的，哭也分很多种，儒家也给人的哭分了好多种，我们中国关于这一类表情的词也特别发达，比如什么叫"啜泣"，什么叫"呜咽"，这都是我们自己才能体会的。那女娲不可能理解，哭就哭吧，还什么"啜泣"，是什么意思？还要"泪暗垂"，是什么意思？

伊就去点上火，而且不止一地方。鲁迅在写女娲的形象时处处用文明社会的礼法去对比，去对比我们这个文明社会丧失的是什么东西，而我们这个社会出了问题还要女娲来补，补天的还是老祖宗。

火势并不旺，那芦柴是没有干透的，但居然也烘烘的响，很久很久，终于伸出无数火焰的舌头来，一伸一缩的向上舔，鲁迅写火写得非常棒，鲁迅很多地方写火，那写的是雄伟的画面。又很久，便合成火焰的重台花，又成了火焰的柱，赫赫的压倒了昆仑山上的红光。大风忽地起来，火柱旋转着发吼，青的和杂色的石块都一色通红了，饴糖似的流布在裂缝中间，像一条不灭的闪电。谁还能写火写成这么好、写这么壮观？！大家再看看《铸剑》，鲁迅写的铸剑的过程，色彩温度搭配，光影的搭配。

风和火势卷得伊的头发都四散而且旋转，汗水如瀑布一般奔流，大光焰烘托了伊的身躯，使宇宙间现出最后的肉红色。鲁迅笔下——这是我读人类文学史上出现的最美丽的女性！人类最光辉最美丽的女性就是鲁迅写的女娲，这真是一曲英雄赞歌！这一段，如此之英雄！我读金庸的《天龙八部》，读到萧峰之死的时候，觉得萧峰之死写得非常悲壮，但是那个文笔总觉得还差点劲，萧峰之死那一段是描绘功夫不足，萧峰之死如果由鲁迅来写，那绝对是惊天地泣鬼神！他们的思想是相通的，都是伟大的英雄为人类献身,不被众人所理解,众人还要污辱他,萧峰的精神就是鲁迅精神!但是金庸的文笔还是比鲁迅要差,你看鲁迅写女娲就知道,这才是悲壮的英雄。我们这时候可以想想有个电影叫《英雄儿女》,《英雄儿女》里有一首《英雄赞歌》,用《英雄赞歌》来配这个画面,完美,绝对是完美——"勇士辉煌化金星"!

火柱逐渐上升了,只留下一堆芦柴灰。伊待到天上一色青碧的时候,才伸手去一摸,这一摸写得很形象,指面上却觉得还很有些参差。还没太糊好,还不太光滑。

"养回了力气,再来罢。……"伊自己想。

伊于是弯腰去捧芦灰了,一捧一捧的填在地上的大水里,芦灰还未冷透,蒸得水渐渐的沸涌,蒸字也用得好,蒸得,灰水泼满了伊的周身。大风又不肯停,夹着灰扑来,使伊成了灰土的颜色。鲁迅怎么样写一个女英雄——不是写她干干净净,拿什么洗发水、洗涤液把自己洗得光鲜亮丽,不是,把她写得很脏,全是灰,风吹的灰,但越这么写她才越是一个伟大的女性,栩栩如生的、有气息的、有温度的这样一个女性。

"吁!……"伊吐出最后的呼吸来。

下面这段描写跟开头是一样的,鲁迅最善于用重复描写。天边的血红的云彩里有一个光芒四射的太阳,如流动的金球包在荒古的熔岩中;那一边,却是一个生铁一般的冷而且白的月亮。但不知道谁是下去和谁是上来。看来鲁迅是非常知道自己描写手段的精彩,他知道自己写的文字是万古不朽的,大家学过《故乡》,《故乡》里关于海边沙滩上的那轮月亮鲁迅也是重复的,鲁迅知道自己什么地方是最得意的地方,你们再也写不出这样的太阳和月亮来,没有人能够超越。这时候,伊的以自己用尽了自己一切的躯壳,便在这中间躺倒,而且不再呼吸了。

天补完了,英雄倒下了!这就是鲁迅理解的女娲,这个女娲不仅是一个具体的神，她是人类一切的为人类解放、幸福、自由，献出自己所有力气乃至生命的那些英雄圣贤！毛主席写的人民英雄纪念碑碑文，只上溯到1840年，是写的这一百多年，其实人民英雄纪念碑的碑文也适合女娲。鲁迅笔下的这个女娲，就是一位人民英雄！人民英雄一开始不是那么伟大的，她就是没事，看不惯黑暗，先修补起来再说，要改造改造旧世界，英雄本来就是看不惯、看不顺眼——谁让你们随便欺负人，英雄自己未必是弱势群体出身，许多大英雄都出身于上层，很多大英雄是所谓的"官二代""富二代"，他们自己未必过得不好，就是有一颗圣贤的良心，看不惯黑暗的世界。释迦牟尼本来是王子，他不愿意那么过了；朱德在参加革命之前，已经是坐拥重兵镇守一方的大军阀，想过什么日子都有，就是看不惯黑暗的旧中国，抛弃了所有的荣华富贵，然后跟着这帮人去爬雪山过草地，五十多岁了。所以最后他们使尽了所有的力气要补天，于是最后倒下了，不再呼吸，英雄很悲壮！可是有时候我想——我愿意想得更深一点儿，我是受鲁迅影响——英雄倒下了，可是天补完了，就永远不裂了吗？这以后天又裂了，咋办呢？我这么一想，恐怕就更沉重，所以有时候也不愿意再想，还是回到英雄的身上。

上下四方是死灭以上的寂静。比死灭还寂静。英雄死了，成烈士了。

有一日，天气很寒冷，却听到一点喧嚣，那是禁军终于杀到了，因为他们等候着望不见火光和烟尘的时候，所以到得迟。他们左边一柄黄斧头，右边一柄黑斧头，后面一柄极大极古的大纛，躲躲闪闪的攻到女娲死尸的旁边，却并不见有什么动静。他们就在死尸的肚皮上扎了寨，你看那女娲的肚皮很宽阔啊，肚皮上可以扎寨，因为这一处最膏腴，他们检选这些事是很伶俐的。然而他们却突然变了口风，说惟有他们是女娲的嫡派，同时也就改换了大纛旗上的科斗字，写道"女娲氏之肠"。

鲁迅的弟弟周作人写过一篇很深刻的文章，叫《吃烈士》，鲁迅不是发现了道德背后的吃人吗，发现了历史缝隙中的吃人吗，周作人也发现了很多吃人。吃人是吃得很具体的——怎么吃，吃什么，包括烈士是可以吃的。烈士死了之后，你的奉献还没有做完，人家还要继续吃你，利用烈士，打着烈士的旗号来为自己谋私利。有多少是这里写的"女娲氏之肠"呢？他们只不过是看到这里头很"膏腴"，要在这里发财，在这里安营扎寨，其实做的还是个人升官发财的事情。我们今天有多少人要续写家谱，说自己是某某大人物的后代？自己最好是皇家贵胄，大宅门出来的，有的人甚至不惜伪造自己是太监的后代，这都有。只要能跟一个名人拉上关系，宁肯说自己是李莲英后代都行，但是，他真的是要弘扬他们祖宗的某种风、某种烈、某种魂吗？恐怕都不是，不过是"女娲氏之肠"。这是鲁迅写这种大人物一贯的悲凉的结局。我们学过《非攻》，墨子的结局怎么样呢？悲凉。

  落在海岸上的老道士也传了无数代了。他临死的时候，才将仙山被巨鳌背到海上这一件要闻传授徒弟，徒弟又传给徒孙，后来一个方士想讨好，竟去奏闻了秦始皇，秦始皇便教方士去寻去。原来仙山是这么来的。

  方士寻不到仙山，秦始皇终于死掉了；汉武帝又教寻，也一样的没有影。

  大约巨鳌们是并没有懂得女娲的话的，那时不过偶而凑巧的点了点头。模模胡胡的背了一程之后，大家便走散去睡觉，仙山也就跟着沉下了，所以直到现在，总没有人看见半座神仙山，至多也不外乎发现了若干野蛮岛。

  小说就这样写完了。一九二二年十一月作。

  在这里，鲁迅又顺便嘲笑了仙山的传说，"忽闻海上有仙山，山在虚无缥缈间"（白居易《长恨歌》）。今天又有人考证说，那就是日本，原来日本就是被王八随便丢在海里的，王八驮了一段之后不愿意驮了，怪沉的，扔这儿算了，往这一扔，日本列岛出来了。所以我们也怨这几个王八，怎么不驮远点儿啊，放我们家门口干吗？鲁迅这里把文明和野蛮故意对照着来讲，他要我们打破这种固有的思维，我们不要因为打破了之后就跳到另一个极端，说我们今天的文明都不对，你这样讲也是错误的。所以，我们要丰富我们的思维，而不是由原来的倾向左变为现在的倾向右，或者相反。在女娲的映照下，我们重新思考历史与现实的关系，这是这篇小说的一个用意。

那我们最后再看看鲁迅在《故事新编》序言中关于这篇小说的一个补充说明。他说：

第一篇《补天》——原先题作《不周山》——还是一九二二年的冬天写成的。那时的意见，是想从古代和现代都采取题材，来做短篇小说，《不周山》便是取了"女娲炼石补天"的神话，动手试作的第一篇。这是"动手试作"。首先，是很认真的，虽然也不过取了弗罗特说，就是今天讲的弗洛伊德，来解释创造——人和文学的——的缘起。人和文学都是这么起来的，就是无聊。不记得怎么一来，中途停了笔，去看日报了，不幸正看见了谁——现在忘记了名字——的对于汪静之君的《蕙的风》的批评，他说要含泪哀求，请青年不要再写这样的文字。我讲现代文学的时候讲过，有个湖畔诗派，最早写爱情诗的，那些爱情诗今天看来都很小资，一点也不色情，比如什么伊的眼睛像水，很温柔啊，我一步一回头看我意中人啊，就是今天流行歌曲写烂了的词，在当时受到围攻，有的人请他们不要再写这样的文字，说是太不道德了。所以鲁迅觉得这些人是伪君子、假道德。

这可怜的阴险使我感到滑稽，当再写小说时，就无论如何，止不住有一个古衣冠的小丈夫，在女娲的两腿之间出现了。原来这个细节是这么想出来的。我们今天经常有语文试卷给学生出现代文阅读题，经常问：此处作者为何要这样写？学生永远答不上来，永远是乱编的，谁能知道有这样的典故啊，你的小说谁知道怎么写的呀？老师制订的标准答案都是胡说八道，说用在这里如何高妙。所以学生一般都是回答，"承上启下，承上启下"，都说承上启下。文学创作的来源是非常丰富的，不好瞎猜，所以最好不那么扯。

这就是从认真陷入了油滑的开端。油滑是创作的大敌，我对于自己很不满。可是这真的是不满吗？鲁迅后来那些《故事新编》的小说，不是发扬光大了这个"油滑"吗？所以作家的话不能够当真地听，要结合情况，到底是谦虚还是骄傲。我们很多学者就拿着鲁迅的这句话，批评鲁迅的油滑，说鲁迅小说特别好，特别是《呐喊》《彷徨》，非常严肃深沉，《故事新编》就不太好，比较油滑，他就把鲁迅的说法等同于现在那些无聊的抗战剧戏说。

鲁迅这个是戏说吗？鲁迅在女娲的两腿之间写了那么一个假道学的小丈夫，这个细节到底好不好？是成功的，还是失败的？如果失败的话，鲁迅为什么以后还坚持这么写？而且越写越厉害。我们学的《起死》，庄子从袖子里掏出的是什么？是警笛，庄子吹警笛叫来警察。如果鲁迅认为这是不好的，鲁迅不可能这么写。鲁迅越写越猛烈，说明鲁迅认为这是一个非常伟大的写法，但是当时他不好掌握——如何写得好，又不是戏说。

我决计不再写这样的小说，当编印《呐喊》时，便将它附在卷末，算是一个开始，也就是一个收场。鲁迅原来是这么说的。可是呢，后来有变化。

这时我们的批评家成仿吾先生正在创造社门口的"灵魂的冒险"的旗子底下抡板斧。成仿吾先生是板斧大师。他以"庸俗"的罪名，几斧砍杀了《呐喊》，只推《不周山》为佳作，——自然也仍有不好的地方。坦白的说罢，这就是使我不但不能心服，而轻视了这位勇士的原因。我是不薄"庸俗"，也自甘"庸俗"的；对于历史小说，则以为博考文献，言必有据者，纵使有人讥为"教授小说"，其实是很难组织之作，至于只取一点因由，随意点染，铺成一篇，倒无需怎样的手腕；况且"如鱼饮水，冷暖自知"，用庸俗的话来说，就是"自家有病自家知"罢：《不周山》的后半是很草率的，决不能称为佳作。倘使读者相信了这冒险家的话，一定自误，而我也成了误人，于是当《呐喊》印行第二版时，即将这一篇删除；向这位"魂灵"回敬了当头一棒——我的集子里，只剩着"庸俗"在跋扈了。

鲁迅很"坏"，你说我这都庸俗，就这篇不庸俗，我非把这篇拿掉，剩下的全是恶心你的。但是，鲁迅报复完了对手之后，也不可能让自己的作品闲着，他还是发扬光大了他的"庸俗"和"油滑"，并且写成了第三本小说集。所以鲁迅的话不可单纯地理解，他可能确实也认为，这样写没有完全把握，可以质疑，可以讨论。但是，十年之后还这么写，就说明他不认为这是失败的，但是为了反击成仿吾，必须这样做。显然，对于成仿吾他们来说，鲁迅认为《阿Q正传》《孔乙己》《狂人日记》《药》是更重要的小说，特别是在"五四"时期，那些小说当然是更重要的，对于唤醒民众，对于激发革命是更重要的。而《补天》这篇小说太深刻了，它是反思性质的，需要到20世纪30年代，乃至于再往后的时代，才能发挥出来，特别是关于革命领袖，关于伟人与群众的关系，可能对于我们今天来说，更有探讨的价值。

那么，我们看完了这几篇《故事新编》里的小说，总结起来看，鲁迅全面反思中国文化，他要做到的是在诸子百家的基础上超越诸子百家。他儒家、道家、墨家、侠客、佛家都涉及了。《故事新编》里的《采薇》

涉及伯夷、叔齐,《出关》《起死》里涉及老子、庄子,《理水》《非攻》里涉及禹墨一派大禹、墨翟,《铸剑》里的宴之敖者——侠。鲁迅也提到和佛教有关的东西,《阿Q正传》里的土谷祠、祥林嫂的捐门槛,鲁迅对这些东西不是简单地批判和继承,他是深入研究之后进行一种平等的探讨,你跟圣贤平等,才能真正很好地体会他、理解他。

在此基础之上,鲁迅认为谁是真正的大英雄?孔子、老子、墨子这些人固然都是大英雄,但有比他们更高的英雄,这就是中华民族的始祖,就是女娲,女娲才是最大的英雄,因为她是我们文明的源头。而文明的源头恰恰包含着反文明的因素。在今天反文明是一个罪名,我们经常给那些自己的敌人加一个罪名,说他是反文明、反人类,单纯地野蛮地反文明当然是不对的,可是我们知道文明的源头恰恰是反文明的。鲁迅说的很多话恰恰是中国人不爱听的。文明的源头恰恰有反文明因素。

其次,鲁迅的小说,把古老的神话给人间化了。你读了《补天》,你觉得女娲依然伟大,是神,但同时是人,是一个那么可亲的女性,可亲的母亲,可亲的劳动妇女。女娲身上有那么多好的素质,也就是她太巨大了,不然,我们很希望自己有这么一个邻居,有这么一个亲戚,有这么一个老师,多好。而女娲的精神世界是什么样的呢?她是我说的"白心之人",这个"白心"是鲁迅在《破恶声论》里用的一个术语。鲁迅讲"白心",就是赤子之心,纯洁之心。自从有了文明之后,人心就不白了。鲁迅为什么写女娲走近海里面一段"纯白的"身影,"纯白",他写她身体的白,也是写她心的白。鲁迅说中华民族要真正自救,是要出现"白心之民"。

鲁迅的伟大就在于,他一百年前就指出你们这样干可以,科学民主我们都要,但是光这些东西不能救中国,真正救中国的是一颗纯洁的心。但是,我们不能要求13亿人民都那么纯洁,每个人纯洁到百分之六七十,全中国有那么百分之六七十的人心灵纯洁百分之六七十,那个中华民族就是不可战胜的,我们就能恢复到我们想象的任何一个中华民族昌盛的时代,那才叫文明的复兴。

我希望这一天能够从明天开始,从2015年开始。

祝在座的各位:2015年幸福愉快!本学期的课到此结束。谢谢大家!

——2014年北大鲁迅小说研究课第十五课

2014年12月31日

英雄的乌鸦炸酱面

——《奔月》（上）

同学们好，我们开始上课。

冬天已经到了，这是立冬之后的第一次课，好在我们有暖气，好像比立冬之前还要暖和。抵御寒冷有很多办法，在没有取暖设备的古代，这种生活有时候不太好想象。现在的人啊，寿命比以前长了，但是身体越来越笨，离开身外的很多设施、体制，我们都活不下去了。我有一年到新加坡上课——在新加坡过了两个月，就感觉我们古人真了不起，古人在这个地方是怎么活的呢？古代没有空调，没有电扇，这每天四五十度，还能够建设起城市来，简直无法想象。因为我从小是在东北长大的，很多南方同学想象不了东北人是怎么生活的。他问你今年冬天冷不冷，我说今年一点儿都不冷，今年才零下二十多度。他说，那零下二十多度怎么过呀？我说我小时候零下三十多度呢。有一天我家暖气夜里边停了，早晨起来一看那被子上全是霜，我就睡在冰霜里。那个早晨起来，从被子里把腿伸出去的一刹那，那是很考验人的啊，温差几十度，腿上的皮肤像被刀割一样的。出门马上就知道谁的睫毛是长的——睫毛上都是霜。抵御自然界的困难，古人都是靠自身。我们现在这个身体呢，是越来越干不了什么，所以我们慢慢地很多感觉都迟钝了。

比如我们成天说"英雄"这个词，这个词已经太普泛了，一说英雄是什么啊？——非常有成就的人，很了不起的人，而已，那个鲜活的感觉已经没有了。什么叫"英"？就是那花朵从植物里"嘣——"就出来了，那叫"英"。我们没有那个感觉。所以我们今天说的英雄，包括什么共和国英雄，我们怎么去想象他和我们之间的那个差异？古代的文献留下来很多神话，这些神话是不是就全是虚构、杜撰的？比如我们如何想象"后羿射日"？曾经天上有十个太阳，人民活不下去了，英雄后羿，神射手，神射无敌，把十个太阳射下来九个，剩下一个侥幸活下来——幸亏没都射下来。我们觉得这就是瞎编嘛，这就是神话，怎么能把太阳射下来呀？类似这样的神话，各民族的神话，是不是完全是虚构的？按照我们这个可怜的小脑瓜去想象，它最有可能实际发生的事情是什么？肯定是曾经遇到过地球温度极高的时候，人受不了，天天四五十度。我们现在冷了主动去蒸桑拿，主动去烧烤，可是让你天天四五十度——人类应该经历过那样的时期，那么留下来的传说是天上好像有十个太阳，这个太阳天天不落，此起彼伏，或者是人热得眼花缭乱，头晕眼花，看着天上全是太阳，也有可能，这是留下来的集体记忆。那后来呢，就有人管这个事了，人类就团结起来管这个事。

美国有个教授，他讲中西文化的不同。他说西方人、西方文化遇到任何困难就求上帝了，就躲避了，就甩锅了。他说你看看中华民族，中华民族所有的神话都是跟大自然抗争的。夸父追日，精卫填海，后羿射日，还有愚公移山，不论什么方式，只要困难来了，"我跟你干！非给你干倒不可！"这叫中华民族。当然这个教授是提醒美国人，不要跟中国人硬干，你是干不过中国的。习近平主席说，"中国人民是爱好和平的"[1]，但是惹急了不好办——不要惹中国人，你不惹他，他对你特别好，惹急了，麻烦了。这一次习近平主席讲："如果惹翻了，是不好办的。"[2]当年毛主席讲得是慷慨激昂的，习近平主席讲得是很平和的，笑着说，中国人民惹急了不好办。

你看看神话就知道。反正古代有那么一堆英雄，出来救这个民族，救这个文明，后来沉淀下来的那些东西就变成神话了。可是，灾难总会过去的，武松打完虎之后呢？鲁迅的一个思维特点，他老是问"之后"的事情。你说将来我们要实现共产主义，特别振奋人心，鲁迅说实现共产主义之后呢？哎，没人想。他老问之后的问题。现在我们很落后，我们要发展科学，引进民主，鲁迅说都好，我都支持，可是民主科学来了之后呢？比方说革命好，革命之后呢？英雄救苦救难的时候，大家都万众欢呼他是英雄，英雄把问题摆平了之后呢——这是鲁迅经常思考的问题。当然他不是老空想，他自己也是英雄，他自己也跟很多英雄是一伙儿的，是同事，是同伴。

中国呢，好在历史长，历史上有许许多多的英雄末路，鲁迅用他的这个办法写了一个英雄末路。我们这两次课来做一个轻松的事，慢慢地来欣赏鲁迅的一篇小说，欣赏鲁迅《故事新编》中的一篇《奔月》。这篇小说，当然可以从不同的角度进入，我就随便挑了一个角度，叫"英雄末路"。因为从我们大多数人的感觉来说，这里边写的这个人是个英雄，可是小说写的不是什么英雄，小说不是一开头就写"天上出了十个太阳，

---

1 《习近平：中华民族是爱好和平的民族，中国人民是爱好和平的人民》，中国政府网，http://www.gov.cn/xinwen/2020-10/23/content_5553575.htm（访问时间：2022年7月22日）。
2 《"中国人民是惹不得的。如果惹翻了，是不好办的！"》，京报网，https://news.bjd.com.cn/2020/10/23/11447t100.html（访问时间：2022年7月22日）。

人民渴望大救星，我们出来一个头领"。小说写的不是这事，小说展开的情节是那个英雄的业绩——那一片辉煌——早都黯淡了，写的是这个事情。

这篇小说呢，写于1926年。我们对这一百年来的每一年应该有一个感受，这一百来年，说每一年，你马上就意识到那一年主要有什么事，那一年中国什么样，世界什么样，有大体的感觉。1926年是什么时候？那一年中国什么样？共产党、国民党都有，但是红军没有，正在北伐，"五四"已经过去。那你如何评价1926年？蒋介石总司令说，革命形势一片大好，北伐军乘胜前进。鲁迅怎么说？鲁迅看见的是青年在杀青年，鲁迅看见的是革命青年在杀革命青年。1927年初，鲁迅本来到了革命的大本营广州，到了那儿去，一片血雨腥风，结果他离开了广东。这篇小说发表于1927年的年初，发表在叫《莽原》的一个刊物上，后来收到这本《故事新编》里。这是创作的大概背景。这个背景我们看跟鲁迅的早年不一样吧？跟鲁迅的"五四"时代是不一样的，现在不是《呐喊》时候的鲁迅，不是《彷徨》时候的鲁迅；也不是后来20世纪30年代鲁迅明确地站在共产党一面为劳苦大众说话的那个时候。1926年鲁迅怎么看自己与国家的关系？英雄指的是谁？这都是读这篇小说的时候，随时可以想的一些问题。

那我们呢，不是进行系统的学术研究，我们做一个赏析式的阅读，我们从头一段一段地看下来。小说分几节，第一节是这样开头的：

聪明的牲口确乎知道人意，刚刚望见宅门，那马便立刻放缓脚步了，并且和它背上的主人同时垂了头，一步一顿，像捣米一样。1926年的鲁迅，我不知道他看过几部电影，但是这篇小说的开头是一组非常精彩的镜头，而且是特写。我说了鲁迅小说一篇有一篇的形式，《故事新编》看上去都是瞎编古代故事，但是也仍然一篇有一篇的形式。你写后羿，你写《奔月》，不论从哪儿开头，谁也没想到他从一头牲口开头，不写任何人。写牲口也不写那个牲口四蹄翻腾、奔驰踊跃的形象，写牲口回到家门口，还是低着头的这么一个意象出来。但是我们知道，写牲口就是写人，所以说牲口知道人意，"刚刚望见宅门"，这是个有宅门的地方，一般的人家不会称宅门。牲口放缓脚步，和它的主人同时垂了头。垂头——开始就是个垂头的形象，主人和马都垂头。而且写得格外的细致，"一步一顿，像捣米一样"，把一匹马愣是写成了一只鸡，写成了捣米的鸡。就好像"哎呀，能不回来就不回来了，回来怎么这么痛苦啊，没脸回来"的这个状况。

暮霭笼罩了大宅，一个大宅子，傍晚，有暮霭，**邻屋上都腾起浓黑的炊烟**，炊烟为什么是浓黑的？你们烧过火、做过饭吗？烟是黑的和白的有什么区别？黑的说明燃料不好，说明你家燃料不高级。你看谁家冒烟就知道谁家穷谁家富，说明他邻居的生活不如他家。**已经是晚饭时候。家将们听得马蹄声**，他家有家将，家将是武装的仆人，**早已迎了出来，都在宅门外垂着手直挺挺地站着**。很有仪式感。这个时候主人公才出现，**羿在垃圾堆边懒懒地下了马**，说到这儿就知道鲁迅是个很"坏"的家伙，羿是大英雄，但是一出场自己也是垂着头的，他的马也是垂着头的，下马的地方竟然是垃圾堆。我们知道北京市正在加强垃圾分类管理，也不知道他们家这垃圾怎么管理的，是不是分厨余垃圾、有害垃圾等等。"在垃圾堆边懒懒地下了马"，这是古今中外任何小说中没有过的画面，一个英雄在垃圾堆边下了马，亏他想得出来！**家将们便接过缰绳和鞭子去。**还是有老爷、大英雄的威严，手下人接过他的鞭子、缰绳。**他刚要跨进大门**，**低头看看挂在腰间的满壶的簇新的箭**，这箭壶是满的，说明箭没怎么用，**和网里的三匹乌老鸦**，这是北京话，鲁迅在北京待时间长了，会说很多北京话了。**和一匹射碎了的小麻雀**，亏他用这么一个量词，还一匹，小麻雀给射碎了。你看他能写得这么细，可是我们模仿不了，这是多大的想象力呀！麻雀为什么能射碎了呢？说明射麻雀的箭很大，很有力量，那不是射麻雀的箭，那是射狮子、老虎、狗熊的箭，竟然射了麻雀，把麻雀射碎了。**心里就非常踌蹰。但到底硬着头皮，大踏步走进去了；箭在壶里豁朗豁朗地响着**。这个声音，你们想想，如果是在影视剧里的话，非常刺耳，就是没有什么收获的英雄回来了，可是这个箭啊，"豁朗豁朗地响"，好像是反讽一样。这样细致的反讽，一般的评书是表现不出来的，用单田芳那种方式是表现不出来的，单田芳所有的武器响动都是一样的，都是跄跟跟跟或者哗啦啦啦，都是一样的。这里"豁朗豁朗地响着"是每响一声都抖动着，都犹如打在他的脸上。

第一段很奇怪，英雄好像是没什么收获回来了，硬着头皮进家。他怕什么呢？没打着就没打着呗，这有什么可怕的呢？好像前边有个可怕的东西。它不是推理小说，但是它自然呈现出这种悬念。而传统小说类似于说书的那种话本结构呢，都要叙事者出来挑起这悬念，要问你：看官，你说他怕的是谁？现代小说要抹去这些痕迹，让现代读者孤独地阅读小说的时候，自然地会心，自然地在心里升起悬念。

所以《奔月》这篇小说一开始出现的是一个委顿的意象。我们不由自主地想，1926年的鲁迅，有什么收获没有？1926年的鲁迅是不是也经常这样回家，有类似的这种情绪——这个家也不要简单地对号就是他生活中的那个家，也或许是他面对着他的故友、亲朋等等。好，我们看大英雄后羿回家了。

刚到内院，他便见嫦娥在圆窗里探了一探头。第二个重要人物女一号出来了。这个时候你一想，哦，原来他俩是夫妻，是两口子，太太在家呢。他家有外院还有内院，进了内院他看见"嫦娥在圆窗里探了一探头"。我们知道古代一个美女在窗户里现出她的面容，一般那是很美丽的一个画面,可是嫦娥探了一探头,好像鬼鬼祟祟一样的,这个开头也比较奇特。他知道她眼睛快,一定早瞧见那几匹乌鸦的了,不觉一吓,脚步登时也一停,——但只得往里走。使女们都迎出来,给他卸了弓箭,解下网兜。家里还有不少使女,除了家将。他仿佛觉得她们都在苦笑。这会儿他就觉得一切都在嘲笑他,包括家里的一些丫鬟。

"太太……。"他擦过手脸,走进内房去,一面叫。有内院,内院里边有内房。

嫦娥正在看着圆窗外的暮天,慢慢回过头来,似理不理的向他看了一眼,没有答应。这写的很残忍,很像普通老百姓家里的情况,丈夫不太得意地回来,家里的太太不太热情。这里写了嫦娥不太热情,但是也写了嫦娥看天——一个人透过窗口向外看天的时候,这是有想法的。大家如果听过戴锦华老师讲电影就知道了,所有的电影镜头都是有寓意的,电影里的人物在窗前说话,在窗前往外看,这都是有规定的信息,这都是传达规定的信息。一个女的在窗口向外看天,就说明她已经怎么样呢——不安于室!古代妇女倒是不太经常出门,但是,不出门可以在家里看天,看窗外呀,越看越想出去,不安于室。

这种情形,羿倒久已习惯的了,至少已有一年多。一年多是这种情形,他回来,嫦娥爱理不理。那么这个一年多,跟鲁迅本人有什么关系没有?鲁迅1924年到1926年之间发生了什么?大家知道,鲁迅生命中有一件很重要的事叫兄弟失和。我们讲《故乡》讲过,鲁迅在北京混好了,回到绍兴老家,把全家都接来了,把老家房子都卖了,全家在一起,住一个很大很大的四合院。当然鲁迅自己住在前院,老太太,还有他弟弟一家,他弟弟周作人教授和周作人教授的日本太太,还有孩子,都在后院。这本来是很成功的一家人,其乐融融。大哥在教育部当官,老二在北大当教授,兄弟俩每个月都各挣三百大洋左右,还有很多外快。

三百大洋是天文数字啊，买一个普通四合院一般才八百大洋。你看这过的什么日子。可是后来这家里竟然钱不够花，因为这家里头一切都是要消费日货。一个菜不好吃，就全扔了，或者赏给下人，就再做一拨儿，这家里掌权的人是周作人的太太——感冒打喷嚏要请日本大夫，他太太非常爱国，一切都要买日本人的东西。鲁迅说，我的钱是用黄包车挣进来的，但是他们是坐着汽车花出去的。没事儿就打汽车，20世纪20年代出门叫汽车，就等于今天出门叫直升机。所以这家里的钱最后是不够花的。

那么鲁迅有没有回到那个四合院很踌躇的时候？家里的人对他爱理不理，鲁迅在这个四合院里后来终于发生了大的冲突，兄弟失和了，鲁迅就搬出去了。好在鲁迅有钱，后来又买了一个四合院。【众笑】说起来让今天的教授都愧死，我们一辈子的收入，加起来也买不了半个四合院，北京四合院现在都是论十亿的，三环里面那四合院十亿买不了。

鲁迅说这个情况已有一年多，不知道他是随手写一年，还是故意写这个一年。**他仍旧走近去，坐在对面的铺着脱毛的旧豹皮的木榻上，**虽然故事是虚构的，但是虚构得极其细致认真，细节必须让你无可挑剔。他们家的木榻上是铺着豹皮的，这是合乎他们家身份的，大英雄，会打猎，肯定是家里铺豹皮不稀罕。可是这豹皮是旧的，而且已经脱了毛了，说明没有新的可换。为什么换不了新的豹皮呢？这跟前文联系起来是统一的。**搔着头皮，支支梧梧地说——**

"今天的运气仍旧不见佳，还是只有乌鸦……。"哎呀，这是英雄出场说的话。这个英雄啊，本来做了大的贡献，人们应该感谢他。可是英雄就因为做了大的奉献，如果以后不能天天维持，仿佛都对不起大家，这好像是社会的常态。我们这些人不是英雄，是俗人，我们能打着乌鸦，家里的人可能就得夸我们：真了不起，居然逮着一乌鸦，多好！可是后羿不行,后羿打着一乌鸦他就对不起人。所以古人早就教给我们很多的哲学:不要当英雄啊,巧为拙者奴啊,等等。就是你只要能干,你就倒霉,你得到欢呼和感谢只是那一瞬间,以后人生漫漫苦海你永远被安排,有事儿大家就怨你。今天你为灾区捐了十万块钱,下一次呢,你捐八万就有人骂你了,你上次不是捐十万吗?可见上次是虚伪的。所以说好人难当,英雄难当——我打了乌鸦,就说不出话来了。所以说这个画面使我们可以想到很多人家,丈夫下班,不能够让太太称心如意,这尴尬的场面。那我们想想,后羿打不着比乌鸦更好的动物,嫦娥应该怎么说,有什么反馈呢?嫦娥是什么反应呢?

"哼!"嫦娥将柳眉一扬,忽然站起来,风似的往外走,嘴里咕噜着,"又是乌鸦的炸酱面,又是乌鸦的炸酱面!你去问问去,谁家是一年到头只吃乌鸦肉的炸酱面的?我真不知道是走了什么运,竟嫁到这里来,整年的就吃乌鸦的炸酱面!"鲁迅发明了一道美食,乌鸦炸酱面。【众笑】我觉得以后的饭馆也可以开发一个鲁迅菜肴系列——鲁迅写的菜肴。乌鸦炸酱面确实没吃过,不知道好吃不好吃,估计也不会太难吃。现在人们不都喜欢吃什么鹌鹑、鸽子之类的吗?我估计乌鸦也就是这一类。而且据说有些地方的炸乳鸽,就是用乌鸦冒充的,一般人也吃不出来。乌鸦炸酱面未必就难吃,关键是一年到头不能变化。这一年到头只吃乌鸦肉的炸酱面,所以嫦娥受不了了。这是我们在历史上第一次读到一个崭新的嫦娥的形象。千百年来老人讲给孩子的那个嫦娥形象都不这样,我们也不知道嫦娥吃什么,知道嫦娥后来吃过灵药,平时吃什么不知道,鲁迅告诉我们,嫦娥竟然吃了一年的乌鸦炸酱面。

这不光是鲁迅的一个搞笑的噱头——乌鸦炸酱面,我们想想它相当于北京城人民的生活。现在有一道伪北京的美食叫北京炸酱面,这完全是胡说八道,北京哪有什么炸酱面啊。你问问老北京,北京就没这个,吃炸酱面的是天津是东北是山东是河北，北京哪有什么炸酱面哪！完全是瞎说。像日本到处挂着上海大闸蟹一样，因为他不知道中国别的地方，他以为大闸蟹都是上海的。日本街上卖的栗子都写的天津栗子，天津那儿产的栗子。但是北京呢，比较富裕的小康之家，逢年过节讲究一下，有时候是吃炸酱面的，但并不是现在饭馆里卖的固定菜码儿的那个，逮什么吃什么，刴点儿黄瓜丝儿、胡萝卜丝儿、葱丝儿，弄点酱油醋，可以了。有钱人家炸点肉酱，没那么有钱的炸个鸡蛋酱，里边切点小青椒，可以了。也就是能吃炸酱面还带肉的，已经是有钱人家了。他们家经济地位其实并不低，可是嫦娥很不满，不满的是天天乌鸦炸酱面。

"太太，"羿赶紧也站起，跟在后面，这个羿啊，很怕他太太，虽然在外面是大英雄，在家里很惧内。我发现这好像是人类历史的规律，越是大英雄越惧内。低声说，"不过今天倒还好，另外还射了一匹麻雀，可以给你做菜。女辛！"他大声地叫使女，"你把那一匹麻雀拿出来请太太看！"这个格外搞笑，这乌鸦已经不能满足人，麻雀又比乌鸦小了多少倍，还要拿回来做菜。

野味已经拿到厨房里去了，女辛便跑去挑出来，两手捧着，送在嫦娥的眼前。这几个动词也写得非常好，"挑出来""捧着""送在"，突出了可怜。一匹小麻雀，何曾入过英雄的眼？今天竟然还要给拿来减轻一点儿自己的罪责，说今天不都是乌鸦，竟然还有别的菜，还是射碎了的麻雀。女辛——女就是使女，辛是按着天干排的，甲乙丙丁戊己庚辛，代表那个时代是这样起名的。从这里可以看到鲁迅当时虽然没有正常的家庭生活，但是他对老百姓家里人互相之间怎么说话，是观察入微的，分毫不差的，语气、关系都拿捏得恰到好处。

不是有这个麻雀了吗？"哼！"她瞥了一眼，慢慢地伸手一捏，不高兴地说，"一团糟！不是全都粉碎了么？肉在那里？"这麻雀如果有点儿肉还行，这麻雀被他射碎了，已经没有肉了，射得粉碎。

"是的，"羿很惶恐，"射碎的。我的弓太强，箭头太大了。"英雄到处都不是，一身的不是。

"你不能用小一点的箭头的么？"

"我没有小的。自从我射封豕长蛇……。"

"这是封豕长蛇么？"她说着，一面回转头去对着女辛道，"放一碗汤罢！"便又退回房里去了。

古书上记载后羿弓法高强，射杀了无数的封豕长蛇，那是大动物，大的野猪。我们想，今天这个环境破坏是不是从后羿开始的？【众笑】把珍贵的野生动物都给杀完了，人类的破坏能力也太强了，以后羿为代表。在这里主要是为了对比巨大的野猪，因为八百斤的野猪等于上万个半两的小麻雀，用射野猪的箭头竟然射了麻雀，当然这也说明他箭法厉害，射野猪容易，大啊，射麻雀，竟然能射到，用那么大的箭头射那么小的麻雀，说明那个箭比麻雀还沉，当然要射碎。可是这样对话，显然矛盾会越来越深。羿只会为自己辩解，觉得自己很惭愧，这个惭愧里面，纯粹是我们说的怕老婆吗？因为老婆长得漂亮，所以怕？有这个因素可能，但不仅仅是。我们可以看到后羿的惶恐包含着他自己对自己就不满。如果这个太太能够包容他，能够安慰他，能够理解他，不一定就能减轻他内心的惶恐，因为事实在这里摆着，并不因为嫦娥的态度。当然嫦娥的态度是写嫦娥这个人，他在塑造另外的人。现在英雄就落到一个杀鸡用牛刀的境地。

只有羿呆呆地留在堂屋里，靠壁坐下，听着厨房里柴草爆炸的声音。鲁迅善于写画面，善于写颜色，也善于写声音，一个人静静地听隔壁那块儿柴草爆炸，柴草爆炸其实声音很小，本来是用不着爆炸这个词的，但是柴草被烧的时候，那一点儿声音竟然叫爆炸，嘎巴儿一声，哪根儿柴火烧折了而已，就叫爆炸。**他回忆当年的封豕是多么大，远远望去就像一坐小土冈，如果那时不去射杀它，留到现在，足可以吃半年，又何用天天愁饭菜。还有长蛇，也可以做羹喝……。**

羿怀念英雄岁月。但是你越英雄，英雄的岁月就越短，持续得越短。就像很多将军到了和平年代，想象当年战场上作战的英雄情况，越是和平年代，越想象当年那个激烈的战况。可是在当年，你想不到要保留这个情况，恨不能战争早点结束。我的父亲是一个老八路，他晚年在工厂里打更，很喜欢抓小偷，因为没有敌人了，既没有日本鬼子，也没有国民党，偶尔抓点小偷很过瘾，把小偷绑起来训半天。给小偷讲了很多大道理：如何对不起你妈，对不起你爸，对不起毛主席，对不起革命老前辈。他说的全都很对，小偷都承认。其实我觉得他是发泄一种寂寞，他没什么人可逮了，没有什么对立面了。这个羿现在就是这种情况，即使没有嫦娥，即使他是个光棍儿，自己回到家里来，恐怕也要回忆当年的封豕长蛇。

女乙来点灯了，天要黑了，刚才是薄暮，现在是天黑了。对面墙上挂着的彤弓，彤矢，卢弓，卢矢，这都是优良的武器，弩机，长剑，短剑，便都在昏暗的灯光中出现。羿看了一眼，就低了头，叹一口气；有刀枪入库、马放南山的感觉，没有什么用武之地了。**只见女辛搬进夜饭来，搬进来，说明还是不少的，要搬进来。放在中间的案上，**那个时候吃饭有一个几案，**左边是五大碗白面；右边两大碗，一碗汤；中央是一大碗乌鸦肉做的炸酱。**好的虚构一定要逼真，你不能认为我这反正是虚构的，随便瞎写就行了，这是不对的，越虚构的东西越要写得栩栩如生。

我最近看《三国演义》连环画，在微博上连续发一些知识题。我小的时候看过这个连环画，每一个细节都画得细致入微，都超过原作的想象，并不因为是给儿童画的就不认真。我小时候看的动画片是全世界水平最高的动画片,人类历史上最伟大的艺术就是毛泽东时代的艺术。"文革"之后,我们这些人才都被迪斯尼挖走了。20世纪六七十年代世界上哪有什么迪斯尼的地位呀。今天的动画片的手段都是跟《大闹天宫》学去的,都是跟《哪吒闹海》学去的。小说里写的那么几句,如何在一个画面上展现出来?我长大之后才知道,原来小时候看的是这世界上伟大的美术家给我们创作的作品,所以我们这代人的艺术品位才这么高,真是身在福中不知福。

你就写他们两口子吃饭就得了,可是你看他写的,一个人吃五碗白面,另外一个人吃两碗,喝一碗汤,中间放一碗炸酱——这是天才的艺术家!我想假如我写这篇小说,我可能想不到会把这个细节编到这种程度。不经意的地方,能看出他的匠心来。而且他不动声色中有幽默,我们读的时候经常会笑,可是你看作者并没有逗我们笑啊,很朴素、很冷静的描写中,你就觉得可笑。人还没有坐下来,面摆在那里,一碗炸酱摆在那里,我们觉得这么好玩儿。可见后羿虽然现在英雄末路了,可是饭量还没减,饭量还是五大碗白面。嫦娥虽然是美女,也能吃两大碗面,然后要配炸酱的。

羿吃着炸酱面,自己觉得确也不好吃;炸酱面其实挺好吃的,因为天天吃才觉得不好吃。**偷眼去看嫦娥**,他得偷着看,不能够直接看,可见他已经完全没有男子汉的尊严了,在妻子面前没面子。**她炸酱是看也不看**,根本就不看,**只用汤泡了面**,还幸亏有"一匹麻雀"呢,麻雀做了汤,**吃了半碗,又放下了**。两碗面没吃了,只吃了半碗。**他觉得她脸上仿佛比往常黄瘦些,生怕她生了病**。可见他是真心地关爱她,怕她生病了,饭量减了,又生气了,他对她是有真情的。

到二更时,吃完饭了,她似乎和气一些了,默坐在床沿上喝水。羿就坐在旁边的木榻上,手摩着脱毛的旧豹皮。一个道具要充分地使用,木榻上的旧豹皮再次出现。

"唉，"他和蔼地说，想缓和气氛。"这西山的文豹，还是我们结婚以前射得的，那时多么好看，全体黄金光。"想象当年的英雄岁月，他于是回想当年的食物，熊是只吃四个掌，最精华那块，驼留峰，只吃驼峰，其余的就都赏给使女和家将们。后来大动物射完了，就吃野猪、兔、山鸡；射法又高强，要多少有多少。"唉"他不觉叹息，"我的箭法真太巧妙了，竟射得遍地精光。那时谁料到只剩下乌鸦做菜……。"这个看上去很滑稽，但又分明代表了一切英雄的道理。英雄要干了不起的事嘛，了不起的事是有数的，干完就完了，所以越干越心虚，最后走向末路。

我上个月和两位20世纪80年代的中国足球队的国脚一块儿吃饭，他们的名字今天没有人知道，只有我还记得某一场比赛。他们现在也是一身病，观众早都忘了，他们也不是很牛的球星，只是国家队的一般队员。那他们这几十年是怎么过的呢？这三十多年怎么过的呢？就得自己把心态放平，你就别想着当年自己在球场上的英武。那个时候的中国男足还是亚洲强队，那时候哪有什么日本队、韩国队的事？没听说过。毛主席时代的中国男足才是冲出亚洲的球队，那个时候在亚洲唯一能跟中国打一打的，是伊朗队，这是强队。

可是你这个箭法太巧妙了，无敌了，最后就必须习惯于吃乌鸦炸酱面。这里把英雄岁月，以及对英雄岁月的缅怀，写得历历在目。我们说好汉不提当年勇，可是如果没有今日之勇，好汉往往也只能提起当年勇。即使有今日之勇，我们也要经常提当年之勇。我活了五十多岁了，我也有许多的当年勇，没事我也提提当年勇。有的时候我也反思，我为什么要提当年勇，为什么要提我学龄前、小学、中学、大学、研究生、博士，为什么要提那时候的事？只是对今天不满吗？只是对今天批判吗？有多少是要勉励自己，勉励别人？有各种弦外之音……可是对于后羿这个英雄来说，你让他干什么呢？他就是一个武功高手，把太阳射完了，把大动物射完了，今天只能一天天地混下去。这是他回忆自己的当年勇。

"哼。"嫦娥微微一笑。大概嫦娥听他这话也不是第一次。嫦娥对他是经常用这么一个字"哼"，这一个字里充满了蔑视。虽然没有嫦娥很正面的描写，我们对嫦娥这种美女的形象是不是也似曾相识？那么嫦娥到底是为什么跟他结婚？嫦娥为什么爱上他？爱上他能够打很多大动物。我们看到他是很关心嫦娥的，嫦娥有没有对他的关心？亲爱的，你累了吧？今天跑了多远？路上有没有遇见劫道的？有没有受伤？等等。好像嫦娥只关心这顿晚饭，最终——在这一年多里边，他们的感情是这样变化的。

"今天总还要算运气的，"羿也高兴起来，"居然猎到一只麻雀。"这该死的麻雀呵，"这是远绕了三十里路才找到的。"投入这么大的经营成本。可是你看他在这里不断地表功，表示自己很辛苦，嫦娥怎么说呢？

"你不能走得更远一点的么？！"嫦娥是这样回答的。也就是说嫦娥有点儿欲壑难填，嫦娥心里边有很大的欲望。可是她这个欲壑呢，是不是后羿也有一部分责任？你当年打了那么多封豕长蛇，给她挖下去一个深深的欲壑，所以他们的爱情好像在很大程度上是建立在物质基础上的。后羿能射那么多大动物，就相当于今天她的老公很能挣钱，老公能够买房买车，那么有一天老公没钱了，生意不好了呢？老公遭人耻笑，被人看不起，这个时候才是考验爱情的时候，也是在这个时候，他可能最需要获得支持和理解。可是嫦娥不管，嫦娥只要求他不辞辛苦——你能不能再弄点好吃的？这是嫦娥的情况，两个人的心已经不一致了。可是不论嫦娥怎么怪罪他，他倒是丹心不变，永远要奉献下去，这是英雄的命。

"对。太太。我也这样想。明天我想起得早些。倘若你醒得早，那就叫醒我。我准备再远走五十里，看看可有些獐子、兔子。……但是，怕也难。"他也没把握。"当我射封豕长蛇的时候，"又回去了，又回忆一遍，"野兽是那么多。你还该记得罢，丈母的门前就常有黑熊走过，叫我去射了好几回……。"我们知道女婿是要给丈母娘家干活的，他当初就给岳母家干活，帮他们家射黑熊，射好几回，连这事都想起来了。如果大家读过鲁迅的《伤逝》就知道，一对爱人如果老回忆当年甜蜜的情景，就说明现在有了危机。老回忆过去的，当初你忘了你对我说了什么什么吗？那个时候都怎么怎么地……老说这些事的时候就有危机啦，说明现在不好，现在不甜蜜，想用过去维持现在。而越是这样，恐怕就像欠债一样的，窟窿会越来越大，越弥补不了。这是怀着罪恶感的后羿，和不断地加重他罪孽的他这个漂亮的太太。

"是么？"嫦娥似乎不大记得。在这里一个是看到嫦娥的态度，另外我们还可以看到作者对嫦娥的态度。我们也能在不动声色的叙事中发现，叙事者其实很讨厌这样的所谓美女，就是我们今天说的：太物质了。当初后羿做的那些贡献，她竟然都不记得，一切都是应该的。你凭什么认为是应该的呢？凭什么英雄就得养活你，就得无限地为你奉献到底呢？就得为你鞠躬尽瘁呢？凭什么？原来我们今天社会的很多现象，在1926年的时候鲁迅就感觉到了，没有变。

"谁料到现在竟至于精光的呢。想起来，真不知道将来怎么过日子。我呢，倒不要紧，只要将那道士送给我的金丹吃下去，就会飞升。但是我第一先得替你打算，……所以我决计明天再走得远一点……。"这一段话很重要。英雄是可以脱离出去的，英雄如果不考虑这个世界，不考虑人际关系，英雄有退路，英雄是有办法的。英雄怎么会活不下去呢？神话里早都告诉我们，神话里说是西王母给了药，还有一种说法是一个道士给的药，反正有一个金丹，吃了之后可以飞升。这是道教一直有的一种说法，人炼丹嘛，吃了之后都可以上天。原来那个时候就有了，吃了之后后羿是可以走的，那你为什么早不走呢？为什么活在这么势利这么冷漠的人间呢？他是要为她打算，英雄之所以是英雄，他是为别人而活的，至少是为爱人活的。"替你打算"，既然为她打算呢，他就先忍着，所以他准备明天走得再远一点儿，再碰碰运气。

回答他的还是一个"哼。"感情降至冰点了。现在差不多每天都有人问我婚恋问题，他如何如何对我，我应该怎么办，他怎么对我说的，这说明什么。我们可以判断，嫦娥说了一个"哼"，这两个人的关系现在到了什么程度了。好像两个人发微信，最后晚上结束的一个字是"哼"，【众笑】明天还要不要继续？嫦娥已经喝完水，慢慢躺下，合上眼睛了。

残膏的灯火照着残妆，粉有些褪了，眼圈显得微黄，眉毛的黛色也仿佛两边不一样。但嘴唇依然红得如火；虽然并不笑，颊上也还有浅浅的酒窝。这是一个特写镜头，慢慢移动，镜头从后羿的眼中看下去，是一种有一点憔悴、有一点可怜的美。

"唉唉，这样的人，我就整年地只给她吃乌鸦的炸酱面……。"羿想着，觉得惭愧，两颊连耳根都热起来。嫦娥对他如此冷淡，但是他却仍然爱着她，惭愧了，想象着错误的是我，我对不起人，我怎么能不给她好吃的呢？我们还要过这样的日子啊？那么他这样对待嫦娥的心，也像更大的英雄对老百姓的心，对群众的心。可是我们有时候要反过来问一句，群众对得起伟大领袖吗？就像基督教里说的，上帝为了你们献出了他的儿子，你们为上帝做了什么？群众有时候反而是没心没肺的，甚至有时候是狼心狗肺的。

这是后羿打了乌鸦和麻雀回来，又吃了乌鸦炸酱面这晚的描写。用的字数其实很少，从开头到现在没用多少字，但是思想容量、历史容量是如此的巨大。但又都不是叙事者出来自己讲，而是通过画面传递给我们的，叙事者自己什么都没有说，没有评价后羿这个人，没有评价嫦娥，一句评价都没有,他的整个笔调和《孔乙己》是一样的。这是第一节,我们再往下看第二节。

过了一夜就是第二天。这很像评书,评书经常在该省略、中断的地方,表示没有省略,评书里经常说"一夜无话",一夜不用说。鲁迅在这里有点儿像模仿评书,"过了一夜就是第二天"。本来不需要的,但是加了这一句,它有什么意思呢?就表示这一夜过得不容易,这一夜过得说不定辗转反侧,过得很痛苦;后羿为了证明自己,恨不能这一天马上到来,这一夜马上过去——这一夜不好过。

羿忽然睁开眼睛,只见一道阳光斜射在西壁上,为写时间,"一道阳光斜射在西壁上",这是朝阳出来了,在东边,太阳在东边斜照在西壁,对于我们来说也许很早,对于古人来说这就很晚,古人只要天亮了,就算起晚了,天大亮了起来那就是懒人了。**知道时候不早了;看看嫦娥,兀自摊开了四肢沉睡着。**这嫦娥睡得很好,摊开四肢睡,睡得很沉,嫦娥是没心没肺的。**他悄悄地披上衣服,爬下豹皮榻,**又提到豹皮,鲁迅写戏剧也一定会写得好,不省略任何一个道具。**蹩出堂前,**好像腿有病一样的,这么大的英雄,在家里走路都不自在。**一面洗脸,一面叫女庚去吩咐王升备马。**你看他们家的丫鬟啊是甲乙丙丁戊己庚辛这么排的,大概有十来个丫鬟,他们家的男仆取的名都跟地主老财家是一样的,王升啊,张富贵啊之类的,全是这种名。王升,很形象。

他因为事情忙,是早就废止了朝食的;这个废止了朝食呢,一个是古代有个典故"灭此朝食";还有20世纪20年代,中国有一帮人不是提倡各种科学方法吗?跟今天一样,有一种学者说,人要健康养生就不能吃早饭。那跟今天正好相反,今天专家说必须吃早饭。到底哪个科学家说的是对的?科学家为了维持自己这个地位编一套理论,总是能蒙住一个时代的人,只有鲁迅这样的人是不信的,鲁迅得便就要讽刺专家,说废止朝食。他不吃早饭,那路上得带饭啊,**女乙将五个炊饼,五株葱和一包辣酱都放在网兜里,并弓箭一齐替他系在腰间**。凡是写吃饭之类的俗事都写得很细致表示真实,同时制造幽默的效果。鲁迅写吃饭一定要写出数量来,你看后羿晚上吃面是五大碗,白天带饭要带五个饼,还要配五株葱,一个饼一株葱,很像那种山东大汉。鲁迅多次写山东大汉,山东大汉就是吃饼就葱,光有葱不行,还得有酱,一包辣酱,这个显然是超越历史的,完全是杜撰的。在古代的时候中国是没有辣椒的,在宋朝以前中国都没有辣椒,辣椒是明朝才到了中国,明朝以前的中国人大部分没有吃过辣椒,我们古人吃的辣味儿来自葱蒜萝卜之类的,胡椒之类的,没有辣椒。所以我曾经指出金庸小说的一个严重的错误,《天龙八部》里说,段誉从云南大理去苏州,一路上山清水秀,只是饮食呢越来越减少了辣子——因为云南是吃辣子的嘛,往苏州走越来越不吃辣了,金庸觉得自己写的很对,往江南去嘛,觉得我写的不错了。段誉生活的年代,整个亚洲都没有辣椒,这个是严重的硬伤。但这里鲁迅并不是写严格的历史小说,他是故意调侃,就葱得蘸辣酱嘛。

他将腰带紧了一紧,轻轻地跨出堂外面,为什么要轻轻地跨呢?怕惊动了嫦娥睡觉。他的一举一动都写出他是照顾家人的,他是有极大的爱心,既宏观又微观的。**一面告诉那正从对面进来的女庚道——**

"**我今天打算到远地方去寻食物去,回来也许晚一些。看太太醒后,用过早点心**,他们家还有早点心,**有些高兴的时候,你便去禀告,说晚饭请她等一等,对不起得很。记得么?你说:对不起得很。**"把英雄做小伏低的情况写得栩栩如生,真是低到尘埃里边去。这里面有他对嫦娥的爱,有对自己的愧,还有是他整个的做人,他为什么这么辛苦?这就是他整个的人生观。所以人有了大爱,才会想得特别细。我们说人有性格上的粗细之分,那有的人为什么那么细,有的人为什么那么粗呢?真的是一种功能上的差别吗？其实有的时候是有没有爱。你爱你就会细，就会无微不至地去想，恐怕有一点儿遗漏；不爱就不必想那么些。你看他嘱咐一个丫鬟怎么跟太太说话，特别要加上说对不起得很。这分明是西式的语言，在"五四"之后，中国才流行说对不起之类的，中国老百姓哪会说这么虚伪的话？"对不起得很"，这是一个穿越式的。

下面我们就看看今天——读者读到这里，就希望今天他有什么收获，要改善他们的爱情生活。**他快步出门，跨上马，将站班的家将们扔在脑后**，这一个"扔"，一个"跨"，写出了他的急迫，恨不能今天要显出自己的英雄本领。**不一会便跑出村庄了**。原来住在一个村儿里，前面是天天走熟的高粱田，他毫不注意，早知道什么也没有的。加上两鞭，一径飞奔前去，一气就跑了六十里上下，跑出这么远，已经跑得比昨天全程都远了。望见前面有一簇很茂盛的树林，马也喘气不迭，浑身流汗，自然慢下去了。人马都已经高度疲乏。大约又走了十多里，这才接近树林，又走了十多里，这已经是七十多里了。然而满眼是胡蜂，粉蝶，蚂蚁，蚱蜢，那里有一点禽兽的踪迹。一堆小虫子，连麻雀也没有。他望见这一块新地方时，本以为至少总可以有一两匹狐儿兔儿的，如果有这个也可以交差了，现在才知道又是梦想。他只得绕出树林，看那后面却又是碧绿的高粱田，远处散点着几间小小的土屋。风和日暖，鸦雀无声。根本就没有鸦和雀，所以鸦雀无声。

"倒楣！"他尽量地大叫了一声，出出闷气。如果换了一种心情，这不是一片大好的和平景象吗？多好的地方啊！有粉碟、胡蜂在飞舞，有碧绿的高粱田，风和日暖。风景好不好关键在于人的心情，他不希望看见这样的风景，宁可风雨交加中打一匹狐狸，那对他来说是好天气，所以他心中都是闷气，要出出这个闷气。

但再前行了十多步，他即刻心花怒放了，远远地望见一间土屋外面的平地上,的确停着一匹飞禽,一步一啄,像是很大的鸽子。他慌忙抾弓搭箭,引满弦,将手一放,那箭便流星般出去了。

这是无须迟疑的,向来有发必中;他只要策马跟着箭路飞跑前去,便可以拾得猎物。谁知道他将要临近,却已有一个老婆子捧着带箭的大鸽子,大声嚷着,正对着他的马头抢过来。

"你是谁哪?怎么把我家的顶好的黑母鸡射死了?你的手怎的有这么闲哪?……"

羿的心不觉跳了一跳,赶紧勒住马。越忙越出错,忙中犯了一个大错,他本来走这么远了,大概有希望能射到真的野兽了,所以一看有一匹飞禽,像大鸽子,他就本能地——也没有理性地去想——伸手一射,那是有发必中,就射中了。射中了就去拿,没有想到,搞错了。原来这是一只老母鸡,而且是有主人的,主人捧着母鸡过来了。而且我们看这个老婆子说的话,很像京津河北一带的老太太,说话也带刺儿的:"你的手怎的有这么闲哪?"有闲——这是鲁迅遭受的攻击之一。攻击鲁迅的不仅有右边的人,还有左边的人,革命的、反革命的都要攻击鲁迅,说鲁迅有三个特点,第一个是有闲,第二个是有闲,第三个还是有闲。所以鲁迅出版了一本杂文集叫《三闲集》,"三闲"就是这么来的。所以鲁迅看"闲"这个字是很敏感的。我们大家在北京待时间长了,知道北京人调侃人"你闲的",经常说你干什么什么闲的,你手怎么这么欠,你手没地方放啊?所以这老太太说话,一看就是那种喜欢怼人的市民。鲁迅虽然自己普通话说不好,但是他对各地的语言特点,还是捕捉得很准确的。

不但没打着动物,反而惹了一个事,又蹦出一个老太太,树了一个敌人。"阿呀!鸡么?我只道是一只鹁鸪。"他惶恐地说。又惶恐了。

"瞎了你的眼睛!看你也有四十多岁了罢。"南方的不太了解,京津河北一带很多这种老太太，逮到一个事情，她就要发挥一番，她是要充分地发挥她的语言的本事，要节外生枝加很多别的话，她讲他的年纪。

"是的。老太太。我去年就有四十五岁了。"大家算一下鲁迅多大岁数，鲁迅到1926年多大岁数？所以这个数字不是乱编的，一会儿我们要介绍另外一个跟这个作品有关的人，这个人叫高长虹，是现代史上很著名的人，曾经是鲁迅的学生，但是后来跟鲁迅发生了很激烈的冲突。他在一篇攻击鲁迅的文章中就说，鲁迅才四十五岁就自称老人是一种思想上的堕落。鲁迅的作品中到处都是梗，有些已经被学者找出来了，还有一些学者尚未找出来。这儿有四十五岁的一个梗，他凭什么就正好四十五岁呢？在这里就看到鲁迅写的羿，其中有自己的身影在里面，写的是自己。自己一件事被老太太抓住了，老太太就开始攻击他的岁数。

"你真是枉长白大！连母鸡也不认识，会当作鹁鸪！你究竟是谁哪？"

"我就是夷羿。"后羿也叫夷羿，可能这是正式的称呼吧。**他说着，看看自己所射的箭，是正贯了母鸡的心，当然死了，末后的两个字便说得不大响亮；一面从马上跨下来。**他的箭法是没有变化的，依然一箭就射穿了心，如果是麻雀就射碎了，鸡正好射穿心。看来射死了，这个罪过也难免了，而且这个老太太一看就不白给，老太太一句话就攻击到人最痛处，攻击到你的岁数上。不知道大家在学校外边，在什么路上，有没有跟北京市民发生过冲突，有没有吵过架，我觉得一定要去跟人家发生一些冲突、吵回架，才能够体会民情，才知道什么叫社会；被人家羞辱几回，特别是跟中年妇女发生冲突，被中年妇女劈头盖脸地狗血喷头地骂一顿，你会增加很多语言学的智慧。【众笑】

"夷羿？……谁呢？我不知道。"她看着他的脸，说。英雄以为自己名满天下，大家都知道了，偏有些老百姓是不知道的。很多老百姓你看啊，你英雄有什么了不起，他不知道。

"有些人是一听就知道的。尧爷的时候，我曾经射死过几匹野猪，几条蛇……。"平时英雄都不应该吹牛的，他现在为了解脱眼前这个困难，得讲自己是谁，只好把自己当年的事情说一说——尧爷的时候，那个伟大时代你没听说过吗？我还射死过几匹野猪，几条蛇。说到里面还有点谦虚，还不是完全吹牛，把自己的英雄业绩说一部分，希望启发对方能够想起来，但是他没有想到一个结果：

"哈哈，骗子！那是逢蒙老爷和别人合伙射死的。也许有你在内罢；但你倒说是你自己了，好不识羞！"他没想到老太太知道这个事，但知道的跟他知道的不一样，老太太说尧爷的时候，确实有英雄射死过封豕长蛇，但那不是你，是逢蒙老爷。逢蒙是后羿的徒弟，正是后羿培养的文学青年，是他的研究生，但是现在老百姓不知道他是谁，知道逢蒙老爷，可见这个舆论早已经控制在别人手里。英雄要面对一个舆论的问题，老百姓早都被舆论所控制，老百姓天天等着双十一"剁手"，哪知道谁射死了封豕长蛇啊。她听说的故事是逢蒙和别人。但是老太太还比较宽容，想得很周密，说也许那帮人里边有你，你是跟着逢蒙老爷混事儿的吧？滥竽充数的也许有你，但是你不能说是你自己射死的啊，你这样说就好不知羞了。我们想一下，这不是现在的网上论战吗？现在网上论战经常是这样，我们不知道情况，不知道谁是真正的英雄，谁是逢蒙，谁是后羿。

"阿阿，老太太。逢蒙那人，不过近几年时常到我那里来走走，我并没有和他合伙，全不相干的。"近几年高长虹确实经常到鲁迅那里走走，鲁迅倒没有跟高长虹合伙，是鲁迅领导高长虹和其他一些青年做了很多文化事业，这是史实。但是在逢蒙说来却倒过来了，是他去领导，领导别人。

"说诳。近来常有人说，我一月就听到四五回。"我们看，谎话重复一千遍就是真理，这句话倒是真理。老百姓到底信谁的呢？老百姓相信那个传播频率高的，大多数老百姓啊，我们想想，都是学习不太好的人，不像各位同学是靠自己的本事考上北大的。你们通过做很多很多的题，训练出来一种自己独立思考的能力。大多数老百姓题都做错了，没有这个能力，所以他就相信那个传播次数多的，一个月听到四五回，那就是真的。有一个人说相反的话，老百姓是不信的，老百姓认为这个人是坏人，老百姓只听重复多的话。老太太就是鲁迅眼中那个麻木的华老栓的儿子，还要吃革命者鲜血的那些老百姓。

后羿知道跟她说不清楚。"**那也好。我们且谈正经事罢。这鸡怎么办呢？**"后羿知道关于自己的名誉已经纠缠不清了，索性就不谈自己的名誉问题了，把眼前这个事解决了，可以脱身。所以我们知道打舆论战，只要舆论不控制在正义人士的手里，那正义人士肯定是失败的，世界上不存在客观的公正的舆论，因为传播舆论的也都是俗人，也都要吃饭，都有自己的立场。

他说怎么解决这只鸡的问题，老太太有天生的法制观念。"**赔。这是我家最好的母鸡，天天生蛋。你得赔我两柄锄头，三个纺锤。**"算账算得飞快，马上就知道你要赔多少。

"**老太太，你瞧我这模样，是不耕不织的，**"他不是农民，不是打工的，"**那里来的锄头和纺锤。我身边又没有钱，只有五个炊饼，倒是白面做的，**"白面饼看来还是很高级的，相当于法国面包了，"**就拿来赔了你的鸡，还添上五株葱和一包甜辣酱。**"自己的午饭，"**你以为怎样？……**"他一只手去网兜里掏炊饼，伸出那一只手去取鸡。

老婆子看见白面的炊饼，倒有些愿意了，看来白面炊饼还是高级点心，但是定要十五个。五个不行，一定要十五个。**磋商的结果，好容易才定为十个**，这很像发生交通事故，双方在讨价还价，剐蹭给多少钱，五百还是三百？约好至迟明天正午送到，就用那射鸡的箭作抵押。这些事其实都不用警察来管，群众自己都能够想办法解决，不用浪费国家的警力资源。你报警打110，半天警察不来，来了之后还得收钱。羿这时才放了心，将死鸡塞进网兜里，跨上鞍鞯，回马就走，虽然肚饿，心里却很喜欢，他们不喝鸡汤实在已经有一年多了。虽然受了屈辱，舆论上自己完全失败，又被老太太讹，但是毕竟有了一只鸡。这只鸡对他来说以前是不重要的，现在太重要了，鸡汤一年多没喝过了。虽然家里有白面饼，但是白面饼只能就葱。鲁迅是真正的艺术家的创作状态，在他写一篇小说之初，可能只有一两个具体想法，一旦作品展开，就像武功高手，漫天花雨，碰见什么讽刺什么，碰见什么打击什么，他连这个法治社会老百姓对法律工作的认识，人情的冷漠、刻薄，老百姓对英雄的迫害，都一路铺展开来，像大海一样地裹挟而去。

我们看看下面是不是写高高兴兴地回家喝鸡汤，夫妻和好了？如果那样，那是一个很俗的小说，那不是鲁迅的手段。按照鲁迅的手段下面一定还有事。他绕出树林时，还是下午，于是赶紧加鞭向家里走；但是马力乏了，我们知道马前边怎么跑了。刚到走惯的高粱田近旁，已是黄昏时候。一天过去了。只见对面远处有人影子一闪，接着就有一枝箭忽地向他飞来。刚才遇见的只不过是一个老太太，愚众，现在竟然有敌人，一支箭向他射过来了，但是这种情况羿反而不害怕。

羿并不勒住马，任它跑着，一面却也拈弓搭箭，只一发，只听得铮的一声，箭尖正触着箭尖，在空中发出几点火花，两枝箭便向上挤成一个"人"字，又翻身落在地上了。第一箭刚刚相触，两面立刻又来了第二箭，还是铮的一声，相触在半空中。那样地射了九箭，羿的箭都用尽了；但他这时已经看清逢蒙得意地站在对面，却还有一枝箭搭在弦上正在瞄准他的咽喉。从这一段我们就可以判断，鲁迅写武侠天下无敌，他只是不写而已，他就写了两个人比箭这么一瞬间，这不是最高级的场面吗？这完全甩古龙九条街呀！就看这一段，是金庸的水平。鲁迅如果专门写长篇武侠的话，那应该是比金庸强的。你想想20世纪20年代中国武侠什么水平？20世纪20年代中国武侠，平江不肖生的水平跟这个差得太远了。他写武打都写得如此之精彩，而且这种想象力是带有震撼性的。对方先射了一箭，然后用自己的箭正好射中敌人的箭，这已经是非常神奇的，竟然是连射九箭，连射九箭之后，箭没有了，对方还剩一支箭，那结尾怎么处理？这个结尾不是有点像《雪山飞狐》的结尾吗？《雪山飞狐》最后，苗人凤和胡斐在绝壁上，那一刀劈还是不劈？小说完了。而且对面来的就是刚才提到的逢蒙老爷，原来前面是情节，同时也是伏笔。可是这时候，后羿已经没有箭了，对方还有箭，生命危在旦夕的时候，他竟然不怕。

"哈哈，我以为他早到海边摸鱼去了，原来还在这些地方干这些勾当，怪不得那老婆子有那些话……。"羿想。你看他现在心里很平和很放松，他还能这么去评价逢蒙。我们读鲁迅的时候，为什么经常会觉得鲁迅本人就像一个武侠一样呢？鲁迅跟其他作家是不一样的，鲁迅的形象，就是一个侠客，其实他就是一个瘦弱的老头子。鲁迅最后病得瘦弱到只有六十多斤，瘦成一把枯柴。就那么瘦的一个老头子，我们却觉得他武功很高，任何人到了他的跟前，对他都是敬畏的。所以后面我们再讲别的小说，还会提到鲁迅的个人形象，他自己天然是一个带着武功的人。下面看后羿怎么对付逢蒙。

那时快，对面是弓如满月，箭似流星。你看，这写的跟后羿的功夫一样，可见是跟他学的。飕的一声，径向羿的咽喉飞过来。也许是瞄准差了一点了，却正中了他的嘴；一个筋斗，他带箭掉下马去了，马也就站住。

逢蒙见弈已死，便慢慢地蹩过来，微笑着去看他的死脸，当作喝一杯胜利的白干。那个时候也没有白干酒，白酒是宋朝以后才有的。连武松喝的都不是白酒，武松要喝十八碗白酒就打不了老虎了，武松喝的是米酒，正好后返劲儿，走到景阳冈上酒劲才上来。为什么要喝一杯胜利的白干？喝白干显得过瘾嘛，豪饮。

刚在定睛看时，只见羿张开眼，忽然直坐起来。原来这才是高超的武功。射箭当然很高超了，绝招在这儿呢。

"**你真是白来了一百多回。**"根据记载，高长虹去拜访鲁迅一共一百多回。【众笑】他吐出箭，笑着说，"**难道连我的'啮镞法'都没有知道么？这怎么行。你闹这些小玩艺儿是不行的，偷去的拳头打不死本人，要自己练练才好。**"后羿给他展示了一个绝门武功。好像在《岳飞传》里我们看到过这样的武功，好像岳云会这个武功，是叫金刚铁板桥的功夫，敌人一箭射过来，他在马上向后一仰，然后一张嘴咬住了箭。这个功夫到底是哪位作家先发明的，没有去考证，但是鲁迅用在这里，真是神妙无比。因为他一方面把两个人对打写得很精彩，同时有象征意义，是说你的功夫是从我这儿偷来的，我真正的办法你还没有学到。我们也可以想到老百姓传说的猫教老虎的故事，猫教了老虎一身本事，老虎要吃猫，猫就跑到树上去了，因为它没有教老虎上树，老虎不会上树。徒弟总是没有把老师的东西学到，就反过来要害老师，这是中国文化里多次出现的一个故事模式。那么在这里就又出现了。

所以原来在鲁迅的生存中他的很多痛苦，除了少年丧父、家道中落、兄弟失和、婚姻不幸，还有徒弟叛变。他生活中有这么多的不幸。这个徒弟叛变呢，幸亏这个徒弟是"小玩艺儿"，是偷去的拳头。所以鲁迅嘲笑他，你的功夫还不行。那么这里我们就讲讲高长虹这个人。这篇小说不是简单地重写一个古代神话故事，它有很丰富的现实寓意，但是又不要认为这里面处处都是写高长虹,我们要防止另一种索引派的倾向,认为每一句都是对着高长虹的,那也丧失了小说的艺术性了。我们要把高长虹这个问题解决一下。

高长虹是一个很奇怪的人,所以我这里把他叫传奇高。高长虹比鲁迅小十七岁,差不多是学生辈的,1898年生,到底哪年死的有不同的说法,后面我们会讲。本名叫高仰愈,笔名叫高长虹,是山西盂县人,1914年上了山西省立第一中学,他有革命思想,后来因为跟学校发生冲突,被退学了,自己自学。他很聪明,是个学霸,自学成才的,能够干事儿。五四运动之后,就成了有名的青年,1924年到1929年,那是他最火的时候。他在太原再到北京上海等几个地方,组织了一场狂飙运动。我们学过文学史,知道狂飙运动是从德国兴起的,也就是德国文学史上著名的狂飙运动。他在中国搞,成立了狂飙社,是狂飙社的主要成员,然后他和另外的社员——几个青年拜鲁迅为师,在鲁迅指导下活动。很多人说鲁迅是青年导师,鲁迅的确指导了很多青年社团,包括高长虹那几个人。后来鲁迅倡导了《莽原》杂志,是莽原社办的,高长虹协助鲁迅编了《莽原》周刊,但是后来他说是鲁迅协助他。这就像刚才那老太太说的话:这是逄蒙老爷他们干的事。后来他跟鲁迅发生了冲突,不光是跟鲁迅发生冲突,他这个人个性特别张扬,跟谁都搞不到一块儿去,后来他就退出了文学界。1930年到1937年抗日战争之前那些年,他去留学,先后到日本、德国、法国一些国家,学习了心理学、经济学等。这个人爱好不专一,他不但对异性爱好不专一,他对专业爱好也不专一,什么都想学,什么都想弄,学了一圈儿。

抗日战争爆发之后,他回国参加抗日活动,先在武汉重庆等地搞,后来跟国民党搞不到一块儿去——他的思想是很激进的嘛——还想参加共产党革命,但是他没有入党。1941年,他徒步到了延安,去延安参加革命工作，延安一听说是鲁迅的学生，非常欢迎，那不得了，延安就缺鲁迅，没有鲁迅有鲁迅学生也不错，只要跟鲁迅沾得上边儿的，在延安都极受欢迎。最受欢迎的就是萧红、萧军，被看成鲁迅的嫡传弟子，高长虹据说也是鲁迅的学生，那不得了。他在延安拿的工资是超过毛泽东的，都是吃小灶的，享受最高级待遇。可是在延安期间，他很有意思，他跟别人也搞不到一块儿去，毛泽东非常重视他，但是几次谈话都不顺畅，他老要搞自己那一套。他也不是反革命，他有特别特别革命的那一套主义。后来抗战胜利后，毛泽东问他要到哪个地方去工作，他说我要到美国去研究经济学。【众笑】就是他想事都特别远，你不能说他想的就不合理，主要是他想的跟现在不挨着。到后来没有合适的地方，组织就派他去东北了，到哈尔滨加入东北文协，后来他精神病发作了，在东北享受着高干待遇，住在那种专门为高干服务的医院里面，到底是1954年去世的还是1956年去世的，有不同的说法。

他主要的创作是他年轻时候写的十几本著作，一百多万字。但如果他不是跟鲁迅有这么密切的关系的话，也不会在文化史上这么有名；他是有他自己的才华，有他自己的性格，还有他跟鲁迅的冲突，使我们今天为了研究鲁迅，也要把高长虹尽量地挖掘出来。总之历史上有许多很有才华，但是又特别有个性的人，这些人有的时候你会感到很惋惜，有的时候也觉得为他遗憾等等。这是高长虹个人的简况。

说到高长虹与鲁迅这篇小说的关系，就是因为高长虹和鲁迅在思想上、出版问题上、文学创作上有很多冲突，高长虹公开写文章点名道姓地批评鲁迅，鲁迅本来不太在乎，然后另一个人又告诉鲁迅，说真实的原因是什么呢？是高长虹在追求许广平。【众笑】他认为许广平被鲁迅给霸占了——因为许广平跟他是年纪差不多的嘛，他们应该谈恋爱，鲁迅老师这太不像话了。鲁迅一听，就觉得必须教训教训他，所以鲁迅在这篇小说里，顺便把很多高长虹的因素都写到逢蒙的身上了。这都是有真凭实据的，逢蒙说的一些话，都在高长虹的文章里可以找到原话——这是鲁迅的拿手好戏。

高长虹在《走到出版界。1925，北京出版界形势指掌图》中回忆，"在一个大风的晚上，我带了几份《狂飙》，初次去访鲁迅。这次鲁迅的精神特别奋发，态度特别诚恳，言谈特别坦率，虽思想不同，"你看他老强调我跟他不同，"然使我想象到亚拉籍夫与绥惠略夫会面时情形之仿佛。"他老把自己比作历史上很著名的人物，"我走时，鲁迅谓我可常来谈谈。我问以每日何时在家而去。此后大概有三四次会面，鲁迅都还是同样好的态度，我那时以为是走入了一新的世界，即向来所没有看见过的实际世界了。"这应该是真实的感受，他初见鲁迅的时候就打开了一个世界，这是很多文学青年共同的感受，见到鲁迅之后人生完全改变了。可是高长虹有自己另外的想法，"我与鲁迅，会面只不过百次"，百次够不够？鲁迅日记里出现次数最多的就是高长虹，大概记了高长虹七十多次，别的人是享受不了这个待遇的。我们能够进鲁迅日记一次就行了，可是他跟鲁迅竟然会过百次。

"然他所给我的印象，实以此一短促的时期为最清新，彼此时实在为真正的艺术家面目。"这都是话里有话，都是含着批评，他说就这个时候鲁迅是好的人。"过此以往，则递降而至一不很高明而却奋勇的战士的面目，"你看鲁迅开始有缺点了，优点是说他是一个奋勇的战士，但是不高明，是个傻战士。"再递降而为一世故老人的面目了。"再往下他认为鲁迅就是个世故老人，连个战士也不是了。"除世故外，几不知其他。"不知道。"于是'思想界权威者'的大广告便在《民报》上登出来了。"这是《民报》上登一个广告，这广告不是鲁迅写的，是报社人写的，报社人称鲁迅是思想界权威者，不是鲁迅自封。我们知道鲁迅是反对这种称呼的，鲁迅也不承认自己是什么青年导师，这显然不是鲁迅的自称。但是高长虹很受不了，高长虹说，你怎么成了思想界权威者呢？"我看了真觉'瘟臭'，痛惋而且呕吐。"这是完全跟鲁迅对立了，"鲁迅遂戴其纸糊的权威者的假冠入于身心交病之状况矣！"鲁迅1926年身体还好好的，怎么就身心交病呢？不知道他怎么想的。跟鲁迅思想不同，可以争论思想问题，但是他人身攻击，他这个时候就有点儿精神不太正常了。我们今天说某某人有抑郁症，突然攻击人，很过分，可能这人有的时候又很正常，过两天又攻击，早晚会发展成真正的精神病的。

鲁迅《奔月》里说，你不是白来过一百多次吗？一百多次的根据在这儿，高长虹跟他会面有百次，鲁迅日记中记载是七十多次，可能还有别的地方、其他场合的见面。因为我们要解决一下高长虹在《奔月》这篇小说中的位置，讲完这篇小说，最后我们还会有所补充。

后羿咬住飞箭的方法，在《太平御览》中引《列子》的说法写的是："飞卫学射于甘蝇，诸法并善，唯啮法不教。卫密将矢以射蝇，蝇啮得镞矢射卫，卫绕树而走，矢亦绕树而射。"这是有所本的。所以后来到底是哪个小说家首先把这个方法写到了武侠对打中，现在还不得而知。鲁迅也许是从这得到了启发，就把武侠中对打的方法用来象征文坛的论争。有些论争是有意义的，真正的思想论争。但只要论争起来，有些人就不讲章法，不讲规矩，人身攻击，甚至政治陷害。像高长虹这也属于人身攻击，对鲁迅而言还没有什么生命的危险。像梁实秋那样直接说鲁迅拿卢布，这是政治陷害，那就是人品太恶劣了。

接着往下看，"即以其人之道，反诸其人之身……。"胜者低声说。他还有办法，有理由。

"哈哈哈！"他一面大笑，一面站了起来，"又是引经据典。但这些话你只可以哄哄老婆子，本人面前捣什么鬼？俺向来就只是打猎，没有弄过你似的剪径的玩艺儿……。"在这里我们看到鲁迅自比后羿:我的工作就是打猎,就是直接去消灭敌人,跟敌人斗争;你剪径,半路上劫道,是不光彩的。**他说着,又看看网兜里的母鸡,倒并没有压坏,便跨上马,径自走了。**还想着那只鸡。

"……你打了丧钟!……"远远地还送来叫骂。"打了丧钟"也是高长虹攻击鲁迅的话,都是原话,竟然就能够编到这样的一个情节里。

"真不料有这样没出息。青青年纪,倒学会了诅咒,怪不得那老婆子会那么相信他。"羿想着,不觉在马上绝望地摇了摇头。

鲁迅在情节里影射高长虹,很多话都来自高长虹本人的文章,但是我们又不要认为这只限于个人恩怨。其实攻击鲁迅的青年人很多,就是受了鲁迅的恩惠、教导,后来由于某种原因,又反过来攻击鲁迅的人很多,而且其中主要是革命青年,这是最令鲁迅痛心的。如果你本来就是坏人,无所谓,坏人应该攻击我;本来是革命青年,正义青年,有为青年,后来觉得自己的思想进步了,超越鲁迅了,反过来骂鲁迅。而实际上他们的武功很低,没有把武功学好,这是令鲁迅特别痛心的。把这个历史的时期放开来看呢,它又不是"五四"20世纪20年代一个阶段的事情,整个人类文化史上都是类似的情形。三国时期人才辈出,可是这些人才都是背叛来背叛去,像吕布这样的人太多了,吕布是因为武艺高强,所以我们记住他了,很多人我们记不住。跟吕布一样,今天为这个主人服务,明天投降那个主人的情况很多,所以三国看上去是眼花缭乱的。其他时代不也一样吗?五四时代也一样。如果将来后人看我们20世纪的历史,看晚清民国到中华人民共和国成立前期这段历史,那比三国要复杂,比三国要精彩,但是不知道能不能留下那么好的著作来。

鲁迅的人际关系,鲁迅先生自己生前,就把这些都看透了。鲁迅原来是对青年满怀热情,他相信进化论,相信青年一定比老年好,相信长江后浪推前浪，一代更比一代强。后来受了很多打击，发现青年人里很多坏蛋，杀害革命青年的也是革命青年，他的思想有变化了，但是最终鲁迅并没有丧失对青年的热情。他已经知道青年里很多人是不堪的，他是想来想去，还是把自己的爱赋予青年人，只不过他想的更复杂更深沉了而已。

回到小说，英雄后羿为了满足嫦娥的欲望，走了这么远的路，还是没有打到野兽，打到老百姓的一只鸡，而路上又遇到背叛他的学生来害他。所以想一想，这不都是当初你逞强当英雄招来的灾祸吗？如果当初不是英雄，今天也没这些麻烦，当初是英雄，今天这些麻烦是不是必然会发生？如果认识到这个必然，他应该就接受，认识不到那就只有痛苦。这是第二节结束，下面第三节回到家里去了。看家里什么样：

还没有走完高粱田，天色已经昏黑；时间把握得非常准，昨天回来的时候是什么时光？天是不黑，回到屋里面才黑，现在已经黑了。**蓝的空中现出明星来，长庚在西方格外灿烂。马只能认着白色的田塍走，而且早已筋疲力竭，自然走得更慢了。幸而月亮却在天际渐渐吐出银白的清辉。**昨天回来的时候没有写月亮，今天却看见月亮了，下面的故事就跟月亮有关了。

好，我们今天就讲到这里，下次我们把《奔月》和高长虹的故事讲完。下课！

——2020年北大鲁迅小说研究课第七课

2020年11月10日

老爷吃一盘辣子鸡

——《奔月》(下)

好,上课之前给大家看一个小视频。

(视频内容:玛尔塔·C. 冈萨雷斯 [Marta C. González],20世纪60年代美国纽约芭蕾舞团首席芭蕾舞演员,晚年罹患阿尔兹海默症,失去大部分记忆,生活无法自理,但当工作人员放出柴可夫斯基《天鹅湖》乐曲,轮椅上的玛尔塔又挥舞起双臂,变成了青春时舞台上的那只最美的天鹅。)

这也是一个讲英雄末路的视频,20世纪60年代纽约芭蕾舞团首席女演员。人都有老的一天,古人说"猛将病,美人老",是两大令人伤心的事情。不过这样的英雄末路,其实是一种自然现象,是曾经辉煌过的人都难免的。由于自然的原因、时间的原因、身体的原因,他们想到自己当年的辉煌,只能徒唤奈何,但是这怪不了变老的人。同学们觉得今天朝气蓬勃,能够干很多事,如果你没干成什么略有英雄色彩的事情呢,将来可能会遗憾;但是你今天干成了某些有英雄色彩的事情,将来可能更落寞。有句话叫好汉不提当年勇,问题是你有没有过当年勇?有过当年勇才配得上"好汉不提当年勇"。

我想起我年轻时候,也做过很多事。有的事情是因为当时身体好、精力充沛、过目不忘。看一个电影,从电影院里出来,里边的歌马上就会唱。那种情形由于时光的原因已经不在了。还有一些事情做不了了,不仅仅是身体的原因,所以说这是"时来天地皆助力,运去英雄不自由"。

我们讲鲁迅所写的《奔月》里,后羿的这种英雄末路,跟个人的年纪和身体都没有关系。他的射法还是那样高强,可是敌人没了,这是一个最大的问题。当敌人没有的时候,英雄在人民心中的价值就跌落了。如果没有老虎,武松还有什么价值呢?没有老虎的时候,人们是不用打老虎的这个分数来评价你的,人们是用一天能卖多少炊饼来评价你的。如果永远没有老虎,武松的价值可能不如他哥。他哥慢慢地就会成为一个著名的民营企业家,然后哪天再跟西门大人一联手,成立一个"武氏西门联合食品公司",那时候武松只能给他们家当保安。后羿的悲剧还不只如此,他往日的功绩竟然也淡化、没有,乃至变成反面。所以鲁迅这篇小说,虽然里面有一些我们可以考证出来的具体的人事调侃,但是我们要超越这些具体的调侃去看——那种欲哭无泪的感觉。

刚才我们看见那位老艺术家,她觉得今天身体有病了,想象着当年那个优美的动作,她还可以流泪,我们很容易理解她、同情她,可能还会陪她流泪。但是像后羿这样的英雄,你有什么泪可流呢?你没有什么泪可流啊!你怨谁呢?所以这个时候,英雄面临的是一个如何回归日常生活、如何面对日常生活的景象。

上一次我们讲到他路上遇见他的反叛的学生要射死他,幸亏他还留了一招,这是鲁迅有具体的所指,鲁迅与高长虹的冲突。鲁迅与高长虹的事情，我们等读完了这篇小说，还要再补充一些，再来讲。

下面来讲后羿要回归平凡生活。英雄已经达到那么高的境界了，往回缩一下，回归日常，难道不容易吗？好像不容易。人一旦成了英雄，就已经亏欠了人民。所以大英雄啊，是觉得我有愧疚。不知道你们有没有什么时候做过一点好人好事，或者你有什么出色的举动，你获过一等奖，站在台上领奖。当别人表扬你的时候，当鲜花和掌声涌来的时候，你真的会觉得有一种愧疚，你发现人在那个时候都说很多客气话，这个客气话不是虚伪，那个时候你真觉得好像我做了什么对不起大家的事似的。如果你这样的经历多一些，那个时候你去反省，真有好像扰动了大家，打扰了别人，拿走了别人什么东西似的那种感觉。所以你看什么冠军啊，劳模啊，他们经常说：啊，这不是我个人努力，我没什么了不起，我感谢党感谢组织。大家说你看，又说官话套话。这些话很可能是真诚的，它可能是套话，因为他想不起别的新鲜的话可说，他就拿起一套现成的话说了。话可能是不新鲜，但心情可能是真的。当武松从景阳冈下来，被人家抬着欢呼着，说他是打虎英雄的时候，他一定觉得：哎呀，很难受。英雄想回归平凡生活是比较难的。

我们上一次讲到英雄虽然没有打到野兽，终于打了一只鸡，回家。这个时候又写到月亮，"渐渐吐出银白的清辉"，这个月亮似乎令人心情很放松。

"讨厌！"羿听到自己的肚子里骨碌骨碌地响了一阵，便在马上焦躁了起来。他一天没吃饭了，没吃早饭，午饭那五个炊饼给了老太太。"偏是谋生忙，"鲁迅是非常注重"谋生"这个概念的，我们不要以为鲁迅是英雄，他就不注重谋生。我在央视《百家讲坛》讲了六集的鲁迅，重点就讲鲁迅谋生的问题。因为我们大多数人受的教育是，鲁迅就是个文化界的董存瑞，每天举着炸药包，在那炸碉堡。我说那样能炸几回呢？鲁迅怎么活下来的？鲁迅了不起，他是一个特别讲究谋生的人。

鲁迅有一个粉丝，在国民党军队里工作，他觉得自己已经受了革命的启蒙了，怎么能在反动军队工作呢？他给鲁迅写信，他说他希望辞职，另外找一个工作。结果鲁迅怎么回答的呢？鲁迅说：不！当前这个时代啊，谋生很不容易，你好不容易有了这个饭碗，不能轻易扔掉，你再找好工作，什么叫好工作啊？哪有好工作啊？资本主义社会哪有好工作啊？都一样，都是吃人的，你知道自己在吃人就行了。鲁迅说以后谋生更不容易，所以说不要因为你觉得这个工作不太光荣，你就随便扔掉。工作不过是个饭碗，就是挣钱的岗位而已，它不代表你这个人的本质。而鲁迅自己一定是在谋生中感到了极大的问题。鲁迅自己就特别重视谋生，当然我们从结果看，鲁迅谋得很好，是那个时代绝对的高收入人群，高知。但他那高收入也不容易，说明他会打算、会挣钱。他就能够把自己那个生命投射到后羿的身上，他知道后羿也是要谋生的，后羿每天出去，这不就是谋生吗？

"便偏是多碰到些无聊事，白费工夫！"他将两腿在马肚子上一磕，催它快走，但马却只将后半身一扭，照旧地慢腾腾。马好像比人聪明，马好像没有他那么乐观。马还是慢的。

"嫦娥一定生气了，你看今天多么晚。"他想。"说不定要装怎样的脸给我看哩。但幸而有这一只小母鸡，可以引她高兴。我只要说：太太，这是我来回跑了二百里路才找来的。不，不好，这话似乎太逞能。"通过这些心理分析，可以看到羿对嫦娥的感情是忠贞的，是细致的。在各个细处都想着怎样让对方开心、高兴，自己还不能太逞能，自己还要想着每一句话说得是否合适。他是真心地想把平凡的夫妻生活过好，他要当一个平凡人。一个大英雄一旦要好好做平凡人，其实也挺难，这是不容易的。我曾经发过一个微博，写粟裕大将。新中国成立后粟裕大将和他夫人楚青在上海逛马路——难得逛马路，他夫人楚青是大城市长大的女学生。新中国成立了，和平了，俩人一块儿逛街。忽然看见前面有个咖啡馆，粟裕就说，你看，前面那个咖啡馆很不错啊。楚青想，哎，老公还挺时尚的，他怎么知道这个咖啡馆不错呢？"你说说，这咖啡馆怎么不错？"粟裕说，这个咖啡馆，架上四挺机枪，可以控制整个街道！【众笑】英雄这个脑子，你让他过平凡生活，他转不过来，他说咖啡馆好是地理位置好，军事上有利。后羿不是，后羿是真心细致地要把日常生活过好，是为对方着想，并不想着以前那些光辉。

他望见人家的灯火已在前面，灯火是平凡生活的象征，我们经常说万家灯火，晚上在街上看见无数人家亮了灯之后，给人的感觉特别好。我经常看见灯火，我就想想那个屋里人在干什么，过着怎样的生活。有时候换位思考，我是不是也可以在这样的家里生活，我会是一种什么样的状态。**一高兴便不再想下去了。马也不待鞭策，自然飞奔。圆的雪白的月亮**——又一次出现月亮，注意作家都是怎么写月亮，"圆的雪白的月亮"，多好。**照着前途**，这是他的心情，这个月亮是他的心情。**凉风吹脸，真是比大猎回来时还有趣**。虽然只打了一只小母鸡，比"大猎"还有趣。

马自然而然地停在垃圾堆边；又是垃圾堆，**羿一看，仿佛觉得异样，不知怎地似乎家里乱毵毵。迎出来的也只有一个赵富**。他们家的仆人叫王升、赵富，普通的地主家的仆人的名字，他就是想当这么一个小地主。

"怎的？王升呢？"他奇怪地问。

"王升到姚家找太太去了。" 我们看了这个话，又觉得他太太到另外一个姚家去串门儿了，这又似乎很像上海北京的生活。

"什么？太太到姚家去了么？"羿还呆坐在马上，问。他好像觉得这个事有点儿奇怪，虽然自己很高兴，但家里似乎有变故。发生变故了。

"喳……。"他一面答应着，一面去接马缰和马鞭。

羿这才爬下马来，这个动词用得很好。汉语中的动词都是传达心情的。汉语的小说不太习惯于细致的心理描写，这是我们中国人的审美习惯。老趴在人家心里边写人家怎么想，这事儿靠谱吗？中国人是通过动作来写心理。他可以蹦下马来，跳下马来，翻身下马，为什么是爬下马来？这一个"爬"字，写出了他心里感觉似乎不妙，不太振作。跨进门，想了一想，又回过头去问道——

"不是等不迭了，自己上饭馆去了么？"他家这一片儿还挺繁华，还有饭馆。

"喳。三个饭馆，小的都去问过了，没有在。"附近有三个饭馆，都没去。

羿低了头，想着，往里面走，三个使女都惶惑地聚在堂前。他便很诧异，大声的问道——

"你们都在家么？姚家，太太一个人不是向来不去的么？"看来他们家跟姚家不是很亲密，太太怎么会去姚家了呢？这一家为什么姓姚？我也没有考证，还是鲁迅随便写的？我想起京剧《四进士》里边有姚家庄，有一个坏女人，不知道跟这个是不是有关系。他问这些使女。

她们不回答，只看看他的脸，便来给他解下弓袋和箭壶和装着小母鸡的网兜。羿忽然心惊肉跳起来，为什么心惊肉跳？觉得嫦娥是因为气忿寻了短见了，亲人之间因为一点小事就寻短见，这只有今天这个时代才有——我发微信他没给我点赞，我就跳楼了，这只是今天这个时代才有。可是羿竟然想到这个，说明他是多么重视对方、惦记对方。便叫女庚去叫赵富来，要他到后园的池里树上去看一遍。怕她上吊了，怕她投池了。但他一跨进房，便知道这推测是不确的了：房里也很乱，重点是一个"乱"字。衣箱是开着，向床里一看，首先就看出失少了首饰箱。嫦娥带着首饰了。他这时正如头上淋了一盆冷水，金珠自然不算什么，然而那道士送给他的仙药，也就放在这首饰箱里的。不是重视钱，是重视药。

羿转了两个圆圈，才看见王升站在门外面。

"回老爷，"王升说，"太太没有到姚家去；他们今天也不打牌。"这也看出羿生活的周围环境，也像北京上海的教授圈子、官员圈子一样，家里每天都打牌的。你如果看看现代作家的日记，你看他们每天都干什么。除了鲁迅，什么胡适啊，徐志摩啊，这些人每天的日记里都写什么？不是打牌就是逛妓院，要么就是下饭馆，基本就这几项主要内容。他们家今天不打牌。这好像是民国的生活。我们知道，严格地考证，那个时候还没有发明牌，不但没有纸牌，也没有牌九，也没有麻将，那个时候是没有牌可打的。

羿看了他一眼，不开口。王升就退出去了。

"老爷叫？……"赵富上来，问。

羿将头一摇，又用手一挥，叫他也退出去。跟他们没什么可说的了，已经不需要交流了，信息已经很清楚了。

羿又在房里转了几个圈子，走到堂前，坐下，仰头看着对面壁上的彤弓、彤矢、卢弓、卢矢、弩机、长剑、短剑，想了些时，才问那呆立在下面的使女们道——

"太太是什么时候不见的？"

"掌灯时候就不看见了，"女乙说，"可是谁也没见她走出去。"这还变成推理小说了，有各种线索。【众笑】但是这毕竟不是推理小说，不是要把悬念放到最后才让知道答案，我们基本上可以估计出来。英雄忙了一天，有些微的战果，兴冲冲地赶回来汇报，想讨赏，可是呢，人家已经等不及英雄了。有些英雄可以东山再起，还有再辉煌的时候，可惜，人家并不等。等待也是一个重要的人文概念。读这儿的时候，我就想起一首苏联的诗歌,西蒙诺夫的《等着我》。这首诗我也曾经翻译过,我没找到我翻译的版本,我找的是别人翻译的。【孔老师念俄语原文】

> 等着我吧——我会回来的。
> 只是你要苦苦地等待,
> 等到那愁煞人的阴雨
> 勾起你的忧伤满怀,
> 等到那大雪纷飞,
> 等到那酷暑难挨,
> 等到别人
> 不再把亲人盼望,
>
> 往昔的一切,一股脑儿抛开。
> 等到那遥远的他乡
> 不再有家书传来,
> 等到一起等待的人
> 心灰意冷——都已倦怠。

这个版本是故意翻译得很押韵。押韵呢,比较好听,但是会减少一些痛苦,减少一些痛苦的感觉。总之,英雄往往是在等待中出现的。有的时候英雄恰好是配合着等待,才能够成就;没有等待,有时候英雄也就没有了。

我自己也写过一首就叫《等待》的散文诗,也有一些地方一些人在朗诵。能够品味等待、享受等待、把等待变成一面旗帜,是很有意义的修行。不要太着急,要把等待的过程当成一个美好的文本。你看很多人在等公交车的时候很烦躁不安,我觉得你烦躁有什么用啊。车来不来跟你的心情没有关系,关键是如何利用好等车这一段的时间。这段时间你可以背单词,你可以唱歌,默诵唐诗宋词,构思小说,想想怎么报复仇人……都可以啊,干吗要焦躁不安呢?等待能够成就人。但是可惜,很多人不再愿意等待后羿这样的人。当英雄做了一次英雄事迹之后,看客们往往等待他再来,恨不能在心里起哄:再来一个!再来一个!如果很长时间没有再来,这些人就放弃了。那么后羿最亲爱的人,已经不再等待他。

"你们可见太太吃了那箱里的药没有?"这开始破案了。

"那倒没有见。但她下午要我倒水喝是有的。"答案很清楚,她吃药不会当着人吃,但是她要水,要让人家倒水喝。

羿急得站了起来,他似乎觉得,自己一个人被留在地上了。自己一个人被留在地上,太太已经走了。

"你们看见有什么向天上飞升的么?"他问。信息一点一点释放出来,小说的艺术就是释放信息的艺术,告诉读者什么信息,到这儿差不多答案都已经昭然若揭了,向天上飞升了。

"哦!"女辛想了一想,大悟似的说,"我点了灯出去的时候,的确看见一个黑影向这边飞去的,但我那时万想不到是太太……。"于是她的脸色苍白了。这写的好像很真,好像往月亮上飞不能白天飞,必须黑天,是掌灯的时候不见的。然后到点灯出去的时候,看见一个黑影向这边飞去了。但是下人们没有想到那是他们的女主人飞走了。羿,毕竟是英雄,他也知道——他原来会不会早有这种想法而压抑自己不这么想呢?很可能他不忍心这么想。如果是一个理性的人,在这一年多无聊的生活中,应该能够判断出有这种可能啊,不会有一天太太就跑了吗?但正是因为爱情,爱情使人丧失理性,他不能那么想,那么想觉得自己心里不光明。

怎么能那样想自己的爱人呢？我的爱人是这么好，那么纯洁，不会抛我而去的。直到此刻事实摆在面前了，他才好像刚明白似的。其实他应该有一个潜意识，知道会有这一天。如果他早知道会有这一天，又有什么办法呢？这个过程，是不是写这篇小说的人也想过，也多次想过，也曾经沉浸在里面？当你预料到有一个不好的结局，但是它还没有成为现实的时候，你不希望它出现，人们往往会压抑自己，不往那个方向去想，似乎只要不想就过一天算一天，就很幸福。所以这样的事情，他又写出了一个普遍的意义。

"一定是了！"羿在膝上一拍，即刻站起，答案已经来了，不用再继续推理了。走出屋外去，回头问着女辛道，"那边？"

女辛用手一指，他跟着看去时，只见那边是一轮雪白的圆月，刚才出现过，圆的雪白的月亮，现在又出现，挂在空中，以一个"挂"显出了它的大，它的圆，它的清楚，好像挂一个挂历似的。其中还隐约现出楼台，树木；这是没有受过现代科学教育的人，千百年来都看见的那样一个月亮。当他还是孩子时候祖母讲给他听的月宫中的美景，他依稀记得起来了。他对着浮游在碧海里似的月亮，你看这个月亮的定语，"浮游在碧海里似的"，挂着的，悬着的，不定的，游荡着的，这写的还是观察者的心情，是自己的心情浮游在碧海里，是自己的心情没有一个可放的地方，因为心没有个地方可放。觉得自己的身子非常沉重。

我记得许多年前，孟学农同志在《中国青年报》上发表一首诗，叫《心在哪里安放》。孟学农当北京市市长赶上北京非典，主动请辞，到山西去了，后来被任命为山西省省长，不久山西发生矿难，他又请辞。然后他写了这么一首诗，《心在哪里安放》。因为是官员写的诗，一般人不注意——认为当官的发了一首诗，附庸风雅吧。我很注意，我看他这诗写得很真诚很沉痛。从我们专业角度讲，诗的艺术性并不太高，但是那个心情是真诚的，能看到一个痛苦的灵魂。身子非常沉重，"浮游在碧海里似的"，因为心没地方安放了，所以身体就沉重了。人在这种情况下会发生各种变化。

他忽然愤怒了。后羿从头一直到现在脾气这么好，怎么忽然愤怒了呢？前边的脾气好，正是此刻愤怒的衬托，正是一个好的铺垫。他本来不必要脾气那么好，他为什么脾气那么好？就是他知道自己不是英雄，就是想做一个合格的凡人，想做一个合格的丈夫，让人家说他挺好，没有英雄架子。到现在一切都落空了，所以这个愤怒是非常合乎心理学上的反转的。**从愤怒里又发了杀机**，从愤怒里发杀机，这又是一个心理学上自然的发展。

很多人忽然起了杀心，这个杀心是怎么起的？还有，一些坏人，一些大坏人，是怎么变坏的？特别是历史上描绘的一些很残暴的人。我们知道人一般情况下有好有坏，那些特别残暴的人，怎么能做出那些残暴的事情？他受过什么刺激呢？为什么说金庸小说是伟大的呢，因为金庸就写出没有无缘无故的坏人，每一个坏人都有一段悲痛欲绝的悲惨的历史。不然他们都是好人，都是好孩子。梅超风是这样吧？李莫愁是这样吧？成昆是这样吧？段延庆是这样吧？还有虚竹他妈妈叶二娘也是这样吧？没有一个坏人是天生的坏人。他们怎么从愤怒里边发了杀机的？就是他们曾经特别好过，或者想好过，想当平常人，想当平常人而不得，于是他就有了报复心理。由于有了报复心理，他的形象变了，可能在后世的记载里，就被记载成特别残暴的人。所以我老怀疑历史上写的那些坏人，不那么坏，甚至可能完全相反，可能是最好的人。比如说商纣王。商纣王英勇无敌，就像少数民族神话里歌颂的那样一个伟大的英雄一样的，他怎么最后变得那么坏，那样用酷刑折磨人？他到底受了什么刺激？他会不会是一腔真善美的心，被某些人糟蹋了？可能还不只限于少数人，可能被全天下的老百姓都糟蹋了。那这个时候人有各种选择，可能他就选择了向全民报复，谁再劝我做好事，我就杀死他。像所罗门的瓶子一样的，里面放出来一个魔鬼。

现在后羿从愤怒里发了杀机，忽然就恢复了他原来那个英雄气概，**圆睁着眼睛，大声向使女们叱咤道——**

"拿我的射日弓来！和三枝箭！"那不得了，拿他当年射太阳的弓来了。

女乙和女庚从堂屋中央取下那强大的弓，拂去尘埃，鲁迅特别注意细节，这弓多少年不用，上边落满了灰尘，要拂去尘埃，**并三枝长箭都交在他手里。**不得了了，要出事了。这种愤怒是源自背叛。背叛这个事情是最容易引起人愤怒，也最容易引起人极大愤怒的。背叛是发生在人类生活的各个领域，亲情的背叛，爱情的背叛，师生关系的背叛……每一种契约关系里边都可能有背叛。如果大家去了解革命历史会知道，革命者最恨的不是敌人，而是叛徒。对敌人经常是宽容的，但是对叛徒一般不肯宽容。背叛对人的伤害是极大极大的，所以人类最恨背叛。背叛刺激了后羿，要恢复他射日的神采。

好，后羿准备报复了。他一手拈弓，一手捏着三枝箭，都搭上去，我们再看鲁迅写武侠的功夫。他不是写武侠的，但是他知道怎么写跟武功有关的细节。"捏着三枝箭"，虽然是三枝很强大的箭，但对他来说不过是捏着；而且"都搭上去"，他并不是一枝一枝地搭上去，同时搭上去，**拉了一个满弓，正对着月亮。身子是岩石一般挺立着，眼光直射，闪闪如岩下电，**这些话都是有古文的依据的。但是在这里，知道典故的，知道它从哪儿来；不知道典故的，看着就像白话文一样，同时是优秀的白话文。**须发开张飘动，像黑色火，**如果你有一定的美术功底，就照着文字画下来，是特别漂亮的一幅画，特别漂亮的动漫。画"奔月"的美术作品不少，基本上就是照着鲁迅的这个描写去画的，没有超过他的。**这一瞬息，使人仿佛想见他当年射日的雄姿。**由今写昔，我们可以想到当年他射太阳的时候就是这样英姿勃发：身体怎么样，动作怎么样，须发、眼光，全都写到，一个英雄出来了。小说开头并没有写他的相貌，没有写他的面部表情，但是此时此刻，鲁迅白描的功夫拿出来了。

飕的一声，——只一声，已经连发了三枝箭，武侠小说里善于写武功高超的人动作快，最拿手的是古龙，但是古龙也没有这个想象力，古龙其实不会写动作，所以古龙干脆就直接写结果，这边刀一发，那边人就死了，动作就省略了，掩盖自己文学手段的水平低。看多了谁都会。但是你看鲁迅怎么写，一个人同时发"三枝箭"，**刚发便搭，一搭又发，眼睛不及看清那手法，耳朵也不及分别那声音。**假如你在周围，根本分辨不过来。**本来对面是虽然受了三枝箭，应该都聚在一处的，**因为前面有描写，他跟逢蒙对射的时候，每一枝都是箭尖对箭尖，在空中捧成一个"人"字，然后落地，可见他的神妙射法。按照这个技法，他射"三枝箭"完全都可以射在一个地方，就像打靶的时候从一个洞里穿过。**因为箭箭相衔，不差丝发。但他为必中起见，**可见他除了英武还有谨慎，**这时却将手微微一动，使箭到时分成三点，有三个伤。**同时射，却有三个伤。

这样的描写，是古今中外所有武功描写中唯一的。金庸虽然借鉴了大量的现代文学作品，一直借鉴到样板戏，我们都可以从作品中找到他的借鉴的痕迹，但是他显然没有借鉴这个描写，《奔月》他没有仔细研究。在金庸的笔下有那么多精彩的武功，没有同时发"三枝箭"射中三个地方，这没有。更不要说外国的战争文学了。这是鲁迅自己的妙想。

因为射得这么精彩，所以**使女们发一声喊，**这么英雄，可惜没多少观众，就自己家这几个仆人，"使女们发一声喊"，有点儿搞笑。**大家都看见月亮只一抖，**竟然把月亮射得一抖。大家晚上看月亮的时候，有没有看见月亮好像抖一下？是有的。我有时候没事无聊，看月亮，有时候月亮真的抖一下。当然科学家解释，是空气在抖，不是月亮在抖。我也有解释，是我的心在抖——那都属于玄学。有的时候真的看见月亮一抖，其实是因为你的动作产生的幻觉。**以为要掉下来了，——但却还是安然地悬着，发出和悦的更大的光辉，似乎毫无伤损。**

这个写的很有意思。他射太阳能够连着射下来九个；月亮射了三箭，竟然没有射下来。这里边的寓意就很有意思。按理说，他这个功夫并没有丧失，功夫还在，功夫还在但是射太阳可以，射月亮就射不下来了。这个道理何在呢？为什么射太阳行，射月亮就不行？射太阳，因为太阳是全人类的敌人，十日并出，人活不下去了，所以射下来九个，那就是"时来天地皆助力"，那代表了人民的希望，是为人民去射太阳，人民说"时日曷丧"。月亮虽然看起来比太阳好射，科学家告诉我们，月亮离地球很近，是地球的卫星，按理说很容易射下来，可是射月亮似乎不得人心。第一，月亮只有一个，第二，人民需要月亮。人民不光需要月亮照明，还需要月亮给我们产生神话，需要月亮让我们产生艺术。射月亮不得人心。所以明明射中了，这个月亮反而更和悦，好像在嘲笑他，"和悦的更大的光辉"，好像在微微地嘲笑他，傻小子，射吧！再来一回！好像是这样的语气。所以"毫无伤损"。月亮和悦的更大的光辉才使他更加无奈，更加寂寞。英雄能奈广寒何！你能把月亮怎么样呢？

从他的角度来说，他那么心爱的女人背叛了他。可是从第三者的角度来说，从我们的角度来看，我们也不觉得嫦娥多么可恨。我们觉得这事好像有点不对，但是嫦娥的形象并没有因此特别受损，她就是一个普通的庸俗的女人吧，就觉得自己的老公实在是没出息，等了他很久了，谁知道今天能打回一只母鸡来？这是不靠谱的事，没准今天跑到哪里不回来了呢，所以实在是受不了、跑了。这种新闻现在天天有，按照今天的人心，按照今天的道德，嫦娥对你够好的了，自己一个人走了。这写出了他深深的无奈。

我们不必胶柱鼓瑟地拿小说的情节去套作者个人的生活，作者不一定有这样的生活。但是他有没有类似这样的感情经历？就是他对背叛的人很好，那个人背叛了，自己也确实没什么办法。比如他在这篇小说里边，也就影射了一下高长虹，引用了一些高长虹的原话而已，但是这对高长虹真的有多大伤害吗？如果说高长虹以后混得不好，这跟鲁迅也没多大关系。很多真的伤害过鲁迅的人，那以后都发展得很好啊，以后都是这个国家重要的人物，我们国家有些重要的文化界的领导，都是当年伤害过鲁迅的人，比如左联那些人，左联的领导，都是当年把鲁迅围剿到要"死"，后来还是党中央下令，不许他们围剿鲁迅——你们打错了，鲁迅是咱们的同志——才罢手。所以这个无奈，这个无奈之举，是写得令人格外地同情。

这个月亮不动，"咄！"羿仰天大喝一声，看了片刻；他觉得很奇怪，竟然射不动你？！**然而月亮不理他。**月亮好像有生命，**他前进三步，月亮便退了三步；他退三步，月亮却又照数前进了。**月亮跟你保持的距离不变，这也是喜欢看月亮的人应该有的一个经验。我有很多次圆月当空的晚上，从北大骑自行车回家，看见一轮圆月，觉得好像离得还远，想离它近一点儿，就快点骑。我觉得我骑到清河应该离它很近了，骑到清河的时候，离它还是那么远，这种感觉是很好玩儿的。当然鲁迅把这种普通人的天文观测经验用到了这里，继续加深他的无奈。

他们都默着，各人看各人的脸。在他的下人看来，这个英雄也不像个英雄。所以有句格言，"仆人眼中无英雄"。仆人眼中是没有什么英雄的，他看见你都是特别平凡的一面，在平凡的一面中还不如他。

羿懒懒地将射日弓靠在堂门上，走进屋里去。使女们也一齐跟着他。

"唉,"羿坐下,叹一口气,没办法了,"那么,你们的太太就永远一个人快乐了。她竟忍心撇了我独自飞升?莫非看得我老起来了?但她上月还说:并不算老,若以老人自居,是思想的堕落。"这几句话全是高长虹的话。这几句话看着很奇怪,他怎么知道嫦娥上月的时候还说了这么两句话呢?这几句话来得特别莫名其妙。但是即使你不知道这是高长虹的话,也觉得这个话好像有来头,好像是讽刺鲁迅的。高长虹就说鲁迅这个人并不算老,却以老人自居,这是一种思想的堕落。

"这一定不是的。"女乙说,"有人说老爷还是一个战士。"这还是高长虹的话。高长虹说鲁迅堕落有三个境界、三个阶段嘛,说第一个阶段是特别好的,大艺术家;说第二个阶段是个不很高明的战士。所以女乙又拿这个话来继续伤害他一遍,说老爷还是一个战士。

这个话放在这里,我们看,他在这篇小说里,前面不是用逢蒙来影射高长虹吗?可见不能够太对号入座,就在嫦娥的身上竟然也有高长虹。那就说明像鲁迅的一切杂文一样,这个高长虹并不指一个具体的人。鲁迅笔下所批评的很多知识分子,姓名后面其实都可以加一个"们"。比如鲁迅批评陈西滢,可以说"陈西滢们",是那些人代表着几类人。所以在这里高长虹也代表着一类人,代表着一类恩将仇报的背叛者,代表着一类吸取了老一辈的精神滋养之后,恩将仇报背叛老一辈的年轻人。而这又是人类历史上常有的。

比如我最近微博老发《三国演义》的知识题,吕布被张飞骂作三姓家奴,吕布就被人看不起,经常背叛来背叛去,吕布本来英雄无敌。我看吕布的时候,觉得吕布就很像一个狂飙青年,非常狂飙,他一个人战刘关张三个人,可是最后落在曹操手里。曹操本来也爱才,曹操是唯才是举,爱才若渴,可是最后为什么用不了吕布呢?本来也犹豫,结果刘备在他耳边说了一句,说你忘了丁原、董卓怎么死的了吗?一句话,曹操明白了,我要用了他,将来我也没有好下场。就是人哪,毫无忠诚之心,逮谁背叛谁,认为自己天下无敌,太狂飙了,恐怕是有问题的。

所以在这里,他写到羿穷途末路的时候,这几句话其实是鲁迅自己的感叹。新中国成立前人的平均寿命只有三十多岁,鲁迅四十多岁,说自己是老人,也不算是过分。那时候四十多真是老人了,五十岁办大寿了,五十岁大寿了不得,活过五十的不多呀。所以七十岁叫古稀之年,这不是夸张。新中国成立后用二十年的工夫,人均寿命迅速地达到六十多岁,这是太了不起了,靠社会主义制度,全民医疗,有饭大家混着吃,才达到这个程度。

那个时候他说自己四十多岁是老人,本来是正常的,可是竟然就被认为是堕落了。鲁迅多次被人骂过"堕落",所以鲁迅有一个笔名,叫"隋洛文",就是堕落文人的简称——你们说我堕落了,我给自己起个笔名,叫"隋洛文",堕落文人。人不被理解,人被贴上一个恰好是自己反面的标签,这种悲伤是不容易体会的。幸亏鲁迅后来终于被人认识到,鲁迅其实是真正的革命者,他却很长时间被认为是最大的反革命,是革命的反面。那么鲁迅有幸还能够被平反。

当然今天鲁迅又再一次受到很多人的污蔑,今天很多人说鲁迅是日本特务,等等。"你看鲁迅怎么从来不公开骂日本鬼子呢?"我在网上看很多骂鲁迅的人都很奇怪:"你们看!鲁迅骂这个骂那个,我发现了,鲁迅从来没有骂过慈禧太后!"于是就有人做学问,鲁迅到底为什么不骂慈禧太后。人家就找到原因了:"原来他们家都是吃大清朝的饭,他爷爷是大清朝的官儿,他爸爸也是大清朝的秀才,他自己也要考大清朝的科举,所以他爱大清朝,所以他就不骂慈禧太后,可见鲁迅是个卑鄙小人。""他骂了很多伟大的中华民国的人,竟然不骂大清朝,可见反动!"也有人这么做学问去研究金庸的,说金庸是汉奸,为什么是汉奸呢?竟然赞美康熙,赞美乾隆,赞美少数民族的皇帝,这不是汉奸是什么?

鲁迅在当时还有多少无奈,我们不可能全部知晓,大概能够知道几分之几就不错了。我在这里写出这个小标题"布条的尾声",为什么叫"布条的尾声"呢?鲁迅有一个著名的戏剧形式的散文诗叫《过客》,一个孤独的过客,就是一个战士,他永远向前走,脚上受了伤。路上遇见一个老人和一个女孩子,这个女孩子给他一口水喝,女孩子看见他腿上有伤,给他拿了一片布。一开始老人劝他不要走,说前边什么都没有,不要走了,前边我去过,只有一片乱坟。但是这个过客说,我听见前面有声音叫我,所以我必须得去。女孩子给他一片布,说你把你脚上的伤裹一裹。他说我谢谢你的好意,我也不能要你这布。为什么不要呢?要了布,心里就有了牵挂。战士是很渴望有爱的,可是一旦有了爱,就有了牵挂,就不能全力地奋然前行。所以他谢绝了这个好意,不要她的布。这是写出了一个过客的这样一个心理模式。

可是我们想,有一些战士可能是接受了这布条的,不是所有的过客都不接受布条的。鲁迅写的这个过客是一直往前走。有的战士要接受布条,可是接受了之后呢?鲁迅想得很复杂,想到很远,接受了之后,是不是有一天送给你布条的那个女孩子,会独自吃了药,会独自飞升了呢?是不是也有那一天呢?所以我在这里想,这是不是也是一种"布条的尾声"?我们知道有很多革命烈士很壮烈地牺牲了,他们也许会有其他选择,逃脱、忍耐、等待革命的胜利;但就不叛变,能够等到革命胜利的,可能有。那么他们会不会想到,革命胜利之后革命会变质,革命胜利之后自己可能没有好下场,会不会想到这一点?

我领我的粉丝们在读《红岩》的时候提出一些问题,一个是,什么样的人能当叛徒?我们看《红岩》的前一半,你看不出甫志高会当叛徒,他是那样的一个积极热情的革命者,他表现得比许云峰、比江姐好多了。

我们看许云峰、看江姐反而很灰色，工作好像不太积极，那么谨慎，甫志高这个人多好啊！第二，甫志高这个人叛变带有偶然性。他虽然警惕性不高，可是那天晚上，假如他听了许云峰的话，不回家给他太太送牛肉，迅速转移了，可能特务就抓不到他，抓不到他，他就不会当叛徒。而革命很快就胜利了，那是革命胜利前夕了。

这是甫志高这样的人的道路。他们只要没有被敌人抓去，他就能永远欺骗群众。而像江姐、许云峰这样的人，他们在监狱里面就想到了这些，他们在监狱里面给党写的几条建议里面就有，他们已经发现党内的腐败情况。在那个艰难的新中国还没成立的斗争岁月里，他们就发现了这个党的腐败。所以他们还不如壮烈牺牲的好——从这个角度来看。

而鲁迅自己早都说了，革命胜利之后，我没有什么好下场。而且鲁迅说得非常形象，他说将来革命胜利了，我穿一个红马甲，在上海扫马路。我第一次看到这个话的时候很吃惊，哎，我说他怎么知道将来会有知识分子穿着红马甲扫马路呢？这谁告诉他的呀？我说鲁迅这人太神了！鲁迅如果真的活到新中国成立后，难免会有这一天的。因为我们看来看去，像我们这种水平的人，就会觉得鲁迅像反动派，你看他经常说一些黑话，我们经常会说他思想堕落了。所以鲁迅在这样的时刻，他真是思接千载，想到上下古今的许多事情。所以这个月亮射下来射不下来，真的无所谓了。

女仆人又追上去一句，"**有时看去简直好像艺术家。**"**女辛说**。那是在他伤口上又撒盐，一会儿战士，一会儿艺术家，这都是高长虹对他的评价。女仆把后羿气坏了。

"**放屁！——不过乌老鸦的炸酱面确也不好吃，难怪她忍不住……。**"一方面愤怒，但是又归咎到自己，还是自己无能，没有办法，最后就感叹自己无能。

"那豹皮褥子脱毛的地方,我去剪一点靠墙的脚上的皮来补一补罢,怪不好看的。"女辛就往房里走。群众还是要继续过他们普通的日子,群众没有别的想法,不管发生了多大的事情,日常生活还是要过下去的。女仆人想到豹皮脱毛,要补一补。我想到我们小的时候,不论有多少政治运动,不论中央发生了什么事情,我们想的还是,家里该打酱油了,该买醋了,该买葱了,该买萝卜了,干的还是这些事。大人该织毛衣织毛衣,该打沙发打沙发,还是这些事。就是"时光永是流驶,街市依旧太平",还是鲁迅这两句话。英雄只是过客,英雄是历史的过客,英雄还要考虑自己的日子,考虑自己的未来怎么办。那后羿呢?

"且慢,"羿说着,想了一想,"那倒不忙。"还补什么豹皮呀!不忙,"我实在饿极了,"一天没吃饭,"还是赶快去做一盘辣子鸡,"他想到这个,也要过平凡生活了,毕竟打回一只鸡来,做一盘辣子鸡。前边我说了,这都是调侃,那个时候中国没有辣椒,全亚洲都没有辣椒,不存在辣子鸡这种菜。"烙五斤饼来,"面要吃五碗,饼要吃五斤。"给我吃了好睡觉。明天再去找那道士要一服仙药,吃了追上去罢。"他还是要去追嫦娥,还是舍不得她,虽然刚才很愤怒,现在还是要追她。我们知道历史上并没有记载,他也吃了追到月亮里去了,我们知道月亮里只有嫦娥,还有一个叫吴刚的,不知道从哪儿来的,没听说月亮里边还有一个后羿。"女庚,你去吩咐王升,叫他量四升白豆喂马!"一个很普通的结束语,结束在日常生活中,虽然明天还有希望,他说明天要去找道士再去讨一服药,去不去是一回事,能不能讨到是一回事,讨到之后有没有吃了飞升还是一回事。所以实际上它结束在一个日常生活的描述中了。

写这篇小说的时候是1926年底,1927年初发表的。这个时候还没有发生"四一二政变",国共没有分裂,共产党还隐身在国民党之中,国民党本身还是一个光鲜亮丽的革命党,正在进行轰轰烈烈的北伐革命。表面上看，革命形势不错，很多革命青年都觉得前途大好。他们不知道过不到半年，许多革命青年就人头滚滚落地了。"四一二政变"，我们都知道是国民党杀共产党，实际上，杀的共产党很少，主要杀的是国民党人自己，共产党不多嘛。后来的国民党为什么腐朽不堪啊？因为国民党里的大好青年被他自己杀光了。只要看着廉洁的、革命的、阳光的，这一看都像共产党，像共产党的都得杀掉。国民党杀的是像共产党一样的人，把自己的健康力量都杀掉了，国民党就没有前途了。所以后来我们看见国民党都那德性呢。那不是国民党一开始的样子，国民党开始的时候也是朝气蓬勃的。

但是鲁迅早早都看到了，鲁迅到了国民党革命的大本营广州一看，他已经知道，国民党没有前途。正在高歌北进的时候，别人都看不出来的时候，只有两个伟大的作家看出来了，一个是鲁迅，一个是郭沫若。今天很多人污蔑郭沫若，说郭沫若没有骨气，其实郭沫若是天地间最有骨气的大丈夫，郭沫若在"四一二政变"之前就写下一篇雄文，叫《请看今日之蒋介石》。当时蒋介石是如日中天的革命领袖，郭沫若最早揭露出，蒋介石要背叛革命，杀害人民。因此郭沫若在国内无处藏身，被迫流亡日本十年。直到日本侵略中国，蒋介石对他的通缉令还没有取消，他毅然返回国内，参加抗战，蒋介石拿他也没办法。所以郭沫若才是顶天立地的大丈夫，跟鲁迅一样的。

鲁迅更看得准，所以鲁迅离开北京到厦门，离开厦门到广州，再离开广州到上海，他知道自己在中国这片大地上没有存身之处。可是他一面还要战斗，为了给自己战斗找一片地方，怎么办呢？也只好"量四升白豆喂马"——也得吃饭，也得睡觉，也得找个房子住，也得娶妻生子。像老子一样，大隐隐于不隐，在平凡中当战士。鲁迅的这种战法是别人模仿不了的，也太不容易了。

你看结尾他好像是认命了，但是这个认命不是屈服，而是找到了最合适的一种战斗的方式。所以说鲁迅，你说他是战士，没错，说他是艺术家，也没错，他其实是艺术家和战士合为一体的，他的战斗是艺术的，他的战斗是有危险的，但是他尽量降低这个危险。他到了上海之后，不断地换笔名，我们今天查到鲁迅的笔名是一百八十多个，这是一个世界纪录。一个人在那么短的时间内天天换笔名，这过的是什么日子？蒋介石曾经也要杀他，就在他的对面设了特务，观察了好长一段时间，最后发现他确实没有什么革命行动，就是一个"胡说八道"的人。最后算了算，杀了他之后的成本；杀了他之后造成的社会影响，所以还不如不杀，表示我们言论自由。所以鲁迅从此以后老是换笔名，去设计后羿以后的生活怎么过。

这篇小说涉及历史、神话、现实、革命等等一系列的概念，我们之前讲过了，主要具体地涉及一个叫高长虹的人，前面我们也对高长虹进行了一些简介，这里就再补充一下，补充一下高长虹跟鲁迅的冲突。

高长虹是很激进的、很有才华的一个革命青年，这应该是没有错的。在鲁迅身边聚集了很多这样的青年，高长虹是其中最有热情的，也是精力充沛的——他自己说见过鲁迅一百多次，鲁迅的日记记载七十多次。但是一个事情只要做得特别过分，里边总酝酿着危机，一个事情特别过分，它就容易变化。这是我们老祖宗早都看到的一个辩证法。做什么事情不能太过，两个人关系太密了，就有疏远的那一天，就有非常疏远的那一天。两个人感情特别好的时候，注意要把握住距离，把握住分寸，太近了得推一推。古人早都看到，太亲密了不好，当然，太疏远也不好。

他们两个人的冲突到底是时代的原因还是性格的原因，今天的人研究了很多，还有人写了书，关于他们冲突的书不止一本。事实大概就是那些事实，可是分析起来，往往跟分析者自己的眼光、立场是有关系的。

比如有的学者更多地站在鲁迅一面,有的更多地站在高长虹一面。或者说两个人都有误会,都有责任,也有些不是误会,也有些是——比如说第三者传递的信息不准确等等。但是他们这个冲突是带有时代性的,不一定是鲁迅和高长虹冲突,也不一定是高长虹跟谁冲突,这种冲突是肯定要有的。就是你鲁迅带了那么多徒弟,有那么多学生,那徒弟多了肯定有背叛的,这在江湖上、在武林中是常见现象。

文化界不是一样吗!文化界的人的操守远远不如普通老百姓。你们将来都会进入知识分子成堆的地方,你就知道,知识分子人品最差。关键他会给自己辩解,会给自己的无耻找很多理由,还有很多理论拿出来。老百姓没有那么多理论,因为老百姓信那些千百年来流传下来不变的,可能他的意识比较保守,但是他比知识分子老实。革命叛徒,什么人叛变得最多?按比例看,知识分子叛变得最多,壮烈牺牲的多是普通工农群众。

鲁迅是在他这一代,被看作青年导师这一代人中的第一人,在鲁迅所有指导过的青年学生中,高长虹可以说是最积极的,他不见得是最有成就的。最积极中,就容易有事。

那么我们看看,就鲁迅所引用的这些梗,跟高长虹本人的文字有哪些关系。高长虹曾经发表过《走到出版界。1925,北京出版界形势指掌图》。他一个年轻人,写一本书,写1925年北京出版界的形势,指导别人这里边的人际关系。这种书呢,有点儿不好,现在就有一些这种书,有点像黑幕文学,满足人们窥视欲。我们可以想象,某人在北大旁听三年,他写一本《北大教授黑幕》——我告诉你北大中文系的某教授跟历史系的某教授什么什么关系,他俩年轻的时候怎么争风吃醋,他的夫人原来是他的恋人等等,是有人写这些东西的。我说的都是实有其人的,在北大多年旁听可以写很多北大黑幕。做这种事本身不高明,等于抹黑自己。因为你联系了一些名人，认识很多名人，把这个资源拿出来卖钱，这不好。但是高长虹呢，不这么认为，他觉得自己是一个高明的思想者，甚至是思想家，他是站在一个道德高地上去指点和评判别人的。

所以在"五四"之后，一些青年人就形成一种不好的风气，他要出名，他要出头，他出头不是靠自己的成就，而是找一个有名的目标去打击，也就是以打击名人而成就了自己的名。我有一次出去参加活动，和延参法师在一块儿，延参法师那个和尚很幽默的。我跟他说，现在在网上怎么才能出名快呀？他就告诉我说，要出名快就是要"马命任，胡祥黑"，他用河南味儿的话说的。"马命任"就是要骂名人，还有"胡祥黑"，两个人互相黑，一黑就出名了。"马命任，胡祥黑"这也就出名了。其实这一招在"五四"的时候就是这样的。如果大家学习现代文学史就知道，文学研究会登上文坛是骂鸳鸯蝴蝶派，而创造社登上文坛是骂文学研究会。所以很多年轻人一看，这招儿出名很快啊，那要出大名就必须骂最高级的名人。高长虹不知怎么想的，就把矛头指向鲁迅了。当然指向鲁迅的年轻人不止他一个。

他指向鲁迅的这些罪名很有意思，其中一个是年龄尊卑。"须知年龄尊卑，是乃祖乃父们的因袭思想，在新的时代是最大的阻碍物。鲁迅去年不过四十五岁……如自谓老人，是精神的堕落！"我们看到鲁迅在小说里就引用了他的原话。一个人四十五岁说我老了，这个话应该怎么理解？一个人什么时候都可以说自己老了，这是一种自我认知，也可以认为是一种自我调侃。我有一首诗，开头我就写道："我一生下来就老了。"我一生下来就是一个苍老的婴儿，这是文学语言，这跟封建观念没有关系。我们经常可以看到人们说自己老了，三十多岁也可以说自己老了，五六十岁也可以说自己老了。你不能说现在平均寿命："北京、上海平均寿命都到八十多了。你怎么能说自己老了呢？"那是两种语言。我们有一个同学现在当到省级领导了，我说，你还得进步啊！他说：老孔啊，进步不了啦，老了，老啦。那他说老了是什么意思：按照中国官场的规则，到我们这个岁数，很难再进步了。所以高长虹抓住这句话，说鲁迅老了是精神的堕落。我想鲁迅并不是很多人误解的不许别人批评自己，不是那样的。就是你有本事抓住他真正的缺点，对他进行批评，这应该没有问题，人都有错。这个属于妄加罪名。

还有《公理与正义的谈话》这一篇。"正义：我深望彼等觉悟，但恐不容易罢。公理：我即以其人之道反诸其人之身。"这就是逢蒙用箭射后羿的那一段所引用的，以其人之道反诸其人之身，这是对坏人的说法，这句话能拿来用在师生关系上吗？老师教我的招儿我用来打老师？老师告诉我硫酸怎么用，我就泼老师一身硫酸？这叫以其人之道反诸其人之身吗？以其人之道反诸其人之身，是坏人用什么办法迫害我，我也用这个方法回敬，你砍我一刀，我也砍你一刀，是这样的意思吧？所以我们看，高长虹是个才子，影响很大，但我读高长虹的文字，我经常觉得他精神有点不正常，逻辑上有问题，他的逻辑好像理得不太清晰。

《时代的命运》里边讲："鲁迅先生已不着言语而敲了旧时代的丧钟。"这个话也不太通，就是说好像可以两面理解。可以正面理解，说鲁迅为旧时代敲响了丧钟，是鲁迅批判旧时代的意思，他给旧时代送葬。但是好像还有另外一个意思，是说鲁迅自己代表着旧时代的丧钟，不着言语，就是说鲁迅自己就是那个丧钟。鲁迅是语言大师，他体会出了高长虹不恭敬的意思。所以他在小说里面讲，"你打了丧钟"。

我们关键不是去站在高长虹一面，或者站在鲁迅一面说谁是谁非，我们是应该把高长虹也当成一种典型的革命青年加以分析。五四青年中，革命青年中，难免有高长虹这样的人。高长虹后来由于精神有问题，没有担任什么重要的领导职务。但是我们想，假如高长虹精神稍微正常一点儿,他是有可能担任领导的,因为他资格老,跟鲁迅干过。我们知道凡是跟鲁迅发生过冲突的,新中国成立后都担任了很重要的职务,然后他们之间互相再发生矛盾,再互相批判,那将给国家带来什么?所以这里我们也看看高长虹一些其他方面的跟这篇小说有关的典故。

月亮黑夜的这个梗,起自高长虹写过的一组诗叫《给——》,给谁谁谁谁谁,我们看这组诗集结出版后,诗集中第二十八首发表的日期——我们也要注意作品发表日期,鲁迅的《奔月》写在1926年12月,就在1926年的11月21号,在《狂飙》上,发表了高长虹写的这首诗:

> 我在天涯行走,
> 月儿向我点首,
> 我是白日的儿子,
> 月儿呵,请你住口。

> 我在天涯行走,
> 夜做了我的门徒,
> 月儿我交给他了,
> 我交给夜去消受。

> 夜是阴冷黑暗,
> 月儿逃出在白天,
> 只剩着今日的形骸,
> 失却了当年的风光。

> 我在天涯行走,

太阳是我的朋友,
月儿我交给他了,
带她向夜归去。

夜是阴冷黑暗,
他嫉妒那太阳,
太阳丢开他走了,
从此再未相见。

我在天涯行走,
月儿向我点首,
我是白日的儿子,
月儿呵,请你住口。

我们看这首诗,典型的新月派风格,符合闻一多说的三美,绘画美、音乐美、建筑美,排列整齐,都押韵,但是没什么深刻思想。一分析就知道,这里边几个主要的意象,太阳,白日的儿子,代表我,我是太阳。有个月亮,月亮向我点首,我这个太阳跟月亮的关系不错。然后来了个第三者,第三者是夜。太阳和月亮虽然关系不错,它们不能在一块儿,月亮只能给黑夜,就是说黑夜把月亮带走了,所以我不能够跟月亮在一起,"月儿呵,请你住口"。这个夜呢,嫉妒太阳,夜是嫉妒我的,夜把这个月儿带走,我从此跟她再未相见。

这首诗,鲁迅说他当时并没注意看,这首诗就像一般的新月派的诗一样,属于烂诗,也没必要看的。按照鲁迅的水平,新月派能看的诗不到十首,所以说这种诗鲁迅一翻就过去了。但是后来有人告诉他说,你仔细看，你看看这写的是什么？鲁迅一仔细看，哦，看出来了，原来那个"我"就是高长虹，是太阳，月亮是许广平，那夜是谁呢？夜就是鲁迅。啊，这个很清楚，这一看，看出事儿来了。日、月、夜，三个关系。那么这首诗到底是不是这个意思，是不是有人指点鲁迅的这个意思，说它就是写一个三角日、月、夜这样的一个关系？

我们看一封信，鲁迅1926年12月29日给韦素园写了一封信，事情是韦素园告诉他的，韦素园也是鲁迅指导的一个文学青年，一个编辑。

"至于关于《给——》的传说，我先前倒没有料想到。《狂飙》也没有细看，今天才将那诗看了一回。我想原因不外三种："鲁迅分析得很理性，"一，是别人神经过敏的推测，因为长虹的痛哭流涕的做《给——》的诗，似乎已很久了；"鲁迅还是推想有一种可能，跟我没关系，不一定就是写我，因为这首诗是诗集第二十八首，前面已经写过很多，都是痛哭流涕的。"二，是《狂飙》社中人故意附会宣传，作为攻击我的别一法；"你看，鲁迅尽量为他着想，不是高长虹要攻击我，是别人要攻击我的，故意要附会的。第三个才是真正说是他，也有可能，"三，是他真疑心我破坏了他的梦，——其实我并没有注意到他做什么梦，何况破坏——因为景宋（按：许广平的笔名）在京时，确是常来我寓，并替我校对，抄写过不少稿子。"在北京的时候，许广平经常到鲁迅那儿，替他抄稿子。"三·一八惨案"，全国纪念刘和珍君，那天早晨本来许广平也要去参加请愿的，许广平是学生会总干事，她要去了也难免一死，而鲁迅没让她去，鲁迅说有稿子让她抄。鲁迅拉住许广平给她抄稿子，她没去，结果刘和珍牺牲了。"这回又同车离京，到沪后，她回故乡，我来厦门，"因为许广平是广东人，她回广东了，"而长虹遂以为我带她到了厦门了。倘这推测是真的，则长虹大约在京时，对她有过各种计画，而不成功，因疑我从中作梗。其实是我虽然也许是'黑夜'，但并没有吞没这'月儿'。"

这是鲁迅知道了这个事情之后做的一个分析。鲁迅的分析是很有道理的，他想过了各种方面，尽量说不是来影射我吧，有别的可能；但也不排除这种可能。假如真是这个可能呢，鲁迅觉得自己有点儿冤枉，我第一不知道这个事。但是鲁迅也想到长虹对许广平有过"计画"。其实不光有"计画"，是有实施的，他给许广平写过八封情书。可惜这八封情书今天找不着了，当事人都给毁了，不知道怎么写的，不知道是不是像《给——》这样的风格。如果有的话——对我们学者来说是很希望有的，很希望能够查到。所以这个事情，我觉得从高长虹方面来讲是受到了很大的伤害，高长虹没有别的解释——你看我这么有才华一青年，咱们郎才女貌多么配啊，竟然拒绝了我，跟了一个黑夜。我觉得高长虹这方面感觉挺合理的。高长虹这个事，就失败了。

高长虹在另一篇文章《时代的命运》中——也是1926年11月份的——说："我对于鲁迅先生曾献过最大的让步，不只是思想上，而且是生活上……这倒是我最大的遗憾。"这话什么意思啊？这话就很耐分析了。你对鲁迅有过最大的让步，还是"献过"，还不是思想上的，当然思想上他能对鲁迅有什么贡献也不知道，他特别强调是生活上。生活上你对鲁迅能有什么贡献呢？你给鲁迅过钱吗？鲁迅不需要你们的钱啊，鲁迅特别有钱。那你能给鲁迅什么呢？他故意让鲁迅猜。所以把这些种种的证据加在一起，尽管鲁迅不那么想，高长虹恐怕是那样想的，他这个日、月和夜的关系就被坐实了，因此他恨鲁迅也是情有可原。

可是高长虹在许广平这儿没有遂了自己的心愿，他还另外有追求。后来他就追他的山西同乡石评梅女士。石评梅也是现代史上有名的才女，很可惜石评梅不爱他，石评梅是爱另一位革命青年叫高君宇。大家如果去陶然亭，陶然亭现在有石评梅烈士和高君宇烈士的墓。他们已经是一个爱情的神话了。在她的家乡也有纪念地。石评梅特意在高君宇去世后，把高君宇的话刻在碑上："我是宝剑，我是火花，我愿生如闪电之耀亮，我愿死如彗星之迅忽。"可惜高长虹的同乡石评梅也拒绝了他，也不理他，把这个狂飙才子又伤害了一遍。

然后高长虹又继续追了冰心三年，【众笑】你们不要笑，他很有眼光的，看上的全是一流的女性，没一个是二流的。他没看错，当时最优秀的女性他都看上了。最后追了冰心三年。冰心呢，真是一片冰心，冰心把他的情书全部交给自己的丈夫吴文藻，【众笑】吴文藻在出国的时候，就把情书扔到大海里去了。

所以将心比心，我还挺同情高长虹的，受了这么多著名女性的伤害。我觉得这样也好，分散一点儿他对鲁迅的恨，他多恨几个人可能也有利于缓解心情。受了很多伤害之后，他就出国了，出国乱七八糟学了一点儿东西，又回国抗战，这倒是挺值得赞叹的。一个心灵受伤的革命青年，在祖国需要的时候回国抗战，他如果以后不发生别的事，这也挺好，这些都成为文坛的佳话，都成为趣谈——等老的时候，后人回忆的时候，看着都挺好玩，你年轻的时候追过谁，这都是可以一笑了之的事情。

后期高长虹，1938年回到武汉抗战。他这个人倒是很敏感，马上发现国民党没有前途，这倒看得都是对的，没白跟鲁迅。他知道国民党是没有前途的，他就投奔共产党。1941年到了延安。我前面说了，他到了延安之后，又看不上共产党，觉得共产党也不行。最后就没有办法了，只能是看上自己。后来抗战胜利后，1946年他到东北文协去了。他原来的不正常，我们都可以理解为是性格问题、思想问题，后来是生理上渐渐真的不正常了。最后就没有人管他了，组织上只是在生活上照顾他，可是他老是拒绝组织照顾，组织上伸过来的橄榄枝，他一再地拒绝，所以晚年一直下落不明。近年来考证，才有人考证出来，说他1954年在哈尔滨去世，因为脑出血，死掉了。还有一种说法，另外一个著名作家师陀说，

1956年在长春还见过他,那就不知哪个说法是有出入了,是1956年才去世,还是师陀看错人了,这都搞不清楚。

他有个后人,叫言行的,写过一个评传《一生落寞,一生辉煌——高长虹评传》。亲人嘛,对他的评价难免高一点,但是说他一生落寞是很准确的,也有过辉煌的时候。我也写过一篇文章评论这个事情。我主要讲了高长虹不管跟鲁迅怎么样、跟冰心等人怎么样,毕竟他辉煌过,他没有辱没"长虹"这两个字,确实是现代文学史上曾经出现过的一道彩虹,这个彩虹是出现过的。那这个彩虹,很有价值、很有个性,他最后怎么落的呢?关键不是他跟鲁迅有矛盾,这只是一个生活中的小插曲,多少跟鲁迅有矛盾的人,最后不都挺好吗?你看郭沫若,郭沫若那是带头骂鲁迅的人,郭沫若觉得自己掌握了马列主义,自己又是考古、历史大师,自己会写那么多的作品。郭沫若的特长是鲁迅没有的;鲁迅的学问也没有郭沫若大,鲁迅只是伟大的思想家、革命家,鲁迅写不了那么好的话剧。那郭沫若不是挺好吗?郭沫若一直当到副总理。

高长虹关键是已经走到革命队伍中了,由于他自己的性情、精神结构,他在鲁迅那个时代所积累下来的毒素又爆发,导致他的后半生是那样的一个结局。比如说他到了延安之后,延安特别重视他。凡是跟鲁迅有关的人到延安都是座上宾,因为延安最大的遗憾就是没有鲁迅哪。鲁迅1936年就去世了,这是最大的遗憾。所以凡是跟鲁迅有关系,鲁迅的学生,鲁迅的同事,跟鲁迅一块儿办过什么什么刊物的,都是重要的文艺家。高长虹一去不得了,说这是狂飙社的领袖,延安准备让他当文协副主任,给他这样一个地位。在延安当文协副主任,就是如果以后不升迁的话,新中国成立后自然是作协副主席,甚至可能是中宣部副部长。可是呢,他拒绝,他说我不做行政工作,思想家嘛,不能做行政工作,当什么副主任啊,不干。那你不干,别人就尊重你,再请不干,那就不干了。我们知道历史上最著名的一次座谈会叫延安文艺座谈会，那是多么神圣的会议啊。当然那个会当时开的时候是很随便的，毛主席自己拿个小板凳就坐到大家中间，大家都坐小板凳，就坐一个操场上聊天，聊了三天，叫延安文艺座谈会，后来整理了一些聊天的记录，就变成毛主席的讲话。一个是当时条件就那样儿，条件很简陋；第二个呢，当时的党内民主气氛就是那样，开会就是很随便的。这个会，毛主席亲自邀请他去开，给他送了邀请，可是他不去。他说我跟他们有什么可谈的。你看，党中央特别重视他，他说他跟那些人没有什么可谈的。然后让他跟谁一块儿工作，他都说那个人不行；给他分配了很多重要的工作，他都有一个理由，最后就是我不干。

那不知道他要干什么。他要干的事都是要枪挑最大的将军。他在白区的时候要枪挑鲁迅，到了延安他要枪挑斯大林。他要求跟斯大林进行辩论。斯大林不是没有问题。但是斯大林首先是革命领袖，在斯大林的领导下，苏联由一个贫穷落后的半封建的国家变成世界第二强国，这是人类的奇迹。其次，在第二次世界反法西斯战争中，没有斯大林，全世界的人都可能成为奴隶。那几场保卫战——莫斯科保卫战、列宁格勒保卫战、斯大林格勒保卫战如果不取得胜利的话，德国法西斯很可能会占领全苏联，德意日法西斯一联手，世界历史可能全部改写。我们今天的人都不可能活着——我们的父母就不可能活着，怎么能有我们？但是斯大林在其他方面还是有问题的，特别是对待中国革命的问题上，他有他的大国沙文主义。

那毛泽东也想跟斯大林辩论啊，但时候不到，毛泽东能跟斯大林辩论吗？毛泽东不能跟斯大林辩论，得集中精力使中国革命获得胜利。一直到三大战役胜利结束之后，我们应该是渡过长江统一中国，但是苏联和美国一起给中共施加压力，不许毛泽东打过长江去。苏联和美国虽然社会性质不同，但是他们都不希望看到一个独立、统一、富强的中国。最后，中国五千年历史的责任感涌上毛泽东的心头，不打过去我是千古罪人。所以你看毛泽东这个口号是多么坚定："打过长江去，解放全中国！"朱德的命令只有四个字："奋勇前进！"一切花里胡哨的口号都没有。结果打了过去，解放全中国。毛泽东到了莫斯科，斯大林说："胜利者是不受谴责的。"[1]【众笑】辩论什么？不需要辩论，拿实际成果来。

可是那个时候高长虹要求与斯大林辩论，上哪儿给你找斯大林辩论去啊？要用我们的话说，这不是疯了吗？这是疯了。这些都算了，延安一直还是非常重视他，虽然他不干具体的工作。一直到抗战胜利之后，毛主席说你看看，你想干什么工作，你想去哪个解放区啊？他要求去美国，这个话毛泽东就听不懂了，就不知道他要干什么了，怎么伺候都不行。

我也是一个文人，我是尽量多同情高长虹一点，我说"长虹实则也是影，尽管鲜艳，尽管狂飙，尽管痴迷，仍只是晴雨之间的一道虚桥，当晴暖的太阳真正普照时，长虹注定要消失的。"我们看过长虹的人都知道，长虹的时间是长不了的，它早晚消失，真正太阳出来，彩虹就没有了。就是你不要特别标榜自己这个艳丽。可惜呢，他不明白这个道理。所以我觉得如果我们看明白长虹也是影的话，应该回顾一下鲁迅的《影的告别》。我觉得高长虹不明白《影的告别》的道理。鲁迅《影的告别》里，这段话是都应该背下来的：

> 我不过一个影，要别你而沉没在黑暗里了。然而黑暗又会吞并我，然而光明又会使我消失。然而我不愿彷徨于明暗之间，

---

[1]《毛泽东评说世界政要》，毕桂发主编，解放军出版社，2003年，第17页。

我不如在黑暗里沉没。

我们拿鲁迅这个散文诗跟高长虹的新月派破诗一比，就知道这是天壤之别。这破诗一点儿思想性都没有的，尽人都知道的地理常识，太阳跟月亮不同时在一个时间出现。而鲁迅这《影的告别》，为什么没有人读了不受感染呢？鲁迅认为自己也是一个影，我就是一个影，当一片黑暗的时候，影子是没有的，当一片光明的时候，影子也是没有的，影出现就是有黑暗有光明。所以影要告别你，"你"是谁，有待于研究，你可以想象。影要别"你"，而沉没在黑暗里了。沉没在黑暗里，就是黑暗会吞并我。

你看高长虹的组诗《给——》中的《月亮诗》，是埋怨黑夜吞没了月儿，这是一个一般人的想法，你看月亮跟黑夜走了，他很埋怨。而鲁迅自动要沉没在黑暗里，他知道黑暗是要吞并我的。那你为什么不跟着光明呢？"光明会使我消失"——光明的时候也没有我。鲁迅的奋斗是为了建立一个新中国，但是他知道新中国到来的时候也没有我，真正光明的时候哪有鲁迅呢？也就是说，只要我们的课堂上还在讲鲁迅，这个世界就不光明。光明的时候没人听鲁迅，全说的是废话。可是你怎么办呢？"然而我不愿彷徨于明暗之间"，他实际上是彷徨于明暗之间，可是他又很清楚，这很难受，这很痛苦。最后的选择是"不如在黑暗里沉没"。选择来选择去，彷徨来彷徨去，最后还只能在黑暗里沉没。

我们经常遗憾鲁迅怎么去世得那么早啊，寿命只有五十五岁，正好在1936年抗战前夕去世。但是我们反过来一想，我们没法想象鲁迅活到1937年之后，鲁迅干吗去呢？他到延安当一个文协主任？或者是给蒋介石管文艺？没地方可跑，他不可能再留在大城市，大城市都被日本占领了。那他去哪儿呢？鲁迅恰好应验了自己的预言，他"在黑暗里沉没"，他留给我们一个彷徨于明暗之间的形象。所以，你可以说《影的告别》这个"影"就是鲁迅，也可以说那个"你"就是鲁迅，这才是对自己、对自己的命运的一个准确的定位，准确的预测。

而像高长虹这样的青年人，虽然去鲁迅那里一百次，也没有学到鲁迅真正的思想，他们还是简单的光明与黑暗的二元对立。就是我是光明，我看不顺眼的都是黑暗。这就是典型的鬼子思维，黑白分明的鬼子思维。他们说自己是马列主义，但马列主义恰好讲辩证法，没有绝对的光明和绝对的黑暗。

回到小说的后羿上来，后羿像鲁迅一样，虽然射落了九个太阳，他也是一个历史中间物。射落的时候是英雄，射落了之后，英雄总要回到寂寞的人间。而回到人间之后，能不能摆平人间的凡事，这是又一轮新的考验。而当太阳也落了，英雄也过去了之后，一代又一代英雄积累下来的神话，留给我们的就是千古苍凉，我把它叫作"白头宫女在，闲坐说乌鸦"。"闲坐说玄宗"还很有诗意，其实大量的都是在说乌鸦。包括那些普通的文学爱好者，读了《奔月》之后留下的就是"乌鸦炸酱面"。老是反复说，又是乌鸦炸酱面，又是乌鸦炸酱面。当然能留下这样一个意象，已经不错了，这说明它是一个千古不朽的小说，当然它的不朽是建立在苍凉的基础上的。

好，我们今天把《奔月》欣赏完了。今天就到这里，外面的天气比较苍凉，大家注意保暖，下课！

——2020年北大鲁迅小说研究课第八课

2020年11月17日

群体免疫和鸟头考证

——《理水》（上）

同学们好，开始上课。我们从今天开始大概用两次课的时间，再来具体地不厌其烦地解读鲁迅的一篇作品，就是《理水》。

我们前面讲《奔月》，我把《奔月》从英雄末路的角度进行了解析。既然英雄末路了，鲁迅以后是不是就什么事都不干了呢？人生这么没劲，打完了漂亮的仗之后，都是众叛亲离，学生也不好，老婆也跑了，那鲁迅以后还怎么过啊？文学作品的作者和它的人物之间是个什么关系，是很复杂的。正像歌德写完了《少年维特之烦恼》，他个儿并没有自杀，没有因为恋爱问题不顺，没有因为失恋而自杀，他塑造了一个失恋而自杀的人物之后，自己活得更好了，然后去进行新的恋爱，这是歌德。那鲁迅，并没有自己找一匹马骑着去上天、上月亮，没有。过了一些时间，若干年，他又写了《理水》。理者治也，理水就是治水。一看，大家就知道这写的是什么故事了，我们从小就知道大禹治水。大禹治水，三过家门而不入。

同学们可以想一下，假如你来写这篇小说，让你写一篇《理水》的小说，你会怎么写？或者有人要拍电影《理水》，找几个同学去攒一下，七嘴八舌地出主意，怎么写《理水》呢？怎么创作呢？根据我们所掌握的历史知识应该怎么写？发洪水了，淹死很多人，人民流离失所，然后朝廷派人，政府组织人，抗洪，抢险！直升机来了，媒体报道，专家指导。还怎么写？中间发生了很多恋爱故事。尽你的想象，你应该怎么写这篇作品，结局怎么样？大团圆啊？大毁灭？大融合？

历史小说是一个说不清楚的问题，历史小说应该怎么写，这是关在家里想不出来的，学者们想了半天，往往都被作家们创作实践所击碎。所以我们学者虽然高高在上，看不起作家，作家的命运是由我们决定的，但是要没有作家，我们干什么呢？没有作家我们就没有活儿干了。我们往往是后知后觉，面对作家创造出来的东西，才能激发我们新的思想。

鲁迅的历史小说也是这样，在鲁迅《奔月》写出来之前，谁能想到后羿的故事还可以这样写呢？是想不到的。鲁迅的小说里面好像有一些恶搞的成分，所以我说鲁迅是恶搞的祖宗。但是鲁迅的恶搞绝不是今天流行的那种各种戏说。今天的各种戏说，态度是一本正经的，但内容都是胡说八道，你看着好像是真的，多少人都被欺骗了——哎呀，原来他们是这么活着的呀——没有一集是真的，没有十分之一集是真的。这才是一本正经的恶搞。而鲁迅摆出的是一个恶搞的面目，骨子里却是万分的真实，这才是了不起的历史小说。

那鲁迅《理水》怎么写的呢？我们还是来从原文一段段地来梳理。小说开头是这样写的：

这时候是"汤汤洪水方割，浩浩怀山襄陵"；舜爷的百姓，倒并不都挤在露出水面的山顶上，有的捆在树顶，有的坐着木排，有些木排上还搭有小小的板棚，从岸上看起来，很富于诗趣。高手一出手，一剑封

喉！你马上就知道：我距离这水平十万八千里。开头引用的是古文,《尚书》里边讲"汤汤洪水方割,荡荡怀山襄陵",鲁迅写的是"浩浩怀山襄陵",这句是来自《史记》。《史记》里"洪水滔天,浩浩怀山襄陵,下民其忧"。这个文言文并不难,"割"就是害,就是闹大洪水。

世界各主要民族都有关于大洪水的记忆,说明在上古的时候,地球的气候跟今天不一样,说明上古地球的确闹过大的洪水,大的洪水时代是有的。西方人面对洪水是怎么办的呢？群体免疫,【众笑】对吧,群体免疫是西方文化传统,从来没变过,老百姓爱死多少死多少,上帝就告诉那一个人,上帝就告诉他：赶紧弄一个船,把你老婆孩子放船上,还有你喜欢的,阿猫阿狗都弄上去。就救他们一家,剩下的就是群体免疫了。这正是西方文化面对一切天灾人祸的传统,人家就是这么对付的。

只有中国人,不知天高地厚,来了天灾人祸总要抵抗。你看看中国古代神话,哪一个不是抵抗的？天上出十个太阳,射下来九个,这是中国人干的！中国人干的事都不可理解,什么精卫填海,夸父逐日,哪一个是能理解的呢？但是就靠这个我们活到今天,我们是唯一延续到今天的古老民族。其他群体免疫的,早都免疫完了,早都没有了。什么古埃及、古巴比伦、古希腊,都没有了。今天生活在埃及土地上的人,跟希腊、巴比伦那几个地方的人,都不是古代的人,古代的人不知哪儿去了,早都变成别的民族了。只有中国人,"汤汤""浩浩"的东西来了,他竟然有办法去对付它,这是大国文化。可是具体对付的过程,这些好像更值得记述。

小说的作者是怎么写的呢？这时候一下子给你拉回去,好像评书里说的"话说那一年",一下子,镜头出来了。下面这个叙述角度要注意,"舜爷的百姓"。为什么不说老百姓,也不说民众,也不说当时的人民？你看他这个叙述角度,不注意的话就忽略了它的妙处。"舜爷的百姓",

为什么叫他舜爷？为什么不叫舜、大舜、舜王？"舜爷的百姓"，这个很有味道吧？你要琢磨这个味道。这个话里，对舜好像有几分亲切，觉得距离拉近了。因为可以叫爷的，不见得是最高统治者，一个王爷也叫爷，在一片儿称王称霸的，甚至一个小型教会头目都可以叫爷，北方地区很多人都叫爷，互称爷。北京、天津，还有我们东北，我老家山东，人熟了，之间互相称"张爷""刘爷"，都是这么称呼的。有的时候还可以自称，这并不是占别人便宜，有一点儿自傲自负的劲儿，但是他是半调侃的，不是占别人便宜。比如我看谁在网上跟我碰瓷儿，我说你怎么跟孔爷说话呢？【众笑】我这意思并不是说你是我孙子。要是北方人你就明白这个意思，意思是"你要礼貌点儿""小子老实点儿"，是这个意思。

但是这个舜爷，包含了很多层意思在里面，他是一个统治者，没错。但是既然他跟百姓的关系他是爷，家庭的味儿就出来了，家的味道就出来了。家和国，混在一起。所以这个"舜爷的百姓"，就有一个空间，百姓跟舜爷是个什么关系？既然叫他舜爷，这百姓看上去有点乖，这个百姓就不适合称为群众。群众是带有明确政治含义的，当我们一说群众的时候，我们想象一个一个都很理性，很清醒，很上进，这叫群众。百姓就没有这个色彩。舜爷的百姓——把百姓的主子说了出来，尽管主子可能是个不错的主子，但是他们之间仍然是主奴关系。

舜爷的百姓在大洪水的时候怎么样呢？他不正面说怎么样，而是反面说，"倒并不都挤在露出水面的山顶上"。这话很妙，"不都挤在"也就是说"很多还是挤在"，就是很多百姓其实是挤在露出水面的山顶上，实际情况是很惨的，山都被淹了，露出个山顶，没有被淹死的，跑到山顶的百姓，在那儿拥挤着。这如果正面写，是很悲惨的，但是这样的场面人们见得多了，正面写出来反而没有效果。古代的研究文艺理论的早都发现，怎么写一个悲惨的场面？要用调侃的笔法来写，以乐景写其悲，才能够有加倍的悲惨效果。你要记住，写悲的时候一定要乐着写。你一个同学遇到惨事了，她哇哇大哭，你不一定同情她；她哭了一会儿，觉得不好意思，忽然勉强露出点儿笑容的时候，你觉得心里很痛，你会觉得：哎呀，她真的是很值得同情，我应该帮帮她。这是乐与悲的对比。"并不都挤在露出水面的山顶上"，他是尽量写一些好的，好的是什么呢？就是比挤在山顶上的命运好些。好到什么程度呢？"有的捆在树顶"。为什么要捆在树顶呢？说明树上已经站了很多人，树上也挤满了，不小心就会掉下来了，所以捆在树顶固定住，包括大量的小孩儿、老人、体弱者，要"捆在树顶"。

我们发生的重大洪灾水灾中，媒体老是报道解放军的英勇，我们在媒体中看不见很悲惨的画面，我也没有去过现场，但是我们可以想象，山洪暴发之时，成千上万的人都是一种什么情况。即使我们看看解放军，去想象他们救人——解放军都够惨的。我是两个月前在一个聚会中，遇见一个小有名气的军旅歌手，他1998年的时候是一个抗洪的英雄。他当年是个排长，领着他的战友在长江抗洪抢险，他领着战士们跳进急流中，跳进水中，就一动不动地铁柱一样站在那里。战士们都很受鼓舞，一看排长这么英勇，战士们都手挽着手跳进急流。其实情况是什么呢？情况是水下一根钢筋穿透了他的脚。大家不知道那个洪水的力量有多大！

我前几天看最近拍的电影《守望相思树》，里面也有一个解放军连长，水中救战友牺牲的场面。有的人说，哎呀，这电影拍得不真实啊，你看那水那么浅，他可以站起来啊，这都是没有现实生活经验，洪水暴发的时候，水只要有12厘米高，一个成年人瞬间就被击倒，是无法抗拒的。有一次，也是很多年前，我们北大工会组织老师去北戴河玩儿，晚上我们在北戴河，看到大浪过来了，我说，咱们手挽手挽成人墙，看看能不能挺住。后边儿一个浪拍过来，几十个老师噼里啪啦就拍在那了，很多人都受伤了。所以把你拍在那里、拍在沙滩上搓一下，皮肤马上就搓开了。自然的力量是不可抗拒的。

所以你想象普通人能够被捆在树上，就很不错了。命运更好的是家里有木排的，准备好木排的，这是老百姓的诺亚方舟，老百姓自己弄些诺亚方舟，有的做成木排。有些木排上还搭有小小的板棚，这些不论条件多么好，其实都是很惨的情况，可是叙事者却说"从岸上看起来，很富于诗趣"。有一句俗话叫站干岸儿，隔岸观火，自己在安全的情况下，看着别人受难是很富于诗趣的。特别是文人学者，潜意识里很希望发生点灾难好去描写。看别人的悲剧有诗趣，这是一种极大的无耻。鲁迅这里讽刺的只不过是传统和当时，我们看现在，由于媒体的发达，这种无耻加倍了。不论水灾、风灾、地震、火灾，杀人放火、操场埋尸，都有那么多人很高兴，你觉得他很有正义感吗？不！他希望看见大家不断地讨论这个事情，他在里边过瘾，越看越过瘾。

大洪水我们都知道，但是鲁迅的这个开头，是非常独特的。从朝廷与百姓的关系中，把他的笔插进来。这样叙事。我们往下看。

远地里的消息，那个时候没有手机，没有微信，没有QQ，远地里的消息是从木排上传过来的。木排还有这个作用，木排有驿站的作用，一站一站传消息。**大家终于知道鲧大人因为治了九整年的水，什么效验也没有，上头龙心震怒，把他充军到羽山去了，接任的好像就是他的儿子文命少爷，乳名叫作阿禹。**

这一段话也是有根据的，也来自《史记》，说尧帝选拔干部，谁能治水啊？大家就推荐了一个叫鲧的人，治了九年，水还不退。可见古代这场洪水确实规模非常大，九年可能是个虚数，反正是很多年遭受洪水之灾。于是再选拔干部，有人推荐了一个叫舜的。关于舜的传说很多，特别是他是孝子这一条，古代人认为一个人要是孝，一定有才干，可用。

舜就摄行天子之政，虽然还不是天子，他行使天子的权力，到处巡视。然后他就发现鲧治水没治好，不行。于是就把他弄到羽山那地方，给弄死了。到底是当场杀了，还是到那儿之后弄死的，学者有不同的说法。"天下皆以舜之诛为是"，天下都认为该杀，杀得好，就应该杀这样的人。

你看中国，一个事没办好或者办砸了，必须有领导干部负责，这也是中国文化一个传统。你看美国，死了这么多人，有哪个干部负责吗？谁被免职了吗？谁被逮起来了吗？没有。你凭什么抓我呀？我是你们选的呀。你说选错了，选错了活该！谁让你当初选的啊，当初别选哪。你选了爷，爷就稳坐四年，我只要没有干杀人放火的事情，我工作上的事情，你就认栽吧！没有人能够动我。这是人家的这个民主政体。

而中国的政体不一样，只要出事，必须得有干部负责任，顶缸。没杀你头不错了，古代直接杀头。治了九年水还没治好，你还活着干什么啊，这是中国文化传统。传统没有变过，百姓出事，当官的拿头来换，这是中国文化。所以说"天下皆以舜之诛为是"，就是老百姓认可这种文化。美国是这样，你看大家都骂特朗普吧，你要真把他逮起来，那就有人不干了，说你这不合法制，特朗普没做错什么事啊。

从古以来好像就有文化学者、历史学家说中国是治水文明。我们这个文明的特点是治水，中国以长江、黄河这两条大河为代表的千沟万壑是中国最大的事情。中国为什么是一个大一统的国家啊？中国为什么不能分裂？既不能分裂成三国、南北朝，更不能分成十八个国呢？就因为"一条大河波浪宽，风吹稻花香两岸"，上游中游下游不能是不同的国家。我们想象如果长江黄河上下游是不同的国家，还怎么搞生产，搞经济，还怎么过日子？重庆把水闸一关不给湖北了，湖北一关不给江西、浙江了，那还不打得昏天黑地？必须是一个国家。由于要治水，产生了现代的官僚制度，产生了政府的各级衙门，产生了郡县制。自从秦始皇时代，把中国分了大概一千个县级单位，历经两千年改朝换代，社会制度变换，你现在到基层看一看，我们大概还是一千多个县级单位，基本的统治区域没有变化。一个县的人民过得好不好，跟这个县那十几个统治家族有直接关系。所以中国治水的名堂是这么来的。西方，没有治水文明，水也不治，没什么可治。西方文明，人家自个儿说叫"蓝色文明"，就是弄条船出去抢去，抢不过人家你就死，抢过你就发达，人家叫蓝色文明。

那么鲁迅对这样重要的天下大事，说得好像是乡下的事。"龙心震怒"，其实那个时候的皇上，还没有那么高的威严，也不自称是真龙天子。"充军"也是个比喻性的说法。接任的是他的儿子文命少爷，这好像是地主家的儿子似的，还有个小名叫阿禹。说得如此亲切如此平淡。但是这个话呢，又不是叙事者说的，是木排上传过来的，木排上慢慢慢慢传过来的。民间文学是这样产生的，历史也是这样产生的，当然历史需要不断地考据、考证，可能哪个木排就会传错了。以前有个笑话，军队夜里拉去野营训练，前边的说：往后传，拉开距离，不要离得这么近嘛。一个一个往后传"拉开距离"，传到倒数第二个战士，他就和最后的战士说，"拉头驴"，最后这个战士就跑到老乡家里拉了一头驴来。到底这个转折发生在哪个人？从哪个地方开始，意义产生了歧变？

我们想一想，如果你想过怎么写《理水》，你能不能想出这样的开头来？那么消息传过来，有一个少爷出来顶替他父亲治水了，下面的笔墨是不是就要写到阿禹少爷了呢？第三段是谁都没有想到的，写了洪水，写了百姓，还写了派了一个新的少爷——一个年轻干部来治水，下边竟然不提这事了，下边忽然写别的事。

灾荒得久了，大学早已解散。人家关心知识分子，关心大学，笔锋一转竟然写到大学了。那个时候有大学吗？我们北大是世界上历史最悠久的大学，我们的历史也只能上推到汉朝，汉朝的时候是国家太学，其他国家都是蒙昧状态,我们有高等学府。那个时候没有大学,那这个大学写的是什么人呢?大学反正解散了,**连幼稚园也没有地方开**,过去幼儿园叫幼稚园,后来觉得儿童不一定都幼稚,改为幼儿园了。大学到幼儿园都没有,也就是教育机构不能运转了。**所以百姓们都有些混混沌沌**,百姓们本来就愚昧嘛。**只在文化山上**,居然有个山叫文化山,**还聚集着许多学者**,学者跟百姓就不一样了,他们不是挤在这里,是聚集在这里。他们在这里怎么活的呢?**他们的食粮,是都从奇肱国用飞车运来的,因此不怕缺乏,因此也能够研究学问。**我是当学者的,我读到这样的段落是感到脸红的,我知道我们这点事都被鲁迅他老人家早看穿了。我这一行的大多数同行,不过是奇肱国的走狗而已,我们吃的都是奇肱国运来的精神食粮,我们的工资说不定也是人家发的。我们为什么不能代表中国人民发声?就因为我们不跟中国人民一块儿挤在山顶上,不跟他们一块儿捆在树上,所以我们能够研究学问。老百姓经常骂我们,老百姓并不清楚我们为什么跟他们不一样。**然而他们里面,大抵是反对禹的**,反对给人民治水的英雄的人是谁呢?主要是学者。这是从鲁迅到毛主席,都看透的——中华民族要振兴,必须改造知识分子,否则中国没有出路。他们大抵是反对禹,**或者简直不相信世界上真有这个禹**。有的连你的存在都要抹杀。

这个事,也有历史,真事,为鲁迅所影射。就在"九一八"之后,日本加紧对中国的侵略,华北几乎是半沦陷,就要占领北京的时候,1932年,北京文教界有一些学者联名向国民党政府建议,说是把北京定为文化城。文化城是什么意思呢?这里边有很多文化宝贝呀,有很多文物,还有我们都是文人哪,我们都是宝贝呀,我们怕死啊,这个地方不能打仗。你看今天电视上不少人说:最好不打仗,打仗是要死人的呀!更不能中国人打中国人啊。既然中国人不能打中国人,那亚洲人也不能打亚洲人，那人也不能打人。那就不能打，可人家打你怎么办呢？宣布自己是文化人，宣布北京是文化城。也就是歌里唱的，一枪不放，"恭恭敬敬让出了沈阳城"，下一步就让出了北京城、南京城，一个一个让嘛。鲁迅说的"文化山"，跟这个事有关。

鲁迅写的奇肱国，也不是自己编的，这是来自《山海经》。《山海经》里面讲奇肱国，先是跟三身国有关，"一首而三身"，接着是一臂国，然后是"奇肱之国，在其北，其人一臂三目，有阴有阳，乘文马，有鸟焉，两头，赤黄色，在其旁。"我们系有专门研究《山海经》的专家。《山海经》也是很复杂的一本书，你说它是神话吧，其中的一些内容又有些被考古发现所证明，被新的历史研究所证明。你说它的描写是夸张的，但是可能有它所描写的某种类似的事。比如说有没有一种人，一首而三身呢？这应该是没有的。哪有一个人一个脑袋三个身体的？但是他写的很可能不是我们想象的一首三身。比如说"有鸟焉，两头，赤黄色，在其旁"，它可能是一种图腾，可能是一种旗帜，可能是一种装饰。比如说我们写哪个地方是铁头，他很可能是戴着头盔。今天的人实在解释不了了，就说那是外星人，这个解释有点太省事了。

张华的《博物志》说"奇肱国，其民善机巧，以杀百禽，能为飞车，从风远行。"郭璞的《玄中记》里也有记载。鲁迅就顺手拈来这么一个奇肱国，他影射的是现代的善机巧的民族，他们能够制造一些机器，比如说飞车，能从风远行。鲁迅这时还不知道，再过十来年，美国真的用飞机给中国运来面粉，援助北大清华教授。所以才有了毛泽东说的："朱自清一身重病，宁肯饿死，不领美国的'救济粮'。"（《别了，司徒雷登》）才有这个事。20世纪40年代才有北大清华教授签名，不要美国救济粮。你要救济，你救济中国人民哪，这内战是你花钱鼓动蒋介石打起来的，成千上万的老百姓是你们害死的，你们给我们教授弄几袋粮食，这

《山海经》插图

是什么意思啊?教授里边还是有觉醒的。但是关于奇肱国之类的想象,却是千古以来无穷的。到底奇肱国什么样的,这有一个插图,晚清人画的。晚清,大概有人见过飞机和飞艇,晚清人这个画得有点儿写实了,看上去很美丽,这上面有人有东西。鲁迅大概是看过这样的画的,所以这是他想象的奇肱国。

奇肱国有飞车,怎么来呢?**每月一次,照例的半空中要簌簌的发响,愈响愈厉害,飞车看得清楚了,车上插一张旗,画着一个黄圆圈在发毫光。**我觉得鲁迅就好像是读过科幻似的,他好像受科幻影响。**离地五尺,就挂下几只篮子来,**篮子还是显得比较土,别人可不知道里面装的是什么,只听得上下在讲话:

"古貌林!"

"好杜有图!"【众笑】竟然讲的是英语,那他的影射就很清楚了。

"古鲁几哩……"

"O.K!"

飞车向奇肱国疾飞而去,天空中不再留下微声,学者们也静悄悄,这是大家在吃饭。看他怎么写吃饭,鲁迅很善于写吃饭。这些学者们吃饭的时候静悄悄地吃,第一说明他们也要吃饭,他们也饿了;第二,吃饭的时候都很现实主义,不再瞎说。**独有山周围的水波,撞着石头,不住的澎湃的在发响。午觉醒来,精神百倍,于是学说也就压倒了涛声了。**鲁迅在别的文章里讲,学者胡说八道主要是肚子不饿,让他饿上三天就知道什么叫真理了。因为有人给他喂粮食,他就精神百倍。

鲁迅还说,看人要看全部,不光看他今年说什么,他一旦有了影响,你看看他前几年说的是什么。我们今天常说穿越,很多穿越的手法是鲁迅发明的,但是鲁迅不是搞无厘头,他的穿越太锐利了!下面我们看他怎么写学界的学术讨论。

"禹来治水,一定不成功,如果他是鲧的儿子的话,"一个拿拄杖的学者说。"我曾经搜集了许多王公大臣和豪富人家的家谱,很下过一番研究工夫,得到一个结论:阔人的子孙都是阔人,坏人的子孙都是坏人——这就叫作'遗传'。所以,鲧不成功,他的儿子禹一定也不会成功,因为愚人是生不出聪明人来的!"

这个话,我们不了解背景的情况下,觉得他编得很像,很多学者就是这么说话的,很振振有词,很有逻辑,一步一步推,自己也很得意。但是,这番话又不完全是鲁迅虚构的,是有真人真事、有真文章的。今天我们会觉得可笑,这么理解遗传吗?穷人的儿子就穷,聪明人的儿子就聪明吗?我们年轻的时候看过一个印度电影,很有名的,叫《流浪者》,里边有人就信奉好人的儿子永远是好人,贼的儿子永远是贼。结果一个贼使法官的儿子成了贼。印度电影多数是不大好的,但是这个电影是很深刻的,深刻地揭露了印度社会的问题。但是这种观念竟然披着科学的外衣能够盛行一时啊!这个拿拄杖的学者,当时的人一看就知道,是著名的生物遗传学家潘光旦先生。潘光旦是著名学者,年轻的时候,腿截了肢,所以他是拿拄杖的,鲁迅用这个来点明是谁。

"O.K!"一个不拿拄杖的学者说。这不是要嘲笑他的生理缺陷,就是说你拿不拿拄杖,见识都是一样高,见识是一样。

"不过您要想想咱们的太上皇,"另一个不拿拄杖的学者道。鲁迅反复用一个修辞手法。

"他先前虽然有些'顽',现在可是改好了。倘是愚人,就永远不会改好……"

"O.K!"

你可以想象,那个学术讨论大部分是废话,是口水话。我参加几十年学术讨论会了。如果说一本论文集里边有三十篇论文的话,可看的有没有五篇,很难说,真正有价值的可能有五篇,就不错了。我很多年前就跟我的研究生说,你们不必急着去开这个会,开会的那些教授的水平还不如你。有些学生不信,他们偶然出去开会了,就相信孔老师说的是真的,那都什么教授啊,在咱们这儿当研究生都不配。但是没有办法,开会有开会的规矩,开会就要说这些话,就要不断地说各种形式的"OK"。好像跟别人争论,但是又不得罪对方,要说很多这样的话。所以鲁迅为什么要退出学者圈,退出大学圈,退出官场,这些圈儿他都看透了。这是他对学界的调侃。

说到潘光旦,我们推荐一下。我们不考虑这个人,具体地从学术角度讲,潘光旦先生还是一个很优秀的学者。我读潘光旦的著作还是受了很多启发的。但是他的学问,老去讲优生问题,容易接近法西斯理论。1924年他就写过优生问题——《生育优势和问题》,1925年写过《生育限制与优生学》。1931年又写这个写那个。它影响国家政策,幸亏当时老百姓不听政府的。假如我们20世纪二三十年代就开始实行一胎制,今天中华民族绝对没有了,绝对灭亡了。他认为穷人就不能多生孩子,中国这么贫穷落后还要生,生什么生啊!假如那个时候——20年代30年代,家家生一个孩子,今天在座的你们都没有。

他的有些理论是有借鉴价值的。但是他说的"遗传良好的人是有聪明智慧能教养子女的人,遗传不良好的人是材质不足以教养子女的人",都是关在屋里瞎想,没有去观察。那寒门就不出人才了吗?我是1983年到北大读书的，1983年的时候，北大工农子弟占40%，谁说工农教养不出能考上北大的孩子！

抗战之前他主张对人口进行限制。而且当时他认同美日学者的估计，认为当时中国人口只有两亿七千万，不是四亿，不是四万万。当时他认为，就是只有两亿七千万——当然这个数字是错误的——也要限制中国人口，那得限制到什么程度？那就不用人家来侵略，自己就没有了。所以一个很正直的很努力的学者的研究成果到底是不是对社会有利，不能孤立观察，不能孤立下结论。

另外潘光旦先生对性心理学研究得很好，有一本霭理士的《性心理学》，潘光旦先生做了大量的注释，注释里引入了很多中国的材料，那是非常有价值的，特别是把中国社会的一些民俗和性心理结合起来考察。

鲁迅这里主要是讽刺他那种有点可笑的优生理论，因为不符合人民的生活常识。拄杖的、不拄杖的一顿争论，又出来一个人。

"**这这些些都是费话，**"**又一个学者吃吃的说**，看上去这个学者好像很笨，如果是学术界的人，一读就开始怀疑这又是说谁了。再联系下一句，**立刻把鼻尖胀得通红**。鲁迅在小说里多次写一个红鼻子的人，老写一个人不太可爱，这个人鼻子是红的，要不就"胀得通红"，这个人就是著名历史学家顾颉刚。鲁迅笔下无名之辈，你名气小一点儿，他让你出大名；你名气大点儿，他给你再贴几个标签。这个顾颉刚是一员大将，是中国古史辨学派、疑古学派的重要的领军人物，是对中国历史学的研究有重大贡献的学者。但是他跟鲁迅有很复杂的矛盾，鲁迅多次讽刺过他，俩人冲突比较厉害，因此顾颉刚觉得自己名誉受损。不过他倒没有因为这个新中国成立后受到什么压迫排挤，一直都是我们重要的文科学者。顾颉刚，一个是他有红鼻子，第二个是他有点口吃。所以鲁迅在一句话里，就让人知道这里写的是他。"你们是受了谣言的骗的。其实并没有所谓禹,"他跟鲁迅的一个矛盾,就是他认为世界上没有大禹这个人,鲁迅觉得这很可笑,他还在那儿搞考证。他为什么说没有禹呢,是根据文字,他说你看禹下边不是个虫字吗?"'禹'是一条虫,虫虫会治水的吗?"【众笑】这个鲁迅很搞笑啊。"我看鲧也没有的,'鲧'是一条鱼,鱼鱼会治水水水的吗?"他说到这里,把两脚一蹬,显得非常用劲。鲁迅故意丑化他,"鲧"是鱼字旁,所以这是鱼,他认为。有一些学者,其实态度是很认真的,但他可能把学问做死了。另外我们做学问也要去研究这个字的起源,它是鱼字旁的字,就一定是鱼吗?日本鱼店外边写着很多鱼字旁的字,这些字我们今天都不用了,因为我们生活中也不吃那些鱼了,但是日本人还在吃,在日本那些字还是活的。

"不过鲧却的确是有的,七年以前,我还亲眼看见他到昆仑山脚下去赏梅花的。"

"那么,他的名字弄错了,他大概不叫'鲧',他的名字应该叫'人'!至于禹,那可一定是一条虫,我有许多证据,可以证明他的乌有,叫大家来公评……"这句显得他很迂腐。我们学者一说考证就很吓人,很吓老百姓,好像他说的是板上钉钉的真理。我们知道自然科学都存在大量的不严谨,甚至还有造假,何况你这个历史考据呢。如果一个人就能考据出真理来,那以后的人还吃什么饭呢?考据这个东西,有自己的逻辑,所以后代才能够不断地推翻前代。

于是他勇猛的站了起来,摸出削刀,刮去了五株大松树皮,鲁迅很喜欢写五株,五株大松树皮,用吃剩的面包末屑,奇肱国运来的粮食竟然是面包,这就是外国给的粮。和水研成浆,调了炭粉,在树身上用很小的蝌蚪文写上抹杀阿禹的考据,学者写文章要用老百姓看不懂的文字,这也是学术界一个毛病,足足化掉了三九廿七天工夫。他做学问很认真,很花功夫。但是凡有要看的人,得拿出十片嫩榆叶,不能白看,这要稿费的，要版税的：你看我这考证，你得拿出十片嫩榆叶。**如果住在木排上，木排上没有树，就改给一贝壳鲜水苔。可以变通。**我们看鲁迅对那个时代流通交易的想象。

横竖到处都是水，猎也不能打，地也不能种，只要还活着，所有的是闲工夫，来看的人倒也很不少。松树下挨挤了三天，到处都发出叹息的声音，有的是佩服，有的是疲劳。这写的很准确，老百姓看学者的东西，基本是两种态度，有的是佩服，佩服里有的是懂，有的是不懂，不懂装佩服，表示自己也有学问——哎呀写的真好！有的是实在看累了，看不下去，这写的什么呀，看不懂。**但到第四天的正午，一个乡下人终于说话了，这时那学者正在吃炒面。**

你看"乡下人"，好像鲁迅是不尊重、不屑一顾，但是其实这里有两种声音。我说让大家写复调，你看上去作者不太恭敬、不太理会的一种笔法下面出现的人，很可能是他真正尊重的人。我们想一想，曹雪芹怎么写贾宝玉？曹雪芹笔下的贾宝玉，经常是用写缺点、看不起的笔法写的，写他是一个混世魔王，写他一肚子草莽，可是这是曹雪芹对他真正的态度吗？不是。你如果读懂了《红楼梦》，就知道贾宝玉是他最心爱的人，贾宝玉是反封建的战士，可是他偏偏要把他写成玩世不恭的样子。这个乡下人是鲁迅常用的，他说乡下人可不是看不起，不是我们大城市里看不起那个乡下人的口吻。

乡下人好像要说另外一种话，"这时那学者正在吃炒面。"面包吃完了，现在吃炒面。鲁迅在这里狠狠地调侃一些学术课题的生产创作，整个流程都讲出来了。

"人里面，是有叫作阿禹的，"乡下人说。**"况且'禹'也不是虫，这是我们乡下人的简笔字，老爷们都写作'禺'，是大猴子……"**曹禺的"禺"就是这么写的，是大猴子的意思。《说文解字》里面讲得很清楚，这"禺"是一个母猴属,段玉裁的注——引郭璞注:"禺,似猕猴而大,赤目长尾。"根据"说文","禺"字笔画比"禺"简单,所以这个乡下人说的话是有根据的。文字的变化是很复杂的,你不综合多个渠道的材料就下结论,很可能会出乖露丑,甚至被乡下人给揭穿,因为乡下人有另外的资料来源。凭什么人就不能叫"虫"呢,叫"禺"就不行吗?也就是说简体字不是哪个政权所能发明的,文字自从产生之后,人民不断地进行简化,能简则简。在传递信息差不多的情况下,谁故意多写那几画的字呢?特别是现在电脑时代,如果一个字超过二十画,那电脑上根本就看不清楚笔画,黑乎乎地挤成一团。这就不说了。

人家已经说了,这个可能是猴子。"人有叫作大大猴子的吗?……"学者跳起来了,连忙咽下没有嚼烂的一口面,鼻子红到发紫,吆喝道。

"有的呀,连叫阿狗阿猫的也有。"

"鸟头先生,您不要和他去辩论了,"拿拄杖的学者放下面包,拦在中间,说。"乡下人都是愚人。拿你的家谱来,"他又转向乡下人,大声道,"我一定会发见你的上代都是愚人……"学者也是两个人互相辩护,但是从拿拄杖的学者的口中,我们知道原来刚才那个红鼻子口吃的学者叫"鸟头先生"。这是不是鲁迅故意骂人,给人家编个名叫"鸟头"这么难听呢?其实也不是,鲁迅是以子之矛陷子之盾,你不是讲考据吗?我来给你考据一下——我们知道顾颉刚的"顾",繁体字是这么写的"顧",左边就是一种鸟,右边这个页,就是头。合起来就是鸟加头。【众笑】按照顾颉刚考证大禹的办法,我给你考证一下,那你也不是人,你就是鸟头,要不你怎么姓顾呢?顾者,鸟之头也。所以鲁迅根本都不用写论文,我就按照你的办法就直接给你考证出来,你也不是人,你就是一鸟头。这里巧妙地用拿拄杖的学者的话,点明了他叫鸟头先生。这是大学问。

"我就从来没有过家谱……"人家穷人——乡下人没有家谱的。

"呸,使我的研究不能精密,就是你们这些东西可恶!"

"不过这这也用不着家谱,我的学说是不会错的。"鸟头先生更加愤愤的说。"先前,许多学者都写信来赞成我的学说,那些信我都带在这里……"这也是顾颉刚的原话,顾颉刚成名不久,得到一些学者的表扬、赞同,他拿出这些信来,证明自己有学问。其实作为一个年轻学者,也不算什么大缺点。不过这个时候因为他跟鲁迅有这样剧烈的冲突,鲁迅把他那些事都给抖搂出来,说你是怎么证明自己有学问的。

可是那个拿拄杖的不同意:"不不,那可应该查家谱……"那个是主张用遗传学的办法,证明乡下人愚昧。有些学术争论就是这样的,就是这样的无谓的争论,偏离了应该研究的学术问题本身,去争论其他鸡毛蒜皮的事情。

"但是我竟没有家谱,"那"愚人"说。"现在又是这么的人荒马乱,交通不方便,要等您的朋友们来信赞成,当作证据,真也比螺蛳壳里做道场还难。证据就在眼前:您叫鸟头先生,莫非真的是一个鸟儿的头,并不是人吗?"这个乡下人也学会了让你自相矛盾。

"哼!"鸟头先生气忿到连耳轮都发紫了。鲁迅不断地发挥他红鼻子的功能,现在都红到耳朵了。"你竟这样的侮辱我!说我不是人!我要和你到皋陶大人那里去法律解决!如果我真的不是人,我情愿大辟——就是杀头呀,你懂了没有?要不然,你是应该反坐的。你等着罢,不要动,等我吃完了炒面。"这个话显得很可笑,我们有时看见那个很迂腐的知识分子和劳动人民吵架就是这个样子的。他说一些好像是很有道理的话,可是其实他是要依靠一个很强的暴力来战胜对方。这一段话又是有根据的,也不是鲁迅虚构的。就因为鲁迅和顾颉刚的矛盾,因为他俩都在厦门大学当教授,顾颉刚可能想办法把鲁迅排挤走了。鲁迅也有自己的脾气，鲁迅就到了中山大学，后来顾颉刚也到中山大学来。顾颉刚到哪个大学呢，鲁迅就离开，当然鲁迅走不是只因为顾颉刚的问题。鲁迅是看透了国民党的本质，原来以为广东是革命大本营。我上次说过，郭沫若先看到的，他知道将介石要背叛革命；鲁迅也看到国民党不靠谱，所以就回到上海去了，彻底退出这个圈子。可是他在中山大学的时候，因为跟顾颉刚的冲突被捅到报纸上，顾颉刚认为鲁迅侮辱了他，就给鲁迅写信，要跟鲁迅打官司，就是法律解决，并且他让鲁迅不许走，你在那儿等着我，"等我吃完了炒面"，【众笑】就是这么来的。那鲁迅说我不能白等你啊，我在这儿不挣钱，我等着你来跟我打官司？这也是鲁迅研究史上一个著名的事情，这个材料一会儿再引。

"先生，"乡下人麻木而平静的回答道，"您是学者，总该知道现在已是午后，别人也要肚子饿的。可恨的是愚人的肚子却和聪明人的一样：也要饿。真是对不起得很，我要捞青苔去了，等您上了呈子之后，我再来投案罢。"于是他跳上木排，拿起网兜，捞着水草，泛泛的远开去了。看客也渐渐的走散，鸟头先生就红着耳轮和鼻尖从新吃炒面，拿挂杖的学者在摇头。这里把学界调侃了一番。

然而"禹"究竟是一条虫，还是一个人呢，却仍然是一个大疑问。真正的问题没有获得解决，人生的很多时光都这样无谓地浪费掉了。

现在就说一说鲁迅跟顾颉刚矛盾的一个细节。1927年5月，《中央日报副刊》引用了一个叫谢玉生的——他是鲁迅的学生，是鲁迅的铁粉——和鲁迅给编者的两封信。这个姓谢的同学在信上说，"迅师"，鲁迅老师，"本月二十号，已将中大所任各职，完全辞卸矣。中大校务委员会及学生方面，现正积极挽留，但迅师去志已坚，实无挽留之可能了。"鲁迅要辞职，挽留不住了。"迅师此次辞职之原因，就是因顾颉刚忽然本月十八日由厦来中大担任教授的原故。顾来迅师所以要去职者，即是表示与顾不合作的意思。原顾去岁在厦大造作谣言,诬蔑迅师;迄厦大风潮发生之后,顾又背叛林语堂先生,甘为林文庆之谋臣,"林文庆是厦大的"老板","伙同张星烺、张颐、黄开宗等主张开除学生,以致此项学生,至今流离失所,这是迅师极伤心的事。"我们看这个学生是完全站在鲁迅立场上的,他是鲁迅的铁粉,但是他的这信,是不是会让顾颉刚受不了?这种语言让顾颉刚看了之后会觉得很受伤害。

鲁迅信中说:"我真想不到,在厦门那么反对民党,使兼士愤愤的顾颉刚,竟到这里来做教授了,那么这里的情形难免要变成厦大,硬直者逐,改革者开除。而且据我看来或者会比不上厦大,这是我所得的感觉,我已于上星期四辞去一切职务,脱离中大。"我们看鲁迅,他担忧的是中大变成厦大,"硬直者逐,改革者开除"。也就是说将来我这样的人呢,还是待不住的,因为我是要改革的,改革的人就要被开除,所以我还不如早走了。那么这里有一句话是顺便说的,"在厦门那么反对民党",因为当时的合法政府是北京政府,国民党政府是个"造反"的政府,所以反对民党是很正常的事,不算是一个什么罪状。那谁也不知道,后来国民党北伐成功,成了正宗。可是顾颉刚很敏感,这是搞考据的嘛,他一看鲁迅说他在厦门反对民党,很害怕将来国民党得了政权,自己要受牵连,所以他针对这个情况要跟鲁迅打官司。

他给鲁迅写的信:"鲁迅先生:顷发一挂号信,以未悉先生住址,由中山大学转奉,嗣恐先生未能接到,特探得尊寓所在,另钞一分奉览。敬请大安。"这是顾颉刚给他写的。真正的信的内容是下边这个抄件:"鲁迅先生:颉刚不知以何事开罪于先生,使先生对于颉刚竟作如此强烈之攻击,未即承教,良用耿耿。前日见汉口《中央日报副刊》上,先生及谢玉生先生通信,始悉先生等所以反对颉刚者,盖欲伸党国大义,"你看,这个话是很恶毒的,是说鲁迅要伸党国大义,就是说鲁迅是国民党的走狗，文人之间说话，表面客气，暗里是极其狠毒的。"而颉刚所作之罪恶直为天地所不容，无任惶骇。诚恐此中是非，非笔墨口舌所可明了，拟于九月中回粤后提起诉讼，听候法律解决。"这是小说里的话，法律解决。"如颉刚确有反革命之事实，虽受死刑，亦所甘心，否则先生等自当负发言之责任。务请先生及谢先生暂勿离粤，以俟开审，不胜感盼。敬请大安，谢先生处并候。"这信写的很合格式，表面上很文雅，但这是说，你说我反革命，好，咱法律解决！你不许走，等着我，我到你们家那儿跟你打官司。也就是他要到国民党的大本营来打这个官司，因为中大他已经都打通了，他现在是中大的座上宾。

鲁迅就写了《辞顾颉刚教授令"候审"》，意思是你这是命令我在那等着候审，鲁迅回信："颉刚先生：来函谨悉，甚至于吓得绝倒矣。先生在杭，"杭州，"盖已闻仆，"你已经听说我，"于八月中须离广州之讯，于是顿生妙计，命令难题。"你给我出一难题，"如命，则仆尚须提空囊赁屋买米，作穷打算，"我8月份就辞职了，你让我等到9月份，"恭候偏何来迟，提起诉讼。不如命，则先生可指我为畏罪而逃也；而况加以照例之一传十，十传百乎哉？但我意早决，八月中仍当行，九月已在沪。"我的行迹是堂堂正正告诉你的，我9月份都已经到上海了，"江浙俱属党国所治，"那时候江浙早都拿下，是归国民党统治的，"法律当与粤不异，且先生尚未启行，无须特别函挽听审，良不如请即就近在浙起诉，"你要告我，你在浙江告是一样的，"尔时仆必到杭，以负应负之责。倘其典书卖裤，居此生活费綦昂之广州，以俟月余后或将提起之诉讼，天下那易有如此十足笨伯哉！"你把我当傻瓜啦？我在这儿自己花钱，等你一个月，你来不来我还不知道。"《中央日报副刊》未见；谢君处恕不代达。"你说这事我没看见，我也不给你转话，"此种小傀儡，可不做则不做而已。"你不要拿我当傀儡！"无他秘计也。此复，顺请著安！"鲁迅回了他一封信之后，顾颉刚就不再告他了，这事就算了了，他也不等他了。

这是为了解释小说中的这个事。我们不知道这个背景，这篇小说一样读得很精彩，它一样是写出了学术界的丑态百出。但是知道了这个背景之后，会加深理解，就知道当时具体的情况——鲁迅不是完全虚构的，他有他自己的痛苦，自己受的迫害，都在里边了。当然，我们不能因此就说顾颉刚这个人怎么怎么不好，怎么怎么都是错的。这种事学术界也常见，为了一个教职，为了当个教授，为了当个破系主任，打得头破血流。还不是说咱北大好，北大真是稍微好一点儿，北大有真学问的学者比较多，很多学者真是看不上那些虚头的东西。但是天下大学，多数都如此。顾颉刚考证没有大禹这个事，是个笑话，被鲁迅等人看穿了，但不等于顾颉刚先生没有真的学问，他在其他的方面还是做出了很丰厚的成果的。学者难免有读死书的时候——你正好非得说没有大禹，大禹是鲁迅的老乡，你不知道吗？他也是浙江人，这怎么能没有呢？

鲁迅这样写历史小说，早有高人看出其妙。当年茅盾在给一个叫宋云彬的作者写的《玄武门之变》这篇小说写序的时候讲过："用历史事实为题材的文学作品，自'五四'以来已有了新的发展。鲁迅先生是这一方面的伟大开拓者和功臣，他的《故事新编》在形式上也展示了多种多样的变化，给我们树立了可贵的楷式。但尤其重要的是内容的深刻。在《故事新编》中，鲁迅先生以他特有的锐利的观察，战斗的热情和创作的艺术，非但'没有将古人写得更死'，而且将古代和现代错综交融成为一而二、二而一。他的更深一层的用心，借古事的躯壳来激发现代人之所应憎和应爱。"

茅盾先生的这段话，现在看来一点都不过时。前有茅盾，后有我们专业的我的师祖王瑶先生，都对鲁迅的《故事新编》体察得特别深刻——那不是一般人认为的这就是油滑开玩笑。努力探讨把历史小说写成这种一而二、二而一的人不是鲁迅一个，郭沫若进行过，茅盾本人进行过，但他们跟鲁迅比都差很多，当然他们写的也很不错了。我们现在连郭沫若、茅盾的水平都远远比不上，因为我们现在对历史的了解很浅薄，对现实的了解很浅薄。我们现在文史哲几个系都是怎么上课的呢？我们马列学院是怎么上课的？我们思政课是怎么上的？多是白白浪费大家的青春，都用来考试了。我们这些院系的同学是最应该投身到火热的生活实践中去，投身到劳动人民中去。

好，这是小说的第一节，小说一共四节，我们再看第二节。

学术界讨论过后，到底有没有禹这个人是个疑问。第二节：**禹也真好像是一条虫**。一个事情到底存在不存在，一个人有没有，看媒体是没法了解的，看媒体是得不到真相的。

大半年过去了，奇肱国的飞车已经来过八回，读过松树身上的文字的木排居民，十个里面有九个生了脚气病，大的洪水之后，各种皮肤病肯定是有的，但是鲁迅这个写法，好像写成了居民是读了考证文字得的病，他故意把它排在后边。**治水的新官却还没有消息。直到第十回飞车来过之后**，这是当年的时间计量法，没有日历，看飞车。**这才传来了新闻，说禹是确有这么一个人的，正是鲧的儿子，也确是简放了水利大臣，派出去当了水利大臣。三年之前，已从冀州启节，三年之前已经从咱北京这儿出发了，不久就要到这里了。要到文化山那一片儿地方去了。**

大家略有一点兴奋，但又很淡漠，不大相信，因为这一类不甚可靠的传闻，是谁都听得耳朵起茧了的。我们现在也经常听到各种传闻，每天又听到各种辟谣，有的人相信传闻，有的人是相信辟谣，有的人相信辟谣之后再辟谣，就不懂得记住北岛的那句诗，"我不相信"。应该一律不信，但是一律关心，才对。

然而这一回却又像消息很可靠，十多天之后，几乎谁都说大臣的确

要到了，因为有人出去捞浮草，亲眼看见过官船；他还指着头上一块乌青的疙瘩，说是为了回避得太慢一点了，吃了一下官兵的飞石：**这就是大臣确已到来的证据**。这里本来是写治水的另外一个问题，但是鲁迅时时刻刻不忘他小说的一个总的主题，就是国民性问题。就是被官家所殴打，反而是老百姓的光荣，说明你接近过官家。**这人从此就很有名，也很忙碌，大家都争先恐后的来看他头上的疙瘩，几乎把木排踏沉**；这是鲁迅的幽默，你看鲁迅的幽默你能笑吗？你笑是微笑，是笑不出声的。他的这个幽默分明很沉痛，这些人就为了看人家头上一个疙瘩，证明他接近过官儿，所以变成了要把木排踏沉。**后来还经学者们召了他去，细心研究，决定了他的疙瘩确是真疙瘩**，这是考证。**于是使鸟头先生也不能再执成见，只好把考据学让给别人，自己另去搜集民间的曲子了**。顾颉刚在学术上有一个转变。顾颉刚跟我们北大中文系有什么关系呢？他是我们北大带头去搜集民间歌谣的人。他这个转变跟鲁迅的刺激有没有关系我们不知道，他后来学问做得比以前更好了，他去实地考察了，真的到民间去调查。我们北大中文系有这个传统，一届本科生，我们都带他们去搜集民间文学，进行方言调查。我当年轻教师的时候也领学生这样去过，我当学生的时候也这样去过。现在妙峰山那里有我们的实习基地，那都是顾颉刚先生开创的。但是鲁迅调侃他，说他是看了人家的疙瘩之后，去搜集民间曲子了。

下面就是写的很搞笑的场面。**一大阵独木大舟的到来，是在头上打出疙瘩的大约二十多天之后，每只船上，有二十名官兵打桨，三十名官兵持矛**，你看这阵势。**前后都是旗帜；刚靠山顶，绅士们和学者们已在岸上列队恭迎，过了大半天，这才从最大的船里，有两位中年的胖胖的大员出现，约略二十个穿虎皮的武士簇拥着，和迎接的人们一同到最高巅的石屋里去了**。这种场面我们是不是觉得似曾相识？

大家在水陆两面，探头探脑的悉心打听，才明白原来那两位只是考察的专员，却并非禹自己。

大员坐在石屋的中央，吃过面包，就开始考察。还是要吃，先吃了面包再说。我们看怎么考察的。

"灾情倒并不算重，粮食也还可敷衍，"一位学者们的代表，苗民言语学专家说。又是我们学术界的。"面包是每月会从半空中掉下来的；鱼也不缺，虽然未免有些泥土气，可是很肥，大人。至于那些下民，他们有的是榆叶和海苔，他们'饱食终日，无所用心'，——就是并不劳心，原只要吃这些就够。我们也尝过了，味道倒并不坏，特别得很……"这种学者是不是我们也常见？这里起了很坏作用的是这些无耻学者，欺上瞒下，不汇报真情，自己吃够了面包，说老百姓吃得很好。

"况且，"别一位研究《神农本草》的学者抢着说，"榆叶里面是含有维他命W的；海苔里有碘质，可医瘰疬病，两样都极合于卫生。"这个时候刚刚开始流行维他命之类的，我们今天叫维生素。

"O.K！"又一个学者说。大员们瞪了他一眼。

"饮料呢，"那《神农本草》学者接下去道，"他们要多少有多少，一万代也喝不完。可惜含一点黄土，饮用之前，应该蒸馏一下的。敝人指导过许多次了，然而他们冥顽不灵，绝对的不肯照办，于是弄出数不清的病人来……"通过他们撒谎，我们可以知道一点真相，就是老百姓活得很惨。由于饮食不清洁，缺乏营养，很多人生了病。可是在他们汇报的报告中是这样写的，即使有一点缺点，还是因为他们自己愚昧。

那么最后呢，"就是洪水，也还不是他们弄出来的吗？"就连灾难也是人民咎由自取的。一位五绺长须，身穿酱色长袍的绅士又抢着说。"水还没来的时候，他们懒着不肯填，洪水来了的时候，他们又懒着不肯戽……"连抗洪也是老百姓的责任。洪水是不可预测的，专家早都说了；

地震是不能预测的，所以任何灾难都是应该的。每一次灾难都是表现"我们"的时候，每次灾难都出很多英雄，有一批人要获得勋章，有一批人要趁机发财。人民到底死了多少，我们到哪里去看？所以鲁迅抨击帮闲的传统，你看他表面上调侃，你知道他内心恨到什么程度？当他写下这些文字的时候，心里其实是流着血的，也许流得多了，自己觉得不那么痛了。

还有其他观点："是之谓失其性灵，"坐在后一排，八字胡子的伏羲朝小品文学家笑道。伏羲朝比尧舜禹的时代更古。"吾尝登帕米尔之原，天风浩然，梅花开矣，白云飞矣，金价涨矣，耗子眠矣，见一少年，口衔雪茄，面有蚩尤氏之雾……哈哈哈！没有法子……"这个讽刺的是林语堂。是在中国国内矛盾空前尖锐的时候，林语堂和一些作家提倡幽默小品，每天写一些无关现实痛痒远离政治的东西，说是抒发性灵。鲁迅不会抒发性灵吗？林语堂是鲁迅很好的朋友，所以鲁迅对他的讽刺是不太尖锐、比较善意的。鲁迅是说你们这样做是不对的，你们是把屠夫的凶残化为无聊的一笑，那边正在杀人放火呢，老百姓人头滚滚，你在这里开一些无聊的玩笑，你觉得自己很有趣，觉得自己很有学问，是吗？鲁迅是这样的一个态度。

"O.K！"

这样的谈了小半天。大员们都十分用心的听着，临末是叫他们合拟一个公呈，最好还有一种条陈，沥述着善后的方法。考察完了，你们写个报告来吧。这一段是讽刺自由主义作家林语堂，我们看一看这个背景材料。林语堂有一篇文章叫《游杭再记》，那里边写："见有二青年，口里含一只苏俄香烟，手里夹一本什么斯基的译本，于是防他们看见我'有闲'赏菊，又加一亡国罪状，乃假作无精打采，愁眉不展，忧国忧家似的只是走错路而并非在赏菊的样子走出来。"这个"面有蚩尤氏之雾"，就是从"口里含一支苏俄香烟"来的，就是说青年人看苏联书，抽苏联烟，有赤化的嫌疑。那么赤化是怎么跟蚩尤挂上钩了呢？因为北洋时代，有北洋军阀认为赤化的老祖宗就是蚩尤。著名的军阀吴佩孚大帅，本人还是比较有文化的一个军阀，他竟然说，原始社会的时候，"草昧初开，部落时代蚩尤肆虐，彼时无所谓法制，无所谓伦纪，殆与赤化无异。"（见1926年7月11日北京《晨报》）所以鲁迅关于这个也还在别的地方讽刺，他就说要抓共产党，就从蚩尤开始——蚩尤是共产党的鼻祖，从他开始就赤化了。这里讽刺林语堂。

考察完了，于是大员们下船去了。第二天，说是因为路上劳顿，不办公，也不见客；第三天是学者们公请在最高峰上赏偃盖古松，下半天又同往山背后钓黄鳝，一直玩到黄昏。第四天，说是因为考察劳顿了，不办公，也不见客；第五天的午后，就传见下民的代表。

下民的代表，是四天以前就在开始推举的，然而谁也不肯去，老百姓平时老喊着要民主，可是真让他当代表的时候，谁也不去。说是一向没有见过官。于是大多数就推定了头有疙瘩的那一个，以为他曾有见过官的经验。已经平复下去的疙瘩，这时忽然针刺似的痛起来了，他就哭着一口咬定：做代表，毋宁死！死也不去。大家把他围起来，连日连夜的责以大义，说他不顾公益，是利己的个人主义者，将为华夏所不容；开个大批判会。激烈点的，还至于捏起拳头，伸在他的鼻子跟前，要他负这回的水灾的责任。他渴睡得要命，心想与其逼死在木排上，还不如冒险去做公益的牺牲，便下了绝大的决心，到第四天，答应了。这是民主的产生，这么艰难，终于找出一个代表来。

大家就都称赞他，但几个勇士，却又有些妒忌。自己不愿意去，当真有了人去的时候，自己的心情又发生微妙的变化。

就是这第五天的早晨，大家一早就把他拖起来，站在岸上听呼唤。

他早晨就起来了,下午才呼唤他。**果然,大员们呼唤了。他两腿立刻发抖,然而又立刻下了绝大的决心,决心之后,就又打了两个大呵欠,肿着眼眶,自己觉得好像脚不点地,浮在空中似的走到官船上去了。**鲁迅写这种人的心理如此精妙,就好像自己经历过一样的。小民见大官儿的心情,就好像魂儿都没有了,飘着去,魂飞魄散地就去见了。这样的人能够传达民意?

他去了。奇怪得很,**持矛的官兵,虎皮的武士,都没有打骂他**,这竟然让人感到奇怪,没挨打,很奇怪。**一直放进了中舱。**自己像个猫狗,动物似的被放进了中舱。**舱里铺着熊皮,豹皮,**好像是后羿他们家,到这儿来了。**还挂着几副弩箭,摆着许多瓶罐,弄得他眼花缭乱。定神一看,才看见在上面,就是自己的对面,坐着两位胖大的官员。什么相貌,他不敢看清楚。**这也写得很准确,不是看不清楚,是不敢看清楚,哪敢随便往上看呢?这不仅批判等级制度,而且写出了国民性。你就是认真看,也未必就犯了什么罪,但他自己主动地不敢看。

下面,开始对话了。"你是百姓的代表吗?"大员中的一个问道。

"他们叫我上来的。"这个回答很妙,他没有说自己是不是代表,他觉得这个大员随便问的这一句话,好像是在责备他,意思是你小子怎么来的?你说,你交代!他第一个想法是推卸自己的责任,不是我要来的,我也不是代表,他们叫我上来的。这很有意思。所以鲁迅看中国社会是看到根儿上,直接看到人上。鲁迅一方面很同情人民,但是这样的人民又怎么来救?**他眼睛看着铺在舱底上的豹皮的艾叶一般的花纹,回答说。**你看他看着豹皮,下面那个花纹像艾叶,说明他的心思在哪里?他都不敢想正经事。

"你们怎么样?"

"……"**他不懂意思,没有答。**这个大员的话呢,他竟然不懂意思,没有答。

大员只好自己再解释一下。"你们过得还好么？"

"**托大人的鸿福，还好……**"这是第一句话，第一句话是个套话，是本能地蹦出来的。老百姓回答领导关心慰问的时候，首先都要说这句话。他不知道自己说这句话的时候满脸都写着无耻。**他又想了一想，低低的说道，"敷敷衍衍……混混……"**这句话有点儿接近真相，其实还不是真相，这句话就是不想让领导认为自己在撒谎拍马屁，但是又不能完全说真相。说敷敷衍衍，混混。但是如果是聪明的领导，应该知道，情况比这糟得多。

"吃的呢？"

"**有，叶子呀，水苔呀……**"问得具体点儿才能够知道一点儿真相。台湾有个话剧是写养老院的。记者问养老院的老人，你们在这里过得怎么样？老人回答说，够吃。两个字：够吃。到底怎么样，你自己去想。

"都还吃得来吗？"

"**吃得来的。我们是什么都弄惯了的，吃得来的。只有些小畜生还要嚷，人心在坏下去哩，妈的，我们就揍他。**"鲁迅真了不起，鲁迅自己并不是劳动人民，只是小时候跟闰土混过，但是他是这么了解劳动人民的苦，了解劳动人民的麻木，还了解劳动人民的无耻。自己是被剥削被压迫的，吃得那么差，可是呢，为了让当官的高兴、开心，却说吃得来，说自己什么都能适应。他也知道自己的同胞中有一些人要反抗，有一些人不认可，他说那些人是小畜生。他怎么评价这个小畜生呢？他说人心在坏下去——他主动替统治者开脱。统治者的残暴统治怎么能够维持下去？是劳动人民甘心配合的。劳动人民中有很多这样的人，他们平时也不满，可是一旦见了官，官还没给他任何好处，他就反过来说自己的同胞中的反抗者是坏人；他还主动去揍这些人，"妈的，我们就揍他"，你看他这个时候的嘴脸，完全站在统治者一面。所以我们想想，那些真正的反抗的人能不伤心吗？你为了大伙的利益去奋斗，你为之奋斗的同胞，有一种人、有一帮人是这样的！革命为什么总是失败？革命还没开始呢，就失败了。这就是鲁迅最痛恨的奴性问题。

我们再来看一段。大人们笑起来了，有一个对别一个说道："这家伙倒老实。"

这家伙一听到称赞，非常高兴，胆子也大了，滔滔的讲述道：

"我们总有法子想。比如水苔，顶好是做滑溜翡翠汤，榆叶就做一品当朝羹。剥树皮不可剥光，要留下一道，那么，明年春天树枝梢还是长叶子，有收成。如果托大人的福，钓到了黄鳝……"我们不要以为那些无耻的话都是出自官员之口，有时候官员还有点耻辱感，很多话就产生在被压迫者口里。

然而大人好像不大爱听了，有一位也接连打了两个大呵欠，打断他的讲演道："你们还是合具一个公呈来罢，最好是还带一个贡献善后方法的条陈。"

"我们可是谁也不会写……"他惴惴的说。

鲁迅从小说开始讽刺统治者，讽刺学者，到这里转入讽刺批判老百姓自身。中华民族的病到底在哪里？治水很难，但是比治水更难的是治理这个民族的人心。到底什么人，什么样的工作方法，能够得中华民族的人心，才能最后拯救我们的文化？我们下一次再讲。

——2020年北大鲁迅小说研究课第十课

2020年12月1日

不懂莎士比亚的杀千刀

——《理水》(下)

同学们好,我们开始上课。今天12月8日了,是日本偷袭珍珠港的日子,当地时间是12月7日,北京时间是12月8日,太平洋战争爆发。明天是"一二·九",两件事情好像都跟我们北大有比较重要的、比较密切的关系,明天的这个事关系更直接。北大是共产党早期的活动基地,共产党是诞生于中国深厚的传统文化之中的,没有全中国最优秀的知识分子集中起来思考中国的命运,就没有中国共产党。

我昨天晚上在东城区参加一个活动,他们东城区讲自己有这个文化、那个文化,我说你们忘了一条,东城区是中国第一个革命老区。东城区的领导都不理解,我说你们一听到革命老区就想到井冈山吧?想到延安吧?想到那些穷乡僻壤,偏僻的地方。我说它们跟东城区比,哪有东城区老啊!共产党是在东城区诞生的,我们北大原来是在东城,所以没有东城区就没有新中国。他们领导听了格外振奋,说我马上找到了明年工作的重点,知道明年怎么干了。【众笑】这个话听上去好像是有点儿调侃，其实是真实的。

有些事情有和没有，历史是不一样的。比如说日本是不是偷袭珍珠港，这个决定做的时候也很艰难，日本高层也有不同的意见。直到今天我也不太理解，我对历史，对战争史、军事史非常感兴趣，读了数不清的材料，我也搞不清楚，日本为什么要向美国宣战、挑战。当年的日本到底是一种什么心态？我们不能简单地说它发了疯了，这样的一句结论太简单了。它也是做了种种理性的推理，包括军棋推演，我们今天打仗不都有军棋推演吗？大日本帝国最优秀的人才，推演了许多时间，最后做出了这样一个决定。这个决定是怎么得出来的，这关系到人类一些根本的问题。还有，希特勒为什么要东西两线同时作战？德国和日本这两个国家为主，意大利其实是个附庸，等于这两个国家同时向全世界宣战。所以人类出什么问题了？人类不是说越往现在走，越理性越科学吗？假如希特勒不打苏联，他就把法国灭了就完了，就把大半个西欧、中欧都占领了；日本如果只占领中国东北，不向中国南部进军，那历史又将怎么样？或者1941年的时候，他不向美国挑战，情况是什么样？这个历史很难讲。

我们北大受这个历史的影响，据说在兵荒马乱中也培养了许多人才。到底是兵荒马乱的岁月培养的人才多，还是今天这个醉生梦死的时代培养的人才多？兵荒马乱的时候是不是就不醉生梦死了？被吹上天的西南联大到底实际情况是个什么样？大家可以看看钱锺书写的《围城》，《围城》写的就是西南联大。还可以看看汪曾祺等先生——当年在西南联大读过书的学生——的回忆，当时的学生都在干吗？而我们现在据说条件非常好，尽管我们对学校还有许许多多不满，但是条件和那时比已经是天壤之别了。我们今天都在想什么忙什么，我们将来又能干什么？

说到我们讲的鲁迅的《理水》，我们上次说了，中华文明是一个治水文明。水治和不治有什么区别？水非得治不可吗？很多民族、国家是不治水的，也不救灾的，不管发生了什么台风、海啸、地震，人家总统该度假度假，法律保障我有度假的权利啊，你死多少人跟我有什么关系啊？来了瘟疫、病毒，群体免疫嘛，你凭什么强迫我们都戴口罩啊？人家那些群体免疫的国家，虽然死了很多人，历史上最多的时候能死三分之一到二分之一的人口，可是活下来的都是精英啊，活下来的都生冷不忌、百毒不侵，可以漂洋过海去杀人放火。你看人家那体格，吃什么都死不了。

治还是不治？如果治，还有不同的治水的方法。是大禹治得对，还是他爸爸治得对？我们今天都认为大禹治得对，因为他爸爸被惩罚了嘛。他爸爸的方法真的不行吗？历史有时候是很吊诡的。所以我这学期讲鲁迅小说，在多次课上都启发了大家，这个作品的意义其实也是人生的意义，真理不是固定的，需要我们去找，特别是需要我们去找寻出人生文本中的复调来。

所以上次给大家布置的期末报告，是让大家对鲁迅的一篇作品进行复调解读，当作大家的练习。我知道大家不可能写得很专业，这不要紧，我们把它作为一个思维训练。我们并不要当学者，大多数同学将来并不研究。但是你有了这样一种对历史、对人生的一个思考的方式的话，你将来会活得更好一点。我们自己要多积攒点儿能量——有利于生命、生存发展的能量，是有好处的。

我们今天继续来讲《理水》。上一次我们讲了大概一半，鲁迅没有具体地写大禹怎么治水，他用了很多篇幅写学界的情况，到底有没有大禹这个人。然后调侃了学界，影射了顾颉刚之后，又写了老百姓的事，在老百姓里边，不幸、严重的情况是怎么样表现的。我们经常认为官员里边有很多为我们所不耻，但是我们想想官员是从哪儿来的呢？官员不是从百姓中成长起来的吗？我们生下来大家都是一样的人，后来有的人上了这个学上了那个学，有的参军，有的经商，有的当官，我们本来都是一样的人。官员的劣根性是从哪儿来的？这才是根本的问题。我觉得这也是我们在北大这样的学校读书，应该有的一种责任感，我们除了忙活自己的生存之外，要想一些天下大事，历史的大事。

上一次讲到奴性的产生，一个头上被官兵打了疙瘩的人，被强行推为代表，去参会，小说写他的心情非常有趣的非常复杂的变化。他本来是应该代表民意的，可是他到了官老爷面前，完全背叛民意，变本加厉地要站在官府的立场上说话，把老百姓里一些不满的人叫"小畜生"，并且说"人心在坏下去"，然后他要帮着官府揍跟他立场一样的人。从这里我们是不是可以看出很多人类统治的奥妙？少数的统治者为什么能统治千万倍于他们的被统治者呢？根源其实在被统治者这里。因为被统治者里面，如果有想要反抗的，他会被其他的被统治者看成少数人，统治者不用来打他，自然有其他的被统治者去消灭他。这个秘密不是鲁迅最早发现的，但鲁迅是坚持不懈地要强调这一点。把这一点搞清楚，历史才能前进吧。

听了他的话，大人们笑起来了，说这家伙很老实。他一听到称赞，胆子更大了，滔滔地讲述道："我们总有法子想。"我们想一想，这个民意是怎么经常被代表的？从统治者的立场上来看，我们征求民意，民意代表说的话我们都听见了，记下来了。可是民意代表说的是什么呢？我们总有法子想——我们没什么了不起的困难，没有什么痛苦、灾难！"比如水苔，顶好是做滑溜翡翠汤，榆叶就做一品当朝羹。剥树皮不可剥光，要留下一道，那么，明年春天树枝梢还是长叶子，有收成。如果托大人的福，钓到了黄鳝……"他说的这些无耻的话，连官员都听腻了，都不愿意再听下去，听了之后自己可能都不好受，觉得太肉麻，完全掩盖老百姓饥寒交迫的事实。而他自己也是饥寒交迫的一员，竟然把吃不下去的东西说得那么好，所以官员叫他，"你简单地弄个公呈来吧"。"我们可是谁也不会写……"你看，这一句话暴露了他真实的身份，他也是草民。

"你们不识字吗？这真叫作不求上进！没有法子，把你们吃的东西拣一份来就是！"老爷替他想个办法，不会写字，弄个样本来。

他又恐惧又高兴的退了出来，摸一摸疙瘩疤，立刻把大人的吩咐传给岸上，树上和排上的居民，并且大声叮嘱道："这是送到上头去的呵！要做得干净，细致，体面呀！……"他还没有从上头获得什么实际的好处，就变成这副嘴脸了。所以每当群众闹事，甚至革命、起义的时候，为什么总是失败？那个一块儿闹事的队伍里边总会出这样的人，总会出脑袋上打了疙瘩的人。

所有居民就同时忙碌起来，洗叶子，切树皮，捞青苔，乱作一团。他自己是锯木版，来做进呈的盒子。有两片磨得特别光，连夜跑到山顶上请学者去写字，一片是做盒子盖的，求写"寿山福海"，一片是给自己的木排上做扁额，以志荣幸的，这还干点儿私活儿，求写"老实堂"。但学者却只肯写了"寿山福海"的一块。学者不满足个人的私利，你也不给钱，谁给你写啊？学者写的一个是要呈上去的，是为公事。他自己顺便要学者给自己写个"老实堂"，你看他的想象，他求写"老实堂"，一个是他文化不多，也不会更有文采的词；一个是他觉得自己在朝廷的眼里当一个老实人，是他最大的光荣。我觉得鲁迅写这个调侃的时候心里是很痛的，我们大多数老百姓为什么那么渴望在政府的眼中是个老实人，给自己家挂一个"老实堂"的牌匾？

很多很多年前，有一个人，不知道我写字很差，他以为北大教授写字就很好，一定要让我给他写，给他题词。我当时犯坏，就给他写了个

"老实堂",他不知道典故出处,很高兴,还感谢我,说"我这人就是老实"!【众笑】我写完之后觉得自己这个人有点儿坏,有点儿不厚道。我觉得中国这个老实堂太多了,大大小小的老实堂。

所以鲁迅到毛泽东,评《水浒》的时候,都说这梁山的问题出在哪儿呢?为什么要把"聚义厅"改为"忠义堂"?原来梁山泊挂的是"聚义厅",后来宋江上任之后就改为"忠义堂"。这一字之差性质就变了。忠义堂其实就是老实堂,就是我们并不是要造反的,我们其实是忠心耿耿的,我们只是对谁谁谁不满,有一点儿小意见,我们骨子里是老实的人。这个问题被毛主席和鲁迅看得清清楚楚。原来晁盖时代的聚义厅,就是我们大家联合起来造反,这叫聚义,被改成忠义堂。所以从老实堂里可以看到,这些奴才,本来是受压迫受剥削,又幻想着有个偶然的机会,使自己一下子变成网红。他现在就是网红了,虽然还没得到实际好处,但已经有期望、有机会了,有机会利用这个赚钱。他家里如果真挂上这个老实堂,就可以参观、卖票了。

我们看鲁迅写这些是不是一般的戏说、调侃、恶搞,我借曹文轩老师的话来表达一下。曹老师作为学者兼作家,而且是优秀学者兼优秀作家,他对文学作品的解读往往是别具只眼、一针见血的。曹老师有一篇读鲁迅的文章,叫《屁塞、鸟头先生、咯吱咯吱》。"咯吱咯吱"是鲁迅另外一篇小说《肥皂》里的典故,鸟头先生的梗就是这篇《理水》里的。

曹老师说:"鲁迅的幽默有点不'友善'。他的幽默甚至就没有给你带来笑声的动机。他不想通过幽默来搞笑。他没有将幽默与笑联系起来——尽管它在实际上会产生不朽的笑声。"我觉得曹老师的用语非常准确,确实你会笑,但鲁迅并不是为了逗笑而幽默。"他的幽默不是出于快乐心情,而是出于心中的极大不满。他的幽默有点冷,是那种属于挖苦的幽默。鲁迅的心胸既是宽广的(忧民族之忧、愁民族之愁,很少计较个人得失，当然算得宽广），又是不豁达的（他一生横眉冷对、郁闷不乐、难得容人，当然算不得豁达）。他的幽默自然不可能是那种轻松的、温馨的幽默，也不是那种一笑泯恩仇的幽默，是他横竖过不去了，从而产生了那样一种要狠狠刺你一下的欲望。即使平和一些的幽默，也是一副看穿了这个世界之后的那种具有心智、精神优越的幽默。他在《孔乙己》《阿Q正传》中以及收在《故事新编》里头的那些小说中，都是这样一副姿态。那时的鲁迅，是'高人一等'的。他将这个世界都看明白了，并看出了这个世界的许多的可笑之处，虽然有着对弱小的同情，但他是高高在上的，是大人物对小人物的同情。鲁迅的幽默是学不来的，因为那种幽默出自一颗痛苦而尖刻的灵魂。"

曹文轩老师不是搞现代文学研究的，我们北大这个学科分得比较细，曹老师是研究当代文学的，也就是他研究1949年以后文学的，我们这个分得很清。但是曹老师对鲁迅的解读，是在我们现代文学大多数教授水平之上的。因为曹老师自己有一颗非常敏感的心，自己创作水平是非常高的，感触非常细腻，所以他能够把鲁迅的幽默读得这么细。他从"鸟头先生"和"咯吱咯吱"里面读到的是鲁迅痛苦而尖刻的灵魂，而且这种幽默是学不来的。所以很多人勉强去学鲁迅，你没有那个心，勉强学，只能学成了油滑。这是曹老师的话。

我们下面接着读《理水》的后两节。理水是大禹理水，到现在大禹还没理水，我们看，总得写写大禹理水的事吧。第三节。

当两位大员回到京都的时候，别的考察员也大抵陆续回来了，有各路考察组，只有禹还在外。他们在家里休息了几天，水利局的同事们就在局里大排筵宴，替他们接风，份子分福、禄、寿三种，这是民国晚清的风气，分几个级别的份子。最少也得出五十枚大贝壳。这一天真是车水马龙，不到黄昏时候，主客就全都到齐了，院子里却已经点起庭燎来，鼎中的牛肉香，一直透到门外虎贲的鼻子跟前，大家就一齐咽口水。酒过三巡，大员们就讲了一些水乡沿途的风景，芦花似雪，泥水如金，黄鳝膏腴，青苔滑溜……等等。微醺之后，才取出大家采集了来的民食来，都装着细巧的木匣子，盖上写着文字，有的是伏羲八卦体，有的是仓颉鬼哭体，大家就先来赏鉴这些字，争论得几乎打架之后，才决定以写着"国泰民安"的一块为第一，因为不但文字质朴难识，有上古淳厚之风，而且立言也很得体，可以宣付史馆的。

鲁迅非常善于从一个细节中打穿历史。他写的好像是那个时候，又好像是所有的时候；写的好像是古代，又好像是现代。不仅仅是为了搞笑。一旦明白这一点之后，阅读起来会感到格外沉重。

评定了中国特有的艺术之后，文化问题总算告一段落，于是来考察盒子的内容了：你看看这些没心没肺的官员，大家一致称赞着饼样的精巧。然而大约酒也喝得太多了，便议论纷纷：有的咬一口松皮饼，极口叹赏它的清香，说自己明天就要挂冠归隐，去享这样的清福；这是在官场上经常听到的，不想干了想归隐。咬了柏叶糕的，却道质粗味苦，伤了他的舌头，要这样与下民共患难，可见为君难，为臣亦不易。这样的声音又变成说我们当干部的也不容易，挺辛苦，也都是实话。有几个又扑上去，想抢下他们咬过的糕饼来，说不久就要开展览会募捐，这些都得去陈列，咬得太多是很不雅观的。这是官场的丑态，其实就没有人真正关心国难。

正在闹的时候，风云突起。局外面也起了一阵喧嚷。一群乞丐似的大汉，面目黧黑，衣服破旧，竟冲破了断绝交通的界线，闯到局里来了。卫兵们大喝一声，连忙左右交叉了明晃晃的戈，挡住他们的去路。昨天微博上还有人问我，古代为什么使用戈的名将很少？这涉及兵器的演变问题。上古时代主要的兵器是戈，还没有发明效率更高的武器。而且戈是用于长距离作战的，近身都是用宝剑的，而宝剑的制造成本很高，只有将领才有剑。所以你才不知道，有哪个名将是使用戈的。名将使用长兵器是在戟和矛发明了之后，后来我们有了戟——月牙戟、方天画戟。

"什么？——看明白！"当头是一条瘦长的莽汉，粗手粗脚的，怔了一下，大声说。没有说这个人是谁。

卫兵们在昏黄中定睛一看，就恭恭敬敬的立正，举戈，放他们进去了，只拦住了气喘吁吁的从后面追来的一个身穿深蓝土布袍子，手抱孩子的妇女。这个时候鲁迅看过多少电影不得而知，但这分明是电影镜头。他没有介绍来者是谁，只是给你画面，只有画面中的各种动作和对话。喧嚷、拦阻、大喝、放进去，莽汉、妇女、抱孩子，这是一组电影镜头。这个镜头要观众自己去解读人物之间的关系，这都是谁啊？

"怎么？你们不认识我了吗？"她用拳头揩着额上的汗，诧异的问。

"禹太太，我们怎会不认识您家呢？"通过人物对话才知道是谁，原来是大禹他媳妇，禹太太来了。

"那么，为什么不放我进去的？"因为她是有身份的妇女，她以为刷脸就可以，没想到跟北大一样，刷脸没用了。

"禹太太，这个年头儿，不大好，从今年起，要端风俗而正人心，男女有别了。现在那一个衙门里也不放娘儿们进去，不但这里，不但您。这是上头的命令，怪不着我们的。"

一般地笼统地说，古代社会男尊女卑，但不是一开始就男尊女卑的，原始社会不是男尊女卑。我们知道我们人类历史最长的是母系社会，父系社会才万把年历史，可能一万年都没有。那以前的几十万年、上百万年都是母系社会，都是女尊男卑，后来慢慢过渡到各有所长、基本平等。进入奴隶社会、封建社会之后，男女之等级、差别才严明起来。在尧舜禹那个时代，男女是个什么情况？刚刚建立父系社会。可是我们看这一段，以前好像太太可以随便进的，现在人家说"男女有别"，而男女有别是有价值判断的，叫"端风俗而正人心"。风俗，其实是意识形态，要建立一种意识形态，建立了一种意识形态之后有对和错，男女不别是错的。这不是这篇小说的主要思想，而是鲁迅就经常顺便横扫、竖扫，扫到一些相关的问题。

禹太太呆了一会，就把双眉一扬，一面回转身，一面嚷叫道：

"这杀千刀的！奔什么丧！走过自家的门口，看也不进来看一下，就奔你的丧！做官做官，做官有什么好处，仔细像你的老子，做到充军，还掉在池子里变大忘八！这没良心的杀千刀！……"鲁迅写大禹的媳妇，就跟写一个农村妇女是一样的，跟一个街头巷尾的普通老百姓家的媳妇是一样的，非常朴实，非常动人，好像就在眼前一样。很能打破一般人对高层妇女的想象。可是你再仔细想，事实可能本来也就这样，我们原来的设想是错的，鲁迅想的可能更接近真实。不但更接近历史的真实，也更接近人心的真实。

大禹的所作所为，朝廷不一定理解，老百姓不一定理解，他自己的亲人可能也不理解。在外面为人民服务的人，自己家里人认为他"奔丧"。中国这个"杀千刀的""挨千刀的"，很难翻译成外文，外国人没法理解。这句话到底是什么意思——你不能直译，直译根本就理解不了，是不是一种很复杂的感情？说他是杀千刀的、挨千刀的，肯定有不满，但并不是真正希望他去千刀万剐，如果有别人打她老公一下，她会跟他拼命的，但是她自己可以骂他是挨千刀的。这个要解释起来是非常复杂的。从这里我们也可以看到，电影镜头从一个妇女这里，折射出前面进去的那个人，是个与众不同的大官。

关于大禹三过家门而不入，我们从小就听说过，学生写作文也经常会引用，它的来源很多，在上古的时候就已经流传得全国人都知道了。

《孟子》里就讲了"禹八年于外,三过其门而不入",这是后世很多人讲这个故事的依据。这个大禹在外面忙活了八年,有三次路过家门都不进去。听了这个故事大家就很感动,都往正面去想,舍家为国,基本是按照我们现代的观念。那么到了近年来,解构文化成风,才有人说:他不回家,是不是跟家里闹矛盾了?是不是早就想离婚了?是不是在外面有人了?——我们这个时代才会做各种其他的推想。

《史记》的作者司马迁,肯定也是看过《孟子》的,可能还看过其他的材料。司马迁的材料来源很多,但只不过古代人写历史,不用注明文献来源。没有人会问他:你这从哪儿知道的?他不用写,但是他肯定是有许多文献来源。他写的是大禹"劳身焦思,居外十三年,过家门不敢入"。这个年头更长,不是八年,在外面待了十三年,但是没有写几过家门,就是过家门不敢入,不知道过几次,不敢回家。这个"不敢入"也给今天的人解构提供了一个缝隙,说"不敢入",是不是怕老婆啊?回去就挨揍,回去就杀千刀了。但是一般我们都把他当成舍家为国的这种形象。

可是,在屈原的时代,屈原有一个作品叫《天问》。屈原代表楚国文化,是南方文化,而中国文化的主要传说故事都是北方的,屈原的《天问》里问了很多事,其中就包括大禹治水的事。那就说明在屈原的时代,大禹治水等等事迹已经传遍全国,也就是说北方的文化已经完全征服了南方,南方都在思考北方的事。北方的英雄、首领,都成了全国人民公认的英雄、首领。屈原《天问》里面就问:"禹之力献功,降省下土四方。焉得彼涂山女,"这个传说中说,夏禹的太太是涂山人,涂山是个地名,那儿有个女的,"而通之于台桑","通"是私通的意思,两个人没有正式的婚姻,大禹治水的路上,治到涂山,遇见一个女孩,俩人就通于台桑,在这儿人家就自由恋爱结婚了。屈原不明白这个事,所以问问

"焉得"，说这怎么回事啊？这说得不清不楚的，这俩人怎么就一块儿过了呢？这是屈原搞不清楚的天问之一。"闵妃匹合，厥身是继，"她本来是涂山女，后来怎么就叫闵妃了呢？一听闵妃，今天人会想到，这是韩国的吧？韩国历史剧里边经常有闵妃。下面这句话透出了屈原所听到的大禹的传说，好像有另外的版本。"胡为"，为什么；"嗜不同味，而快朝饱"，这个话说的是什么意思呢？就是大禹吃一味菜吃腻了，他想吃别的味；"而快朝饱"，就是早上起来简单吃一顿饭就跑了。那这意思，俩人不是一夜情吗？要按我们今天说的话，屈原所听到的版本，是大禹跟涂山女搞了一夜情，然后忙着治水去了，就不管了，叫"而快朝饱"，就是吃了一顿快餐，这翻译成今天的话很不好听的。所以可见，屈原的时候这个事有不同的传说，特别在南方地区，在楚国，有这样的说法。

这些材料都是鲁迅很容易看到的，鲁迅综合这些材料，写出了一个骂他杀千刀的禹太太。所以穿越性的历史小说是这样地接地气。我们再往下看，看看进去的那个瘦的莽汉。

这时候，局里的大厅上也早发生了扰乱。大家一望见一群莽汉们奔来，纷纷都想躲避，但看不见耀眼的兵器，就又硬着头皮，定睛去看。奔来的也临近了，头一个虽然面貌黑瘦，但从神情上，也就认识他正是禹；其余的自然是他的随员。这个官儿很不一样，首先他自己长得黑瘦，跟老百姓似的；第二个，跟随他的工作人员是这么一群乞丐似的人，绝对与别的官员不同。

这一吓，把大家的酒意都吓退了，沙沙的一阵衣裳声，立刻都退在下面。禹便一径跨到席上，上古是没有椅子坐的，都是直接坐在席子上，一般都是跪坐。古人为什么都跪坐呢？因为古代的衣服跟今天是不一样的，古人是没有内衣的，不论男女就扎一个裙子，裙子有长点儿的有短点儿的，基本也就到膝盖为止。所以说必须跪着坐，否则的话是大不敬，是绝对的不礼貌。孟子为什么休妻?孟子找的一个理由就是,他一进卧室,孟子的太太在屋里边伸开两腿坐着。孟子就跟他妈妈说,这媳妇不要了,太不懂礼貌了。妈妈说,为什么?他说我一进去,她那么坐着。结果孟子母亲,很著名的孟母,就教育他,你进门敲门了吗?你不敲门,推门就进,你埋怨人家那么坐着,错在你呀,孩子!所以不管谁对谁错,从这些我们知道上古的礼仪。禹在这里是**在上面坐下,大约是大模大样,或者生了鹤膝风罢**,鹤膝风就是关节炎,关节肿大,**并不屈膝而坐,却伸开了两脚,把大脚底对着大员们,又不穿袜子,满脚底都是栗子一般的老茧。随员们就分坐在他的左右**。古代也没有袜子,这是鲁迅故意调侃,袜子是很晚才产生的,后来有了包脚的布,咱们全民穿袜子还不到一百年。

所以我们看,鲁迅在这里塑造出了一个焦裕禄一样的官员,尽管鲁迅不知道以后会产生一个叫焦裕禄的人。焦裕禄是我党的好干部,可是即使在我党内,像焦裕禄这样的干部也是少数,所以他才能够被树为榜样。大多数毛主席时代的干部肯定是艰苦朴素的,但是也不会到焦裕禄那个样子,那样的人是非常少的。鲁迅写出了一个上古时代的焦裕禄。这个人特立独行,他应该有不同的结局。下面该这些人向他汇报工作了,又一次汇报工作。

"大人是今天回京的?"一位大胆的属员,膝行而前了一点,恭敬的问。这古代是膝行的,爬着走。韩国的古装历史剧,还是保持着这个风格,膝行。

"你们坐近一点来!"禹不答他的询问,只对大家说。"查的怎么样?"

大员们一面膝行而前,一面面面相觑,列坐在残筵的下面,看见咬过的松皮饼和啃光的牛骨头。非常不自在——却又不敢叫膳夫来收去。这个场面很尴尬,这才是真正的搞笑。前面博大的文化享受了以后,没想到大禹同志来了，不好收场。

"禀大人，"一位大员终于说。"倒还像个样子——印象甚佳。又来这一套了。松皮水草，出产不少；饮料呢，那可丰富得很。百姓都很老实，有老实堂嘛，他们是过惯了的。禀大人，他们都是以善于吃苦，驰名世界的人们。"我从小就听说中国人民吃苦耐劳，而我长大之后有点儿不愿意听这句话，我总觉得这句话后边隐含着别的意思。为什么一遇到灾难，就说我中华民族吃苦耐劳？我也是学鲁迅，中了鲁迅的毒，我老怀疑这话后面有别的阴谋。

"卑职可是已经拟好了募捐的计划，"又一位大员说。"准备开一个奇异食品展览会，另请女隗小姐来做时装表演。只卖票，并且声明会里不再募捐，那么，来看的可以多一点。"这完全是中华民国的写照。中华民国年年饿死几百万人。为什么中华民国人口不增长？每年非正常死亡几百万人是正常的，不要说特别的大灾荒，还有战争来到的时候。那么政府、社会有钱人经常举办各种展览会、募捐会、时装表演，为了多募点钱搞各种花样。鲁迅其实是借此来批判中国历史上最为罪恶的最为黑暗的那个时代。你看这些官员，他们看出大禹与众不同了，但是仍然想用他们的文化包围他。我们知道往往一个干部一开始可能很好，中央派他去干什么什么重要的事情，一开始去了很好，慢慢慢慢你会发现他变了，他被这种言论慢慢给软化掉了，给征服了。

"这很好。"禹说着，向他弯一弯腰。他好像赞同他。

"不过第一要紧的是赶快派一批大木筏去，把学者们接上高原来。"第三位大员说，"一面派人去通知奇肱国，使他们知道我们的尊崇文化，接济也只要每月送到这边来就好。学者们有一个公呈在这里，说的倒也很有意思，他们以为文化是一国的命脉，学者是文化的灵魂，只要文化存在，华夏也就存在，别的一切，倒还在其次……"从许多这样的段落里，我们也可以看到鲁迅恨的是什么。只有你们学者的命是命？只有你们学者这里有文化？老百姓的生活不是文化？老百姓的衣食住行不是文化？老百姓的命不是命吗？

那对待老百姓应该怎么样呢？"他们以为华夏的人口太多了，"第一位大员道，"减少一些倒也是致太平之道。世界上没有一个国家认为自己的人民太多了，要想各种法子减少自己人民的数量。而你看看，中国的一些学者就提出这样的主张，说中国的一切问题都是人口太多了造成的，他们看见满地的中国同胞恨不能都杀了了事。这是一种什么文化？"**况且那些不过是愚民，那喜怒哀乐，也决没有智者所推想的那么精微的。知人论事，第一要凭主观。例如莎士比亚……**"这就开始不说人话了。鲁迅为我们制造了一种典型，你只要看到这种说话模式的人，马上心里就要断定，他是畜生，他是杀人狂。你不要管他是教授，是研究员，是什么领导，持这种论调的，不是自己是刽子手，就是刽子手的帮凶。

动不动拿懂不懂莎士比亚、懂不懂某种高深的文化来衡量老百姓生命有没有价值，这不是鲁迅的虚构，这都是有梗儿的。关于莎士比亚，1925年10月26日《晨报副刊》，徐志摩的文章《〈汉姆雷德〉与留学生》（汉姆雷德就是哈姆雷特）里面有一段："我们是去过大英国，莎士比亚是英国人，他写英文的，我们懂英文的，在学堂里研究过他的戏，……英国留学生难得高兴时讲他的莎士比亚，多体面多够根儿的事。"徐志摩南方人不会说北京话，硬模仿，北京人说够艮儿，他不会说，说"多够根儿的事"。"你们没到过外国看不完全原文的当然不配插嘴，你们就配扁着耳朵悉心的听。……没有我们是不成的，信不信？"这是徐志摩的文章。还有徐志摩一伙的，现代评论派的陈西滢，多次跟鲁迅论战过的，他在同月发表的一篇文章中也说，"不爱莎士比亚你就是傻"，这在我们今天中学生听起来都是很傻的话，但是当时是很唬人的。就像今天一些科学家动不动就说，你不懂科学，所以你说什么都是错的，再往下推论，就是你就不该活着了。

如果查原文，徐志摩的这个话本身也是徐志摩的调侃，也不完全是徐志摩的本意。但是整个的这种氛围，这些曾经在欧美国家留学过的人回来之后，他们制造的这种文化霸权，是给中国带来了天大的灾难的。莎士比亚当然是大文豪，应该好好尊敬和研究莎士比亚，但是在莎士比亚面前中国人民就不值钱吗？不懂莎士比亚就不配活着了，就是傻子了？这个危害，是多大啊！

回过头去看上一段，华夏的人口太多了，为什么呢？因为他们都不懂莎士比亚嘛。你到美国、英国去看看，他们的人民有几个懂莎士比亚的？由于拼音文字的局限，拼音文字过了几百年大家就看不懂了，今天能看懂莎士比亚原文的英国人、美国人是非常少非常少的，没有专家的注释是看不懂的，他们读过莎士比亚的人未必比中国人多。好，这个不再展开了。

这些人企图拿下大禹，但是大禹是怎么想的呢？"放他妈的屁！"禹心里想，但是毕竟是个领导，不能说出来，但嘴上却大声的说道："我经过查考，知道先前的方法：'湮'，确是错误了。以后应该用'导'！不知道诸位的意见怎么样？"单刀直入，提出了自己新的观点，要革命。怎么样呢？

静得好像坟山；大员们的脸上也显出死色，许多人还觉得自己生了病，明天恐怕要请病假了。在他们心里响了一个霹雳，这活儿干不了了，以后干不了了，不能干了，竟然要"导"！这里说的是治水，其实也是治理一切的方法，对待群众的意见，是湮还是导？是维稳还是疏通？这是关键。

"这是蚩尤的法子！"一个勇敢的青年官员悄悄的愤激着。官员里面有"公知",他认为这是蚩尤的法子。蚩尤,前面我们讲过了。

马上,反对意见开始来了,"卑职的愚见,窃以为大人是似乎应该收回成命的。"一位白须白发的大员,这时觉得天下兴亡,系在他的嘴上了,便把心一横,置死生于度外,坚决的抗议道:"湮是老大人的成法。'三年无改于父之道,可谓孝矣。'——老大人升天还不到三年。"一个激烈的反对意见。

禹一声也不响。不回答。不理他。

"况且老大人化过多少心力呢。借了上帝的息壤,来湮洪水,虽然触了上帝的恼怒,洪水的深度可也浅了一点了。这似乎还是照例的治下去。"另一位花白须发的大员说,他是禹的母舅的干儿子。还有亲戚关系。反对派的声音在这里边是多么激烈。

禹一声也不响。静静地让他们说。

"我看大人还不如'干父之蛊',"一位胖大官员看得禹不作声,以为他就要折服了,便带些轻薄的大声说,不过脸上还流出着一层油汗。"照着家法,挽回家声。大人大约未必知道人们在怎么讲说老大人罢……"我很感叹鲁迅所描绘的这个场面,鲁迅怎么能够这么洞察历史!

"要而言之,'湮'是世界上已有定评的好法子,"他们说的世界上不过就是奇肱国而已,奇肱国说的话,那就是真理,我们就不必再动脑了,中国人就不配另想办法。世界有定评了。

当年全世界都认为中国是没有石油的,这是世界的定评。中国的科学家也劝毛主席说,别费劲了,中国没有石油,这是全世界科学家的定评。要换个领导人就听了——是啊,你还不尊重科学吗?中国科学家这么说,外国科学家也这么说,人家也都找过了——日本人占领满洲国的时候,在东北大地找了多少年啊,没有找到石油。那只有这个叫毛泽东的人,不信邪,他说中国要是个小国,你们说的话我也就信了,中国这么大的国家,你们说没有石油,那这个老天爷太偏心眼啦!石油专门埋在别人脚底下,我毛泽东脚底下就没有石油?我不信!麻烦同志们能不能再去找一找?李四光一找,找出个大庆油田。

当年日本人差点儿找到,就差几十里地了,再往前找几十里地,日本就找到了大庆油田。如果日本找到了大庆油田,我今天上课开头说的历史就真发生改变了。日本为什么拼死要偷袭珍珠港?因为没有石油了。美国是要用战略资源把它耗死,它必须拼死一战,彻底打败美国,这一仗是没有把握的。但是假如日本当年发现了大庆油田,完全可以重新武装几百万精悍的关东军。它的飞机、它的坦克在大庆加满了油,瞬间占据整个亚洲,在莫斯科城下与希特勒会师,整个世界历史会改变。不说日本,说我们中国。如果没有大庆油田,以及后来发现的一系列的胜利油田、大港油田,我们现在满大街的汽车都冒着黑烟、背着煤气包在走,所以说正是毛泽东这样的人不信邪,不信什么世界上已有定评的好法子——有定评的事我尊重,我们研究研究,但是,不会迷信。

白须发的老官恐怕胖子闹出岔子来,就抢着说道。"别的种种,所谓'摩登'者也,昔者蚩尤氏就坏在这一点上。"他不断地要给大禹扣帽子,威胁大禹。这就是中国的利益集团。

禹微微一笑:"我知道的。有人说我的爸爸变了黄熊,也有人说他变了三足鳖,也有人说我在求名,图利。说就是了。我要说的是我查了山泽的情形,征了百姓的意见,已经看透实情,打定主意,无论如何,非'导'不可!这些同事,也都和我同意的。"他们和我一直是一样的,哪些同事呢?

他举手向两旁一指。白须发的,花须发的,小白脸的,胖而流着油汗的,胖而不流油汗的官员们,跟着他的指头看过去,只见一排黑瘦的乞丐似的东西,不动,不言,不笑,像铁铸的一样。

这就是大禹的阶级基础，这就是他的同志们。看上去不起眼，那么朴素那么土，也不会说什么漂亮的言语，是不动、不言、不笑，但像铁铸一样。鲁迅没有到过共产党的根据地，他早早地就塑造出来了这个世界上最优秀的人应该是什么样的，是这样一群人，而不是刚才说话的那一群人。中国的命运好不好，人类的命运好不好，关键在于这两群人的斗争。后面这一群人，是鲁迅在另外一个地方所讲的——中国的脊梁。一般人老觉得鲁迅天天批判中国，说中国这不好那不好，这只是看见了半个鲁迅。当有人从整体上否定中国的时候，鲁迅说，你们没有看见中国的脊梁，中国的脊梁是什么人？是这些人！有这些人中国就不会亡的。前面那些人是永远有的，但中国只要有后者就可以了。

那么这里，我们再回来梳理一下顾颉刚与鲁迅的关系，主要是谈他们的冲突。鲁迅为什么在不止一篇小说里多次影射顾颉刚，顾颉刚也因此一辈子过得不太舒服，虽然我们都尊敬顾颉刚先生是大历史学家。顾颉刚的日记后来都出版了，在1927年的日记里，他写道："鲁迅对于我排挤如此，推其原因，约有数端："他讲了四条，"（一）揭出《小说史略》之抄袭盐谷氏书。"他说鲁迅的学术著作《中国小说史略》是抄日本人的。"（二）我为适之先生之学生。"他是胡适的学生。"（三）与他同为厦大研究教授，以后辈与前辈抗行。"他俩都在厦大当教授，他自己比鲁迅晚一辈，就觉得不公平。"（四）我不说空话，他无可攻击。且相形之下，他以空话提倡科学者自然见绌。"我们看，前两条说的都是事实，都是发生了一个事；后两条是他的推测，推测我是他后辈，所以他忌妒我。我是不说空话的人，他是说空话的人，所以他忌妒我。这后两条是推测。

"总之，他不许别人好，要他自己在各方面都是第一人，永远享有自己的骄傲与他人的崇拜。这种思想实在是极旧的思想，他号'时代之先驱者'而有此,洵青年之盲目也。我性长于研究,他性长于创作,各适其适,不相遇问而已,何必妒我忌我。"这个话听起来好像很耳熟,我们上次讲高长虹,这话很像高长虹的话。但是高长虹不是学者,高长虹的确是一个狂傲的青年,而顾颉刚是学者,是著名历史学家,虽然年轻一点,但是这个话就不合逻辑。既然是各适其适,你研究,他创作,那他为什么会妒你忌你呢?这个话逻辑上不能自我证明。但关键他说出了两条事实,是不是因为他说鲁迅抄袭,鲁迅恨他呢?

他1927年2月11日的日记:"鲁迅对我的怨恨,由于我告陈通伯(即陈西滢),《中国小说史略》剿袭盐谷温《支那文学讲话》。他自己抄了人家,反以别人指出其剿袭为不应该,其卑怯骄妄可想。"他给鲁迅下的定语,卑怯、骄妄,都是非常恶的评价。"此等人竟会成群众偶像,诚青年之不幸。他虽恨我,但没法骂我,只能造我种种谣言而已。"当时传鲁迅抄日本人的著作风传一时,后来这本著作翻译过来了,一对照就知道抄没抄。所以包括反对鲁迅的人,看了真相之后都马上要为自己洗清,想把自己从造谣传谣者的行列中挤出去,胡适带头儿。

胡适在鲁迅身后写信给苏雪林说:"通伯先生当日误信一个小人张凤举之言,说鲁迅之小说史是抄袭盐谷温的,就使鲁迅终身不忘此仇恨!现今盐谷温的文学史已由孙俍工译出了。……说鲁迅抄盐谷温,真是万分的冤枉。盐谷温一案,我们应该为鲁迅洗刷明白。"你看,其实胡适也传过谣,但是胡适好歹明白是非,他因为自己也是个大学者,如果自己再传这个谣于自己很不利,所以赶快率先要为鲁迅洗白,但是他把这个话说成误信另一个小人叫张凤举的传言。其实这就是顾颉刚自己想错了,自己没有好好看原文,在下边鼓鼓捣捣地告诉陈西滢说鲁迅抄袭。陈西滢一听如获至宝,马上公开。这事是这么来的。

那么鲁迅是不是因此就对顾颉刚不好呢?顾颉刚女儿写过回忆录。

他女儿顾潮写过《历劫终教志不灰》的回忆录。"当时，父亲与鲁迅之间还是很客气的。父亲所编《辨伪丛刊》之一的宋濂《诸子辩》出版后，曾赠鲁迅一册。"他的著作是送给鲁迅的。"那时胡适来信嘱父亲撰《封神榜》序，父亲在复信中说：'《封神榜》的序，接信后即从事搜集材料，并将本书看了一遍。只因到厦门后参考书太少，尚未下笔。"他参考资料不够，还没写，"鲁迅先生已为我函日本友人，嘱将内阁书库所藏明本之序文抄出，因看书目上有'明许仲琳编'字样，序文必甚重要。两星期后，必可得到复书。"也就是他的学术研究得到鲁迅的大力支持，他自己找不到研究材料，鲁迅是写信给日本友人，请人家到书库里边专门给他抄出来，一般的交情做不了那个事。你说我哪个同事学术研究少一个材料，我会写信给我外国的朋友，让人家到人家国家图书馆去给他抄一份这个材料来？这得什么样的交情才能做到啊！但是我们看，鲁迅一辈子经常做这种事，鲁迅是爱做这种事的。所以我说鲁迅有时候受伤，也是鲁迅活该。你为什么老要当焦裕禄这样的人呢！这是鲁迅对待他。

这里边还很复杂，还有别人传言的事，里面还有一个叫川岛的。"父亲与川岛是北大同事，亦同是《语丝》成员，大概川岛曾托父亲替自己在厦大谋职，父亲尽管从工作考虑不赞成其来厦大，但从私人面子上考虑不便回绝。所以当得知林语堂有意聘川岛时便复书告川岛'事已弄妥'，这是私人交往间常有的事，但鲁迅知道后认为父亲使出'陈源之徒'的手段，或许这就是鲁迅说父亲'阴险'的依据，而川岛抵厦大后，也常在鲁迅面前败坏父亲。"一个叫川岛的跟顾颉刚是老朋友，他也要到厦大去，但是顾颉刚阻挠他去，顾颉刚说了川岛很多坏话不让他去。林语堂是喜欢川岛的，最后川岛还是去了。去了之后，顾颉刚马上说，多亏我帮你的忙，是我把你弄来的。所以事情暴露之后，他的人品就受到很多人的非议。学术界乱七八糟这些事，也是很常见的。

鲁迅有没有因为顾颉刚把大禹这个事弄错了，就不支持他呢？其实鲁迅在科学问题上是很公允的，鲁迅曾经公开地支持过他。鲁迅一篇文章《对于"笑话"的笑话》，说一个人嘲讽攻击顾颉刚关于大禹的考证，"'……近来有人一味狐疑，说禹不是人名，是虫名，我不知道他有什么确实证据？说句笑话罢，一个人谁是眼睁睁看明自己从母腹出来，难道也能怀疑父母么？'第四节就有这几句，'古人著书，多用两种方式发表：（一）假托古圣贤，（二）本人死后才付梓。第一种人，好像吕不韦将孕妇送人，实际上抢到王位……'"这个人其实是来给顾颉刚挑刺儿的，但是鲁迅一句话就帮顾颉刚给摆平了。鲁迅一句话说，"我也说句笑话罢，吕不韦的行为，就是使一个人'也能怀疑父母'的证据。"

因为这个人前后是矛盾的，他前面说人不能怀疑父母，因为你是你父母生的嘛，但他后边又举了吕不韦的例子。鲁迅就以子之矛陷子之盾，说你自己举的那两个例子就是矛盾的。吕不韦把怀孕的女人送给人，怀的是他的孩子，所以这个事本身就能证明父母是可以怀疑的。鲁迅一句话胜过顾颉刚千言万语，就把顾颉刚这个事给摆平了。但鲁迅并不赞同说世界上没有大禹这个人，鲁迅反驳的是那个人的不能成立的逻辑。所以我们从各个方面可以看到，鲁迅、顾颉刚的这个冲突中，一些具体的是非、原因，有利于我们了解《理水》和其他小说的一些背景。

好，下面我们看小说的最后一节，第四节。大禹终于去治水了，而且按照他的法子，是导的法子去治水。也是侧面描写。

禹爷走后，时光也过得真快，不知不觉间，京师的景况日见其繁盛了。不写前线写后方，后方怎么繁盛的呢？**首先是阔人们有些穿了茧绸袍，**中国是养蚕大国，养蚕历史最早。首先从服装上可以看，你就可以想：他们能穿上这种衣服，说明前线怎么样了。**后来就看见大水果铺里卖着橘子和柚子，大绸缎店里挂着华丝葛；富翁的筵席上有了好酱油，**

清炖鱼翅，凉拌海参；这些菜不知道当时有没有。酱油好像是周朝发明的，大禹的时候有没有酱油我们不知道，但是鲁迅是用这种象征性的手法来写，经济状况日渐其佳。如果治水没有成绩，怎么会这样。这说明物流畅通了，物流畅通才会如此。**再后来他们竟有熊皮褥子狐皮褂，那太太也戴上赤金耳环银手镯了。**通过衣食、装饰写出大禹治水的成效。

只要站在大门口，也总有什么新鲜的物事看：今天来一车竹箭，明天来一批松板，有时抬过了做假山的怪石，有时提过了做鱼生的鲜鱼；我们看建筑事业也在发展。有时是一大群一尺二寸长的**大乌龟**，古代吃乌龟是很普遍的，上古人经常吃乌龟的，并不是后世说的乌龟是长寿之物，要供起来不能吃，上古经常吃乌龟。**都缩了头装着竹笼，载在车子上，拉向皇城那面去。**经济发展首先要发展的是朝廷，朝廷要盖亭台楼阁。这我们可以想象：前线的人是多么忙。

"**妈妈，你瞧呀，好大的乌龟！**"**孩子们一看见，就嚷起来，跑上去，围住了车子。**老百姓围观，来看市面的繁荣。

"**小鬼，快滚开！这是万岁爷的宝贝，当心杀头！**"这像不像写禹太太说"杀千刀的"一样？非常写实。

然而关于禹爷的新闻，也和珍宝的入京一同多起来了。各种传说开始多起来。人们怎么就知道大禹的，舆论是怎么产生的，舆论的基础上怎么产生历史的？**百姓的檐前，路旁的树下，大家都在谈他的故事；最多的是他怎样夜里化为黄熊**，这不是他爸爸变成黄熊了，是他变成黄熊，**用嘴和爪子，一拱一拱的疏通了九河，以及怎样请了天兵天将，捉住兴风作浪的妖怪无支祁**，孙悟空的原形就是无支祁，**镇在龟山的脚下。皇上舜爷的事情，可是谁也不再提起了，至多，也不过谈谈丹朱太子的没出息。**看上去好像轻描淡写，实际上写出大禹的声望越来越高。他的声望是建立在各种真真假假的传说上的，但不管怎么样，只要关于他的传说多了，真正的一把手就被人们慢慢地有淡忘之虞。说到舜爷的时候，主要说尧的儿子不行，说他儿子丹朱没出息。

其实这里也就是还在中国原始社会禅让制的体制之下，还没有家天下，位子还不是传给自己的孩子。政权正在酝酿一个过渡时期。我们知道大禹之后，中国建立了夏朝，大禹的权力就给了他的儿子，我们开始进入了一个家天下的时代。以前尧舜禹这几代，为什么被看作最伟大的时代呢？尽管那个时候没有电视没有手机，为什么说那时候最伟大呢？那个时候是禅让制，是传贤的，老百姓认为谁最能干，谁就当领袖。你看现在大禹的名声越来越高，老百姓都认为他夜里不睡觉变成黄熊去拱河，所以看来他就是下一届的领导人了。你看鲁迅轻描淡写中，有一个鲁迅自己的历史观在里边。

禹要回京的消息，原已传布得很久了，每天总有一群人站在关口，看可有他的仪仗的到来。可见老百姓很闲，盼望凯旋的队伍了。并没有。老也盼不来。然而消息却愈传愈紧，好像当年法国人传拿破仑要打回来一样的。也好像愈真。一个半阴半晴的上午，他终于在百姓们的万头攒动之间，进了冀州的帝都了。就离我们这儿不远，冀州的帝都。前面并没有仪仗，还是原来那样，仪仗队都没有，也没有六十四辆摩托开路。不过一大批乞丐似的随员。还是那一帮人，鲁迅老强调像乞丐似的，这是鲁迅喜欢用的一个意象，就是最穷困的形象。临末是一个粗手粗脚的大汉，黑脸黄须，胡子都黄了，腿弯微曲，这也是《史记》记载，记载大禹有关节炎，腿有毛病，所以他的腿是不能伸直的，腿是打弯儿的。双手捧着一片乌黑的尖顶的大石头——舜爷所赐的"玄圭"，这是唯一能证明他身份与众不同的一个物件儿，举着一个舜赐的"上方宝剑"。连声说道"借光，借光，让一让，让一让"，从人丛中挤进皇宫里去了。

| 不懂莎士比亚的杀千刀——《理水》（下） | 159

这是鲁迅精心塑造的一个人民领袖的形象。人民领袖,当然跟人民是不同的,但是他跟人民的关系是什么样的?他是从人民中挤过去的,还得说"借光,借光,让一让,让一让"。

他挤进皇宫里去了。**百姓们就在宫门外欢呼,议论,声音正好像浙水的涛声一样**。回来了,还得治水,那个感觉是一样的。其实治水跟治人是一个道理,老百姓有乱七八糟的各种想法,你干吗都要管他们呢?能管住吗?是不是越管越出事呢?当然也不是完全不管,处在严管和不管中间,那是不是有一个像大禹这样的最理性最科学的方法,就是引导、疏导。这是大禹凯旋,没有任何光环的一种凯旋。

第三次工作汇报,这是大禹回来汇报工作。前面第二次是大员们向大禹汇报,这是大禹回来向最高统治者大舜来汇报。舜当年能坐上龙位,也是因为他的品德。我们儒家的系统中,舜是孝的典型,天下至孝莫过于大舜。他的父亲和他的同父异母的兄弟一直要害死他,他还孝,这是他最了不起的地方,他全家都对他不好。我们今天讲孝的前提是父母必须爱我,我才孝敬父母。儒家提出的一个尖锐问题是父母不爱你,父母害你,天天要弄死你,你还孝不孝?所以舜是因为拥有这种至孝的美德,他能坐上这个龙位。

现在**舜爷坐在龙位上,原已有了年纪,已经老了,不免觉得疲劳**,这时又似乎有些惊骇。禹一到,就连忙客气的站起来,他对禹是客气的。我们可以想象当时的统治者之间的那种气氛,没有很严格的等级制度,名分上他是最高的大哥,但是他现在要站起来接待禹。**行过礼,皋陶先去应酬了几句**,皋陶是制订法律的,他去应酬几句,**舜才说道**:

"你也讲几句好话我听呀。"他让禹给他说点儿好听的。

"哼,我有什么说呢?"禹简截的回答道。真正的汇报工作是什么样的,是没有套话的。"我就是想,每天孳孳!"

"什么叫作'孳孳'？"皋陶问。这是古代文献中记载的原文，具体展开是什么意思呢？下面就是禹的工作汇报。

"洪水滔天，"禹说，"浩浩怀山襄陵，下民都浸在水里。我走旱路坐车，走水路坐船，走泥路坐橇，走山路坐轿。到一座山，砍一通树，和益俩给大家有饭吃，有肉吃。放田水入川，放川水入海，和稷俩给大家有难得的东西吃。东西不够，就调有余，补不足。搬家。大家这才静下来了，各地方成了个样子。"

他说的话毫无文采，普普通通地说，略有文采的地方就是"走旱路坐车，走水路坐船……"，只有这么一处用了排比，但也是实情描绘。这不就是我党最早的反对党八股的文风吗？我们党新中国成立前取得连续胜利，就是从延安整风之后再无重大失败。延安整风最成功的就是整顿了文风。什么叫整顿文风？就是好好说人话。只要好好说人话，别的问题就都解决了，迎刃而解，势如破竹。好好说人话，这个党就百战百胜。这个问题是这么重要！所以，去毛主席那儿汇报工作的，都很简明扼要。毛主席经常像个班主任批作文一样，批评那些汇报材料。比如批评他们"大事不讨论，小事天天送"[1]。在毛主席影响下的一批我党的干部，也都形成了这种作风。

这跟禹的汇报是一样的，干什么说什么，说完了结束了。"大家这才静下来了，各地方成了个样子。"我们要革命、要建设干什么？不就是要各地方成了个样子吗？各地方成了样子，工作就完了嘛，他还为什么要说别的呢？何况还要弄虚作假。就是不弄虚作假，简单直接就行。而且你不要以为这样的话不好听，这样的话是最好听的。

---

1 成都毛泽东诗词研究会编《毛泽东诗词与诗论汇编》，成都毛泽东诗词研究会，2003年，第41页。

所以大禹说完之后，皋陶说，"对啦对啦，这些话可真好！"皋陶称赞道。他首先觉得：这话说得太好了，比那些文采斐然的报告好多了。前面那些大员们怎么说的，那些学者们说的都是什么话？都不是人话！

禹还没说完，还接着说，"唉！"禹说。"做皇帝要小心，安静。对天有良心，天才会仍旧给你好处！"这都是原文的翻译，我就不再引原文了。大禹竟然还给一把手提了建议，他告诉一把手怎么当皇帝。他跟舜说，第一，你做皇帝就要小心，不要以为天下没事，要小心。第二个，要安静，别到处瞎跑，没事在家里待着思考问题。瞎跑啥呀？在家里老老实实待着，要安静。"对天有良心"，要想想你做的事是否对得起天，而不是是否符合某个条文，"对天有良心，天才会仍旧给你好处"。其实很多文言翻译过来就是大白话，说得特别到位。如果大家都是好人，每天都说这样的话，生活是多么舒服，多么愉快。不论大家位置如何，你每天过得都是阳光灿烂的。

禹说完了，**舜爷叹一口气，就托他管理国家大事，**准备交接班了。一个是大禹确实能干，众望所归，大家都认为他是伟大领袖；第二，舜爷自己干得不如他；第三，岁数大了，也该交代了。当然这里还没有说是正式把权力移交，就是托他管理国家大事，意思就是以后很多事你干吧，我就准备退休了。另外还说呢，**有意见当面讲，不要背后说坏话。**你看，彼此都是开诚布公的，你要觉得老汉有什么做得不对的，你就当面说，别到外面瞎说。统治者之间如果是这样的关系，那整个国家能不好吗？他这样说完之后，**看见禹都答应了，**禹也不客气，也不来虚伪的，说：行，托付我，我就管！答应之后，**又叹一口气，**道："莫像丹朱的不听话，只喜欢游荡，旱地上要撑船，在家里又捣乱，弄得过不了日子，这我可真看的不顺眼！"他公开地表示了对尧的儿子的不满，小孩儿不行，你可别学他，不干正事，家里家外都弄得很乱，我看不顺眼。从舜的话里能看到，当时他还是要让贤，全力传给贤人。

当然后来大禹就不是这样了。前面大禹说跟他一块儿出去为老百姓服务的有两个，一个是益，一个是稷，但是他没有把权力传给益和稷。等大禹临终的时候，他表面上是把权力让给益，可是老百姓都不去拥护益，老百姓都拥护大禹的儿子，所以他实际上是把这个权力给了自己的儿子。现在回过来，舜爷传给他，他答应了。下边他又补叙他治水的经历。

"我讨过老婆，四天就走，"禹回答说。在家待了三天，第四天就走了。"生了阿启，也不当他儿子看。"这个当爹的好像很对不起孩子啊，孩子生下来也不回来看，也不当是儿子。但是呢，他最后把天下传给他孩子。要这么看，这不是对孩子最好的一个爹吗？自己建了这么大的功业，最后全给他孩子了。"所以能够治了水，分作五圈，"据说他是一圈一圈地画出去的，像我们北京的五环一样，一环一环地出去了，"简直有五千里，计十二州，直到海边，立了五个头领，"这是当时的天下大事，"都很好。只是有苗可不行，你得留心点！"这也有原文，原文就说有苗老要作乱，我们后来定成苗族，苗的祖先，据说他们老要捣乱。苗地真正地进入华夏的行政序列是到了清朝，清朝之前都是自治的，都不怎么管的，只要服从朝廷就行。真正进入郡县制是到了清朝，三千里苗疆，全部纳入郡县制度。也就是这一直被当成非核心的一个文化区域，是从禹就开始了。所以他提醒：对那一片儿要留心。那一片儿经常发生各种事件啊，暴动啊，起义啊，等等。

这是鲁迅所设想的一个为人民服务的统治氛围。那么鲁迅所赞扬的这个跟孔子赞扬的是一样的。孔子要克己复礼，他要恢复的礼是周礼，周礼的圣人往上，最伟大的就是尧舜禹，其次才是周文王。这就是儒家理想社会——尧舜禹时代，就是这样的时代，这样的君臣关系。鲁迅只不过指出：不都是这样的，包围着他们的还有那样的统治集团，但是核心人物是尧舜禹，这就是孔子要复的那个礼。但是在漫长的古代社会中，孔子的理想并没有实现。孔孟之道所设想的老百姓拥护统治者、统治者反过来忠心耿耿为人民服务，是到了毛主席时代才实现的。毛主席领导的那支队伍，才是全心全意为人民服务的。进了老百姓家里就担水劈柴，没事就帮老百姓干活儿。这才是真正的孔孟之道。

如果把鲁迅的这个话概括起来，就是毛泽东的那篇文章的题目叫《为人民服务》。当然孙中山就讲了"要做人民公仆"，我有一场讲座专门讲《为人民服务》的，孙中山就讲为人民服务了，但是他这个精神没有在国民党中贯彻下去。我们看《理水》，鲁迅也是期待着有这么一个队伍，是为人民服务的，才能真正理好水、治好天下。

《论语》中孔子和他的弟子们设想英明伟大的统治者，子贡曰："如有博施于民而能济众，何如？可谓仁乎？"子贡说这样的能够博施于民（给老百姓带来巨大恩惠、帮助老百姓渡过困难）的这种人，算不算仁呢？孔子不是老讲仁吗？子曰："何事于仁，必也圣乎！"孔子说，这何止是仁啊，这已经是圣人啦，能够做到这样的人是圣人，"尧舜其犹病诸"，说是尧舜都做不到啊。尧舜都没有达到你说的这一点，但是孔子没说禹。其实禹是能做到的，大禹是最伟大的。大禹治水是实际发生过的，奠定了华夏基础——华夏文明基础、华夏地理基础、华夏行政基础的人，是大禹。

再回到舜跟禹的对话。"我的天下，真是全仗的你的功劳弄好的！"舜爷也称赞道。一把手称赞他了。

于是皋陶也和舜爷一同肃然起敬，低了头；退朝之后，他就赶紧下一道特别的命令，叫百姓都要学禹的行为，倘不然，立刻就算是犯了罪。在这里开始出现一点儿小的杂音。禹是了不起的榜样，都应该学习。但是皋陶下一道法令，不学他就是犯了罪。

雷锋是好人，我们应该学雷锋，但是如果规定不学雷锋就是犯了罪，这本身就是罪，这本身就是邪路。应该允许人不学雷锋，学不学雷锋是人的自由。学雷锋，或者是雷锋，我们应该尊敬他表扬他，都可以。但人是不同的，人是不齐的，不能强迫人都当优秀人物。强迫人当优秀人物，本身是一种罪恶。好的社会到底应该是什么样的？鲁迅在这里为什么要专门写这一条，带着讽刺的？就是说把道德问题、文化问题都企图用法律暴力的形式解决，这就是后世为什么老出不了圣人的缘故。后世为什么出不了圣人？人不学好，就要受法律惩罚，这是谁讲的道理？所以尽管鲁迅在这里写皋陶也算好人，但好人会制定出错误的政策来。这让大家都很害怕，这大禹谁学得了啊！学了大禹，大家都三过家门而不入了？都成"杀千刀的"了。

这个规定，**这使商家首先起了大恐慌**。这商家怎么能学禹呢？他们肯定是不能学禹的，商人是唯利是图的，怎么能舍己为人呢？难道东西你随便拿，不要钱？如果真的这样下去，社会就出大问题了。**但幸而禹爷自从回京以后，态度也改变一点了**：鲁迅分寸拿捏得非常好，大禹这么好的人，领着一群黑瘦的乞丐一样的、铁铸一样的人，回来之后，竟然态度改变一点儿了。**吃喝不考究，但做起祭祀和法事来，是阔绰的；衣服很随便，但上朝和拜客时候的穿著，是要漂亮的**。我们想一想，这和我们共产党进城之后有没有一点点相似之处？很类似的。新中国刚成立的时候，仍然保持着艰苦朴素的工作作风，还是吃喝不考究，但是在重大的礼仪问题上，是不是也要开始讲究了？穿的衣服也开始越来越漂亮了，对吧？20世纪50年代穿的比20世纪40年代好，20世纪60年代穿的比20世纪50年代好。当然条件也改善了，大家也没有意见，说这也应该的嘛，生活改善了嘛，不能老穿得破破烂烂的呀。你看毛主席里边的衣服全是有补丁的，外面的衣服是没有补丁的。毛主席见尼克松的时候也把皮鞋擦一擦，也穿上他最好的那件衣服，我们大家认为这都是很正常的，这是对的。但是呢，在看不见的地方，总有一些事情在慢慢慢慢就改变了，这就是文化问题的奥秘。

鲁迅看得很细。**所以市面仍旧不很受影响**，你不要担心大家艰苦朴素，商品经济就不会得到发展了，不会的，商品经济越来越好。**不多久，商人们就又说禹爷的行为真该学**，大家又开始拥护了，**皋爷的新法令也很不错；都好，终于太平到连百兽都会跳舞，凤凰也飞来凑热闹了**。这都是改编的原文，成语"百兽率舞"，各种野兽都来跳舞了，代表统治者达到一个极善的境界。但是这个话由鲁迅这么一翻译，你就能读出里边有讽刺，好像不对味儿了，但是又不是完全否定。天下太平不挺好吗？水也治完了，老百姓都挺好，老百姓拥护统治者，这不挺好吗？但这里好像酝酿着别的东西，酝酿着新的变化。百兽率舞，凤凰于飞，酝酿着新的腐败，新的腐败就从这里产生了。大禹活着的时候，你相信天下不会有事的。然后大禹就把这个位子传给他的儿子启，传给阿启了。阿启就建立了奴隶制国家，国家开始有监狱，有法庭，有暴力，有各种特务机构。以后，一个古代史就展开了，郭沫若先生为我们划定的中国古代几个历史分期，开始了。

也就是说，大禹这样的英雄，做了一番事业之后，最后还是回归体制之内了。这就给人一个思索，英雄最后到底应该怎么着呢？我们看看，鲁迅也好，其他的大作家也好——我们想一想金庸也好，他们都面对一个问题，英雄最后归到俗世。所有的文学作品，其他艺术作品也好，英雄的下场有哪几种？一种是死，死有壮烈的死，悲凉的死，孤独的死，等等。萧峰一死，气壮山河；郭靖之死，壮烈殉国。不死的，怎么样呢？有走的。杨过，走了；令狐冲，走了。还有隐的，不知跑哪儿去了。

范蠡、西施，隐了；张无忌，隐了，跟赵敏，隐了。那还有的英雄呢，就回归世俗，还在体制内，好像变得越来越俗。但是当他自己一个人待着的时候，他会怎么想呢？他也得忙世俗的事。

好，今天咱们就讲到这里，下一次讲另外一个鲁迅小说话题。下课！

—— 2020年北大鲁迅小说研究课第十一课
2020年12月8日

隐士的悲喜剧

——《采薇》

好,同学们,我们开始上课。

在鲁迅临终前不到一年的时间,他写了一篇小说叫《采薇》,《采薇》这篇小说收进他的小说集《故事新编》。我们知道鲁迅一共只有薄薄的三本小说集《呐喊》《彷徨》《故事新编》。《呐喊》《彷徨》大体上算一个类型,被叫作现实主义风格的小说,当然我们从中也可以看出其他的主义来。《故事新编》明显不同,《故事新编》表面上看,就是我们今天说的穿越剧、戏说剧,讲古代的故事,里面塞满了现代的语言、现代的情节,可是我们一看又非常明白地知道,它不是戏说不是穿越,而是沉重无比。

我们差不多一百年来的学术界,基本上无力解释鲁迅的《故事新编》,学者们下了很大的力气,有的说这个不好,这是鲁迅的失败之作;另一些人当然不能容忍,说这是鲁迅的成功之作,它怎么好,怎么好。在我看来,多数是隔靴搔痒,隔靴搔痒的原因不是这些学者没有学问,而是这些学者没有生活。我们的大多数学者没有生活,他们可能理论上也知道跟工农兵在一起生活的重要性，可是事实上，他们恰恰由于种种原因不能跟工农兵生活在一起。我们当然不能简单地去比较《故事新编》这种写法与《呐喊》《彷徨》之间的高下，而是说鲁迅创造了另一种形式上的伟大——《故事新编》会教给我们意想不到的无数层面的生活的艺术的真谛。

今天我只想从一个隐士的角度来看《采薇》这篇小说，所以我把《采薇》叫作"隐士的悲喜剧"。我自己想退隐，我看现在很多孩子都不想上学了：我不念了，上学有什么意思，上学没意思。甚至有的孩子流着眼泪说："爸爸，我现在就是为了你读书，我怕你难过，我才每天去上学。"这是一个多么惨无人道的事啊，最后维系这个孩子去上学的，竟然是亲情。为了不让他爸爸太难过，看他爸爸奋斗不容易，看他爸爸每天在外面低三下四，甚至有时候还要贪污腐败，弄点钱让孩子上学，孩子不好意思不去，孩子都想退了！那么是不是所有的人心里面都有一个念头：我想退了？这个念头翻译成韦小宝的话说，"老子不干了"，韦小宝最后都说"老子不干了"。"不干了"这个念头会不会在无数的瞬间涌上我们的脑际？我想即使是圣贤，也未必在每一个瞬间都是一往无前的，都是虽万千人吾往矣，都有萧峰那样的气魄。所以我们从隐士的角度来看看《采薇》。

这部小说是直接编入《故事新编》这本书的，没有在报刊上发表过。鲁迅的《故事新编》都是改编自古书的记载。鲁迅写《故事新编》前后跨度很长，十来年的时间。关于这篇小说的内容，伯夷、叔齐的故事我们大家都知道，两位东北人，东北那块有个孤竹国，他们是国里的两个王子，"伯仲叔季"，老大叫伯，老三叫叔。他爸爸不想传位给长子，想传给老三。等他爸爸死了，老三不干，老三说按理都得传给大哥啊，我是老三怎么能行呢？他就让给他大哥。他大哥也不干，他大哥说不行啊，这是父亲的遗嘱，得按既定方针办。他不干就跑了，他跑了，老三也不干，老三也跑了，两个人都不当一把手。所以国人只好立了别人，立其中子。

他俩跑哪儿去了呢？他们听说了西伯昌——周文王，就跑他那里去了。等他们去了之后，周文王死了，周武王发动革命，打着文王的旗号去造反，我们都知道武王伐纣。伯夷、叔齐叩马而谏，不让他去伐纣，说你父亲刚死，你怎么就打仗呢？很不孝啊，你是臣怎么能去杀君呢？这是不仁。左右的人想杀掉他们，姜太公说这不能杀，这是义人，把他们扶走了。然后周武王平了天下，由商改为周了。可是他们两个以此为耻，因为他们是前朝的遗民，要做遗民，说"不食周粟"，我不吃你们这碗饭，到首阳山去隐居。隐居吃什么呢？"采薇而食之"，最后饿死了。饿死的时候还作诗，"登彼西山兮，采其薇矣。以暴易暴兮，不知其非矣"。今天有个成语，"以暴易暴"就是从这儿来的。他暴，你代替他，你也是暴，用暴力代替暴力。"神农虞夏，忽焉没兮，吾安适归矣？于嗟徂兮，命之衰矣！"遂饿死于首阳山。这是《伯夷叔齐列传》这一段的背景。

千百年来伯夷、叔齐都是我们中华民族的英雄，英雄的典范。我们知道儒家的传统是肯定武王伐纣，纣王是恶势力，是负能量，是暴君，用我们今天的话说——专制，武王就发动革命推翻暴君，这是合乎历史潮流的。儒家一方面肯定武王，但是另一方面，儒家很了不起，它肯定伯夷、叔齐，就是说不能随便地背叛自己的君主，即使君主是暴君。历朝历代革命胜利之后，都比较尊重前朝的忠臣，要杀掉的是奸臣，虽然君主是暴君，但是为他殉终的人、捍卫旧体制的人，是合乎儒家道德的。儒家这样提倡，是反对乱臣贼子，特别是反对道德小人。

所以我们看革命胜利之后，农民起义之后，改朝换代之后，一般前朝的忠臣不是被杀掉，而是被尊奉起来或者继续任用；最警惕的、最要杀掉的恰恰是那些"带路党"。

儒家的这个主张，本来是有意识形态上的合理性，所以伯夷、叔齐千百年来被立为英雄，他们就是不钻空子，不投靠权贵，不因为革命是正义的，就投靠革命。儒家本来树伯夷、叔齐是一个非常高的道德典范，可是到了鲁迅这里，鲁迅对这个问题竟然有重新的思考。我想不用鲁迅思考，就是我们这些人，今天再读伯夷、叔齐的故事，也总觉得有点儿意见想提，有点儿话想说。当然我们说不清楚，因为它很复杂，这个故事非常复杂，鲁迅也没有写成论文的形式，鲁迅用一篇小说重新讲了《采薇》的故事。所以我们看看，小说笔法中隐藏了哪些可议可思的问题。

小说分若干节，第一节：

这半年来，不知怎的连养老堂里也不大平静了，鲁迅晚年的小说炉火纯青，缓缓地开头，到一个炉火纯青的境界，一副胸有成竹的样子。但是胸有成竹却随随便便说出了"养老堂"几个字，古代有"养老堂"吗？不知道，但是他说出来好像就真有一样。一部分的老头子，也都交头接耳，跑进跑出的很起劲。只有伯夷最不留心闲事，秋凉到了，他又老的很怕冷，就整天的坐在阶沿上晒太阳，纵使听到匆忙的脚步声，也决不抬起头来看。

"大哥！"

一听声音自然就知道是叔齐。伯夷是向来最讲礼让的，便在抬头之前，先站起身，把手一摆，意思是请兄弟在阶沿上坐下。鲁迅写的兄弟俩好像很合儒家的礼让之数。

"大哥，时局好像不大好！"叔齐一面并排坐下去，一面气喘吁吁的说，声音有些发抖。作者很平缓的叙事中就好像有风波在扰动，所以我把它叫"风到养老堂"。养老堂是安静养老的地方，可是现在好像时局不太好。鲁迅特别善于写风波，我们讲过鲁迅的《风波》，鲁迅最善于写各种各样的风波，他不是写风暴眼，他写被波及之处——时局不大好，他写到养老堂里来了。我们可以想想今天很多养老院，养老院里的老人们在怎么样评论政治，政治跟他们有什么关系没有。

"怎么了呀？"伯夷这才转过脸去看，只见叔齐的原是苍白的脸色，好像更加苍白了。

"您听到过从商王那里，逃来两个瞎子的事了罢。"

"唔，前几天，散宜生好像提起过。我没有留心。"这里说的人都是历史上的真人，只不过鲁迅把他演绎一下。

"我今天去拜访过了。一个是太师疵，一个是少师强，还带来许多乐器。听说前几时还开过一个展览会，参观者都'啧啧称美'，——不过好像这边就要动兵了。"

"为了乐器动兵，是不合先王之道的。"伯夷慢吞吞的说。伯夷很讲先王之道，他弟弟可能比他岁数小点，稍微年轻点，还有些年轻人之气，还愿意了解时局。伯夷是以静制动，他讲礼让，讲先王之道。儒家的理想就在过去，在一个无法证明的"先王之道"。

"也不单为了乐器。您不早听到过商王无道，砍早上渡河不怕水冷的人的脚骨，看看他的骨髓，挖出比干王爷的心来，看它可有七窍吗？先前还是传闻，瞎子一到，可就证实了。况且还切切实实的证明了商王的变乱旧章。变乱旧章，原是应该征伐的。不过我想，以下犯上，究竟也不合先王之道……"

从叔齐和伯夷的对话中看出来，儒家理论很复杂，不好把握。前面伯夷说为了乐器动兵不合先王之道，可是现在是说商王——指的是商纣王，变乱旧章就不合先王之道，变乱旧章应该征伐啊，可是他又想，以下犯上好像也不合先王之道。在座的有没有学古汉语、古文献专业的同学，征伐是什么意思？我们今天随便地用这些词，征伐、侵略、袭击，这些词都随便用了，那都是因为汉语没学扎实。谁能"征"，谁能"伐"？征伐这种举动，只能出于天子，天子打诸侯这是"征伐"，别人之间互相打、别人打天子，那都不能叫"征伐"，所以使用词要准确，要看这个词本来是什么意思。毛主席使用这些词极度准确，没有一个是用错的，什么叫"西征"，什么叫"东征"？征是一种意识形态上的优越性在这里，谁打谁叫"征"，谁打谁叫"侵"，谁打谁叫"犯"。蒋介石来打解放军，你看毛主席文章怎么写的，叫"进犯我解放区"，叫"进犯"；那么在蒋介石看来这叫"剿匪"，这是"剿"。

看伯夷怎么回答他呢？伯夷说："**近来的烙饼，一天一天的小下去了，看来确也像要出事情，**"伯夷好像很讲先王之道，但是忽然讲起烙饼的事来。鲁迅好像很搞笑，但这搞笑里有严肃，就是一切都得落实到吃上，无论多么伟大的理论，最后要落实到吃饭上，要落实到烙饼上，落实到面条上，落实到米饭面包上。这个玩笑是严肃的，烙饼一天比一天的小了，好像要出事。**伯夷想了一想，说。**

"**但我看你还是少出门，少说话，仍旧每天练你的太极拳的好！**"太极拳明朝才有，有的说起源于宋元，其实明朝才有。鲁迅给伯夷的话里加上一个太极拳，就因为太极拳本身是慢慢的，好像是不问世事的，好像是清心寡欲的，所以要给他加一个太极拳。怎么不练螳螂拳呢？这显然是跟他的形象有关系。

"是……"叔齐是很悌的，应了半声。他听他哥哥的话，但是却应了半声，说明还有保留。

"你想想看，"伯夷知道他心里其实并不服气，便接着说。"我们是客人，因为西伯肯养老，呆在这里的。烙饼小下去了，固然不该说什么，就是事情闹起来了,也不该说什么的。"伯夷的性格就越来越完满。

"那么,我们可就成了为养老而养老了。"

"最好是少说话。我也没有力气来听这些事。"

伯夷咳了起来,叔齐也不再开口。**咳嗽一止,万籁寂然,秋末的夕阳,照着两部白胡子,都在闪闪的发亮。**这个细节写得太好了,写得多么美!但这只是写一个景色吗?秋末的夕阳照着两部白胡子闪闪发亮,有千言万语都包含在里面了,这个细节真是让人哭也不是、笑也不是,这就叫大手笔,这就叫文学。文学的高妙体现在这样的文字上,它不能翻译成哲学,它包含着哲学,只有具备上等悟性的人,才能读出那个味道来,而且会无比地佩服——写得太好了!人身上那么多地方,怎么非得写"照着两部白胡子"呢!这是小说的第一节。第二节:

然而这不平静,却总是滋长起来,烙饼不但小下去,粉也粗起来了。养老堂的人们更加交头接耳,外面只听得车马行走声,叔齐更加喜欢出门,虽然回来也不说什么话,但那不安的神色,却惹得伯夷也很难闲适了:他似乎觉得这碗平稳饭快要吃不稳。原来伯夷其实很挂念的是他这碗平稳饭,在养老堂里吃一个平稳饭。我想我们北大很多老师为什么愿意忍受这个学术体制的折磨,其实无非就是想吃一碗平稳饭嘛。那假如这平稳饭不平稳呢?

十一月下旬,鲁迅写的时间好像是搞笑,其实都是可以查到史书上对应的资料,一丝不差的。**叔齐照例一早起了床,要练太极拳,**前面写太极拳,这里就呼应一下,好像煞有介事的样子。**但他走到院子里,听了一听,却开开堂门,跑出去了。约摸有烙十张饼的时候,**那个时候没有手表,没有手机,怎么判断时间呢?大概烙一张饼的时候……烙十张饼的时候。这是鲁迅的计时法。**这才气急败坏的跑回来,鼻子冻得通红,**因为11月下旬了,跟现在的气候差不多,比现在要冷,这算的是农历。

嘴里一阵一阵的喷着白蒸气。

"大哥！你起来！出兵了！"他恭敬的垂手站在伯夷的床前，大声说，声音有些比平常粗。平稳饭真的吃不稳了，因为出兵了，武王要伐纣了。

伯夷怕冷，很不愿意这么早就起身，但他是非常友爱的，前面说弟弟对他"很悌"，他们很友爱。看见兄弟着急，只好把牙齿一咬，坐了起来，披上皮袍，在被窝里慢吞吞的穿裤子。我们古代的人是没有内裤的，古代的人都是在被子里穿裤子，穿了裤子才能下床。我小的时候回到我山东老家沂蒙山区，那里的风俗20世纪70年代的时候还是这样，还是早晨起来在被子里穿上裤子，因为那里很多人是不穿裤衩的。所以当他们看见我穿的裤衩，全村人都很惊异，全村的孩子轮流来参观我的裤衩。

【众笑】

"我刚要练拳，"叔齐等着，一面说。"却听得外面有人马走动，连忙跑到大路上去看时——果然，来了。首先是一乘白彩的大轿，总该有八十一人抬着罢，按照制度，八十一人抬的是天子的轿。里面一座木主，写的是'大周文王之灵位'；后面跟的都是兵。我想：这一定是要去伐纣了。叔齐的嘴里直接说出伐纣的话来，说明他没有伯夷那么尊重纣王。现在的周王是孝子，他要做大事，一定是把文王抬在前面的。看了一会，我就跑回来，不料我们养老堂的墙外就贴着告示……"我们看武王出兵的这个情节是从叔齐的转述中说出来的，是叔齐的转述，作者就巧妙地回避了自己的态度。如果让鲁迅来写这一段，鲁迅恐怕得为难，因为你的叙述中必然包含着你的立场：你如果说武王伐纣，那你就是否定纣王了。但这话他没说，是由叔齐来说的，而且叔齐说"他要做大事，一定是把文王抬在前面的"，这种叙述里面包含着很复杂的感情，也就是说你到底是真革命呢，还是拉大旗作虎皮啊？叙事者的态度没有了。这就是小说的好处，这就是小说要比哲学复杂的一个原因。

伯夷的衣服穿好了,弟兄俩走出屋子,就觉得一阵冷气,赶紧缩紧了身子。细节不乱。伯夷向来不大走动,一出大门,很看得有些新鲜。不几步,叔齐就伸手向墙上一指,可真的贴着一张大告示:"告示"是现在的词。下面就是告示,告示除了开头结尾两个字,都是原文。

"照得",这是后世的话,"今殷王纣,乃用其妇人之言,自绝于天,毁坏其三正,三观都败了,三观不正。离逷其王父母弟。乃断弃其先祖之乐;乃为淫声,用变乱正声,怡说妇人。故今予发,维共行天罚。勉哉夫子,不可再,不可三!此示。"

为什么说中华文明高度发达、高度早熟呢?我们在几千年之前,就能写出这么堂皇的关于打仗的文字。野蛮民族打仗就是直接领着一帮人跟另一帮人打嘛,还说什么话呢?你看我们中国人——这说明以前打过多少次仗了。打仗之前要说话,而且说的话是最好的文字,最高雅的文字,用在战争年代:不是我打你,是因为你道德太败坏,我现在是替老天爷打你,不是我打你,叫"共行天罚"。什么叫文明?就是把最野蛮的行动披上最有道理的外衣,这就叫文明。你看豺狼虎豹小猫小狗,意念一动,马上就扑上去了。人之所以是文明的,意念一动,绝不扑上去,意念一动,先找理由,把这家伙逮起来,先找三百条理由,说他怎么怎么不好,然后再下手。这个话通过告示写出来,鲁迅又巧妙地隐藏了自己的态度。你到底是赞不赞成这个告示,还是讽刺这个告示,反正告示里写出了"共行天罚"。我们想从此之后千百年间,人类打仗都是这么进行的。

两人看完之后,都不作声,径向大路走去。只见路边都挤满了民众,站得水泄不通。两人在后面说一声"借光",民众回头一看,见是两位白须老者,便照文王敬老的上谕,这地方很有修养啊,要敬老。赶忙闪开,让他们走到前面。这时打头的木主早已望不见了,走过去的都是一排一排的甲士，约有烙三百五十二张大饼的工夫，这才见别有许多兵丁，没有表，按照烙饼的时间来推算。不知道过了多少兵了，这说明千军万马走过去了。肩着九旒云罕旗，仿佛五色云一样。接着又是甲士，后面一大队骑着高头大马的文武官员，簇拥着一位王爷，紫糖色脸，络腮胡子，左捏黄斧头，右拿白牛尾，这看着很搞笑，这都是鲁迅翻译的原文，说武王左手拿什么，右手拿什么。我估计一天到晚手里拿着这两个东西，手多累啊，好像戏台上唱戏一样。威风凛凛：这正是"恭行天罚"的周王发。看着像唱戏一样，被鲁迅这么一写，有点搞笑。本来古书的记载是威风凛凛，但是被鲁迅一重复这个威风凛凛，未免有几分喜剧色彩。

大路两旁的民众，个个肃然起敬，没有人动一下，没有人响一声。在百静中，不提防叔齐却拖着伯夷直扑上去，钻过几个马头，拉住了周王的马嚼子，直着脖子嚷起来道：

"老子死了不葬，倒来动兵，说得上'孝'吗？臣子想要杀主子，说得上'仁'吗？……"这也是根据原文翻译的，但是翻译得很口语化，很像当时的情景。

开初，是路旁的民众，驾前的武将，都吓得呆了；这在古代叫什么罪？这叫惊驾，惊了圣驾了，这不是一般的上访，这比上访更吓人。连周王手里的白牛尾巴也歪了过去。但叔齐刚说了四句话，却就听得一片哗啷声响，有好几把大刀从他们的头上砍下来。

"且住！"

谁都知道这是姜太公的声音，岂敢不听，便连忙停了刀，看着这也是白须白发，然而胖得圆圆的脸。鲁迅是完全可以写优秀的武侠小说的，要早写武侠小说，早都写出《鹿鼎记》那样伟大的作品了。这一段写的就是叔齐、伯夷两个人从养老堂出来去阻挠革命，直接扑进革命的队伍，给革命加一个不孝不仁的罪名，差点被杀了。但是姜太公说不让杀，为什么呢？

"义士呢。放他们去罢！"姜太公看他们两个是义士，我们看周武王的队伍是很讲王法的，很讲人道的。虽然这人不让革命，也就是反革命，但是并非反革命就要被杀掉，反革命里面有义士，义士不能杀，放他们回去吧。

武将们立刻把刀收回，插在腰带上。一面是走上四个甲士来，恭敬的向伯夷和叔齐立正，举手，之后就两个挟一个，开正步向路旁走过去。民众们也赶紧让开道，放他们走到自己的背后去。民众的态度是，也不喜欢他们两个。

到得背后，甲士们便又恭敬的立正，放了手，用力在他们俩的脊梁上一推。两人只叫得一声"阿呀"，跄跄踉踉的颠了周尺一丈路远近，周尺一丈大概相当于我们现在的七尺。这才扑通的倒在地面上。叔齐还好，用手支着，只印了一脸泥；伯夷究竟比较的有了年纪，脑袋又恰巧磕在石头上，便晕过去了。这是自古以来没有过的两个小丑一样的画面，这两个历代都是儒家树立的大英雄，到鲁迅笔下变得这般尴尬，一个被推了个嘴啃泥，一个还摔晕过去了，这是"污蔑"英雄，明显地"污蔑"英雄形象。鲁迅把这两个人固然写得不堪，但是他们两个为什么摔倒，让他们摔倒的不是革命队伍的人吗？是革命战士让他们摔倒的。这里其实讽刺了周武王的队伍，周武王的战士表面上是执行命令，但是一旦到了人群背后，就把个人的怨恨发泄出来了：这两个反革命，滚吧，一推。历史的复杂性就体现在这些细枝末节上。第二节完，我们看第三节：

大军过去之后，什么也不再望得见，大家便换了方向，把躺着的伯夷和坐着的叔齐围起来。现在看，大军过去之后老百姓怎么样。有几个是认识他们的，当场告诉人们，说这原是辽西的孤竹君的两位世子，因为让位，这才一同逃到这里，进了先王所设的养老堂。这报告引得众人连声赞叹，几个人便蹲下身子，歪着头去看叔齐的脸，几个人回家去烧姜汤，几个人去通知养老堂，叫他们快抬门板来接了。好像老百姓很热情，这两个老头子被推倒了，大家很照顾他们，有的关心，有的烧姜汤，有的叫人来接他，这都挺好啊。可是被鲁迅这么一写，你总觉得怪怪的。

大约过了烙好一百零三四张大饼的工夫，看来鲁迅习惯用烙饼来算时间了。现状并无变化，看客也渐渐的走散；又好久，才有两个老头子抬着一扇门板，一拐一拐的走来，板上面还铺着一层稻草：这还是文王定下来的敬老的老规矩。板在地上一放，哐啷一声，震得伯夷突然张开了眼睛：他苏醒了。叔齐惊喜的发一声喊，帮那两个人一同轻轻的把伯夷扛上门板，抬向养老堂里去；自己是在旁边跟定，扶住了挂着门板的麻绳。鲁迅对古代的礼节都研究得很深，什么情况下用什么动作表达什么礼节，都是一丝不苟。

走了六七十步，听得远远地有人在叫喊：

"您哪！等一下！姜汤来哩！"还是京腔，说的老北京话。望去是一位年青的太太，手里端着一个瓦罐子，向这面跑来了，大约怕姜汤泼出罢，她跑得不很快。

大家只得停住，等候她的到来。叔齐谢了她的好意。她看见伯夷已经自己醒来了，似乎很有些失望，但想了一想，就劝他仍旧喝下去，可以暖暖胃。然而伯夷怕辣，一定不肯喝。

"这怎么办好呢？还是八年陈的老姜熬的呀。别人家还拿不出这样的东西来呢。我们的家里又没有爱吃辣的人……"她显然有点不高兴。

有时候鲁迅这个人很讨厌，他把人心挖掘得太深。我们一般来看，这不是一个好人一个善人吗，老人摔倒了，人家在家里好不容易给你熬了姜汤，感谢人家就完了。被鲁迅这么一挖掘，就像儒家先贤所说的，人心惟危——关心别人的人其实另有隐衷。她看见伯夷醒来了有些失望，你看这句话说的，非常深。在她内心，其实她并不希望伯夷自己醒来，她希望伯夷喝了自己家的姜汤之后再醒来，这样她就实现了她见义勇为的个人价值。也就是在无数的帮助人家度过灾难的人群中，大多数人其实是有自己的私心的，大多数人为了实现自己的光辉形象，甚至愿意人家的灾难更深一点、更重一点，要不怎么叫多难兴邦呢？为什么我们觉醒的老百姓这么痛恨"多难兴邦"这句话，为了实现兴邦的伟大的政绩，他愿意这个民族多难，越多难越好。人家伯夷自己醒来不很好吗，你那个姜汤没有用武之地才是最好的结果。但是这个人其实不希望这样，她想的是自己这个姜汤没有发挥作用，人家已经醒了，而且人家怕辣不肯喝，她就因此不高兴，她还是希望自己这个姜汤在人的生命上显示出价值来。

　　什么叫对人好？有些对人好的举动为什么让人不高兴，让人觉得难受？强加于人的好还是不是好？强行让别人接受自己的好意是不是好？什么是好？大家要仔细观察什么是真正对人好的人，果断地接受别人强加给自己的好意的人才是圣人。比如一群人上电梯，都在那互相谦让，你上你上你先上，谁先上谁后上，有那么重要吗？有的人坚持不先上，其实他要的是什么？他要的是对别人的尊重吗？不是，他要博一个美名，他很谦让。所以凡是这种时刻，孔老师第一个上，【众笑】别在这耽误时间，我成全那个人，你不就是显示你有礼貌吗？我当这个没礼貌的人。勇于当这个没礼貌的人，才是圣人。在那一心显示自己有礼貌的人，还有抢着付账的人，每次他都抢着付账，让别人知道是他付的账，此乃小人也。所以生活中的细节，便于我们体会圣人的那些教诲。这一位妇女本来是个好人，我们不能说她不是好人，但是好人的内心是这样的复杂，鲁迅是很讨厌的。那伯夷、叔齐怎么办呢？

叔齐只得接了瓦罐，做好做歹的硬劝伯夷喝了一口半，余下的还很多，便说自己也正在胃气痛，统统喝掉了。眼圈通红的，恭敬的夸赞了姜汤的力量，谢了那太太的好意之后，这才解决了这一场大纠纷。鲁迅无论写什么重要的事情，顺便一笔鞭挞的是群众，鞭挞的是这些看客。但他鞭挞看客不是像我这样显摆自己厉害，非得说自己是圣人，不是这个意思，其实他是怀着爱，就是你们这群人能干什么事啊？你救人的时候其实都是自私的。

他们回到养老堂里，倒也并没有什么余病，到第三天，伯夷就能够起床了，虽然前额上肿着一大块——然而胃口坏。

官民们都不肯给他们超然，时时送来些搅扰他们的消息，或者是官报，或者是新闻。十二月底，就听说大军已经渡了盟津，诸侯无一不到。这都是历史上的记载。不久也送了武王的《太誓》的钞本来。这是特别钞给养老堂看的，怕他们眼睛花，每个字都写得有核桃一般大。这都是鲁迅编的，那时候哪有报纸，造纸术还没发明呢。不过伯夷还是懒得看，只听叔齐朗诵了一遍，别的倒也并没有什么，但是"自弃其先祖肆祀不答，昏弃其家国……"这几句，断章取义，却好像很伤了自己的心。儒家的理论有一些地方，是这样解释也可以，那样解释也可以，需要特通达的人去把握，一般的人把握起来容易出事，这也可以说是中华文化一个有缺点的地方。太高深的东西、太玄的东西，一般人掌握不了，一般人就容易被简单实用的东西所征服、所俘虏。

传说也不少：有的说，周师到了牧野，和纣王的兵大战，杀得他们尸横遍野，血流成河，连木棍也浮起来，仿佛水上的草梗一样；有的却道纣王的兵虽然有七十万，其实并没有战，一望见姜太公带着大军前来，便回转身，反替武王开路了。这个我们都学过历史。

这两种传说，固然略有些不同，但打了胜仗，却似乎确实的。此后又时时听到运来了鹿台的宝贝，巨桥的白米，这是演绎，古书上说只运来了巨桥的粟。那时候还没有白米，白米还没到巨桥。就更加证明了得胜的确实。伤兵也陆陆续续的回来了，又好像还是打过大仗似的。凡是能够勉强走动的伤兵，大抵在茶馆，酒店，理发铺，以及人家的檐前或门口闲坐，讲述战争的故事，无论那里，总有一群人眉飞色舞的在听他。春天到了，露天下也不再觉得怎么凉，往往到夜里还讲得很起劲。

我故意反讽地给这段加个标题叫：闻官军收河南河北。我们学过杜甫的这首诗，杜甫闻官军收河南河北，是涕泪满衣裳，是高兴的，"却看妻子愁何在，漫卷诗书喜欲狂"。而伯夷、叔齐闻官军收河南河北，心里是五味杂陈，他们并不希望武王胜利，并不希望武王打胜仗。可是武王如果打了败仗，他们这碗平稳饭还能吃下去吗？这两个人，我们替他们设想，好像进也不是，退也不是，进退两难。为什么他们会进退两难，这是我们要思考的。

伯夷和叔齐都消化不良，每顿总是吃不完应得的烙饼；烙饼小还吃不完。睡觉还照先前一样，天一暗就上床，然而总是睡不着。伯夷只在翻来覆去，叔齐听了，又烦躁，又心酸，这时候，他常是重行起来，穿好衣服，到院子里去走走，或者练一套太极拳。

有一夜，是有星无月的夜。大家都睡得静静的了，门口却还有人在谈天。叔齐是向来不偷听人家谈话的，这一回可不知怎的，竟停了脚步，同时也侧着耳朵。

"妈的纣王，一败，就奔上鹿台去了，"说话的大约是回来的伤兵。"妈的，他堆好宝贝，自己坐在中央，就点起火来。"

"阿唷，这可多么可惜呀！"这分明是管门人的声音。鲁迅想象群众的谈话，非常逼真，而且有角色，有性格。

"不慌！只烧死了自己，宝贝可没有烧哩。咱们大王就带着诸侯，进了商国。他们的百姓都在郊外迎接,大王叫大人们招呼他们道:'纳福呀!'他们就都磕头。一直进去,但见门上都贴着两个大字道:'顺民'。大王的车子一径走向鹿台,找到纣王自寻短见的处所,射了三箭……"

"为什么呀?怕他没有死吗?"别一人问道。

"谁知道呢。可是射了三箭,又拔出轻剑来,一砍,这才拿了黄斧头,嚓!砍下他的脑袋来,挂在大白旗上。"

叔齐吃了一惊。

"之后就去找纣王的两个小老婆。哼,早已统统吊死了。大王就又射了三箭,拔出剑来,一砍,这才拿了黑斧头,割下她们的脑袋,挂在小白旗上。这么一来……"

"那两个姨太太真的漂亮吗?"管门人打断了他的话。鲁迅是深知群众是怎么谈话的,这是老百姓谈论政治的惯用套路。

"知不清。"好像是鲁迅故意把这个人写成中原一带的人。"旗杆子高,看的人又多,我那时金创还很疼,没有挤近去看。"

"他们说那一个叫作妲己的是狐狸精,只有两只脚变不成人样,便用布条子裹起来:真的?"

"谁知道呢。我也没有看见她的脚。可是那边的娘儿们却真有许多把脚弄得好像猪蹄子的。"这是鲁迅顺便讽刺缠足。

叔齐是正经人,一听到他们从皇帝的头,谈到女人的脚上去了,便双眉一皱,连忙掩住耳朵,返身跑进房里去。伯夷也还没有睡着,轻轻的问道:

"你又去练拳了么?"

叔齐不回答,慢慢的走过去,坐在伯夷的床沿上,弯下腰,告诉了他刚才听来的一些话。这之后,两人都沉默了许多时,终于是叔齐很困难的叹一口气,悄悄的说道:

"不料竟全改了文王的规矩……你瞧罢,不但不孝,也不仁……这样看来,这里的饭是吃不得了。"他就听出了刚才那个黄斧头、黑斧头割下脑袋来的举动,他认为这是不仁,先前是不孝,这果然又不仁,所以饭吃不了了。

"那么,怎么好呢?"伯夷问。

"我看还是走……"

于是两人商量了几句,就决定明天一早离开这养老堂,不再吃周家的大饼;东西是什么也不带。兄弟俩一同走到华山去,吃些野果和树叶来送自己的残年。况且"天道无亲,常与善人",或者竟会有苍术和茯苓之类也说不定。这是古书的记载。

打定主意之后,心地倒十分轻松了。叔齐重复解衣躺下,不多久,就听到伯夷讲梦话;自己也觉得很有兴致,而且仿佛闻到茯苓的清香,接着也就在这茯苓的清香中,沉沉睡去了。这两个人决定不吃周家的饭了,其实是预料到周家的平稳饭不好吃了,吃不下去了。

前三节结束,第四节开始。两个人脱离体制。

第二天,兄弟俩都比平常醒得早,梳洗完毕,毫不带什么东西,其实也并无东西可带,只有一件老羊皮长袍舍不得,仍旧穿在身上,拿了拄杖,和留下的烙饼,这几天没吃完的、留下的烙饼。推称散步,一径走出养老堂的大门;心里想,从此要长别了,便似乎还不免有些留恋似的,回过头来看了几眼。

街道上行人还不多;所遇见的不过是睡眼惺忪的女人,在井边打水。将近郊外,太阳已经高升,走路的也多起来了,虽然大抵昂着头,得意洋洋的,但一看见他们,却还是照例的让路。树木也多起来了,不知名的落叶树上,已经吐着新芽,一望好像灰绿的轻烟,其间夹着松柏,在蒙胧中仍然显得很苍翠。鲁迅写得这么细,不知道是自己有什么亲身经历没有。

　　满眼是阔大，自由，好看，伯夷和叔齐觉得仿佛年青起来，脚步轻松，心里也很舒畅了。大家有没有过逃离的体验？你不曾逃离过体制，逃过学没有？某天早上谎称去上学，其实就在外面闲逛了一天，家长和老师都找不到你。我觉得人生应该有这样的经历，当你在街上闲逛的那一天，你觉得特别美好，满眼阔大，自由，好看。【众笑】你没有这样的经历，你就没有这样的感觉，你看什么都一样。我想自由地漫游，世界就变成另一个新鲜的世界。

　　到第二天的午后，迎面遇见了几条岔路，他们决不定走那一条路近，便拣了一个对面走来的老头子，很和气的去问他。

　　"阿呀，可惜，"那老头子说。"您要是早一点，跟先前过去的那队马跑就好了。现在可只得先走这条路。前面岔路还多，再问罢。"脱离体制不是一件简单的事，首先就是你往哪儿去，路在哪儿？前面还有很多岔路，岔路之上还有岔路。这是一个很关键的问题。今天很多人动不动就骂体制，还有很多人说，我不是体制内的。我们往下读就知道了，没有在体制外的，号称自己不在体制内的人是自欺欺人。

　　叔齐就记得了正午时分，他们的确遇见过几个废兵，赶着一大批老马、瘦马、跛脚马、癞皮马，从背后冲上来，几乎把他们踏死，这时就趁便问那老人，这些马是赶去做什么的。

　　"您还不知道吗？"那人答道。"我们大王已经'恭行天罚'，"这又重复一遍，"恭行天罚"。"用不着再来兴师动众，所以把马放到华山脚下去的。这就是'归马于华山之阳'呀，您懂了没有？我们还在'放牛于桃林之野'哩！吓，这回可真是大家要吃太平饭了。"他们两个放弃了平稳饭，可是这个老人认为大家要吃太平饭了。

　　然而这竟是兜头一桶冷水，使两个人同时打了一个寒噤，但仍然

隐士的悲喜剧——《采薇》　　185

不动声色,谢过老人,向着他所指示的路前行。无奈这"归马于华山之阳",竟踏坏了他们的梦境,使两个人的心里,从此都有些七上八下起来。

心里忐忑,嘴里不说,仍是走,到得傍晚,临近了一座并不很高的黄土冈,上面有一些树林,几间土屋,他们便在途中议定,到这里去借宿。

离土冈脚还有十几步,林子里便窜出五个彪形大汉来,来事儿了啊。头包白布,身穿破衣,为首的拿一把大刀,另外四个都是木棍。一到冈下,便一字排开,拦住去路,一同恭敬的点头,大声吆喝道:

"老先生,您好哇!"

他们俩都吓得倒退了几步,伯夷竟发起抖来,还是叔齐能干,索性走上前,问他们是什么人,有什么事。这一段使我想起金庸的一部小说《鸳鸯刀》,《鸳鸯刀》的开头有所谓"太岳四侠",在那里剪径,是喜剧。其实他们是四个武功很平常,或者说武功很差的强盗,却是口气很大,这一段情景非常相像,只不过这是五个人。五个彪形大汉,拦住他们,但是说话很文明,说的是"老先生,您好哇"。

"小人就是华山大王小穷奇,"小穷奇是古书上记载的名字,古代记载有"四凶",什么穷奇啊、梼杌啊、饕餮啊,这都是一些坏人的名字。那拿刀的说,"带了兄弟们在这里,要请您老赏一点买路钱!"这说话多客气。【众笑】

"我们那里有钱呢,大王?"叔齐很客气的说。"我们是从养老堂里出来的。"

"阿呀!"小穷奇吃了一惊,立刻肃然起敬,"那么,您两位一定是'天下之大老也'了。"天下大老,大老同志来了。"小人们也遵先王遗教,非常敬老,所以要请您老留下一点纪念品……"他看见叔齐没有回答,便将大刀一挥,提高了声音道:"如果您老还要谦让,那可小人们只好恭行天搜,瞻仰一下您老的贵体了!"我们看革命的理论被滥用,周武王说的是"恭行天罚",到了地痞无赖这里,他用的是跟周武王一样的句式,改成"恭行天搜"。就是他抢人家,都是合乎天道的,都是替天行道的。

伯夷、叔齐立刻擎起了两只手;一个拿木棍的就来解开他们的皮袍、棉袄、小衫,细细搜检了一遍。

"两个穷光蛋,真的什么也没有!"他满脸显出失望的颜色,转过头去,对小穷奇说。我居然想到了方志敏同志,方志敏被国民党抓去的时候,国民党在他身上搜,结果什么也没有,国民党恨他——穷光蛋。我们看这就是华山派的始祖啊,华山派原来这时候就有了,华山大王小穷奇。

小穷奇看出了伯夷在发抖,便上前去,恭敬的拍拍他肩膀,说道:"老先生,请您不要怕。海派会'剥猪猡',""剥猪猡"就是上海黑社会抓住人,这人很穷,穷不要紧,把你衣服都扒光了,衣服也能卖几个钱,把你一丝不挂地扔在那里,叫"剥猪猡"。"我们是文明人,不干这玩意儿的。什么纪念品也没有,只好算我们自己晦气。现在您只要滚您的蛋就是了!"【众笑】遇见的还是文明的强盗。

伯夷没有话好回答,连衣服也来不及穿好,和叔齐迈开大步,眼看着地,向前便跑。这时五个人都已经站在旁边,让出路来了。看见他们在面前走过,便恭敬的垂下双手,同声问道:

"您走了?您不喝茶了么?"

"不喝了,不喝了……"伯夷和叔齐且走且说,一面不住的点着头。文明用语早被鲁迅看透了,文明用语就是这样用的。我们讲《离婚》,最后也是"不要走,在我们家里喝了新年喜酒去",都是这样讲。

| 隐士的悲喜剧——《采薇》 | 187

好，到了真正的两个人要采薇的时候了，第五节。

"归马于华山之阳"和华山大王小穷奇，都使两位义士对华山害怕，于是从新商量，转身向北，讨着饭，晓行夜宿，终于到了首阳山。首阳山今天据说大概是在山西一带，不是在华山，不是在陕西了。华山去不得了，到首阳山。

这确是一座好山。既不高，又不深，没有大树林，不愁虎狼，也不必防强盗；是理想的幽栖之所。两人到山脚下一看，只见新叶嫩碧，土地金黄，野草里开着些红红白白的小花，真是连看看也赏心悦目。他们就满心高兴，用拄杖点着山径，一步一步的挨上去，找到上面突出一片石头，好像岩洞的处所，坐了下来，一面擦着汗，一面喘着气。到了他们的黄金世界了。

这时候，太阳已经西沉，倦鸟归林，啾啾唧唧的叫着，没有上山时候那么清静了，我们看，鲁迅是把他的"坏心眼儿"都用到这里了，把很多美好的对环境的描写，用到这个地方。但他们倒觉得也还新鲜，有趣。在铺好羊皮袍，准备就睡之前，叔齐取出两个大饭团，和伯夷吃了一饱。这是沿路讨来的残饭，因为两人曾经议定，"不食周粟"，可是你讨来的饭也是周粟啊。只好进了首阳山之后开始实行，所以当晚把它吃完，从明天起，就要坚守主义，绝不通融了。这个描写已经写出他们那个主义好像有点儿经不起推敲，也就是说赶不到首阳山，还得讨饭吃，讨的饭是人家体制里的饭，所以他们是决定从明天开始坚守自己的主义，不吃周粟。

他们一早就被乌老鸦闹醒，后来重又睡去，醒来却已是上午时分。伯夷说腰痛腿酸，简直站不起；叔齐只得独自去走走，看可有可吃的东西。他走了一些时，竟发现这山的不高不深，没有虎狼盗贼，固然是其所长，然而因此也有了缺点：下面就是首阳村，所以不但常有砍柴的老人或女人，并且有进来玩耍的孩子，可吃的野果子之类，一颗也找不出，大约早被他们摘去了。

这里就讲了，人能不能脱离社会。你要真正地远离人世，就应该到深山老林里面去，可是深山老林里不好生存，里面有盗贼、有虎狼，远离人世。那不到深山老林里面去呢？下面就是社会，你在社会的边缘生存着，社会的边缘还属于社会。你逃到哪里去呢？

他自然就想到茯苓。我刚上大学的时候就知道北京特产茯苓夹饼，我第一个假期还特别买了两盒茯苓夹饼回去送给亲友吃。茯苓夹饼还不错，不知道大家有没有吃过茯苓，味道确实很清香。但山上虽然有松树，却不是古松，都好像根上未必有茯苓；即使有，自己也不带锄头，没有法子想。接着又想到苍术，然而他只见过苍术的根，毫不知道那叶子的形状，我也不知道叶子的形状，又不能把满山的草都拔起来看一看，即使苍术生在眼前，也不能认识。心里一暴躁，满脸发热，就乱抓了一通头皮。可见真当隐士问题刚出来。什么叫隐士？

但是他立刻平静了，似乎有了主意，接着就走到松树旁边，摘了一衣兜的松针，又往溪边寻了两块石头，砸下松针外面的青皮，洗过，又细细的砸得好像面饼，另寻一片很薄的石片，拿着回到石洞去了。史书上只有一点儿记载，鲁迅把它演绎得这么详细，鲁迅是有干活的劳动的经历的，知道怎么做饭。

"三弟，有什么捞儿没有？"这是故意写他好像京腔一样。"我是肚子饿的咕噜咕噜响了好半天了。"伯夷一望见他，就问。

"大哥，什么也没有。试试这玩意儿罢。"

他就近拾了两块石头，支起石片来，放上松针面，聚些枯枝，在下面生了火。实在是许多工夫，才听得湿的松针面有些吱吱作响，可也发出一点清香，引得他们俩咽口水。叔齐高兴得微笑起来了，这是姜太公做八十五岁生日的时候，他去拜寿，在寿筵上听来的方法。老寿星在山里据说就吃这些东西，吃松针什么的。这方法好，这发明了一种吃的，叫烧烤松针面。鲁迅特别喜欢写吃的，其实我喜欢写吃的多是跟鲁迅学的。

发香之后，就发泡，眼见它渐渐的干下去，正是一块糕。做成松针糕了。叔齐用皮袍袖子裹着手，把石片笑嘻嘻的端到伯夷的面前。伯夷一面吹，一面拗，终于拗下一角来，连忙塞进嘴里去。

他愈嚼，就愈皱眉，直着脖子咽了几咽，倒哇的一声吐出来了，诉苦似的看着叔齐道：

"苦……粗……"

这时候，叔齐真好像落在深潭里，什么希望也没有了。抖抖的也拗了一角，咀嚼起来，可真也毫没有可吃的样子：苦……粗……实验失败了，找松针面吃不行，这个不适合人类食用。这才想到烤薇。

叔齐一下子失了锐气，坐倒了，垂了头。然而还在想，挣扎的想，仿佛是在爬出一个深潭去。爬着爬着，只向前。终于似乎自己变了孩子，还是孤竹君的世子，坐在保姆的膝上了。这保姆是乡下人，在和他讲故事：黄帝打蚩尤，大禹捉无支祁，还有乡下人荒年吃薇菜。

这才想到薇。怎么想到薇的？还得想到他以前的社会关系，是以前社会关系里的人传递给他人类共同的智慧，人类的智慧告诉他有一种薇菜可以吃。我曾经讲他们是周代的鲁滨孙，大家不知道读没读过《鲁滨孙漂流记》，没读过也应该听过，人类著名的故事。鲁滨孙漂流到一个荒岛上，在那里自己创业，还抓了一个奴隶叫星期五。马克思非常深刻地分析了《鲁滨孙漂流记》这个故事，虽然好像是一个人漂流到荒岛上，但是他其实并不是一个人，他随身携带着全部的资本主义生产关系，在那里开始一个人的资本主义创业。所以他其实并没有离开资本主义社会，他到荒岛上并不是一个原始人在生活,他是一个资本主义社会的人在生活。那么叔齐怎么想到吃薇菜的呢?还是当年的保姆给他讲革命历史,从革命历史里吸取着人类的智慧。

他又记得自己问过薇菜的样子,而且山上正见过这东西。他忽然觉得有了气力,立刻站起身,跨进草丛,一路寻过去。

果然,这东西倒不算少,走不到一里路,就摘了半衣兜。

他还是在溪水里洗了一洗,这才拿回来;还是用那烙过松针面的石片,来烤薇菜。叶子变成暗绿,熟了。但这回再不敢先去敬他的大哥了,撮起一株来,放在自己的嘴里,闭着眼睛,只是嚼。看看这回实验能不能成功。

"怎么样?"伯夷焦急的问。

"鲜的!"

两人就笑嘻嘻的来尝烤薇菜;伯夷多吃了两撮,因为他是大哥。还合乎礼法了。

他们从此天天采薇菜。先前是叔齐一个人去采,伯夷煮;后来伯夷觉得身体健壮了一些,也出去采了。做法也多起来:薇汤,薇羹,薇酱,清炖薇,原汤焖薇芽,生晒嫩薇叶……彻底进入薇时代了。鲁迅的讽刺有时候是温厚的,有时候是尖锐的,刻薄与温厚和在一起。

然而近地的薇菜,却渐渐的采完,虽然留着根,一时也很难生长,每天非走远路不可了。搬了几回家,后来还是一样的结果。而且新住处也逐渐的难找了起来,因为既要薇菜多,又要溪水近,这样的便当之处,在首阳山上实在也不可多得的。鲁迅对生活的观察完全是合乎马克思主义的,用我们今天的话说,也是注意到人类生产与环境的关系。即使两个人吃薇菜,也是要破坏环境的,怎么样实现可持续发展,对他们两人也是一个问题。叔齐怕伯夷年纪太大了,一不小心会中风,便竭力劝他安坐在家里，仍旧单是担任煮，让自己独自去采薇。采薇也不是这么容易了。

伯夷逊让了一番之后，倒也应允了，从此就较为安闲自在，然而首阳山上是有人迹的，他没事做，脾气又有些改变，从沉默成了多话，便不免和孩子去搭讪，和樵夫去扳谈。也许是因为一时高兴，或者有人叫他老乞丐的缘故罢，他竟说出了他们俩原是辽西的孤竹君的儿子，他老大，那一个是老三。父亲在日原是说要传位给老三的，一到死后，老三却一定向他让。他遵父命，省得麻烦，逃走了。不料老三也逃走了。两人在路上遇见，便一同来找西伯——文王，进了养老堂。又不料现在的周王竟"以臣弑君"起来，所以只好不食周粟，逃上首阳山，吃野菜活命……等到叔齐知道，怪他多嘴的时候，已经传播开去，没法挽救了。但也不敢怎么埋怨他；只在心里想：父亲不肯把位传给他，可也不能不说很有些眼力。【众笑】

这个秘密被鲁迅看透了，两千年来没有人去问这个事，他父亲为什么不传位给老大？按照儒家礼法，其他民族也都这样，一般要传给长子的，有特殊原因才不传长子，传给次子、老三、老四、老八，老十四都可以。一定有原因，但是古人偏偏不追究这个原因，只看见他们两个谦让吃薇菜这件事。鲁迅却想到了另有原因，虽然鲁迅指出这个原因没有证据，鲁迅是推想，通过这一个情节，说明伯夷有问题——连老三都看出来了，这种傻子，父亲怎么能传位给他呢？吃两天薇菜就保守不住自己的秘密，马上就泄露给舆论界了。媒体马上就要传播出去，身份暴露了。

叔齐的预料也并不错：这结果坏得很，不但村里时常讲到他们的事，也常有特地上山来看他们的人。鲁迅最痛恨的就是无聊的看客，最痛恨的就是中国人身上这些看客的精神。有的当他们名人，有的当他们怪物，有的当他们古董。其实一样，在看客眼里，名人就是怪物，就是古董。甚至于跟着看怎样采，围着看怎样吃，指手画脚，问长问短，令人头昏。有时候我们会格外地恨这样的媒体，其实有时候不单是媒体，我们自己也不免犯这样的错误。有好奇心希望看别人的故事，这是正常的，但起码要顾及别人的痛苦，别人家里犯了那么大的难事，还要去采访人家，让人家复述，这是怎样的心肠。而且对付还须谦虚，倘使略不小心，皱一皱眉，就难免有人说是"发脾气"。名人是格外难以对付各种媒体的，媒体要拿你来发财，你如果不配合，就说你发脾气、耍大牌啊等等。

不过舆论还是好的方面多。后来连小姐、太太，也有几个人来看了，回家去都摇头，说是"不好看"，上了一个大当。也就是说，这些人其实要的是什么？要的是好看，要的是新鲜、刺激、有趣。所以当一个人被围观的时候，你不要以为围观他的人都是好心肠的人。用什么心态去围观人家，决定着一个民族的强弱。这就是鲁迅的一个看法，一个观点。

终于还引动了首阳村的第一等高人小丙君。他原是妲己的舅公的干女婿，做着祭酒，因为知道天命有归，便带着五十车行李和八百个奴婢，来投明主了。来投周武王。可惜已在会师盟津的前几天，兵马事忙，来不及好好的安插，便留下他四十车货物和七百五十个奴婢，另外给予两顷首阳山下的肥田，叫他在村里研究八卦学。他也喜欢弄文学，村中都是文盲，不懂得文学概论，气闷已久，在家里很孤独，无聊，周围都是愚昧的老百姓，不懂文学概论，想找知音，听说来了知音了，便叫家丁打轿，找那两个老头子，谈谈文学去了；尤其是诗歌，因为他也是诗人，已经做好一本诗集子。

我们看鲁迅《故事新编》的风格，是在语言中打通古今，古人哪有做好一本"诗集子"的？一听这话就是胡适之流。但是他没有在明确的叙述中表达出来，通过这种很自然地打通古今的语言，让你去想明白，太阳底下没有新事。《故事新编》，新编之后其实还是老事，老事也是新事，都一样。这是周氏兄弟一个共同的思想，读历史就是读现在，读现在就是读历史；读外国就是读中国，读中国就是读外国，一样。要看穿一样的、不变的那个东西，那个不变的东西就叫——道。这是一个老员外，同时又是当地的一个文豪，我管他叫文豪员外——小丙君。

然而谈过之后，他一上轿就摇头，回了家，竟至于很有些气愤。看来没谈好。他以为那两个家伙是谈不来诗歌的。第一、是穷：谋生之不暇，怎么做得出好诗？你看，他有文学观点，他认为文学必须是富人的，穷人不可能有文学，为什么呢？"谋生之不暇，怎么做得出好诗？"也就是说鲁迅写的小丙君，其实就是新月派徐志摩、梁实秋之流文学混混，认为无产阶级没有文学，文学一定是有钱了之后、吃饱了之后、吃喝玩乐之后才有文学，无产阶级哪有文学？鲁迅轻轻一笔，写的就是当时正在发生的文坛的激战。第二、是"有所为"，失了诗的"敦厚"；诗不能"有所为"，诗要无为，有为就没有"敦厚"了，这也是某些新月派还有其他派的主张，当然古代的人也有这么主张的。可是你不让人家有所为，你这个主张不就是有所为吗？反对别人有所为，并不是无为，你反对别人有所为，你正在有为。所以反对别人有所为的，恰恰是虚伪。主张有所为的是光明磊落的，我有所为，你也有所为。你要真正地无所为，应该不关心、不反对，允许别人有所为，才是无所为。第三、是有议论，失了诗的"温柔"。尤其可议的是他们的品格，通体都是矛盾。可是这一句小丙君却似乎说的是对的，他前面是为了印证自己的文学概论，可这一句说他们都是矛盾，却似乎说对了。于是他大义凛然的斩钉截铁的说道：

"'普天之下，莫非王土'，难道他们在吃的薇，不是我们圣上的吗！"这句话却说到位置上了。所以伯夷、叔齐自以为吃薇，就逃了周粟了，小丙君看出他们的矛盾。

这时候，伯夷和叔齐也在一天一天的瘦下去了。这并非为了忙于应酬，因为参观者倒在逐渐的减少。所苦的是薇菜也已经逐渐的减少，每天要找一捧，总得费许多力，走许多路。实际的生存也出现问题了。鲁迅所指出的问题，照亮了我们今天的许多现实。

然而祸不单行。掉在井里面的时候，上面偏又来了一块大石头。

有一天，他们俩正在吃烤薇菜，不容易找，所以这午餐已在下午了。忽然走来了一个二十来岁的女人，先前是没有见过的，看她模样，好像是阔人家里的婢女。鲁迅看人，我们一再发现，他不是简单地把人归于哪个阶级。鲁迅很注意人的阶级性，但他和那些浅薄的革命作家相比，他写的阶级性是生动的、复杂的。这个人是婢女、丫头，我们很容易说这是无产阶级，可是鲁迅特别强调"阔人家里的婢女"——资产阶级人家里干活的无产阶级，有时候会比资产阶级坏得多，而她的主人却不一定像她这么坏。所以那种简单地用阶级来代替道德的思维是错误的：以为穷人就是好人、无产阶级就是好人，富人就是坏人。这样的革命者，这样的流氓革命者，不分青红皂白地把自己打扮成圣人的革命者，恰恰是革命的败类。我们看那个"阔人家里的婢女"来干吗？

"您吃饭吗？"她问。竟然会说"您"，这是在阔人家里学的，"您"。

叔齐仰起脸来，连忙陪笑，点点头。

"这是什么玩意儿呀？"她又问。说完"您"，就开始不尊重了，"这是什么玩意儿呀？"

"薇。"伯夷说。

"怎么吃着这样的玩意儿的呀？"开始访谈了，这个访谈很尖锐。

"因为我们是不食周粟⋯⋯"开始讲他的理论了。

伯夷刚刚说出口，叔齐赶紧使一个眼色，但那女人好像聪明得很，已经懂得了。她冷笑了一下，于是大义凛然的斩钉截铁的说道：

"'普天之下，莫非王土'，你们在吃的薇，难道不是我们圣上的吗！"

这话是小丙君说的，但是这里她已经可以一字不差地倒背如流了。代替资产阶级来迫害无产阶级的马前卒、急先锋，恰恰也是无产阶级，这就是鲁迅指出的历史的沉痛性。杀害青年学生的正是青年学生，杀害知识分子的也正是知识分子。这个婢女本来是被压迫者、被剥削者，按照革命理论是这样，可是她说的话和她的主子是一样的，但是比她的主子更严厉，比她的主子更直接杀人。

伯夷和叔齐听得清清楚楚，到了末一句，就好像一个大霹雳，震得他们发昏；待到清醒过来，那鸦头已经不见了。薇，自然是不吃，也吃不下去了，而且连看看也害羞，连要去搬开它，也抬不起手来，觉得仿佛有好几百斤重。

伯夷和叔齐是高级知识分子，是国师级的人，而且原来都是能够当国君的人哪，他们不懂这个简单的逻辑吗？"普天之下，莫非王土"，在哪儿吃饭吃的都是体制里的饭，这个道理自己不懂？这个道理是懂的，装不懂，如果不装那只有饿死。如果同行给他揭穿，还能够敷衍敷衍，但是现在是一个草根的人，草根的女人，给他揭穿了，他们最看不起的、兼女人与小人于一身的人，揭穿了他们的寡廉鲜耻——装什么装啊，你吃的不还是我们大王的饭吗？糊弄谁呢？一个没文化的妇女把这个事实揭露出来，这个妇女很可恨，当然这个妇女很坏，但正是因为这样一个角色的人给揭穿出来，假再也造不下去了，没有办法继续造假。所以说他们觉得"连看看也害羞"，这个薇再也吃不下去了。本来那些知识分子反正都不是什么好东西，互相欺骗、互相揭穿无所谓，因为大家要合起手来骗劳动人民。现在是劳动者告诉你，我不相信你，你别给我玩这套了，都是假的，所以"不食周粟"的政治学逻辑被揭穿了，不能成立。

小说的最后一节：

樵夫偶然发见了伯夷和叔齐都缩做一团，死在山背后的石洞里，是大约这之后的二十天。并没有烂，虽然因为瘦，但也可见死的并不久；老羊皮袍却没有垫着，不知道弄到那里去了。这消息一传到村子里，又哄动了一大批来看的人，来来往往，一直闹到夜。结果是有几个多事的人，就地用黄土把他们埋起来，还商量立一块石碑，刻上几个字，给后来好做古迹。

这在我们今天看来，都是做好事的人，被鲁迅一写，一写到人的动机，不免都有几分讨厌，几分可恶。鲁迅也没有说这些人不对，也没有说恨他们，但只这么一写，一复原，很多真相出来了，就让我们觉得很感叹。

然而合村里没有人能写字，只好去求小丙君。

然而小丙君不肯写。他为什么不肯写呢？

"他们不配我来写，"他说。"都是昏蛋。跑到养老堂里来，倒也罢了，可又不肯超然；"这个"超然"是新月派还有先前创造社的艺术主张。"跑到首阳山里来，倒也罢了，可是还要做诗；做诗倒也罢了，可是还要发感慨，不肯安分守己，'为艺术而艺术'。你瞧，这样的诗，可是有永久性的：

'上那西山呀采它的薇菜，

强盗来代强盗呀不知道这的不对。

神农、虞、夏一下子过去了，我又那里去呢？

唉唉死罢，命里注定的晦气！'

这是鲁迅翻译的伯夷的诗，被他这样一翻译变成搞笑体了。鲁迅在这里，一方面批评了新月派的文学主张，主张文学要有永久性等等，但是他并没有站在被批评的对象上说伯夷、叔齐就不该批评。这就是鲁迅

隐士的悲喜剧——《采薇》 | 197

的复杂性，不是简单的非白即黑，小丙君不是东西，但小丙君指出了一些问题。

"你瞧，这是什么话？温柔敦厚的才是诗。他们的东西，却不但'怨'，简直'骂'了。没有花，只有刺，""没有花，只有刺"，这是新月派批评革命文学的话，"尚且不可，何况只有骂。即使放开文学不谈，他们撇下祖业，也不是什么孝子，到这里又讥讪朝政，更不像一个良民……我不写！……"

文盲们不大懂得他的议论，但看见声势汹汹，知道一定是反对的意思，也只好作罢了。伯夷和叔齐的丧事，就这样的算是告了一段落。

鲁迅指出这种荒唐的文学批评是不对的，但不是说伯夷、叔齐不该批评，两边各有各的问题——只是他没批评到位。就像鲁迅批评新月派，但鲁迅并不是完全支持新月派所攻击的革命文学，鲁迅认为革命文学也确实有问题，但新月派那几位肯定心肠歹毒。

然而夏夜纳凉的时候，有时还谈起他们的事情来。有人说是老死的，有人说是病死的，有人说是给抢羊皮袍子的强盗杀死的。后来又有人说其实恐怕是故意饿死的，因为他从小丙君府上的鸦头阿金姐那里听来：这丫头有名字，叫阿金姐。这之前的十多天，她曾经上山去奚落他们了几句，傻瓜总是脾气大，大约就生气了，绝了食撒赖，可是撒赖只落得一个自己死。

于是许多人就非常佩服阿金姐，说她很聪明，但也有些人怪她太刻薄。阿金姐出名了。

阿金姐却并不以为伯夷、叔齐的死掉，是和她有关系的。自然，她上山去开了几句玩笑，是事实，不过这仅仅是玩笑。那两个傻瓜发脾气，因此不吃薇菜了，也是事实，不过并没有死，倒招来了很大的运气。阿金姐为了说不是自己害死了他们，于是引出了新的材料，有新的故事了。

"老天爷的心肠是顶好的,"她说。"他看见他们的撒赖,快要饿死了,就吩咐母鹿,用它的奶去喂他们。您瞧,这不是顶好的福气吗?用不着种地,用不着砍柴,只要坐着,就天天有鹿奶自己送到你嘴里来。可是贱骨头不识抬举,那老三,他叫什么呀,得步进步,喝鹿奶还不够了。他喝着鹿奶,心里想,'这鹿有这么胖,杀它来吃,味道一定是不坏的。'"她怎么知道人家心里怎么想的。"一面就慢慢的伸开臂膊,要去拿石片。可不知道鹿是通灵的东西,它已经知道了人的心思,立刻一溜烟逃走了。老天爷也讨厌他们的贪嘴,叫母鹿从此不要去。您瞧,他们还不只好饿死吗?那里是为了我的话,倒是为了自己的贪心,贪嘴呵!……"

这一段话是另外一古书里记载的一段轶闻,说这两个人贪心,老天爷派鹿来给他们奶吃,他想杀鹿,鹿就跑了。鲁迅把它化在阿金的嘴里来说,阿金为了推卸自己的责任。

听到这故事的人们,临末都深深的叹一口气,不知怎的,连自己的肩膀也觉得轻松不少了。即使有时还会想起伯夷、叔齐来,但恍恍忽忽,好像看见他们蹲在石壁下,正在张开白胡子的大口,拼命的吃鹿肉。

这是小说最后留给读者的伯夷叔齐的形象,是一个很不雅的形象,高人雅士采薇,最后的形象是大口吃鹿肉,张开白胡子大口吃肉,很贪的形象。这是两千年来一部颠覆伯夷、叔齐故事,颠覆伯夷、叔齐形象的经典之作。但是,颠覆并不是颠倒,是把原来那个结构给瓦解掉,不是翻过来说这伯夷、叔齐就是坏人,不是这样的意思。

这部小说作于1935年12月,离鲁迅去世不到一年了。鲁迅这个时候不论思想还是文字,已经到了登峰造极的程度,已经到了《神雕侠侣》里面写的独孤求败四五十岁的境界了,飞花摘叶皆可伤人,平平淡淡,字里行间,到处是玄机妙语,到了这个时候了。鲁迅即使一年后不去世,以后继续写作，也无非就是这样的水平，我们也想象不出能把伯夷、叔齐的故事再写得怎么好，尽管这并不是鲁迅最著名的小说，我们讲的都是鲁迅不太著名的小说。读了鲁迅的《采薇》之后，会让我们想起太多太多，简直无从评论，但是它的价值可能就在于我刚才说的，颠覆而不颠倒，让我们对历史、对权威、对文字、对传媒，都多了那么一份警惕警觉。

关于"采薇"这两个字，最早出自《诗经·小雅》，"采薇采薇……曰归曰归"，反复重复的是这一句，里面的名句："昔我往矣，杨柳依依。今我来思，雨雪霏霏。行道迟迟，载渴载饥。""采薇"是从这儿来的，本来跟隐士没有太大关系，它是一个战争与和平的主题，一个在边疆打仗的战士归来的主题。但是由于"采薇"这个意象本身，是一个不吃肉吃素，很朴素的一种生活，跟清心寡欲连着，所以，"采薇"后来就变成伯夷、叔齐兄弟俩故事的一个象征了。"采薇"这两个字的意象就麻烦了，就复杂了。"采薇"两个字不能简单地翻译成外语，简单地翻译成外语，外国人不知道是什么意思，以为就是采一种菜嘛，采车前子，采什么菜。你必须加上典故，中国人看见"采薇"两个字，感觉就很复杂。王绩的这首《野望》是我非常喜欢的诗，我从中学到大学都喜欢这首诗，它在文学史上很重要：

> 东皋薄暮望，徙倚欲何依。
> 树树皆秋色，山山唯落晖。
> 牧人驱犊返，猎马带禽归。
> 相顾无相识，长歌怀采薇。

这是唐初非常有名的诗，也就是到这个时候，"采薇"已经意象化了。而到了唐朝韩、柳、杜甫这些人的手里，儒家思想已经固化，并且可以容纳佛教、道教。所以，到了唐朝的时候，伯夷、叔齐的故事也被固化了，大文学家韩愈就专门写了一篇《伯夷颂》，专门颂他特立独行，我们很多老百姓会认为伯夷、叔齐很傻，但是王小波说他是一只特立独行的猪。韩愈说了：

> 士之特立独行，适于义而已，不顾人之是非：皆豪杰之士，信道笃而自知明者也。一家非之，力行而不惑者寡矣；至于一国一州非之，力行而不惑者，盖天下一人而已矣；若至于举世非之，力行而不惑者，则千百年乃一人而已耳；若伯夷者，穷天地、亘万世而不顾者也。昭乎日月不足为明，崒乎泰山不足为高，巍乎天地不足为容也。

他把伯夷捧得这么高，说他是天地间的圣人，以递进的方式。

> 当殷之亡，周之兴，微子贤也，抱祭器而去之。武王、周公，圣也，从天下之贤士，与天下之诸侯而往攻之，未尝闻有非之者也。彼伯夷、叔齐者，乃独以为不可。殷既灭矣，天下宗周，彼二子乃独耻食其粟，饿死而不顾。由是而言，夫岂有求而为哉？信道笃而自知明也。

这是典型的韩愈的文风，前后呼应的。

> 今世之所谓士者，一凡人誉之，则自以为有余；一凡人沮之，则自以为不足。彼独非圣人而自是如此。夫圣人，乃万世之标准也。余故曰：若伯夷者，特立独行、穷天地、亘万古而

不顾者也。虽然，微二子，乱臣贼子接迹于后世矣。

他为什么这么赞扬伯夷、叔齐？就是他们特立独行，做了一个儒家的典范，如果没有他们这样的人，后世就不断地有乱臣贼子。所以韩愈为什么是继承儒家道统的呢？他是继承孔孟之道，要强调这么一种精神。韩愈的思想不难理解，可是，事实是有了伯夷、叔齐之后，后世就没有乱臣贼子了吗？后世还有乱臣贼子，乱臣贼子没有绝。当然我们不能说有了乱臣贼子就证明伯夷、叔齐不应该这么做。韩愈歌颂伯夷有他的道理，有他儒家道统的根基，可是我们总觉得这个道理是有缝隙的，总有一些难以服人的地方，总觉得不像孔子、孟子讲的那些话。孔子、孟子举的例子真是能够百分之百地服人。韩愈他们这么高捧，"穷天地"这么伟大的圣人伯夷、叔齐，我们觉得这里面好像不是百分之百的牢固，似乎里面有一些地方可推敲。

鲁迅写《采薇》，把这个东西颠覆了。那么，过了十几年，又有一个人，他不是专门地来谈采薇，他在另一篇雄文中，顺便地谈到了伯夷、叔齐，也谈到了韩愈这篇文章。这个人叫毛泽东，他的文章是这么写的，他写《别了，司徒雷登》，后面有一段这么写：

> 我们中国人是有骨气的。许多曾经是自由主义者或民主个人主义者的人们，在美国帝国主义者及其走狗国民党反动派面前站起来了。闻一多拍案而起，横眉怒对国民党的手枪，宁可倒下去，不愿屈服。朱自清一身重病，宁可饿死，不领美国的"救济粮"。唐朝的韩愈写过《伯夷颂》，颂的是一个对自己国家的人民不负责任、开小差逃跑、又反对武王领导的当时的人民解放战争、颇有些"民主个人主义"思想的伯夷，那是颂错了。

我们应当写闻一多颂,写朱自清颂,他们表现了我们民族的英雄气概。[1]

这个案到毛泽东这里,他把它翻过来了。我们没有考证毛泽东哪年哪月读过鲁迅的《采薇》,甚至不知道读没读过,但是,他跟鲁迅的心是相通的,他把这个道理读懂了。在他看来,武王伐纣是当时的解放战争,人民解放战争,是代表历史潮流的,这叫大局,这叫大节。当人的言行有矛盾的时候,用毛泽东的《矛盾论》去衡量一下,什么是主要矛盾,什么是大节。伯夷、叔齐的做法,鲁迅用复杂的态度来对待,毛泽东呢,给它指得很清楚,毛泽东站在解放战争的立场上说,那是对自己国家的人民不负责任,你两个为什么要逃跑出去,为什么不继位?你不是认为自己是好人,是好领导吗?好领导为什么不领导国家,把国家让给坏人来领导?为了成全自己一个清廉的名声吗?所以说不负责任说得非常准确,好人应该当领导。

孔夫子为什么说"学而优则仕"?后世把它理解为读书做官,把它理解成自私自利,孔子是这个意思吗?孔子说应该让学习好的人去当官,难道我们让学习坏的人去当官吗?学习好的人不当官是放弃责任,那你学习干什么?你早点去学做买卖,不要学习好了。所以,毛泽东指出伯夷是不负责任的,开小差逃跑的,自己逃跑,还反对人家的解放战争,那你求的是什么呢?求的是当个民主个人主义者,表现自己很清高——我不贪图名利,我不吃体制内的饭,用现在的话说就是"装"呗,就想表现自己。

想表现自己不还是一种"贪"吗?"贪"有很多种,最常见的是贪

---

[1] 毛泽东:《毛泽东选集》第4卷,人民出版社,1966年版,第1432页。

钱,我们都看见贪钱的是贪官,其实最大的贪官不是贪钱,是贪"名",想让人家说你好,为了让人家说你好,也可以杀人放火。所以清官之"贪"往往是更残暴的,表面上看他没拿钱,他为了成就自己的名声,可以不顾人民的死活。你看看他家里没有钱,他很清廉。我们不是为贪官开脱,但是,比较一下,贪官为害不一定比清官为害更大,这才是历史的事实。当然,这不是毛主席的意思,毛泽东在这里讲的只是韩愈写《伯夷颂》写错了,真正负责任的知识分子是闻一多、是朱自清。

回到这个作品上。鲁迅是个什么态度?鲁迅的态度比毛泽东要复杂,正因为复杂,毛泽东可以从他的复杂里面拿出一面来使用。毛泽东是政治家,政治家拿出东西来必须当场用,鲁迅不是政治家,他不要用,所以他保持着复杂性。

鲁迅对武王的态度是复杂的,鲁迅对武王的态度其实就是对共产党革命的态度。鲁迅是支持革命的,革命具有正义性,特别在革命党受压迫、受围剿的时候,鲁迅坚定地站在共产党的一面。但他不是认为共产党没有问题,他认为无论是当时的共产党,还是未来的共产党,肯定都有问题,但是为了大局、为了大节,他要站在共产党一面,因为共产党是为民请命的,是替天行道的,但是替天行道的人本身不是天道,本身会有问题。

他对纣王的态度也是复杂的。孔子早就说过,纣王没有那么坏,是历史的叠加,把坏事推到一个人身上。如果再仔细进行心理分析,一个人怎么会那么残暴?别人就不去分析了,最残暴的人可能是受到最大伤害的人,可能他是一个非常英明伟大的人,不被理解,受到很多误解,使他做出一些别人不能理解的事情,当然这不是说他做的这些事情就对。

鲁迅对伯夷、叔齐的态度,没有像毛泽东讲得那么简单,他也没有完全说他们是坏人、是不对的，但是指出了他们的可笑、矛盾、自我纠结、自我不能圆通之处。通过其他的一些小人物，也指出社会改造的复杂，是不是革命之后就好了？革命之后有小穷奇这样的强盗，打着革命的旗号搜刮老百姓，叫"恭行天搜"。

所以，从这里我们可以思考的是，知识分子与政权的关系。伯夷、叔齐不当国君了，现在是以一个知识分子的面目出现，你跟政权是什么关系？你跟民众是什么关系？最后，你再扪心自问，你跟自我是什么关系？你真的真诚地面对自我了吗？从孔夫子到王阳明讲的都是如何真诚面对自我的问题，你这"不食周粟"，从伦理学上讲能成立吗？是不是标榜我不吃你的饭，就好像我是圣人了，别人都对不起我了，别人都是乌七八糟的人，你们都是小人，因为你们都是吃体制饭的人。这个逻辑如何处理？

最后，顺便介绍一下，鲁迅怎么给那个女人起名叫阿金姐。就在创作《采薇》的一年前，鲁迅专门写了一篇杂文，就叫《阿金》，时间是1934年12月。有兴趣研究鲁迅的同学可以去看看，这篇文章很长，我只在这里抄录了他开头和结尾的两段。《且介亭杂文》有一篇叫《阿金》，开头是这么写的：

> 近几时我最讨厌阿金。
>
> 她是一个女仆，上海叫娘姨，外国人叫阿妈，她的主人也正是外国人。(在上海的洋人家里当女仆的。)
>
> 她有许多女朋友，天一晚，就陆续到她窗下来，"阿金，阿金！"的大声的叫，这样的一直到半夜。她又好像颇有几个姘头；她曾在后门口宣布她的主张：弗轧姘头，到上海来做啥呢？……

这是她的人生主张，到上海来就是要多找几个男情人的。这是鲁迅眼中活生生的无产阶级。大学教授想象无产阶级，要么就想象得极其不堪，要么就想象得很纯洁，都不对，大多数左派右派脑海中的无产阶级都是错误的。你下班没事到路边去跟无产阶级一块吃吃饭好不好，有工夫到工地上走一走，多挤挤地铁，听听他们的谈话，就知道什么叫无产阶级。阿金才是无产阶级。文章中间写了阿金很多很难评价的事情，鲁迅说的这个阿金竟然动摇了鲁迅的妇女观。

> 我一向不相信昭君出塞会安汉，木兰从军就可以保隋；（就是不相信妇女能起那么大的作用。）……殊不料现在阿金却以一个貌不出众，才不惊人的娘姨，不用一个月，就在我眼前搅乱了四分之一里，假使她是一个女王，或者是皇后，皇太后，那么，其影响也就可以推见了：足够闹出大大的乱子来。
>
> 昔者孔子"五十而知天命"，我却为了区区一个阿金，连对于人事也从新疑惑起来了，虽然圣人和凡人不能相比，但也可见阿金的伟力，和我的满不行。我不想将我的文章的退步，归罪于阿金的嚷嚷，而且以上的一通议论，也很近于迁怒，但是，近几时我最讨厌阿金，仿佛她塞住了我的一条路，却是的确的。
>
> 愿阿金也不能算是中国女性的标本。

鲁迅的这篇文章也是几十年来研究界很困惑的，得出的观点完全不同。有人说鲁迅非常讨厌阿金，文章就能证明，但是你仔细读，我觉得鲁迅不是那么简单地讨厌阿金。《采薇》里面最后那个婢女，鲁迅给她取名阿金，恐怕不是偶然的。第一，上海那一带女仆叫阿金的很多。第二，这个阿金和那个阿金的性格很相像，泼辣、粗俗，有几分放荡，但是，这能不能就说是缺点？或者联系起来说这就是洋奴？阿金是不是洋奴？所以，这关系到鲁迅对劳动人民的真实的态度，正因为他这么了解劳动人民，这么了解知识分子，两相对照，鲁迅才能看出其他思想家所看不出的，许多历史的真实的状态来。这也就是鲁迅和孔夫子追求一致的地方，人活着就是要求道，道就是生活的真相。

好，我们今天就讲到这里。下课。

——2014年北大鲁迅小说研究课第十二课

2014年12月10日

黑色的孤独与复仇

——《铸剑》(上)

时间已到,我们开始上课。今天是12月15日,12月又已经过去一半了,又快到年底了。

初冬已经过去,进入隆冬时节,天越来越冷了,也就越来越适合读鲁迅、学鲁迅、讲鲁迅。我们想到鲁迅,总是跟"冷"联系在一起,这是很有意思的一个现象。一些生理感受,一些自然现象,与文学艺术之间到底有着什么样的联系?我们想,每个人都正常地度过春夏秋冬,他都会有冷有暖,为什么想到鲁迅,总是不由自主地会想到冷?其实一个正常人待着没事儿,是不会主动去读鲁迅的。网上有很多假装爱读书的人经常提问,开口就说一句天下最无耻的话:"最近书荒,请问孔老师有什么书可以推荐吗?"你有什么资格说书荒啊?十三经读了吗?外国小说你读了几百本了?你有什么资格说书荒?书有的是,你为什么不读?你从小不知道伟大作家鲁迅吗?鲁迅的书你读了几本?

当然我这样说,是站在一个很理性的观点来看,如果用比较接近人情的观点去想，人们平时待着没事，他明明知道鲁迅很伟大，为什么不读鲁迅？原因有很多，其中可能有一个原因，就是觉得鲁迅很冷，哪怕就上学的时候学过那么几篇课文，他已经感到这个冷气了。所以对于这些人来说，夏天的时候读鲁迅好，夏天读鲁迅凉快，可以代替一部分空调的功能，读了鲁迅不会出汗了，汗不敢出。但是，如果在冷天读鲁迅，似乎更能体会这个冷，往深一点儿说，你更能够明白鲁迅到底冷不冷。鲁迅真的冷吗？到底什么是冷？冷暖这类词都是相对的，在什么环境下是冷，在什么环境下是热？

我是在哈尔滨长大的人，公元1983年，我来到被全国人民认为很冷的北京，我从来就没有感到过冷，这算什么冷啊。来到北京，我感到很多事情都很好笑，来到北京第一个冬天，有人喊：外边下雪啦！下雪了！我到窗户看，我说哪儿有雪啊？没有啊。然后就看见一群南方同学在那儿蹦，我就静静看了半天，啊，有毛毛雪——冷和热是相对的。可是我在北京待的时间长了，回到我的故乡，我又不习惯了，我又觉得太冷了，怎么会这么冷呢？我是在这个地方长大的吗？有点怀疑，我说：这个地方人怎么能长大的呢？随便地呼吸，空气里都看得见，一会儿就结霜。我们不需要"尘满面，鬓如霜"，到处都是霜。经过这个冷和热的来回折腾，才能够更加准确地体会到什么是冷，什么是热。

有的时候你看上去冷的可能恰恰是热，看上去热的也可能是相反。就像我告诉别人，你如果冬天到哈尔滨去吃饭，在饭馆里喝啤酒，服务员问你：要常温的还是要冰冻的？一定要冰冻的，冰冻的是零下4度，常温的是零下15度，你要了常温的半天都喝不着，那里面是一个冰坨子，那叫"常温的"。所以说在20世纪80年代，我们国家刚开始流行冰箱的时候，在东北冰箱是卖不出去的，谁买冰箱啊？买那么个东西，冷冻能力那么差，为什么花那么多钱呢？家家的阳台都是大冰箱啊，阳台随便放上菜、放上肉、放上包好的饺子，吃的时候要用斧头去砸的，那是个力气活，怎么还要专门买冰箱呢？后来终于有有钱人开始买冰箱，那是个摆设，表示家里有钱，没什么用的。

而冷和暖在美学上的意义和功能，首先来源于我们身体的自然的生理感受。除了冷和暖之外，一些视觉效果，一些听觉效果，也无不如此。为什么现在你觉得全民艺术欣赏水平都很低呢？是因为我们现在每天听的都是甜腻腻的东西，听的都是暖烘烘的东西。像我这种在冰天雪地里长大的人，遇见甜腻腻的暖烘烘的，我天然地感到有一种臭味儿，我觉得暖和的东西是臭的，甜腻腻的东西是臭的。我这样说会得罪很多人。我认为世界上最难吃的就是很多女孩子喜欢吃的什么蛋挞之类的东西，那个东西怎么能吃呢？

这是我的偏见，但是我相信每一种偏见有它的美学基础。如果你想听音乐，为什么不去听交响乐？为什么不听巴赫、贝多芬？这些名字你当然都知道，你为什么去搜这个星期的流行歌曲排行榜呢？当你理性想一想的时候，实在是不能理解的。当你想欣赏美术的时候，你当然知道那些赫赫有名的美术大师的名字，现在去美术馆也花不了几个钱，在首都北京有那么多高级的画展，你错过了多少？有那么多高级的音乐会，你错过了多少？有那么多艺术大师唱各种戏曲，你听过几场？对于一般的群众，我们不好做更高的要求，但对于我们北大人，北大有这么好的条件，你自己又有一定的文化水平，到了这个程度，要想一想这个问题。课堂上能学多少东西？很有限，课堂只是我们人生的一些个例，你把它当成一些个案，主要的课堂都在外面，特别是在你觉得好像不舒服的冰天雪地里边，那是最好的课堂。

就像我们讲鲁迅小说，怎么能把鲁迅小说讲好？它是讲不完的，尽管鲁迅小说很少，然而是永远可以讲下去的。我给大家布置的期末报告，让大家从复调的角度来想一想鲁迅小说，目的也是启发大家，并不打算让大家真正地干一个什么具体的活。今天我想从一个角度来欣赏鲁迅的两篇小说，其实也是用个案的方式启发大家，我们进入艺术作品的一些角度，我起的名是叫"黑色的孤独与复仇"，这是我以前的一篇小文章的名字，思路基本上是这篇小文章的思路。从一个颜色的角度进入一个文学作品，看看这样我们能够读出什么来。这两个作品是传统的鲁迅研究中重视不够，但是近年来又得到密切关注的作品，一个是《孤独者》，一个是《铸剑》，这也是研究鲁迅的学者经常会提到的。这两篇小说理解起来都颇有难度，当然所有鲁迅小说理解起来都很有难度。我们今天尝试着从一个颜色的角度去解读它。

在讲黑色的孤独与复仇之前，我们先来谈一谈鲁迅与美术的关系。

鲁迅到底是什么？我在不同的场合说过，我们讲一个人，切忌用一个名目把他罩住，说某个人就是什么家，这种说法是很危险的。你看见北大物理系的一个教授，你说他是物理学家，你看见化学系的一个教授，说他是化学家，这大体是没有错的，但往往也冤枉了人。一个物理学家，他不能同时是文学家吗？很可能是文学家，很可能是大文学家，很可能文学上的造诣胜过他物理学上的造诣。大家知道一个人叫丁西林吗？这是我讲中国现代文学史的时候必须讲到的著名剧作家丁西林，早期被称为独幕剧的圣手。可是很多人不知道丁西林是北大物理系的开创者，北大物理系主任，中国著名戏剧家。这才叫北大人。不会写戏剧的物理学家不是好厨子，是吧？这不是我们常用的句式吗？他后来是中国文化界的领导。

这是我们知道的，我们不知道的有很多。我上大学的时候，给我们讲西方文学史的北大西语系的一位老师讲课很好，我们很欢迎他。有一天老师讲得很高兴，说："我讲课你们很喜欢吧？"我们说："很喜欢。"

他说:"啊,这个东西不过是我的饭碗。"我说这老师很牛啊,你讲课很好,我们说你好,你还越吹越厉害了,这就是你的饭碗,那不是饭碗的呢,你还喜欢什么呀?他说:"文学只是我的饭碗,音乐才是我灵魂的归宿。"他真正的喜好是音乐。后来我们才知道,他是北大第一小提琴。但是他讲外国文学,外国文学是他吃饭的家伙。

所以我们很多人不知道鲁迅是干什么的。你说鲁迅是作家,没有错,你说鲁迅是思想家、革命家的时候,就要解释得复杂一点儿。鲁迅有很多侧面,那么如果我们说鲁迅是个美术家,很多人可能就不理解。鲁迅是美术家?他画了什么画吗?我们首先是会这么想的,是的,鲁迅没有创作什么了不起的绘画。你注意我们说他是美术家,不是说他是画家,美术家比画家范围要广,就好像我们说一个人是文学家,我没说他是小说家。鲁迅与美术的渊源非常深,我们中国直到现在,我们的美术创作、美术理论都与鲁迅有着密不可分的关系。今天我们当然不是主要讲鲁迅与美术这个话题,我们为了讲小说进行一点必要的铺垫。

我们看看鲁迅的美术才华,从北大校徽开始讲。

鲁迅设计的北大校徽

大家都是北大人,熟悉这枚北大校徽。这个校徽已经卖了很多钱了,它印在很多工艺品上,北大校园里到处都有卖的。但是绝大多数人都不知道这个校徽是鲁迅设计的,全国最有名——也可以说全世界最有名的一枚校徽,竟然是鲁迅设计的。我今天没戴北大校徽,我入学的时候,我们都喜欢戴那个横着写的四个字的,这是毛泽东的四个字:北京大学。学生戴白底红字的,研究生就变成橘黄色的了,老师是红的。后来才知道有一枚鲁迅设计的校徽。这是1917年8月,鲁迅设计的北大校徽。懂美术和不懂美术的人看见这枚校徽都会被吸引,这个设计很有特色。首先它非常简洁,非常简单,你不让我设计北大校徽吗?好,就写俩字:北大。我们现在全世界到处时兴设计logo,因为有那么多的商标、那么多的企业、那么多的品牌都要设计,都想办法在里边安上尽量多的元素。我也参与过类似的活动。那么我们想一想看一看鲁迅的设计,首先非常"简",简洁,没有多余的,一点一横都没有,你让我设计北大校徽,就写"北大"两个字。但是,他这"北大"两个字设计的,我在讲的时候,我想大家一定在琢磨,它的特点是什么。为什么"北大"两个字被他设计成这个样子?这就是汉语的书法造型之妙。

为什么我们看这个校徽的时候觉得这个校徽好?给你带来哪些美学上的感觉?你觉得,嗯,很简洁,很有力。你会觉得很软弱无力吗?你说很有力,但请问:你为什么觉得很有力?有力的感觉怎么来的?这就需要解读。经过解读,我们看这个"北大"被他设计成什么样子了呢?

　　上下分两部分,两个字,上边是北,下边是大,上面的"北"是两个背对背而坐的人,是两个人背对背,但是没有挨着,不是抱着,也不是靠着。背对背,这是什么?这是北大精神里的哪一点?独立!我们在一起,但是彼此不靠的,彼此背对背,像两个一块儿打仗的兄弟,每人守护一面,背对背。那我们知道,说两个人一条心打仗的时候,它的功能可能是四个人,它不是1+1=2的关系。五四的时候有一首诗,沈尹默的《月夜》,我们经常把它当成一种独立自由的精神来讲:"霜风呼呼的吹着,月光明明的照着。我和一株顶高的树并排立着,却没有靠着。"我和一棵树并肩立着,但是没有靠着,树不靠我,我也不靠树,这是一种独立精神,独立不依他的精神。往后又过了许多年,有一个叫舒婷的诗人写了一首《致橡树》,这个可能你们更熟,是写爱情的。她和她的爱人的关系是两棵树的关系,我不攀你的高枝,你是一棵树,我也是一棵高高的树，我们在云里相会，根在地下相逢，这都是五四独立精神。所以作为北大人，即使校徽不经过解读，你看了之后莫名其妙地感觉很合胃口——两边各有一个人背对背这个形象。

下边这个北大的"大"呢？仔细看也是一个人，这是一个什么人呢？这是一个大力士，这是一个大力士的形象。而上面这两个人，坐在这个大力士的肩背上，一个人肩负着两个人。有人解读说这就是北大老师和学生的关系，下面就是北大老师，我们一个老师被两个学生欺负，一个老师负责扛起俩学生来。我没有查现在我们的师生比，是不是一个老师正好俩学生，我记得好像学生比较多，现在好像一个老师得扛七八个学生。所以这个力量，从这儿而来，教育事业是成就人的，鲁迅这个校徽的核心思想是以人为本，是立人的思想、树人的思想。

我们说教育百年大计，为什么说是百年大计呢？跟人有关。一个人要独立，你还要有担当，合起来是北大的意思。你如果马马虎虎地看这个整体形象，整体的意象，它不很像一个脊梁骨吗？你把这三个字合起来看，是一个解剖学上的脊梁骨。鲁迅是学过解剖的，鲁迅解剖没学好，但是他把美术和解剖"混为一谈"。他当年画血管啊，画人体解剖啊，藤野先生批评他：你画的这个不对，不准确。鲁迅说，我以为还是我画的更好看一点。他觉得他画的更好看，他不管准确。那这个"北大"正好画出的是一个脊梁，你要拿人的脊椎骨来比，肯定是不准确的，但他画的是一个脊梁的精神。而三个人合起来，是群众的"众"，只不过"众"是一人在上二人在下，他现在是反过来一人在下，二人在上。

这个简单的构型里边有如此复杂的意义，简与繁的关系，被浓缩在这样一个图案里，因此知与不知都会感到这个校徽设计得好，它可以跨越时空，跨越时代。每次你都可以多看两秒钟，觉得可以把玩，可以欣赏。

从这里我们也可以看到鲁迅的美术才华，当然鲁迅的美术，已经有很多学者写过文章、写过论著。鲁迅的美术天赋是从小就有的,我把它概括为从百草园到芥子园。大家都学过百草园,你读百草园除了读小孩那点儿童趣之外,你更能看到他有一双发现美的眼睛,他写的百草园同时可以画成连环画的。长大之后,鲁迅又很喜欢我们可以誉之为中国画教科书的《芥子园画谱》,以前画画的人都要买《芥子园画谱》,鲁迅就很喜欢。而且鲁迅还喜欢插图版的《山海经》,鲁迅让他家里的长妈妈去给他买《山海经》,长妈妈也不懂什么叫《山海经》,以为是三哼经,终于给他买来了——带画儿的三哼经。

鲁迅就学着红描,学着模仿,来画芥子园。他虽然不是职业画家,但他对于视觉美、视觉造型是非常在行的。所以后来中国木刻运动是以鲁迅为领袖的,木刻带动了整个的中国先锋绘画。这是说鲁迅受美术的影响,反过来他对美术有影响。

我们再看一个鲁迅的设计,1909年的时候,鲁迅设计了一只猫头鹰。

鲁迅设计的猫头鹰

这个猫头鹰我们用刚才那个"北大"来比一下,它的特点是什么?我已经写了几点在这里:首先,图案很简洁。他不是把一只猫头鹰用工笔的方法面面俱到地画出来,就画一个轮廓和几个突出点,主要突出眼睛,黑边勾勒出这两个大大的白眼睛。我们知道猫头鹰的特点,猫头鹰的瞳孔是不能收缩的,所以日夜都睁着一双大眼睛,猫头鹰给人最深刻印象的就是那双眼睛,然后是耳朵,别的都很简略。他画的这个猫头鹰,简洁之外,有一种美学的造型,这个美学造型使人感到很孤峭。在中国文化里,在很多民族的文化里,猫头鹰是不被人类喜欢的,人讨厌猫头鹰,甚至认为猫头鹰带来不吉利。可是鲁迅总是喜欢大家不喜欢的东西,并从中发现美。他画的猫头鹰,你觉得有一种独立的精神，与众不同；再看呢，好像很好玩儿，有一点儿意趣在里边。这个意趣不是多数人的意趣，是少数人的，少数人默默欣赏的意趣。

另外提供个材料，鲁迅本人有个外号就叫猫头鹰，是同学给他取的。因为鲁迅不修边幅，一天到晚头发乱蓬蓬的，还有一些外形上的、内神上的特点，同学们把他叫猫头鹰。但是鲁迅并不生气。如果大家读过革命题材的小说《红岩》，就知道《红岩》里有一个特务，他的外号叫猫头鹰，是关在监狱里的革命者给他起的外号，那个猫头鹰是带有贬义的，是说他成天监视着革命者，很凶恶的。而鲁迅这个猫头鹰呢，他接受，他不但接受，还自己设计了一个猫头鹰，他喜欢猫头鹰。前些年出版过一套丛书就叫"猫头鹰"，这个猫头鹰慢慢地成了我们喜欢的一个动物了，这也是跟鲁迅有关系的。

"观"的甲骨文

另外顺便讲讲这个猫头鹰的造型。我们知道观察的"观"，现在简体字是这样写的，"观"的甲骨文造型就是猫头鹰。

这两个大大的口，就是猫头鹰的眼。甲骨文的"观"，就是猫头鹰的造型。所以鲁迅为什么喜欢猫头鹰呢？因为鲁迅把自己定位为一个敏锐的社会观察者，看得专注，看得长久，看得深刻，这是鲁迅喜欢猫头鹰的一个原因。沈尹默《回忆伟大的鲁迅》说："在大庭广众中，有时会凝然冷坐，不言不笑，衣冠又一向不甚修饰，毛发蓬蓬然，有人替他起了个绰号，叫猫头鹰。"还有这个鸟和壁虎，鲁迅对于它们都不讨厌，实际上，毋宁说，还有点喜欢。

鲁迅在其他的场合也有很多设计。他为别人、为其他的单位设计了一些封面插图等等。我举两个例子，一个是他设计的《小彼得》封面，一个是他给《萌芽月刊》设计的封面，这都是鲁迅设计的。

我们一般都觉得鲁迅是个战士，可是你看这个战士设计的封面是不是有点朦胧啊？他设计这些东西的时候，他那个心态是很好玩儿的，很接地气的，很让人感到亲切、可接近的。他这样的设计都不少，有很多，这是日常的文化设计。

《萌芽月刊》封面

《小彼得》封面

很多人都不知道鲁迅设计过国徽，不是中华人民共和国的国徽，是中华民国的国徽，而且是中华民国第一代国徽。中华民国可以大概分两部分，前一部分是北洋时代，后一部分是蒋介石领导的国民党时代。

北洋时代时任中华民国临时大总统袁世凯，就在中华民国成立之后，1912年命令中华民国教育部的三个领导，你们一块儿给我设计一个国徽图案出来。这三个人就是教育部的三个重要干部，周树人、许寿裳、钱稻孙，而主要设计者是周树人。这是我们今天能看到的鲁迅设计的中华民国国徽，一会儿再讲这个国徽的含义。这个国徽曾经用到过许多场合，包括中华民国的货币上，这个货币不多，现在比较值钱。我不知道同学们看过多少国家的国徽，我小时候没事就研究每一个国家的国徽、国旗，我小时候家里有一本书，彩色的。研究国徽很有意思，国旗一般比较简单，国旗那么大反而构图简单，国徽这么小反而构图复杂。要没有人讲，没有人说明，你不知道那国徽什么意思。我讲中华民国这个国徽也是很复杂的，一般人都不知道这是什么意思。但大多数人都能看明白这有一条龙，也就能把这条龙看出来，别的可能一说都错。鲁迅不但设计了这个国徽，鲁迅写的国徽说明书，当时也传颂一时，认为这是太漂亮的古文了。

鲁迅参与设计的中华民国国徽

　　谨按西国国徽，由来甚久，其勾萌在个人，而曼衍以赅一国。昔者希腊武人，蒙盾赴战，自择所好，作绘于盾，以示区别。降至罗马，相承不绝。迨十字军兴，聚列国之士而成师，惧其杂糅不可辨析，则各以一队长官之盾徽为识，由此张大，用于一家，更进而用于一族，更进而用于一国。故权舆之象，率为名氏，表个人也；或为十字，重宗教也。及为国徽，亦依史实，因是仍多十字，或摹盾形，复作衮冕旗帜之属，以为藻饰。虽有新造之国，初制徽识，每不能出其环中，盖文献限之矣。今中华民国，已定嘉禾为国徽，而图象简质，宜求辅佐，俾足以方驾他徽，无虑朴素。惟历史殊特，异乎欧西，彼所尚者，此不能用。自应远据前史，更立新图，确有本柢，庶几有当。考诸载籍，源之古者，莫如龙。然已横受抵排，不容作绘。更思其次，则有十二章。上见于《书》，其源亦远。汉唐以来，说经者曰：日月星辰，取其照临也；山，取其镇也；龙，取其变也；华虫，取其文也；宗彝，取其孝也；藻，取其洁也；火，取其明也；粉米，取其养也；黼，取其断也；黻，取其辨也。美德之最，莫不赅备。今即从其说，相度其宜，会合错综，拟为中华民国徽识。作绘之法，为嘉禾在于中，是为中心。嘉禾之状，取诸汉"五瑞图"石刻。干者，所以拟盾也。干后为黼，上缀粉米。黼上为日，其下为山。然因山作真形，虑无所置，则结缭成篆文，而以黻充其隙际。黼之左右，为龙与华虫，各持宗彝。龙复有火丽其身，月属于角。华虫则其味衔藻，其首戴星。凡此造作改为，皆所以求合度而图调和。国徽大体，似已略具。复作五穗嘉禾简徽一枚，于不求繁缛时用之。又曲线式双穗嘉禾简徽一枚，于笺纸之属用之。倘更得深于绘事者，别施采色，令其象更美且优，则庶几可以表华国之令德，而弘施于天下已。

鲁迅的文言功夫天下第一，一篇小报告，一篇公文写上去，整个中华民国政府莫不对他五体投地。中国五千年没有人能够写这么漂亮的文章的。但是，他是主张白话文的，你就想想，文言文写到出类拔萃，才有资格主张白话文。

根据他的说明，我们看一下。他这个国徽又被称作"十二章纹国徽"，它有十二个主要的中华元素。一般人都认为这边是龙，那边是凤吧？这个不是凤，这是华虫。我们家孔达颖先生解释《礼记》，说"华虫者，谓花和雉也"，不是我们一般认为的凤凰。还有宗彝、藻、火——火是在龙的身上——中间这个盾，就是"干"，中间是嘉禾。黼黻，就是明朝清朝官服上前边后边那个东西。我们不一个一个解释了，加起来，其实他是把中华民国的核心价值观，都给概括在这一个国徽里边了。而且不是干说那个字，它是有形象的，概括在一个意象里。大家可以比较其他一些历史悠久国家的国徽，比较一下就知道，鲁迅下了多少的功夫。

我们主要不是来讲国徽，是讲鲁迅对美术形象的理解。当然这个国徽当时也是影响很大，如果不是后来国民党北伐重新建立政权的话，这个国徽恐怕要一直使用下去。后来国民党北伐成功了，统一全国了，国徽就变成青天白日国徽了。青天白日国徽是比较傻的。鲁迅设计的这个国徽由于使用时间不长，所以全国都很难找到。现在我们想找到这个国徽还有个地方，是原来的金城银行，现在这个地方是交通银行上海分行，上海分行大门口上边那块儿，还保留着鲁迅设计的国徽，很多人都不知道这是什么东西。如果去上海玩儿，别忘了在那儿照张相。这是一个应该打卡的地方。

用这个国徽做的货币，也发行量不太大，最有名的是当年张作霖打进北京，做了短暂的中华民国一把手，他铸造的纪念币，正面是张作霖张大帅的头像，背面就是中华民国这个国徽。老百姓不知道那是华虫，就把它叫作"龙凤币"，老百姓认为这是凤凰，这样好记嘛。这个龙凤币现在知道的只存世两枚，号称民国币王。前年在拍卖会上拍卖了一枚，卖九百多万，谁如果再能找到一枚，你在北京买房子就不愁了。这是和鲁迅设计国徽有关的一个信息。

我们再看看鲁迅其他作品设计，给自己作品的设计。他设计的很多，我们选一篇杂文，一篇小说，一篇散文。鲁迅的杂文《坟》的扉页，鲁迅自己设计的，这个"坟"写成这个样子，最上边一只猫头鹰。这猫头鹰设计得也很萌，歪着脑袋，睁着一个眼睛闭着一个眼睛，这有点像孔老师一个眼大一个眼小，表示对社会不满哈。这个是鲁迅自

鲁迅设计的《坟》的扉页

《呐喊》封面　　　　　　　　《朝花夕拾》封面

己设计的。

《呐喊》小说（的封面），是鲁迅自己设计的。你觉得这个风格你能超越吗？我们有那么多专门学美术设计的，怎么就超越不了？这是他的散文《朝花夕拾》封面，他自己写的书名，鲁迅那么忙的人，但是有闲情逸致设计这些东西，他是真的爱美术的。所以到20世纪30年代，他能够迅速地察知世界美术潮流，引进木刻艺术，结果这个木刻成了中国的一个先锋——最早达到世界水平的一种艺术门类。

我们再看看鲁迅家里藏了很多画，他还很喜欢收藏，不光收藏古代的，他喜欢收藏外国的。我们看看他收藏的画的倾向性。老有人去问，鲁迅家里有多少裸体画啊？鲁迅也藏了一部分裸体画，也是很先锋的，很现代派的。但是鲁迅的藏画，很注意人物的灵魂，特别是人物的眼睛。无论是孩子，还是这些成年人，鲁迅一眼就捕捉到了他们的眼神。这是鲁迅收藏的画，当然收藏的画很多，大家有机会可以去鲁迅博物馆或者是展览会看。

鲁迅还很喜欢木刻，收藏了很多汉代的石刻、砖刻。中国古代雕刻

珂勒惠支的《牺牲》

艺术是非常高级的,鲁迅的眼光很毒,鲁迅收集的世界名画,这也是到处可以看到的,珂勒惠支的《牺牲》——一个伟大的牺牲。

他的美术眼光跟他的文学创作之间是一个什么样的关系,这是一个很有分量的也很有意思的学术课题。有很多人研究鲁迅与美术,我研究不了这个题目,我所有科目最差的就是美术。我上小学的时候门门都是100分,只有美术是永远得不到100分,美术永远得80分,顶多得85分。只有一次得100分,有一次考试,我说我想个什么办法,让老师不能不给我100分呢?考试是自己随便画,我就画了一个天安门,画得很不直,其实很不好看,但是我很用心地画,画完还怕老师不给我100分,我在下边写了一句话:我爱北京天安门。——我看你敢不给我100分!老师这次给了我100分,但是给我留下一个深刻的印象,我画画不行。所以我研究不了这个题目。但是我很喜欢美术,我上大学的时候,经常去看各种画展,我到很多地方也注意去欣赏美术作品。我很理解其他学者对鲁迅与美术关系的研究,他们都拓展了鲁迅研究、美术研究、美学研究、中外艺术研究的空间。

这是要讲"黑色的孤独与复仇",我们做了一个知识性的铺垫,告诉大家,鲁迅是美术大师,鲁迅对中国美术有深刻的影响,鲁迅的文艺作品与美术有着复杂的深刻的联系。下面我们来进入今天主要的话题。

鲁迅作品就像王维的诗一样,前人说王维的诗,诗中有画,画中有诗,鲁迅的文字中当然是有画的、有美术的。鲁迅最擅长使用各种色彩与线条,但是鲁迅在娴熟地运用色彩技巧去达到他的艺术表现目的之时,最喜欢也最擅长使用的颜色是黑色。这个不难猜到，我想如果作为一个问题提出的话，十个人有九个人会举手说黑色，就像我们说鲁迅是冷的热的，大家都会说冷。没错，最直观的感受：鲁迅是冷的，鲁迅是黑的，而这两个又是有关系的，就像从今天开始，往后的节气一样。与黑色同时出现的，往往是孤独的情调或形象，如同冬夜，天愈黑，冷愈盛，二者相依相生一般。

鲁迅的作品越黑就越冷，越冷就越黑，而看上去好像他自己很喜欢写这个东西，特别喜欢写寒夜呀、黑夜呀、冬天哪，很喜欢写这些。如果说表现，应该说表现在他许许多多的作品中。让我们从中找两个比较典型的作品，这也是当初我自己想到的，我发现这两个作品最冷、最黑。这两个作品一个叫《孤独者》，一个叫《铸剑》。《孤独者》收在他的《彷徨》小说集里，《铸剑》收在《故事新编》中。写在两个时代，两种题材，收在两个集子里的小说，我把它找出来，比较一下，这两篇小说可以形容为是黑色的兄弟，一对黑色的兄弟。

黑色跟这两篇小说中的主人公是有关的，这两篇小说中的两个主人公是黑色的，也像黑色兄弟，所以这两篇小说可以理解为一个黑色家族。这两个人物我给他做一个比喻，我把他们比喻为金庸笔下的玄冥二老，金庸笔下不说玄冥二老功夫很厉害吗？我从鲁迅小说中找到对应的两个人，一个是《孤独者》的主人公，叫魏连殳，我备课的时候又想到，魏连殳的"殳"本来就是一种兵刃，我们看到"殳"的时候感到一种压迫感、刺激感，这个直觉是哪来的？你看魏连殳这个名字的时候，你就不会感到热，你会感到是有点冷的，它是黑的冷的感觉，特别是这个"殳"，是带有杀伤性的。《孤独者》的主人公叫魏连殳，《铸剑》的主人公的名字比较奇怪，叫宴之敖者，下面我们再讲，先知道这个名字，这名字看上去好像不像中国人的，好像外国人——日本人的。

| 黑色的孤独与复仇——《铸剑》（上） | 223

一个魏连殳,一个宴之敖者,两个人组合起来是玄冥二老。在他们刚一出场之时,就扑面给人一股黑气,关于他们形象的描写也始终不离开黑色。怎么塑造人物?高妙地塑造人物,不是作者直接说他是什么:这个人很孤独,这个人很聪明。高级的作者不是这么去写的,而是通过其他手段,把这个印象灌注到你的脑海中去。我们也是通过读小说,再想起这篇小说的主人公,觉得他就是黑色的。把他联系起来看:这是黑色兄弟。再一想,这不很像玄冥二老吗?如果这两个人一块行走江湖,那是一个厉害的对手。

我们下面来分开讲。不从小说的顺序——不沿着小说的顺序来从头解读文本了,只围绕着黑色的问题来说,围绕着孤独的问题来说。

《孤独者》中的主人公叫魏连殳,魏连殳出场的时间地点都很有特色。时间,是他祖母去世之后,要进行大殓的这天下午;地点是他的老家,老家的名字起得很好,叫寒石山。老家那地方看上去就很冷,寒石山,一看就是不供暖气、烧不起柴火的地方。主人公魏连殳是出生在这样一个地方。他家里已经没有别的亲人了,就他和一个老祖母,他在外边努力,老祖母在家。"我"到这个地方来偶然住着,听说村儿里出了这么一个坏人,周围的村民都不理解他,可是他老祖母去世了,他必须回来奔丧,回来参加祖母大殓。这个时候,叙事者"我",才遇见了魏连殳。而"我"呢,是一个看客。

鲁迅小说叙事者问题我们讲过了,他精心选择叙事者,你看孔乙己是谁看见的呢?孔乙己是那个不会掺假的小伙计看见的。魏连殳是谁看的呢?不是村民看的,村民当然知道他是谁,是一个外来的"我","我"也是知识分子,另一个知识分子眼中,看出来他,他们原来不认识。

我也是去看的一个,先送了一份香烛;按照农村的礼俗要先送一份香烛,待到走到他家,已见连殳在给死者穿衣服了。因为他是长孙,老太太没有别的亲人，所以他这个长孙，要给逝者去穿丧服，给她穿衣服。这时候下面写他的形象，**原来他是一个短小瘦削的人，长方脸，蓬松的头发和浓黑的须眉占了一脸的小半，只见两眼在黑气里发光**。这是写魏连殳这个人的形象。看上去有点像鲁迅本人，但又不太一样，短小瘦削，这是鲁迅本人的形象，鲁迅个子不高，很瘦。鲁迅临终的时候瘦到一把骨头，只有六十多斤，真是很可怜。但是下边的描写跟鲁迅不一样，长方脸，鲁迅不是长方脸，他把他写成长方脸，是为了写他与社会绝不融合的那个形象；蓬松的头发，有点像鲁迅不修边幅；浓黑的须眉占了一脸的小半，鲁迅虽然留了胡子，但鲁迅留的是日本式的，还是经常要收拾整理的，并没有占那么大的面积；但是"两眼在黑气里发光"，这就不完全是写实，而是写意。什么叫两眼在黑气里发光？我们东方人的眼睛都是黑的，在哪儿都是发光的，但是要注意，说它在黑气里发光，是突出黑的氛围。下面写他怎么给老太太穿衣服，**那穿衣也穿得真好，井井有条，仿佛是一个大殓的专家，使旁观者不觉叹服。寒石山老例，当这些时候，无论如何，母家的亲丁是总要挑剔的；他却只是默默地，遇见怎么挑剔便怎么改，神色也不动。站在我前面的一个花白头发的老太太，便发出羡慕感叹的声音。**

　　我很小的时候回山东老家去给我的祖父奔丧，那里还完整地保留着传统社会的礼仪，怎么磕头，怎么穿衣服，都有旁边的人在挑剔：这个不行！那个不对！这个重来！在我一个受了新式教育的看来，这都是折磨人，这都是没事儿找事儿。慢慢地联系起来看，才知道这是整个的一个系统。传统文化留下来的东西，到底哪些应该保留，哪些是精华，哪些是合乎孔孟之道的，哪些是后来的人不断地乱增加的，不合乎孔孟之道的，纯粹折磨人的呢？

　　这个叫魏连殳的人，是一个新学派，他是一个新式的知识分子，所以那个山村里的人都认为他不会做这些事,认为他回来一定是一个孽种,是一个逆子,他们已经准备好了跟他斗争,准备了各种方法,让他一定服从他们这一套。没有想到他们提出的要求,他全都简单地说,可以的,你们说怎么着就怎么着,没有任何的反抗,没有任何的挑剔,而且他穿衣服穿得像大殓的专家一样,别人挑剔他就改,这是大家都没有想到的。这就会使我们去思考,他到底反不反传统,再次仔细去想:五四真的是反传统吗?五四里边那些激烈的反传统的声音,代表五四吗?再进一步想,传统到底是什么?比如有些人说我们是中国人,我们要穿汉服。什么叫汉服?我们汉族从形成到现在经历了多少服?你说哪一个是汉服?汉朝的汉族人穿的服是汉服吗?还是唐装是汉服?还是长袍、马褂是汉服?什么是汉服?你都不知道什么叫汉服,凭什么号召别人穿你穿的那个衣服呢?

我们为什么不喜欢黑色?黑色里就包括整不明白的意思,我们不愿意接近黑色,黑色里藏着很多不可知、看不见、看不清,所以我们不喜欢黑色。一说到黑洞,黑洞真是黑的吗?恐怕不是,是我们搞不清的一些力量存在,那个地方叫黑。这是魏连殳的出场。

下面,穿完衣服,**其次是拜;其次是哭,凡女人们都念念有词。其次入棺;其次又是拜;又是哭,直到钉好了棺盖。沉静了一瞬间,大家忽而扰动了,很有惊异和不满的形势。我也不由的突然觉到:连殳就始终没有落过一滴泪,只坐在草荐上,两眼在黑气里闪闪地发光。**

我不知道大家有没有经历过传统的丧仪,我除了回老家给我爷爷奔丧之外,也经历过其他一些丧仪。即使在城市里,即使在大城市里,这些封建礼教仍然保存得相对完好,大城市里依然是这一套。怎么跪、怎么拜、怎么哭,女人们念念有词。因为我作为一个小孩儿没有很深的悲痛,所以这些东西在我看来都是在演戏,无论是七大姑八大姨,来了之后就做出很悲痛的样子，呼天抢地，仔细听着说的词都差不多。都是"哎呀哎呀你怎么就这样走了，你怎么就撇下我，还有谁谁谁，就不管了呀……"基本是这一套词。我不知道他们都跟谁学的，反正都一样。每个人来了都说这么一套，就是唱完了，起来，然后就到一边吃饭去了，基本上是这一套。所以我小的时候就有点儿怀疑，既然都不是真心的，那你干吗还要来呢？干吗费这么多的时间呢？

我小的时候回老家，我爷爷的丧事持续了一个多月，头七、二七、三七。那个时候消费水平很低，但是也花了很多的钱。每有一次活动，全村都到我们家里来吃饭。我爸爸不过是一个普通的工人，但是他们都认为你在大城市生活，我们全村就应该吃你。这里边是很长知识的。

但是这里关键的一点，就是魏连殳一切都按照老规矩办，可是办完了之后，大家突然发现他竟然没有落过一滴泪。人是不是真哭，往往体现在有没有眼泪上，没有眼泪叫干嚎。很多参加丧事的人，其实只有干嚎，他没有真的悲痛。没有悲痛，你为什么要哭呢？哭是痛的外在表现哪。你读《论语》，就知道孔子讲礼和内在的仁义的关系，你没有内在的仁义，这个礼就是假的。五四新文化运动，要反对的是那个虚假的礼，它要树立的恰恰是人的真情。魏连殳这样的人，是要恢复真的传统文化。真的传统文化，真的孔孟之道是什么？就是你对人有仁义之心、仁爱之心、恻隐之心，如果没有的话，你弄一套咿咿呀呀的程序，那不是自欺欺人吗？而魏连殳恰好就是，程序我随着你们做，但是在你们这一天闹哄哄中，我怎么悲痛啊？本来有悲痛，我都被你们给打搅了，当着众人哭，那不是表演吗？当然不是所有的表演都要否定，有些表演、有些作秀是必要的，但是最真诚的东西，应该是自然的。

在这个过程中魏连殳没有哭过，他只坐在那儿，又重复一遍，两眼在黑气里闪闪地发光，整个人在黑气里。但是当大家都安静了，都闹完了之后，他安静下来了，下面写他突然哭了。而他的哭是不合礼法的，他的哭不是念念有词的，不是按照程序表演性的哭，他的哭谁也没有料到。鲁迅那段话很经典，**像一匹受伤的狼**，像一匹狼在黑暗中惨叫，**夹杂着愤怒和悲哀**，这一哭把别人都吓住了。于是大家又去劝他，劝他不要哭。劝也没用，他该哭就哭，哭完了倒头就睡了。所以鲁迅写的魏连殳，写来写去，写的是一个"真人"。传统文化并非不好，但是到了晚清，传统文化还有吗？就剩下表演了，剩下程序了，剩下的是一个假的外壳。

所以到底是我们的传统文化败给了洋鬼子，还是因为传统文化自己沦落了、没有了，才败给了洋鬼子？那么五四运动之后直到共产党兴起，为什么我们中华民族能够崛起，能够打败洋鬼子？难道是摧毁了传统文化就打败了洋鬼子吗？错！恰恰是共产党真正恢复了孔孟之道，人人都抒发出真性情，才打败了洋鬼子。正是在毛主席的共产党领导下，出来了几亿真人，像鲁迅所说的敢哭敢笑，敢拼命，无数的人都可以成为黄继光、邱少云，这是真的人，出来了。

我不悲痛我为什么要哭？我不快乐我为什么要笑？我们觉得外国人身上的一些优点，其实不也是真吗？就是他高兴他就笑，他伤心他才哭。我们要学的是这个，也是我们本来就有的东西。鲁迅写魏连殳是写一种真人，而这个真人恰恰是不被理解的，是被迫害的，被迫害得最后要背叛自己的初心，不改变你就活不下去，最后就会成为孔乙己。

鲁迅写魏连殳在黑气里面生存着，活动着。魏连殳跟黑的关系还有很多。魏连殳不被人理解，他好像也不喜欢别人，很像冰心笔下写的超人。可是他跟孩子很好，他对小孩儿就很像我们看见小动物，有那个爱心。看这段描写：

还有那房主的孩子们，总是互相争吵，打翻碗碟，硬讨点心，乱得人头昏。但连殳一见他们，却再不像平时那样的冷冷的了，看得比自己的性命还宝贵。听说有一回，三良发了红斑痧，竟急得他脸上的黑气愈见其黑了；又一次写到黑气，**不料那病是轻的，于是后来便被孩子们的祖母传作笑柄**。

鲁迅还写他被小孩子们冷落后阴影似的悄悄地回来。总之他是生活在黑暗中的，生活在黑气里。他的举动不被成年人所理解，他为了那几个小孩操心，可是小孩的祖母却嘲笑他，认为他很傻，说孩子其实没什么了不起，你看他急成那样。他对孩子流露出的是真的感情，而流露真感情的人，最后变得活不下去了，所以最后他要变成一个坏人。就这样一个人变成坏人了，反而活得好了。

我们以前也引过他的话，他失败了就是胜利了，他胜利了就是失败了。你跟黑恶势力同流合污了，你的生活就变好了，好像就胜利了，就有钱买得起房了，可是你的胜利恰好证明你的失败，恰好证明你是失败了。所以这个黑不是一个外表上的黑，为什么老要写身边儿那个黑气呢？这是"高级黑"，高到人物灵魂中去的一种黑。这是用颜色来塑造人的精妙。

鲁迅又一次写他的黑，叙事者"我"去找魏连殳，房东说，你等他一会儿，就回来了。**的确不过是"一会儿"，房门一开，一个人悄悄地阴影似的进来了，正是连殳。也许是傍晚之故罢，看去仿佛比先前黑，但神情却还是那样**。随着他命运向悲剧转化，这个人的形象也越来越黑，先前就是黑的，现在比先前还黑。

下面是我的话："这些描写把一个从里到外浸透了黑色的形象——既在一片黑气之中闪着光，同时自身又在放出黑气——推到了读者面前，使人感到有一个黑色的渊薮深隐在他瘦小的身躯里，朦胧、难测。"我们知道黑洞由于有巨大的吸引力，把一切天体都吸进去，使它坍缩，所以它像一个黑色的渊薮，你搞不清里边有什么力量存在，它朦胧难测。我们本能地不愿意向黑暗的地方走，愿意向着有光亮的地方走，原因就在于此。

而鲁迅就把握到了，一个特立独行的人，里外都黑的人，就给人这样的感觉。他不论是内心的孤独，还是外在的孤单，都是可以理解的。因为他的灵魂就是黑的，黑之气，黑之行，黑之魂，从里到外的黑。

我们再看下一个作品《铸剑》的主人公出场，这个主人公叫宴之敖者。这篇小说一开始，不是写宴之敖者的，一开始是写眉间尺的，一个叫眉间尺的少年。这是中国古代的一个传说，眉间尺的父亲是著名的打造宝剑的工匠，楚王命令他造一柄举世无双的宝剑。传说中干将莫邪造出剑来，楚王就杀害了干将，怕他再去给别人造宝剑。他临死的时候，妻子已经怀了孕，他跟她说等孩子长大了给我报仇。所以这篇小说写的就是眉间尺长到十六岁那一天，他还不成熟，那天夜里他家里闹老鼠，他起来拿一根芦柴，想着到底要不要把这个老鼠弄死，他很犹豫，一会儿把它从水中弄出来，一会儿又塞进去。鲁迅在这里又开始黑顾颉刚，鲁迅写这个老鼠是红鼻子，但是主要是写眉间尺作为一个少年人，优柔寡断。所以他母亲叹了一口气，母亲说一交子时，你就十六了，你怎么还这样呢？然后告诉他他父亲的悲剧，说你应该给你父亲报仇了，找出另一柄剑来。少年眉间尺就背着这把剑进城去找国王报仇。可是眉间尺虽然长大了，有报仇的决心，但他其实完成不了这个任务。他进去就被一群无聊的看客纠缠，不能脱身。正在这个时候，在闹市中宴之敖者出场了。这是为父报仇的少年眉间尺，被一群闲人看客无聊纠缠，不得脱身之时，在王城闹市里面宴之敖者出场是这么写的：

前面的人圈子动摇了，挤进一个黑色的人来，黑须黑眼睛，瘦得如铁。你看鲁迅特别会写黑，黑是很难写的，黑有什么好写的呢？人头发是黑的,眼睛是黑的,眉毛是黑的,可是被他一写就好像木刻一样,那个形象出来了。瘦人也很多,但是瘦成什么样?鲁迅说瘦得如铁,不是营养不良的瘦。他并不言语,只向眉间尺冷冷地一笑,因为眉间尺正被一个无聊少年所欺负,一面举手轻轻地一拨干瘪脸少年的下巴,并且看定了他的脸。那少年也向他看了一会,不觉慢慢地松了手,溜走了;那人也就溜走了;看的人们也都无聊地走散。只有几个人还来问眉间尺的年纪,住址,家里可有姊姊。眉间尺都不理他们。

这是在大街上马路边广场上,有很多无聊看客的一个场面,看来鲁迅是很痛恨这样的场面,很痛恨看客们。如何化解这样的场面?当有人来纠缠你的时候,如何化解?你说你跟他打吧,又不值得,又会引来警察,又会耽误很多时间,那么有一种办法,就是你看定他的脸,看到他无聊,他也就主动走了。鲁迅报复看客的一个方法,是让他们无戏可看,没有戏可看了,那还有什么意思吗?他们就去找别的热闹看了,就散了。所以宴之敖者出场是为眉间尺解围,用他特有的方式驱散了无聊看客。下面好为他跟眉间尺之间的交流对话,做一场铺垫。

到了晚上,两个人第二次见面了。人迹绝了许久之后,忽然从城里闪出那一个黑色的人来。鲁迅说这个人是个黑色的人。

这个人跟他说,"走罢,眉间尺!国王在捉你了!"他说,声音好像鸱鸮。鲁迅塑造正面人物的比喻都是用不吉利的动物,不是像猫头鹰就是像狼,要不就像鸱鸮,它们都是一类的,都好像是能伤害人的。

眉间尺浑身一颤,中了魔似的,立即跟着他走;后来是飞奔。他站定了喘息许多时,才明白已经到了杉树林边。就是他来的那个路上,进城的那个地方。后面远处有银白的条纹,是月亮已从那边出现;前面却仅有两点磷火一般的那黑色人的眼光。我说这个人的黑啊,已经足以与暗夜相融会,他都黑到夜里面去了,只看见两个眼光,"两点磷火一般"

的眼光，这一般是写狼的，晚上遇见狼，看不见狼的身体，只看见狼的眼光像"燐火"一般。可是这里鲁迅用来写人，而且是正面的人，是大英雄。这是一种危险的写法，也只有鲁迅敢这样写，金庸都不敢这么写，金庸不敢把笔下的英雄写成狼一样的人，狼还是敌人，还是坏蛋。我们不讲这个故事了，只是强调人物塑造的手段，这人两次出面都跟黑有关系，所以我们说这两个人是黑色的兄弟，是玄冥二老。

到了下面，这个人又一次出场，在其他场合，是在宦官的口中。情节上他跟眉间尺见面了，他说，眉间尺，我知道你是报仇的，但是你报不了仇，国王正在抓你，已经有人告密了，你想不想报仇？我可以帮你报仇。眉间尺说你怎么帮我报仇？他说你不知道，我是专门替人报仇的，我是专业报仇的，但是我要借你两样东西，一个是你的宝剑，一个是你的头。眉间尺说，你是同情我们孤儿寡母的。宴之敖者说，住口，不要说这些，这些话都是肮脏的，什么同情啊、义士啊，这些话从前是干净的，现在都是放贷的。没有那么多废话，我就是替你报仇，信不信？眉间尺说相信，说着同时宝剑从后边一削，就把自己的脑袋削掉了，同时就把脑袋送给他了。黑衣人接过眉间尺的头和剑，就去给他报仇了。

如果这是一个剧的话，下面一场就转到皇宫里面，国王很烦躁，看那些妃子们都不顺眼，听说有刺客，没有什么可解闷儿的。下面有宦官汇报，说市场上看见一个耍把戏的，这耍把戏的会耍一种非常好玩的把戏。鲁迅这样介绍黑衣人出场，到皇宫中。眉间尺也曾经被改编成戏剧，很好玩。

宦官是这么说的："那是一个黑瘦的，乞丐似的男子。穿一身青衣，背着一个圆圆的青包裹；嘴里唱着胡诌的歌。人问他。他说善于玩把戏，空前绝后，举世无双，人们从来就没有看见过；一见之后，便即解烦释闷，天下太平。但大家要他玩，他却又不肯。说是第一须有一条金龙，

第二须有一个金鼎。……"我们看这是黑衣人设的一个坑,这个坑一看就知道给谁挖的,他说他会玩一个特别好的把戏,可是大家让他玩他又不能表演,说条件不够,要什么条件呢?俩条件,第一得有一条金龙,第二有一个金鼎。那国王一听,金龙?我就是啊!我就是金龙!有了;第二,金鼎,咱这儿有啊。他这儿有金鼎。这是他的条件具备,等着他上钩儿。

我们看他口中这个人的形象,黑瘦,乞丐似的。我们前面讲过了《理水》,大家想一想,这不就跟大禹是一个家族的吗?大禹还有大禹所领导的那些干部,那些治水的干部,在鲁迅的笔下全都是黑瘦的,乞丐似的。这在别的作家笔下是可怜的形象,不好的形象,但是在鲁迅的笔下,这样的形象是什么人?这是中华民族的脊梁。就是这一些不会巧言令色,不会吹牛的,不言、不笑、不动,站在那里又黑又瘦,铁铸的一般,个个都是焦裕禄,这就是中华民族的脊梁。所以焦裕禄不是天上掉下来的。大禹就是第一个焦裕禄,只要回到大禹那里去,中华民族就能复兴。

在这里又出现这样的形象。所以鲁迅你要看多了,就知道鲁迅笔下胖不是好现象,你要看鲁迅笔下说谁胖了,这个人就危险了。谁胖了?祥林嫂胖了,祥林嫂到了鲁四老爷家就胖了,胖了她就快死了。还有谁胖了?子君胖了,《伤逝》里的子君结婚之后胖了,也离死不远了。只要胖了白了就很危险。所以鲁迅笔下,冷不是坏事,黑不是坏事,瘦不是坏事,不是为了减肥的瘦,是精神上的。黑瘦的乞丐,这个男子,是救苦救难的人。

这是宦官口中讲这个黑色的人。下面宴之敖者就进宫了。**并不要许多工夫**,**就望见六个人向金阶趋进**。他们是去市场上找这个黑色的耍把戏的人了,**先头是宦官**,**后面是四个武士**,**中间夹着一个黑色的人**。你看写的像图画一样,栩栩如生。这六个人,一个带头的宦官、四个武士、中间一个黑色的人,像图案一样。**待到近来时,那人的衣服却是青的,须眉头发都黑**;青也是黑,又一次强调黑,下面强调瘦,**瘦得颧骨、眼圈骨、眉棱骨都高高地突出来**。这个瘦有点像李贺笔下写的马,"向前敲瘦骨,犹自带铜声"(《马诗二十三首·其四》),有金属的感觉的那种瘦。

他恭敬地跪着俯伏下去时,果然看见背上有一个圆圆的小包袱,青色布上面还画上一些暗红色的花纹。这个包裹里面背的就是眉间尺的头,这是在国王的眼中看下去,这样一个圆圆的小包袱,包袱还要强调是青色的。但是在这里,我们可以看到,这个黑的里边慢慢地开始出现红,青色的包袱上面有一些暗红色的花纹,红开始出现。在《孤独者》中,在魏连殳的身上,纯粹都是黑,没有红。到了《铸剑》里,到了宴之敖者的形象里,基调还是黑的,但是开始有红出现,色谱开始发生变化。

  他现在从城外、城里,一直写到皇宫里面了。作者的笔法是竭力地突出他的黑,为了突出黑要用夜来烘托,为了突出黑要用瘦来陪衬,并且不断地强调一些看上去似乎是废话的因素。我刚才说过人的须、眉、眼、发本来就是黑的,不需要反复写,但是正因为他反复写,使我们意识到:哦,原来这些都是黑的呀!我们平时很少去想,眉毛是黑的头发是黑的,不用想。平时我们好像还不太喜欢,你看很多孩子都把头发染了,染成各种彩色的,满街走的都跟《西游记》里小妖怪似的。在这里,经过作者这么一写,原来这个黑色是很美的。这个人,就因为有点黑的特色,作者的笔下一直称他为黑色人,一出场就说黑色人或者黑色的人,这几个字组成的这个形象牢牢地印在读者脑中。这使我们一看见这个人——黑色的人,那个黑的人——感到这个形象本身就是一座黑色的洞府,神秘,而又带着几分可恶。这样的人让人感到不好亲近。那么我们想,不好亲近是他的原因,还是我们的原因?

其实我们上次讲过《理水》，受过教育都知道大禹是人民英雄，大禹是了不起的圣贤，可是你问问自己的内心，好像还是不愿意跟着他干活，是吧？你不愿意加入他那个一群黑的像乞丐一样的干部公务员队伍中去，那为什么我们不愿意跟着大禹干活，是大禹有错误还是我们有错误？这个可以琢磨。我们的本能，其实是不愿意去吃苦的，不愿意加入那个黑色的家伙，我们都愿意在温暖的灯光底下吃点儿快餐。

黑色人的形象这样出来的。我们是不是已经觉得他和魏连殳虽然是一个家族的，但是有所不同。这个黑色的人是有姓名的，他的姓名叫宴之敖者。开头我们说这个名字很奇怪，为什么叫宴之敖者？宴之敖者，也曾经做过鲁迅本人的笔名。鲁迅曾经有一个笔名就叫宴之敖者，鲁迅笔名很多，一百多个，我们现在知道的一百多个是已经考证出来的。他没事儿就起一笔名，特别是晚年，晚年为了躲避国民党的审查制度，要经常更换笔名，有时候写一篇文章就用一个笔名，这很像今天我们的网名。今天我们都能理解了，不断地换网名。你有了这个经历，你就理解鲁迅，他为什么要老换笔名。他就不断地换，人家检查机构也很奇怪，最近鲁迅没有出现啊，就查谁是鲁迅，各个报纸——那个时候媒体是有限的——可以查到的，这个像鲁迅，又封了，鲁迅就再换。

可是他叫宴之敖者的时候，审查制度没有这么严。20世纪20年代他就叫宴之敖者，他为什么要取这么一个名字？这个很费解，一般人不理解。后来还是鲁迅自己在私人通信中透露了一点儿信息，然后学者们一眼就明白了。宴之敖者的"宴"字，上面是个宝字盖儿，宝字盖儿代表家，宴就是家。下面一个"日"，一个"女"，家里有个日本女人。你要读明白这个字，马上就明白了，鲁迅什么时候起这个笔名"宴之敖者"呢？是他兄弟失和之后，被他弟弟和兄弟媳妇从家里赶出来之后。他弟弟周作人娶了一个日本媳妇，本来这个院子是鲁迅买的，鲁迅养活一大家，当然他弟弟也很有钱，他们全家其乐融融住在一块儿。我们讲《故乡》的时候讲过，鲁迅回到绍兴，把老太太全家都搬到北京来，住在一个大四合院里，过着多好的日子啊！可是他兄弟俩这么有钱，竟然养活不了这一家。他家天天要过日本式的生活，买一桌日本菜，不吃全倒了；有点儿头疼脑热，叫日本大夫；出门坐汽车，鲁迅说我的钱是坐黄包车拿回来的，他们是坐汽车送出去的。你想想20世纪20年代动不动就坐汽车，就相当于现在动不动坐飞机，家里有私人飞机了，过着这种生活。最后过不下去了，鲁迅被赶出去了。"赶"在哪儿呢？"赶"就在"敖"这儿，"敖"就是出去。所以"宴之敖者"，那很清楚了，就是被家里的日本女人赶出去的人。这个"宴之敖者"，"宴"字从家、从日、从女；"敖"从出、从放，"说文"里讲：敖，出游也，敖民就是游民。鲁迅就是在自己的家里被一个日本女人给赶出去了。

鲁迅很有意思，他没有说是被他弟弟赶出去的，他说他弟弟是一个昏人，就是我们家老二啊，是个糊涂蛋，老二的一切都被这个日本女人所操纵，根源是这个老二。鲁迅的两个弟弟娶的都是日本太太，娶的都是日本人，她们把她们日本的亲戚都接到北京来。这个老周家很可怜，老周家兄弟三个，两个娶的是日本女人，日本的亲戚都来了，等于他兄弟俩的钱都要养活日本人。而且他们日本人是很爱国的，消费主要是日货消费，而且还要以主人的面貌。关于鲁迅兄弟失和，网上有很多八卦，多数都是不可信的，都是瞎推测的。根据我们已有的铁一般的材料来看，它就是一个经济纠纷，经济原因，加上性格不合，鲁迅反正最后就出去了。好在鲁迅挣钱能力很强，自己出去了，又买了一个四合院，今天看来这都是令人羡慕万分的。

宴之敖者这个笔名就是含着悲愤的。鲁迅竟然把《铸剑》的主人公的名字取为宴之敖者，一方面表明这里边有他自己的影子，这里面寄托着鲁迅本人的精神。"敖"是出游的意思,就是他在外面游荡。鲁迅是一个精神上游荡的人,精神上漂泊游荡,同时他是一个复仇者,可是他的复仇并不只是为自己复仇,也不是给自己的亲人朋友复仇,他为素不相识的冤魂复仇。为素不相识的冤魂复仇,不正好是侠吗?正好是侠。而"侠"这个字的这边是一个"夹",我们刚才讲鲁迅设计北大校徽,"北大"是一个人肩负两个人,而"夹"字是一个大人提着两个小人,提着两个小孩儿,它们的意思都是一个有力量的人去帮助其他弱者——鲁迅设计那个"北大",天然地也是含有侠义精神的。宴之敖者,这个黑色的宴之敖者,也是一个大侠的形象。

为自己报仇不是侠,做自己工作岗位应尽的分内之事不是侠,在自己分外,工作职业之外,跟自己没关系的领域,助人为乐,才叫侠。就比如说现在警察帮助老百姓,这不是侠,这就是你应该干的。我家出了事,我给你打个电话,然后你来帮我,这不是侠,你做得再好我表扬你,也只是说你在你的工作岗位上是不坏,但这不是侠的行为。雷锋才是侠,雷锋做的事是他不必做的,没有必要做的。雷锋开了一天车,把货运到了,过得挺好就行了。他还跑到工地上帮人干活儿,这叫侠;你坐火车的时候,老实坐着就行了,你帮着乘务员干活儿,虽然是微不足道的活儿,这叫侠。因为这事本来你可以不做。所以宴之敖者是这样的形象,他不认识眉间尺,他家跟眉间尺家没有什么来往,他个人也没有说跟国王有什么仇。但是就在眉间尺需要报仇,可是自己不好完成这个任务的时候,宴之敖来了。就像中国老百姓遇见了从天而降的共产党,突然来了一支队伍说要给你报仇,这里边你一个人都不认识,这就叫侠。

所以要研究新文学作品中的武侠文学,鲁迅的《铸剑》是第一篇经典。当然鲁迅不是专门写武侠的,新文学作家里面是有写武侠的,但是第一篇就是鲁迅的《铸剑》,第二个是老舍的《断魂枪》,这都是写武侠。

虽只写了这么一小篇,但是那个精神是一流的,它可以让我们更好地理解为什么金庸的小说是伟大的武侠,不只是说他故事写的好,是他写出了武侠精神。那这个宴之敖者,放在金庸的笔下,他就属于"为国为民,侠之大者"。他不是为了自己一个人,也不是为了眉间尺,眉间尺只是一个由头,他借了眉间尺的剑和头是为了完成这个任务。当然这本身也是含有象征意义的:复仇,毕竟要从有冤屈的人那里开始,复仇者的怒火是他的宝剑。

到这里我们探讨一下黑色。我们前面已经零星地讲到黑色给我们的感觉,为什么我们不喜欢黑,为什么回避黑、恐惧黑?因为黑这种颜色,从原始的意义上来讲,首先就使人想到黑夜。我们生活在现代化条件底下的人,很少有真正体会到黑夜的人,你真的在黑夜中度过很长的时间段吗?有没有这样的经历:没有电,没有火,而且也不是月圆之夜,就在黑暗里边待着,待很长时间,待几个小时,有没有这样的经历?你要有过这样的经历,才能够找到祖先的那个感觉。我们的祖先跟动物一样,现在生活在城市里面的动物都太幸福了,它们没有黑夜,这城市里的晚上灯火辉煌的,到处都是亮的,没有纯黑的。

你看现在的时装,有些模特有些明星喜欢穿一身黑,觉得这很时髦,其实这就是现在生活好了。那原始人怎么就不喜欢黑呢?原始人喜欢暖色的东西,因为他知道黑不好。我们现在是过得生活好了,反而喜欢黑,现在很多人穿的衣服都是黑色的,为什么?因为我们现在没有遭受过黑的折磨。比如说你上山下乡,在农村待过,晚上没有电、没有光的时候,又冷又黑,在那儿待着。我刚才说我小时候回山东老家给我爷爷奔丧,那一次经历很深刻,我知道了中国农村竟然有这么落后的地方,跟我所生长的哈尔滨那就是完全两个世界,哈尔滨是那么现代化、那么繁华,竟然中国还有没有电的地方!没有电,生火吧,生火是需要燃料的,需要花钱，也舍不得啊，所以晚上就在纯粹的黑暗中待着，而且很冷。没有取暖设备的农村，冬天的寒冷的夜里是很难受的。当地的人都要在被子里面穿衣服脱衣服，因为受不了那个转换。还有走夜路，走很长时间夜路，真的是害怕的，因为不知道黑暗中藏着什么，即使不藏着什么，也有一种原始的恐惧。所以想到黑夜想到寒冷，它自然会使人感到忧郁，感到孤独。

  由这个出发，黑色常常用作不祥和死亡的象喻，在许多民族中成为禁忌的颜色之一，这是人同此心，许多民族同时想到、同时规定，并进而产生令人庄严、令人肃穆的美学功能。丧礼上经常用黑，丧礼上是必须严肃的，不苟言笑，所以黑色就让人庄严，让人肃穆。在一些场合配上适当的黑色，就能起到这种镇定的效果。一个场合很喧闹，你观察一下颜色的分布，有了黑就会平衡下来，就会平衡很多。

  这是我们从理论上来探讨黑色。那像鲁迅这样的作家，他本能地就能知道，他本能地就能感受到。鲁迅有很多谈颜色的生平材料，我们就不再引用。从美学上讲，黑色又是美术上色彩学中红、黄、蓝三原色汇聚的混合色。美术常识告诉我们，所有的颜色都是从三原色调出来的，红、黄、蓝是三原色，三种原始就存在着的，这三种颜色不同比例的调和就能产生出其他颜色来。它们汇聚到一种程度、一种高峰的时候，就是黑色。据说自然界中不存在天然的纯黑色。我昨天还做学习强国的一道题：自然界中是否存在纯黑色？在纯艺术领域中，黑色还会使人觉出其中蕴含着一种张力。就是黑的东西你看时间长了，你会觉得里边还有别的颜色，里边藏着别的颜色，这个张力是这么来的。看其他颜色没有这么强的感觉，特别是看浅色的时候。你看白色不会越看越觉得有张力，看白色越看它越浅薄，有时候容易使人产生一种攻击欲望，你想破坏一些白色的东西，你觉得它是可以破坏的。但黑色的东西，让人看了之后产生一种远离的欲望，觉得这个东西很结实，打不坏，不能随便就进去。这也是一种人的本能。比如说一个墙是白色的，小孩子就喜欢上去乱写，喜欢上去涂鸦。黑色的，大家就离得远一点儿，黑色的墙一般没有人敢翻进去。像衣服也一样，黑色的衣服能够吸收各种光热，可以大量地散热，这个我们都知道。

黑色中的张力，使人不断预感着一种力量的倾泻，感受到一种静态的威压，那浓重的色彩仿佛随时要流布于周围的空间。黑色使人感到力量，你觉得里边藏着能量，这能量随时要出来，而又不知道什么时候出来，所以要离它远一点儿。我们看，是不是代表了一种暴力的那样一群人，喜欢穿黑色的衣服？你看那一群人穿着黑黑的衣服，自然就感到这种随时可以倾泻出来的力量，这就叫静态的威压，随时可以出来。

大家可能不知道，我小的时候，人民警察是穿着白衣服的。那个时候，我们看着穿着白衣服的警察一点儿都不害怕，你跟他调皮捣蛋都没事，你跟他开玩笑都没事的。后来警察的衣服就开始变了，一直变到今天，跟警察有关的一切，都开始变成使你感到有威压。当然在一定程度上，我们也理解甚至同情和支持这种变化，因为恶性案件越来越多了，警察本人的生命安全也受到威胁，所以警察本人也应当获得保护。

但是整个色彩的变化，就告诉我们一个社会变化的历史，一个力量变化的历史。到底警察是浑身充满了随时倾泻出来的力量好，还是相反好，还是让人感到警察很闲没事，"今天我休息"更好？警察题材的电影最经典的就叫《今天我休息》，一个上海的警察马天民，那天没事儿，他休息，结果做了一天好事，从早到晚学雷锋。一个最经典的警察电影，也是写警民关系的。

而古代，人民就希望有侠客从天而降。人们为什么希望会有侠客？我们系的陈平原先生有一本书叫《千古文人侠客梦》，文人是有一个侠客梦的。那么老百姓呢？老百姓其实是梦侠客，老百姓希望有侠客来帮助他，就像电影《闪闪的红星》插曲唱的，"若要盼得红军来，岭上开遍映山红"，老百姓就盼着红军什么时候来呀！这就是盼侠客的基本心理。

而文人由于很文弱，不能在实际的生活中帮助老百姓解决困难，就梦想着有侠客，梦想着自己是侠客。而鲁迅，不就是一个侠客吗？鲁迅其实就是一个侠客。鲁迅在教育部里当着好好的官，袁世凯大总统命令他草拟国徽，他不光是很重要，而且很受器重啊。我们老觉得鲁迅是批判政府的，鲁迅的确是批判政府，但是鲁迅在政府里面工作，是很敬业的，他那份工作做得很好。我们看鲁迅是批判尊孔的，可是鲁迅在教育部的一个重要工作是主持祭孔大典，他主持得可好了。就像魏连殳给老太太穿衣服一样，他知道每一个细节应该怎么做，他比我们老孔家的人都是专家，都知道怎么祭孔。但是下了班之后，他会写文章说这样做不对，我们今天不能够对孔夫子再这么迷信了。他如果只为了自己的谋生，他就在教育部里这么混下去，不得罪别人，少写点儿那些破文章，反正挣钱很多，他完全可能有一天当教育总长，甚至可能还有百分之几的希望能当总统，因为他完全知道在官场上怎么混。

可是鲁迅没有这样做，他做了宴之敖者，不光是从自己的家里被日本女人赶出去，他在官场上也出走了，他在学术界也出走了。我们不要只看具体的人事纠葛，说他跟顾颉刚有矛盾，跟谁谁谁有矛盾，这么多的具体纠葛加起来，就是他跟这个体制格格不入。他从家里走，他从学校走，他从官场走，他走出一切既有的束缚他的，不能发挥他自由思想的这种场域，最后走到哪儿了？最后他走到了人民的立场上。他才能够真正地把他那个黑色的力量倾泻出来，为人民报仇。

所以我说黑色的潜流，"以这样的势能在鲁迅的这两篇小说中隐伏着，由静到动，给人以沉闷和悲凉"。鲁迅自己的生活未必都是沉闷和悲凉，他有很多快乐的时候，但是他要渲染这种沉闷和悲凉，是为了揭露这个社会，是为了给人民的言说，寻找一个合法性。

好，黑色美学今天就讲到这里，下次课我们继续来讲黑色的孤独，下课。

——2020年北大鲁迅小说研究课第十二课

2020年12月15日

什么是孤独

——《铸剑》(下)

同学们好,我们开始上课。圣诞已过,元旦将近,今天是本课的倒数第二次,不过却是今年——2020年——的最后一次课。今天对我来说,好像刚刚有点冬天的意思。我很讨厌北京的一件事是:竟然不冷。我在北京待了快四十年了,老也没有冬天,有那么几个冬天,竟然就稀里糊涂的、马马虎虎过去了,有一个冬天一点儿雪都没下。像今天这样的日子很少,一个星期又过去了,很不像话。其实北京本不是这样的,用鲁迅的句式说:我记忆中的北京本不是这样的。

鲁迅作为一个南方人,为什么要在北京待着?我也知道南方很舒服,我也喜欢到温软的江南地区去,但是我在那儿待几天,我就待不住——我对那边也没有什么意见,但是我觉得那个地方不适合我,在那个地方待着,有一种要极速腐败下去的恐惧。后来鲁迅的话我觉得"于我心有戚戚焉",他说北京好就好在风沙扑面。不光是风沙扑面,北京冷,当然它比不上东北冷,从全国的坐标系看,北京算是冷的。还有,北方的这种冷,它冷得堂堂正正,冷就是冷,是光明正大的冷,是阳光灿烂的冷,这是一种英雄的冷,所以它很舒服。待在这种冷中,它培养人很健康、很正直、很阳光,它不是偷着摸着冷到你被窝里去,不是那种冷,不是表面上装得很暖和,其实净给你下刀子的那种冷。这个冷是你推门一出去,就"呼"一股冷风扑过来,马上就要投入战斗。在我们东北的一些地方,比如说在我的家乡黑龙江,室内室外温差四十度——屋里是零上二十多度,屋外是零下二十多度,温差四五十度。所以环境塑造人。

我们这两次讲黑色的孤独与复仇,其实从某一个角度看,它也是"环境与人的关系"。我有时候装神弄鬼,帮人家看点儿风水,帮人家算个命,帮人家调一调命运。有的时候我也会说,"以后你要穿红色的衣服","以后你要穿蓝色的衣服","明天去考试,不要穿白色的衣服"等等。从科学的角度讲,我这样说,没有太大的把握,因为这个不是用科学能证明的,只能用结果去讲。每年有许多人感谢我,"孔老师你算得太准了","你比我还了解我"。每当收到这样的答复,我都增强了一点信心,我说:谁说这些是封建迷信,本和尚算得很准嘛。其实这里边,不管准不准,它有一个环境与人的关系——什么样的环境给人带来什么样的影响。而在文学家的笔下,他自觉或不自觉地营造某种颜色,看上去是不经意的,但是经过研究会发现,它在影响读者心理上,它在影响读者对小说、对人物的形象的判断上,都起到其实比较"阴"的作用——它有润物细无声的作用,是暗中左右着你的心理。

我们"黑色的孤独复仇"还剩一个结尾,我们今天先把它讲完。

我们前两次讲鲁迅的美术修养,讲到两篇小说中玄冥二老的同和不同,他们都是黑色家族的,但是有区别。宴之敖者作为从家里被日本女人驱赶出来的人,他的黑色中在黑冷、静闷的基础上,还增加了红色。这是《铸剑》和《孤独者》相比有所不同的地方。但是不能够说由于

《铸剑》是后写的,《孤独者》是先写的,就简单地把鲁迅在时间上分为两个阶段。作家的思想感情是可以分阶段的,但不一定跟时间、跟时段是一一对应的。

我们上次讲到宴之敖者这个形象,他到了王殿之后,唱完他的鼎沸之歌,我们感到这是一个成熟的战士,而且一出场就成熟了,像鲁迅本人一样。但是他的成熟,并不是说在武功上可以百战百胜,随便出一招,就能够自己毫发无损地致敌手于死命,而是另外一种人——很像金庸笔下七伤拳大师谢逊。我们想鲁迅这个人,他杀伤力很强,多少人怕他,但鲁迅是不是自己也伤痕累累?鲁迅自己也是先伤了自己的奇经八脉,鲁迅自己有浑身的伤,所以他的拳法更加有威力。

鲁迅这个人,早年写过《火的冰》,鲁迅自己就是一个"火的冰"的人,这两种矛盾的性质在他身上融为一体,火烫一般的冰爽,也可以说冷得烫人、热得冰人,都是一样的,都是一个意思。我们上次讲鲁迅对红与黑这两种颜色的偏爱,还有一位著名的红色特工关露,她也受到过鲁迅在穿衣颜色方面的指点。这样看来,鲁迅和他笔下的宴之敖者一样,他们的象征,正像《铸剑》中所写的,炉子中的那柄由红转青的宝剑,这是一个战士千锤万凿、百炼成钢的象征。所以我们如果用一种兵器来比喻鲁迅的话,最合适的是匕首、短剑这类兵器,你肯定不会想到鲁迅是大斧,不会往那个方向去想他。鲁迅是这样的一种利器,非常凝练的一种利器。

我们下面把余下的内容先讲完。再回过头去看魏连殳给我们带来的那种黑色的形象,它是全黑的。由于全黑,人物深陷于其中,不能自拔。不能自拔怎么办呢?他就自戕。可是魏连殳的那种自戕,使我们同情,但是我想没有人会赞同,我们会遗憾。当然这在文学上会造成一种美——文学上的死亡美,但是在现实中,我们不赞成这样。看小说中的魏连殳，直到死去，也只是"独自冷清清地在阴间摸索"，所以鲁迅写完了魏连殳，他自己却没有死，魏连殳死了，他自己出去了，是走在月光下面。

鲁迅这个月亮的含金量有多大！而魏连殳自己，是很痛苦地死，他很明白自己的处境，他明白自己的一生都没能战胜黑色的孤独，唯一的反抗只能是用冰冷的微笑，冷笑着这可笑的死尸，他其实也在笑自己。我们都会深深地佩服鲁迅。把死亡、孤独用一种黑的颜色，阐发得如此深刻清晰，时时可以映照我们。

比较一下，宴之敖者跟魏连殳一样，他孤独，他不能被别人理解。鲁迅写魏连殳，是用第一人称叙事者去写，这个叙事者"我"是理解他的，我来写他的事。而宴之敖者，这个故事只能用第三人称写，他没有知音，没有一个人可以到他的家里去访问他，跟他聊天，跟他喝酒，没有。宴之敖者也不被别人理解，但他已经超越了个体的孤独，他不需要跟别人倾诉交流说我有什么不幸，我家里如何如何，都不需要。他绝不祈求、希冀，也根本不需要多余的理解。如果有人跟他这样说话，他会很厌烦。真正的孤独者不谈孤独的事，你跟他在一起可能很快活，如果他不是复仇，你在什么场合跟他聚会了，他一定哈哈大笑说很多好玩的事，甚至会讲黄段子。看上去他可能是一个很庸俗的人，实际上他是最伟大的孤独者，他的心里已经没有了那些好听的名目，他的存在已完全化为复仇的抽象物。就像马克思说资本家是资本的化身。不论这现实中的资本家好不好——现实中的资本家可能很善良、很博学、很有趣等等，这都没用。他只要是资本家，他就是资本的化身，资本像灵魂一样在他的体内驱动着他的总体的行为。所以我们没有必要把资本家都写成坏人，资本家可能是好人，劳动人民很可能是坏人，这不改变他的本质。

宴之敖，他其实就是复仇这个概念的抽象物，因此任何打动人们情感的世态炎凉、生死悲欢，他都可以置之度外。真是一枝一叶总关情的人，却可能恰恰很多枝叶都不管。最敏感的人往往表现出来有很多麻木的时刻。比如我在路上，如果看见马路上有小猫小狗被轧死了，我是很悲伤的，但是我不会停下来在那儿去凭吊，我不会坐在那个死尸面前去掉眼泪的，但是我的心里，可能已经出现那个画面了，我的心里在抱着那个小猫小狗的尸体哇哇大哭，但我不会现实中真的那样做，我要做的是如何用我的行动减少此类事件的发生。不一定能达到目的，但是我们要这样做，要做这些事。如果有一个人跟我在那儿絮絮叨叨地说，哎呀，这个小猫多可怜哪，小狗多可怜哪……我不爱听这些话。他可能以为我是个心肠很硬的人，怎么这么没有同情心哪。在我看来，他才没有同情心，因为他在欣赏自己的同情心。我们要很细微地体会宴之敖者这样的人，和其他的孤独者的区别。

在同一篇小说中，我们还可以用宴之敖者和本来应该是复仇的肩负者——第一个出场的主人公眉间尺去对比。眉间尺的母亲为什么对他不满？她说你都十六岁了，怎么十六还这样呢？小说开头就是写他家闹耗子，他半夜起来打一只老鼠。虽然说鲁迅顺便调侃这只老鼠是顾颉刚，把这老鼠写成红鼻子，在那儿上上下下的，这只是一个随便的恶搞。他主要是写眉间尺，作为一个小伙子，一个少年，连一只老鼠都收拾不了，弄了好几回，才把这个老鼠弄死，弄死之后还仿佛自己作了大恶似的，非常难受。一个十六岁的人——按今天来说是高中生了，如此的优柔寡断，连打死耗子这个事情，都拿不起放不下。

相比之下，他遇见宴之敖，宴之敖让他把脑袋拿下来，他就把脑袋削下来了。宴之敖说出这种话，接受这种事，亲眼看见他把自己脑袋削下来，连眼皮也不眨，拿起脑袋长歌而去。所以我借毛泽东的两句诗，形容他是任凭"热风吹雨洒江天"，我独"冷眼向洋看世界"（《七律·登庐山》)。毛泽东在很多方面跟鲁迅是相通的，他也是融冷热为一身，可冷可热，早都百炼成钢。在他们心里其实有很多柔情，但是这个柔情最后是变成这样的——看着美好的事物毁灭了，不是表现得涕泗纵横，不会眼泪汪汪地在那里抒悲伤之情。这是冷和热的关系，同时也是黑与红的关系。

像宴之敖者这样的人，我们说他是成熟的战士。成熟的战士是怎么表现的呢？他也是黑的，但是他懂得如何驾驭这个黑，而不是沉溺在这个黑里，在这个黑里把自己淹死——他不会的，他现在是主人，他能够驾驭这个黑色。所以他在黑色的里边，其实感到很自得，他是黑夜的主人。他本人看上去庄严肃穆，这是他外在的形象。黑色还给他寒气摄人的神威，黑色使他坚定、有力。以后我们不论是看影视还是看活人的表演，顺便看看它的颜色组合、颜色搭配。像宴之敖者这样的人，已经能在黑色的苦海中自主沉浮了，就像大侠已经不在乎使用什么种类的兵刃一样，他们已经在什么颜色的海里都能够游泳，黑海白海无所谓，看穿了、看透了颜色。这是不成熟到成熟。

从创作的角度讲，两个形象对比，鲁迅显然是在魏连殳的身上注入了更多的现实的黑色，而宴之敖者虽然在更大程度上是鲁迅精神世界的投影，但毕竟被赋予了一些理想色彩。所以两个形象给人的阅读感觉是，宴之敖者是铁柱一般的黑衣人屹立在飞舞的炭火旁，时时闪耀出浪漫主义的火光。鲁迅创作的基调是现实主义，这是没错的，绝对的现实主义。但是他这个现实主义与别的现实主义为什么不同？比如说茅盾也是现实主义的，老舍也是现实主义的，吴组缃也是现实主义的，鲁迅的现实主义是用这样一种形象去想，不用理论去推理，就像一个铁铸一般的黑衣人屹立在飞舞的炭火旁这样的。这就是鲁迅的形象。所以他把这个人塑造为"宴之敖"了，被赶出来之后，跑到这个地方来了。

总结一下这两篇小说的主人公。两个黑色家族的子孙,他们都是先觉者,都发现了周围的世界是一座漆黑的铁屋子,这很像年轻时候的鲁迅。鲁迅早都发现这是一个漆黑的铁屋子了,但那个时候他没有知音。他年轻的时候,他不叫鲁迅的时候说出来的,没有什么人赞同。后来,时代的一个契机来了,有一帮人来请他出山,这个时候他说"世界是一个漆黑的铁屋子",大家都同意了,而且都说他说得很警醒,提醒得太及时了。其实他十年前就已经认识到这个情况了。就像很多人说,孔老师啊,你太了不起了,你十年前就预料到什么事什么事了。其实我二十年前就预料到了,但是二十年前说出来根本就没有人听。十年前说正好,别人还觉得我是先觉者。

他们是带着旧世界遗传给他们的黑色血液向旧世界挑战。所以茅盾说鲁迅主要写的是旧世界,这是对的。鲁迅心里边有新世界,但是新世界还没来,他不去写那个新世界,其他一些作家怀着理想、怀着憧憬,写了一部分新世界,但基本上是不成功的。到了新中国成立之后,20世纪50年代、60年代、70年代的一些作品,写了新世界,写了新世界中的新人,但也不都是完全成功的,但毕竟有一部分成功。鲁迅的卓越的功绩主要在于把旧世界写透。这是讲他们这个黑色形象与黑世界。

回到鲁迅的身上,我前面讲了,我不意欲在时间上给鲁迅简单地划分时段,说他从哪一年开始变成啥啥啥了,不一定那么简单。但是鲁迅的思想发展,我们可以发现,可能确实存在着两个阶段。这两个阶段我们用他《野草》中《影的告别》的两句话来描述一下,一个是"彷徨于明暗之间",一个是"将向黑暗里彷徨于无地"。这个话可能许多讲鲁迅的老师都要讲,都有自己的理解、自己的分析,我也多次讲到《影的告别》。那么我们今天从这样一个分析鲁迅思想发展的角度来理解,什么叫彷徨于明暗之间呢?

按一般的理解,就是他在新社会和旧社会之间,新社会还没来,他批判旧社会,所以这个就叫"明暗之间",这是比较容易理解的。但是我们想一想,我们讲怎样理解、怎样阅读鲁迅小说的时候,我讲过"双缝干涉实验",不知道大家是不是还记得,我讲那个薛定谔的猫。当这个盒子还没有打开的时候,薛定谔认为这个猫既活着又死去——一般人不理解,它是既活着又死去。双缝实验,那个粒子通过那个缝隙,它和观察者具有极大的关系。我们那次用这个道理来讲文学。鲁迅"彷徨于明暗之间",当然鲁迅不会从我们这个角度去想他自己,但是我们用此来想鲁迅,他这个明暗之间是否就类似于双缝实验,类似于薛定谔的猫?

像钱理群老师、汪晖老师理解鲁迅的明暗之间,有一个概念叫"中间物",说鲁迅是历史的中间物。这个概念很多学者都在用。但是我想,他们提的这个概念当然很有价值,可是他们说的这个中间物,好像还是有一个确定的空间位置,前面有个什么,后面有个什么,我在中间;左边有个什么,右边有个什么东西,我在中间。这样的理解是否就充分了、充足了?我们想,薛定谔的猫,不是中间物,它同时死了也同时活着,它是一个"大全",雅斯贝尔斯的哲学意义上的"大全"。

所以鲁迅的"彷徨于明暗之间",其实是既明又暗——同时明也同时暗,就是王阳明说的那个"你看没看那花"。王阳明说:你没看那花的时候,此花跟这个宇宙都是"俱寂"的,你看此花时,此花颜色一时明白起来。那鲁迅呢,他就是既看这个花,又不看这个花,所以他说"彷徨于明暗之间"。可是彷徨了半天,也许是他寂寞、痛苦、无聊、麻木等等,反正最后他不想彷徨了,或者就不想这个状态了,他要换一个状态,就是薛定谔的猫,要换一个状态。他换什么状态了呢?

那么第二个阶段就是"将向黑暗里彷徨于无地"。这个话也不好理解，根据字面也会引出各种各样的阐释来。我一般讲《影的告别》时就说，鲁迅就决定，与黑暗同归于尽——"向黑暗里"嘛，所以就待在黑暗里了，这里没有我的地儿，反正我也不迎接新社会了，新社会可能也没有我的地儿，我就跟旧社会，毅然拉响了炸药包，跳进敌群中。他就是我们抗美援朝那些英雄的前身，拉响炸药包，跳进敌群，向黑暗里彷徨于无地。

可是我们仔细分析，他这里的关键词其实不是"黑暗"，黑暗最好理解了，关键词是"彷徨"和"无地"，汪晖老师把他一本书的名字叫《无地彷徨》。也就是他已经向黑暗里了，可是还是彷徨。原来是彷徨于明暗之间，现在是彷徨于无地。无地是没有空间，那没有空间怎么彷徨呢？那就是"坍缩"——一个空间坍缩了，坍缩了之后，他要彷徨。鲁迅肯定不是从物理学的意义上去这样分析自己，但是他有一个极其超越性的想象力，他这个想象力啊，怎么能想出来"彷徨于无地"的？已经没有空间了——薛定谔的那个猫的盒子不存在，在不存在的情况下，这个猫在哪儿跳啊？猫在哪儿跳、在哪儿玩儿？鲁迅达到一个我们没有办法去很清晰地想象和描摹的境地。

所以两个比较，我们能够有把握地说清楚第一个阶段，而不能说明白第二个阶段。魏连殳始终属于前一个阶段，因为魏连殳觉得他既明又暗，其实他还幻想着光明，魏连殳还挣扎过，他有各种选择。而宴之敖者进入了后一阶段，他并不向往黄金世界，他是不是觉得把国王杀了之后会建立一个新世界呢？不是，他一点这个想法都没有。正因为这样，他比我们想象的革命者更超越。革命者为革命付出代价，革命胜利之后我们可以缅怀先烈，说他们为革命胜利流血牺牲等等。在宴之敖者这里，这些都没有。所以眉间尺明明是一个牺牲品，眉间尺青春年少，就把自己脑袋拿下来了，可是在宴之敖者看来，这个不需要说，不需要纪念。

宴之敖者如果不死，他也不会给眉间尺立一个烈士碑的。他的做法是我们这些人很难想象，也很难理解的。这是两个阶段。

所以有时候我想，鲁迅晚年，知道自己一身病，身体又不好，他还玩命地写作，参加那么多活动，那么操劳，这里边好像有一种老百姓说的"作死"的意味。这不是作死吗？你有的是钱，你好好保养嘛！那很多人想，好好保养身体，活到八十多岁多好啊，不是还能写很多东西吗？可是他的那个活法儿，很像不想活了，很像不好好活着了的这个状态。他有很多关在黑箱子里的想法，是我们乱想都没有办法想的，乱想还要有一个轨迹，不知道怎么乱想好，我们只能沿着他的文字去乱猜。

这是从两个人物身上回到鲁迅。我们看《影的告别》的结尾，还有这样一段话，这个话到底是影说的，影说给"我"听的，还是影就是"我"？这有不同的解释。"我愿意这样，朋友——我独自远行，不但没有你，并且再没有别的影在黑暗里。只有我被黑暗沉没，那世界全属于我自己。"我以前讲就是说我跟黑暗同归于尽，我被黑暗沉没了。可是呢，这还是不能够完全阐释尽，因为他说"那世界全属于我自己"。他和黑暗的关系不是我们简单理解的一个完全对立的关系，那黑暗就是他。所以我们在这个时候忽然觉得，曙光未降的时候，还颇有几分迷人。比如说早上起来我们醒得早，发现天还没亮，窗帘外边一片黑暗，我们想再多睡一会儿吧，一般人会这样想。但是如果你确实已经醒了，你这个时候出去看一看，可能就会有新的想法，可能就会有新的感觉。

《影的告别》这个"影"，是鲁迅，是魏连殳，也是宴之敖者，他们都像影子一样离开我们而去了。所以以魏连殳和宴之敖者为代表，鲁迅写了一系列的孤独者，他的这些孤独者构成了一个黑色的家族，合起来可以看成孤独者不同道路选择和命运归宿的一个连环画。而整个的鲁迅的作品，我们可以把它理解为一个连环格。这个连环格是我研究武侠小说的时候提出来的。我们发现很多武侠小说的作者,让这部作品的名字出现在下一部作品中,一部作品中提到其他作品的人和情节,这样不同的作品之间产生了一个互相证明的作用,让人觉得:啊,原来真有这个人哪。比如说韦小宝路上可以遇见陈家洛,韦小宝遇见陈家洛,我们说:哦,原来《书剑恩仇录》不是编的,真有这个人。特别是像他的《射雕三部曲》,起了一个互相印证的作用。这样的小说的修辞手法我们可以叫作连环格,连环在一起,把不同的作品连接起来,构成一个作品的大的系统。而鲁迅的小说就有这个特点,他很多小说的发生地点都是在鲁镇,鲁镇完全是他虚拟的。但由于作者叫鲁迅,我们就以为真有鲁镇,很多人物似曾相识,是一个系列里边的。那么这些孤独者构成的连环格加起来,就可以进行系统的研究,并且跟鲁迅本人发生关联。

说到孤独者,"孤独者"一直是一个文学上的褒义词,从古代到近代到五四,一直到20世纪80年代,到我上大学的时候,特别像我们北大人都喜欢标榜自己孤独,孤独有很多现实中的作用,没事的时候你拿一个饭盆坐在三角地那儿,假装孤独,很可能就有人过来跟你攀谈,然后开始谈哲学、谈文学。这样孤独了十几年之后,突然到了1994年,出现了一首歌,叫《孤独的人是可耻的》,你们可能没有赶上这个时候。

1994年,中国进入了不许孤独的时代。你们北大人不是觉得了不起吗?不是自诩孤独吗?人家告诉你,"孤独的人是可耻的"。那么不孤独应该怎么样呢?歌里唱道:这是一个恋爱的季节,空气里都是情侣的味道,孤独的人是可耻的;这是一个恋爱的季节,大家应该相互微笑,搂搂抱抱这样多好。

正好借这两个作品给大家留一个思考题,大家去想,到底什么是孤独者?什么叫孤独?我在20世纪80年代的时候,我也嘲笑那些标榜孤独的人。什么叫孤独者啊?一个人待着就算孤独者吗?是不是单独的人,是不是隐居的人,就不跟我们一块住了?那个时候北大东门外,都是一片农家乐似的那种没有道路的农村地带,有的人在里边租房子,十块钱一个月,在里边住,当隐士。这是不是孤独者?不合群的人是不是孤独者?永远跟大家意见不同,我们说星期天去香山玩,他非说去陶然亭的是不是?孤独者,是不是那些总与众不同的人?是不是想法独特的人?还有,是不是不被理解的人?

我们从20世纪80年代开始,总是正面地肯定和褒扬一些人——单独的,隐居的,不合群的,语言不同的,想法独特不被理解的,直到我们为很多精神病平反。但是在这种学术潮流之后,是不是意味着就没有精神病了?那很多艺术家,像凡·高这样的,很多哲学家,像尼采这样的,确实是有精神病,那么现实生活中,一些普通的精神病是不是都需要平反?

鲁迅写的《狂人日记》其实写的是一个战士。战士和精神病,是不是只能二者居其一?他其实不是精神病,他是一个先觉者——他能不能既是先觉者又是精神病?或者有时候说精神病反而容易成为先觉者?先觉者往往不被群众所理解,跟先觉者里面有一些精神病是否有关联?所以你看鲁迅写在红眼睛阿义那些人的眼中,革命者就是发了疯了,说的不是人话。

还有,不同时代的孤独者都有哪些表现?古代文人的那种孤独,我们读唐诗宋词能够读出来。近现代的文人也有他们的孤独。而在当今这个时代,人没有任何隐私可以隐藏,你分分秒秒说的话、你在的位置、你干的事,只要有关部门想查,迅速就查出来了。这个时候,什么是孤独者?我想随着科技的迅猛发展,用不了多久,我们想什么都会被知道,就是说我们的脑电波都可以被远距离地探知、遥控,已经撒不了谎了,你几点几分几秒,你在想谁,人家那里都有显示,马上就知道。这个时候是否还存在孤独？以什么状态存在？我们读前人的作品，可以引发我们往后思考。

好，我们通过《孤独者》和《铸剑》，从颜色这个角度入手，其实探讨的不是一个颜色问题，探讨了孤独和复仇的问题，探讨了这样一个哲学问题。

——2020年北大鲁迅小说研究课第十四课

2020年12月29日

孔子的一团剑花

——《出关》

时间过得很快,鲁迅小说研究课一眨眼就上到期末了。今天来的时候,天气很好,仿佛一个很正经的人间的样子,蓝天白云,北京大学里面绿草碧水,鸟语花香,同学们一个个朝气蓬勃,像花儿一样开在教室里,看上去令我很欣慰。

只有我自己,好像不太合时宜,今天穿了一身很不合身的衣服,这身衣服本来很合身的,是二十年前的衣服,后来,我每年的这个时候都穿几天,虽然大家看到这件衣服还不算旧,但是越来越不合身了。也有人来批评我不要太"腐败",二十年前穿着略显肥的衣服现在已经特别小了。每年除了穿几天这样的衣服,我也没有什么别的办法,我只不过用来提醒自己不要忘却。因为跟人类其他的一切主观努力相比,忘却的力量太大了,忘却可能是我们一流的敌人,是我们头等的敌人。我们每天如饥似渴地学习,还有那么多人在创作,有那么多人在做学问,可能都是让我们不要忘却。假如人类的历史只有一天,从早上到晚上,我想不需要学者，不需要文化人，因为大家不会忘却，每个人都会根据八点钟发生的事情决定九点钟怎么活，下午一点钟两点钟怎么活，没什么问题。正因为睡一觉世界就改变了，所以一千天、一万天过去，很多事情都改变了。

鲁迅非常深刻地认识到这个问题。其实世界上有坏人不可怕，坏人怎么样能够成功？就是利用了我们的忘却。有些时候你说忘却多好，忘却是轻松，很多事不记得多好，假如真的这样就好了。问题是一旦你忘却或者你记忆有错误，别人就会来代替你记忆，别人替你回忆，我们大多数人的历史都是别人给你编造的。当然假话不可能完全是假话，完全是假话没有人信，假话里面掺着很多的真话，但是十分之一的假话就足以使你成为奴隶。

所以人在有觉悟的时候，要觉醒的时候，首先就要去寻找真实的记忆。寻找真实的记忆是很难的，因为现场不可复制，现场永远过去了。比如警察破案寻找现场目击者，现场目击者怎么能够复原现场呢？他复原不了现场，警察依靠的是他的语言，是所谓的自称现场目击者的语言，那么怎么证明他是现场目击者呢？就要有别的现场目击者。所以一个简单的交通事故，都是不可复原的。最后它的处理依靠什么？是依靠语文问题，依靠警察对语文的判断，几个人的语文指向一个结果。

所以说掌握文字、掌握文学是人命关天的大事。旧社会劳动人民为什么没有地位，是因为法制不健全吗？不是，是因为劳动人民语文不好，没有掌握语文，语文在人家那里，人家想怎么解释就怎么解释。杨白劳欠债还钱，这是一种语文。共产党为什么伟大？共产党建立了另一种语文，这种语文得益于鲁迅先生甚多。鲁迅先生从仁义道德中读出了吃人，共产党同样从欠债还钱中读出了人剥削人、人压迫人。

这两天逐渐收到同学们写的作业，慢慢地看，有些作业写得真是很不错。有一个留学生同学，在作业中有这么一段话，"鲁迅让中国人活得很累，他要中国人睁着眼看，直面惨淡的人生，正视淋漓的鲜血"。虽然鲁迅说我"并不愿将自以为苦的寂寞，再来传染给也如我那年青时候似的正做着好梦的青年"（《呐喊·自序》），其实鲁迅是没有办法完全兑现这一诺言。这个同学的这句话写得很好，鲁迅想那样做，但是他兑现不了。所以我上课的时候，也不知道我是想让同学们更累一点，还是想让同学们更轻松一点，有时候也许我的语言不太适合于你们，可能有时候对你们有所冒犯，当你们需要轻松的时候，可能使你们累，当你们想要压力的时候，我可能又使你们轻松，可能彼此有传递信息不对称的时候，所以请大家原谅我，我也有我的矛盾。

今天是我们的最后一课，我想讲一篇鲁迅的《出关》，我们前面讲过鲁迅小说的意象、他的学问与杂文的关系、鲁迅小说的内在矛盾等等，就想找一篇小说能够综合地体现鲁迅的思想，所以我在学期之初就决定，这个课的最后一次课，来讲《出关》。

《出关》这篇小说，有点幽默，像上次讲的《理水》一样，是幽默的，但是往往在幽默的文字里，有着最沉重的东西。《出关》是收在鲁迅的《故事新编》里，是鲁迅晚年之作，20世纪30年代的作品，离他去世不久了。这个时候我觉得鲁迅，已经修炼到他人生最高的境界了，这时候的鲁迅相当于张三丰，鲁迅的境界已经是武当山武功绝顶的张三丰了。我很喜欢张三丰这个形象。有一次我在网上看一个算命的程序，输入你的生日还有血型，然后看你是谁。我觉得这挺有意思，我把我自己的生日血型输入进去，一看，本人乃张三丰也！【众笑】我原来一直以为我自己是张无忌来着，我老觉着自己是张无忌。后来我一想：噢，有道理，可能我的人生目标应该向张三丰学习。

我就想我为什么喜欢张三丰？因为张三丰一方面修养修为特别高，

武学到了绝顶，修养到了绝顶之后，他并没有成为神仙，没有成为"太上之忘情"的那种人。他修养那么高，人间的情怀依然存在，所以当他看见张无忌，他揉了揉眼睛，眼睛湿润了，眼泪要流出来的样子。一个百岁的老神仙，有这样的深情，我觉得这才是人生修养的一个正道。修养很高了，不是抛弃人间而去，不是嫦娥跑到月亮上去，所以我们对嫦娥没什么感情，我们是对张三丰这样的人有感情。

鲁迅在1935年、1936年这个时候差不多就像张三丰一样，人修养这么高，不是说没有是非善恶，不跟人打架了。张三丰好就好在修养那么高，还跟人打架。但不是乱打，你是坏人，你来打他，他一再让你，你还没脸没皮，他就对你不客气，我觉得这是神仙之道。

《出关》这篇小说，鲁迅为什么这个时候写？他的一部《故事新编》写的都是古代的故事，都是一个系列一个系列的，但是《出关》这个故事不好写。出关，老子出关嘛。我十年前曾经写了一个系列的短剧，都叫"出什么出什么"：《孔夫子出书》《杨贵妃出奔》《诸葛亮出山》，写了好多"出"。我也曾经想起老子出关，但是脑中这个印象一闪，我就否定了，我说这个不能写，因为鲁迅写过了，没有人能超过鲁迅，我不敢写。鲁迅把《出关》那真是写得登峰造极了。人的武功练到绝顶的时候，他可以随心随意地当场发明一套拳式，当场发明一套武功，张三丰就可以做到这样。这就好像，他根据满腹的才华学识现场创作一篇小说、写一首诗一样。鲁迅的《出关》就是这样的艺术。如果你读过老子、读过孔子，对儒家道家的思想有所涉猎的话，你会非常非常佩服这篇小说；假如你没怎么读过老子孔子，那么通过读《出关》，你能够把握到儒道两家的一些神髓，你再去读《论语》、读《老子》的时候，你将比其他人进展神速，从学习的角度它也有这样的好处。下面我们来细读这篇小说。

首先看题目《出关》,"关"是中国文化中的一个关键字,"关"是一个很有意思的字。这是简化字的"关",繁体字的"關"是个门,是个城门,你要从这出去或者进来,都意味着一个空间的转换,从一个空间到了另一个空间,是不容易的。正因为它是空间的转换,所以它成为一种意象,它是一个人生的象征。我们经常说过关、攻关。我上初中的时候,流行一首叶剑英元帅1962年写的《攻关》——"攻城不怕坚,攻书莫畏难。科学有险阻,苦战能过关",鼓舞我们好好学习。过关的"关",就是从这个关口来的。现在已经没有这个关了,现在这个关没什么用了。在现代化战争条件下,山海关嘉峪关什么用也没有了,飞机从上面直接过去了。所以关就成为一个象征,中国人说关的时候想的不是那个门,而是空间转换的象征。所以出关,什么人要想出关,这就是一个问题。即使今天我们实际生活中的出海关,除了现实意义之外,也同样带有象征意义。因为对中国人来说,出国也是意味着到另外一个异质的、不同的空间里去。这是解释一下题目"出关"。

出关最早所联系的文化名人就是老子,传说老子骑青牛出函谷关,以至于后来就有"老子化胡"说。东汉以后,佛教传入中国,魏晋以后,佛道两家斗法、争正宗的时候,就有了"老子化胡"说。因为那个时候,佛教是外来的,它要压倒中国本土的道教。道教就说你们佛教有什么了不起啊,你们的释迦牟尼就是我们老子变的,当年老子在中原大地玩腻了,不愿意玩了,骑着头牛,比玄奘早得多,就"西游"去了。是从西边,听说是从函谷关到了西域,从西域绕了一圈儿,绕了很多什么山什么山的,后来就到了印度。所以我在一篇论文里写,老子到了印度,走累了坐在一棵树下,想了七天七夜,想完之后觉悟了,当地人就管他叫释迦牟尼。【众笑】后来它又传回来了,这讲的不就是清静无为吗,佛教讲的跟我们老子讲的一样,都是清静无为。道教就用这个说法来压倒佛教，释迦牟尼是我们老子变的，叫"老子化胡"。当然佛教也可以反过来说，佛教说老子确实来到我们这儿，但是没有变成释迦牟尼，他变成释迦牟尼的弟子了，来到我们这儿以后，他就放弃他的道教思想，专心地做我们佛教徒去了。老子到我们这儿来，就被我们把头发给剃了，变成一个和尚，我们胡化老子了。老子化胡PK胡化老子。

所以出关不是一个简单的地理概念，出关意味着要脱胎换骨，变成另一种东西。在关云长的故事里，他过五关斩六将，主要不是说他打仗厉害，说他武功神勇，不是。过五关斩六将，是由这个空间到达另一个空间去，要从曹营回到汉营，过五关斩六将要展示他的忠心，展示的是他的精神世界。中国人读了《出关》，会想起很多很多文化意象，看了《出关》，一般的文化人会知道，这是写老子的故事。老子有什么故事可写呢？老子在历史上留下来的东西很少，关于他的生平留下来的记载非常少，够写一篇小说吗？要写小说怎么写啊？我们现在可以拍孔子的电影电视剧，孔子的材料更多些，还能编点儿。因为有历史、有战争、有背景，也可以找几个女性，都可以找到，【众笑】编电视电影的元素够了。但老子好像材料比较可怜，找不到，所以写老子是不容易的。

我们看鲁迅怎么写《出关》。开头就说：

老子毫无动静的坐着，好像一段呆木头。

第一自然段这样写，这合乎我们作文讲的：开门见山。《出关》开头第一个形象就是老子，没有绕弯，开头第一个镜头就是特写，而且让你知道这就是老子，不是别的人，他没有说一个白发苍苍的老头坐在那里，然后旁白【粗声模仿】：这就是我国伟大的哲学家老子。【众笑】开头就说老子毫无动静地坐着，一切信息给你，给你之后，让你注意这个形象，注意这个画面。开头他用的这个描写，真不像道家佛家那样，这个描写是直指人心的描写。为什么说直指人心：第一，"老子毫无动静的坐着"，道家就主张静,他开头没有写老子在那里跑步,老子在那里练引体向上,那就不是老子,一开始写老子的这个画面非常好,"毫无动静",而且是"坐着"还不是站着。读过老子读过《道德经》的都知道,老子讲坐忘,讲静,讲虚,讲无,这些都是老子的关键词。

所以"毫无动静的坐着"是白话,已经道出了老子的真实,老子形象就是这样,"毫无动静的坐着"。但是他不止于这么写,光写他毫无动静坐着,我们也可以毫无动静地坐着。这种"毫无动静"到什么程度呢,这个比喻不容易,我们说一个人坐着纹丝不动,或者特别安静,地上掉一根针都能听见,鲁迅都不这样写,鲁迅说"好像一段呆木头"。"好像一段木头"就可以了,但是他还要加上一个"呆",这又是来自老子,老子讲人要坐忘,人要静,人要虚,人要无,要达到什么程度?要达到"呆",人要达到"呆"才行。我们今天说谁"呆"是贬义的,这人很"呆"。比如老师招研究生,面试完了,说那个学生不能要,看上去很呆,这没法培养,这个不要,这是一般的老师。我喜欢呆学生,我说我发现这个人比较呆,我喜欢。【众笑】

大家对"呆"有不同的理解,在老子那里,"呆"是个好词。有一句话叫"呆若木鸡",今天这个成语不是在老子的意义上使用的,今天说"呆若木鸡"是说这人傻了,吓傻了,被吓得呆若木鸡,突然发生的一件事情,把人吓傻啦,不动了,大家也叫不醒他,呆若木鸡,今天说"呆若木鸡"是形容人进入非正常的状态。在老子那里"呆若木鸡"是个高级状态,要经过很复杂很高级的修养修炼,不断地攀登科学高峰,最后才能达到那个境界。你想呆若木鸡,你也配!【众笑】哈,达不到那境界啊。因为现在的家庭都不养鸡,所以一般人都不知道观察家禽这些小动物的反应。我主张孩子一定要从小接触小动物,你看鸡鸭,你稍微一接触它就有反应,你一碰它,它就叨你一下,所以这就不是木鸡,这是肉鸡,【众笑】木鸡是没有反应,你怎么踢怎么打,都不动。

大概二十年前吧,我和我一个师兄聊天,我说人就应该把自己培养到呆若木鸡的境界,呆若木鸡是人的最高境界。我师兄批评我,他说你说的还不对,他说呆若木鸡还不是最高境界,最高境界是呆若木,这个"鸡"都要去掉,才是最高境界。我一想特别有道理,我特别佩服我的这个师兄,他比我理解得还本质、还深刻。而在他的理解里,这个木不是没有生命,木其实是有生命,在古代讲木的时候,讲的不是已经被伐下来的木头块,木是树的意思,木是外面迎风飘展的树。

所以鲁迅这里讲老子好像一段呆木头,不仅仅是说他现在坐着的样子,是把他的精神世界写出来了,老子自己就做到了呆若木。当我们看一排树一棵树的时候,我们以为它是死的,以为它是没有生命的,我们匆匆走过了。可是有时候我就想,树可能是有感觉、有生命的,它每天看着很多人从前面走,它不见得是看,它有它的感知方式。我们觉得木是低等生物,在老子看来未必是这样,他说我们给世界排排顺序,树未必是低的,老子把木提高到这么高的境界。所以简单的这一句话,就体现出鲁迅的学养,以及把这个学养形象化了的才华——他是非常熟悉老子的。

我十九年前,1990年那时候,没什么书可读——也不是没什么书可读,就是拿不准人生怎么办。我开始读古书,要把中国的重要古书再读一遍,去寻找中国的前途,寻找人生的前景,我重点就读了《老子》。老子讲的道理都懂,但是你让我把老子写出来很难。用一句话写老子,那鲁迅写得最好:"老子毫无动静的坐着,好像一段呆木头。"咱们北大光华管理学院门前不有个老子的塑像吗,那么多媒体在骂,那么多人在骂,我原来想北大有一点什么事你就骂,很讨厌媒体,但是我跑去看了一下,我说也该骂。【众笑】这个老子塑造得不怎么好,这就是创作者对老子不理解，理解的是皮相，理解的是表面，他没有雕刻出老子的呆，没有点出呆来。这个呆很难用言语来传达，到底什么是呆？要是画虎不成，反类犬，一学，学坏了。好，这是一个画面，下面有故事了：

"先生，孔丘又来了！"他的学生庚桑楚，这是历史上有真实记载的，老子的一个弟子就叫庚桑楚，是很有名的一个弟子，他说孔丘又来了。虽然这是现代白话文，但是一丝不乱，一丝不差，他叫他孔丘，因为孔子到老子那里是求学的，是拜老子为师的，所以只能直呼其名孔丘，而且说"又来了"，说明他不是第一次来了，来过不止一次，所以学生才向老师报告说，那个叫孔丘的家伙又来了。这个庚桑楚是**不耐烦似的走进来，轻轻的说**。每一个形容词，每一个定语状语，都是这么准确。首先庚桑楚是不耐烦，他有点儿烦这个孔丘，汇报的时候他却又是"轻轻的说"，这合乎老子门下的状态。老子门下的学生不应该是粗声大嗓的，一定跟老师学会了一套安静的为人处事的姿态，所以他是"轻轻的说"。

"请……"——就一个字"请"，没有其他的话，一点儿都不多余。下面就很直接：

"先生，您好吗？"孔子极恭敬的行着礼，一面说。镜头一转，孔子已经在这儿了。第一，作者没有称他为孔丘，小说的叙事者仍然称他是孔子，保持着我们一般人对他的称呼，好像站在我们的立场上；第二，没有说这个镜头很宏大，说道"请"之后，听见脚步声，然后慢慢地走进来一个人，都没有。一声"请"，接着就是孔子的话了。说明孔子刚才已经在门外，就在厅堂的外面，有人说请，马上来了。"孔子极恭敬的行着礼，一面说"，这也合乎历史上所有对孔子的记载，孔子是最讲究礼节的，最讲究恭敬的，一丝不乱的。孔子在任何场合都是"出门如见大宾"，孔子处理任何事情都像处理国家大事一样，没小事，孔子那里没有小事。就是说不但他在外面,在家里也是这样,真的是一丝不苟、战战兢兢、如履薄冰,这是孔子生活的状态。他活得好像一个地下工作者似的,连梦话都不能随便乱说的。这是孔子的神态。问"先生,您好吗",这是一个问候语。

"我总是这样子,"老子答道。"您怎么样?所有这里的藏书,都看过了罢?""我总是这样子",老子答道。老子也不说自己好,也不说自己不好,也没什么客套,他说我总是这样。

"您怎么样?所有这里的藏书,都看过了罢?"我们看鲁迅的小说笔法,实在是精炼到极致。他就通过简单的人物对话传递了多少信息啊。就老子的这几句答话,里边包含了多少有用的东西。第一个,我们知道了老子的身份,老子的职务,职业是什么——图书馆馆长,老子是看图书馆的,虽然那时候不叫图书馆,那时候图书都集中在国家,集中在朝廷,老子是看着国家文献的。第二个,他说"所有这里的藏书都看过了罢?"他知道孔子来就是要看他的藏书的,这里有很多信息:孔子很好学,孔子知道这里有藏书,孔子来读,老子给他读,老子能够判断出来孔子把书都读得差不多了。老子淡淡的一句话里边,就传递了那么多信息。所以鲁迅的一千字等于别人的一万字,一般的人用多少笔墨才能把这个介绍清楚?而你介绍清楚,小说就没有意思了,有意思就在于它精炼。

"都看过了。不过……"孔子很有些焦躁模样,这是他从来所没有的。孔子焦躁,跟凡人一样,但这又是他从来所没有的,孔子在任何场合都是从容不迫,孔子那是大学者、大思想家、教育家,他的弟子满天下,他一般没有焦躁。你看《论语》里记载,从孔子学生们的眼中看孔子,哪有焦躁的时候?没有。但是这里,孔子焦躁了。他说:

"我研究《诗》《书》《礼》《乐》《易》《春秋》六经,自以为很长久了,够熟透了。去拜见了七十二位主子,谁也不采用。人可真是难得说明白呵。还是'道'的难以说明白呢?"这里第一是包含着有关孔子的很多历史知识;第二是它显示出了孔子的某种人生取向;第三是包含了鲁迅对孔子的看法。

首先孔子是大学者,他研究这些东西,学富五车,没有他不研究的,孔子对所有的东西都研究。假如那个时候有一个大学的话,孔子是那个大学里所有专业的博导,从文科到理科到工科,所有的专业他都是博导。那么,他学这些是干什么呢?这句话点透了,"去拜见了七十二位主子,谁也不采用"。这鲁迅很"坏",故意用了"主子"这个词。就是说孔子学了这些知识之后,是要去给统治者打工的。我们古代有一句话叫:学成文武艺,卖与帝王家。学成了本事干吗?都卖给帝王家。鲁迅就看透了这一点,说孔子这么有学问,他要去找主人。但是呢,又"谁也不采用"。孔子周游列国,现实人生是失败的,孔子的伟大在于他死后,活着的时候没有人用他,甚至也没人理解他。也许正因为他现实生活失败了,才成就了伟大的孔子;也或许正因为他现实生活失败了,鲁迅等人才觉得他还不错吧,鲁迅才高看孔子。假如孔子真的四五十岁的时候被统治者看中了,就留着他一直用下去,那他可能就不是我们今天所理解的孔夫子了。

可是这个时候,孔子还很郁闷,他说,为什么谁也不采用呢?他说"人可真是难得说明白呵。还是'道'的难以说明白呢?"到底是人的问题,还是这个道理的问题呢?今天我们当然知道孔子的思想好,那个时候,他周游列国,不可能有哪个统治者接受他的想法。倘若接受他的想法,那国家就得灭亡。因为在战争时期,天天互相打仗、攻伐,你让人们都君君臣臣父父子子,都好好地修身养性、放下武器,那不行啊。春秋战国,那是谁能打仗谁厉害,最后野蛮就是硬道理,先进就要挨打,这是颠扑不破的真理。战国七雄，落后的秦国最后统一了其他的国家。所以孔子的思想是必须统一了之后才能用，先把国家打下来，先野蛮，后文明，打仗的时候不能用孔子的这一套。所以毛泽东说，革命不是请客吃饭。但是孔子是要讲请客吃饭的，而且吃起来很麻烦。他现在正郁闷的时候，向老子请教。我们也能看出孔子真是一个很勤奋的学生，我们大家一般都认识到孔子是一个伟大的老师，其实孔子首先是一个了不起的学生。我们把他叫作儒家创始人，孔子自己没有这种态度，哪儿有学问就往哪儿去，要把所有的知识都学到，这是孔子，他首先是个了不起的学者。

"你还算运气的哩，"老子说，"没有遇着能干的主子。"老子一句话和孔子就不一样，而且显出比孔子要高。孔子说没遇到主子很郁闷，老子说你算运气了，没遇着能干的，在老子看来那恰恰是个好事。老子说假如你遇到一个主子能干、用你，那可能是个坏事。这一句话就显示老子的高度。下面老子所说的这些话，都是历史上的原文翻译来的，引自《庄子》。《庄子》的里面讲了很多故事，都是把孔子放在一个可笑的位置，放在一个学生的位置，孔子经常去向道家的很多人请教问题，所以我们可以在很大程度上认为孔学是出于老子，儒家的很多思想是出于道家的。但是儒家学了这些东西之后要用，儒家是要用的，道家看得更深，道家是可用可不用。下面讲的基本都是老子原文翻译成白话文：

"六经这玩艺儿，只是先王的陈迹呀。那里是弄出迹来的东西呢？"这是老子里的一个关键词"迹"，什么是迹？讲道家哲学大概要讲一堂课，要讲古代哲学，我们现在讲哲学都是西方哲学，西方哲学史，中国古代哲学非常难讲。五四时候北大有个特牛的教授，历史系的，讲"中国哲学史"，讲了一个学期才讲到周文王。学生都佩服得五体投地，都听傻了。因为我们现在讲哲学一般是从周文王讲起。那时候讲了一学期才讲到周文王，现在再也找不到这样的教授了。

"你的话，可是和迹一样的。迹是鞋子踏成的，但迹难道就是鞋子吗？"说得好像很模糊，让人听不懂。停了一会，又接着说道："白鹇们只要瞧着，眼珠子动也不动，然而自然有孕；"他讲的是生物繁衍的道理。"虫呢，雄的在上风叫，雌的在下风应，自然有孕；"这是古人认为生物繁衍的道理。"类是一身上兼具雌雄的，所以自然有孕。"古人讲的这些道理和今天的科学观不符，但有的好像和今天的科学观又惊人的一致。什么雌雄同体啊，这种生物，老子说，"性，是不能改的；命，是不能换的；时，是不能留的；道，是不能塞的。只要得了道，什么都行，可是如果失掉了，那就什么都不行。"老子讲话的原文："苟得于道，无自而不可；失焉者，无自而可。"（《庄子·天运》）这是原文，基本上是一句一句翻译过来，但你听着又很口语化，很像老子的语气。老子讲的这些话大家一般都听不懂，这都是什么东西啊，听着一头雾水。但是孔子好像受了当头一棒，孔子听懂了，孔子是最好的学生，孔子这种学生很可怕。他跟子贡说：颜回特别聪明，咱们都不聪明，咱们是举一反三之辈，颜回是举一反十，他称自己的学生举一反十，孔子自己其实就是举一反十。

老子在这模模糊糊地说了一通，孔子全听懂了。而且，**孔子好像受了当头一棒，亡魂失魄的坐着**，傻了，听傻了，**恰如一段呆木头**。这里写的非常好。现在孔子恰如一段呆木头，但我们知道这两段呆木头是不同的，老子坐在那里的那段呆木头是生命丰盈的，里面像一泓清水一样，非常清澈的。孔子这段呆木头是被打的，没想到还有这么高造诣的人，原来看了很多书都没用的，老子几句话就点明白了，孔子是这样一段呆木头的状况。鲁迅写老子和孔子之间对话，很像两个武功高手在过招，在切磋武功，读起来觉得很过瘾，两个人都点到为止，互相都知道底细了，老子一招，把孔子摁到那里——呆木头。

大约过了八分钟，鲁迅写时间真是神出鬼没的，他有时候用别的办法写，说大概过了烙五张烙饼的时间，用烙饼的时间来说，现在公然说大约过了八分钟，这是为了配合这里的情境，是说孔子度分度秒如年的难受尴尬的样子，一分钟一分钟过得很难过。大约过了八分钟，**他深深的倒抽了一口气**，好像刚才两个人比武他受了重伤一样，过了八分钟，真气恢复了，养了一会儿伤，知道这个回合自己败了，**就起身要告辞，一面照例很客气的致谢着老子的教训**。谢谢老师的教育，武功高手过招礼数不缺。

老子也并不挽留他，站起来扶着拄杖，老子要扶着一个拄杖，年纪大了，地位也高，老子也不失礼数，老子不像孔子那样每个细节那么讲究，但大礼数不缺，大概要起来送他，**一直送他到图书馆的大门外**。这里图书馆出来了，果然是图书馆馆长，跟李大钊是一个职务。

那么送人送到什么地方，这都是有讲究的，你要看看中国古代的《礼记》，怎么待客，怎么送客，这都是有讲究的。送孔子，属于老师送准学生辈儿，送到大门外就可以了，不用再送一程。送什么人要陪着他走一段，送什么人要十八相送，这都是不一样的。

老子送孔子送到大门外，**孔子就要上车了，他才留声机似的说道**：这老子反正是没有感情的，留声机似的就只是敷衍。他说：

"**您走了？您不喝点儿茶去吗？**……"我们不能因此觉得鲁迅不尊重古代圣贤，真正的尊重圣贤是敢于拿他开玩笑，敢于调侃，敢于把圣贤都看成普通人。佛教中的呵佛骂佛，说明他跟佛是平等的，这才是懂佛。所以鲁迅敢写老子这样的一种世俗待客的办法。

孔子答应着"是是"，上了车，拱着两只手极恭敬的靠在横板上；这都是儒家讲的礼节，你如果读《礼记》，里面都有。古书里记载孔子学生冉有经常给孔子赶车，比如说《论语》里有"子适卫，冉有仆"，冉有给他驾车。冉有把鞭子在空中一挥，嘴里喊一声"都"，车子就走动了。待到车子离开了大门十几步，老子才回进自己的屋里去。这个礼节不乱。

"先生今天好像很高兴，"庚桑楚看老子坐定了，才站在旁边，垂着手，说："话说的很不少……"老子的学生跟老子说话是关心体贴他，但又是试探着说。这里不仅是对老师的尊重，而且老师莫测高深，他不好理解，只能试探性问，我觉得你很高兴，好像是这样吧。

"你说的对。"老子微微的叹一口气，有些颓唐似的回答道。刚才那个回合，老子完全占上风，老子把孔子侃晕了。怎么老子现在有点颓唐呢？我们想起在武侠小说中经常看到这样的情节，两个高手比武，一个人被打败了，跑了，对方取得胜利，但是当另一方跑了之后，这方才发现，原来自己也挨了一鞭，自己其实已然受伤了，但是刚才挺着没让对方发现，这是武侠小说经常出现的情节。刚才看上去是老子大胜，但是孔子走了之后，老子却有些颓唐。

"我的话真也说的太多了。"问题在这里。虽然他把孔子侃晕了，但是由于他使用的真气过多，被孔子吸收了很多，刚才的那些话被孔子瞬间就理解了，就抓住了，虽然孔子被击倒，但是他吸收了老子的真气。老子讲的道理他弄明白了，什么是道，孔子已经明白了。

他又仿佛突然记起一件事情来，这个写得好，他虽然颓唐，说一句完了，但不过就是上了孔子的当，被他套了些学问去，无所谓。然后又说，"哦，孔丘送我的一只雁鹅，不是晒了腊鹅了吗？"那个时候见老师的礼节通常是要送一只大雁，来表示相见之礼。"你蒸蒸吃去罢。我横竖没有牙齿，咬不动。"老子年纪已经大了，没有牙齿，咬不动了，就把雁鹅送给学生吃了。

庚桑楚出去了。老子就又静下来，合了眼。图书馆里很寂静。我们看图书馆里很寂静是怎么写的，这儿写得尤其好，他不是写又呆住了。**只听得竹竿子碰着屋檐响**，这是庚桑楚在取挂在檐下的腊鹅。这个写得好，他让人出去拿鹅去了，但是没有写那个镜头，镜头还在老子这里，他听到那边竹竿子碰着屋檐声。这说明鲁迅有生活体验，没有生活体验的人，写不出这个细节来。这一个细节就能表现出大师来，这就是大师。我就写不出这样的细节来。我很小就读过这一段，当时就非常佩服。我记得上高中的时候，有一次语文课，老师要我们改写《孔雀东南飞》，我就借鉴了这一段。焦仲卿刘兰芝在屋里边，然后我就写，厅堂上传来焦母垂堂大怒的声音，就是借鉴了这个地方，当时得到老师们的一片激赏。好，这是分析《出关》这篇小说中老子击退孔子一段。

一过就是三个月。三个月过去了，三个月，干吗呢？老子肯定还是老子。**老子仍旧毫无动静的坐着，好像一段呆木头**。鲁迅特别擅于使用重复的手法，一般来说重复是创作的忌讳，一般不能用重复。但鲁迅就不信这个邪，在很多地方，大量使用重复。这个手法被他使用得出神入化，而且敢于一个字都不改地重复。你们记得《祝福》吧，《祝福》里面就有著名的重复，那段重复是多么好地塑造了祥林嫂。这里就是重复——呆木头。

"先生，孔丘来了哩！"他的学生庚桑楚，诧异似的走进来，轻轻的说。情节差不多，表情不一样。上一次是"不耐烦"的，这一次是"诧异似的"，轻轻地说。"他不是长久没来了吗？这的来，不知道是怎的？……"庚桑楚要怀疑，庚桑楚是看不透的，这三个月孔子在干什么？孔子上次受了打击，其实也得了很大收获，回去苦练了三个月，这次又来了。

"请……"老子照例只说了这一个字。老子就会说这一个字，其实老子不是呆，心中像明镜一样，他早就知道，他虽然看上去毫无动静，这三个月老子的活动主要在心里头，他不是到处去跑，他不是去外面活动。

"先生，您好吗？"孔子极恭敬的行着礼，一面说。通过这一次重复，我们就加深了对儒道两家的印象，儒道两家是如此的不一样，道家是以静制动，儒家是积极进取。儒家是主动打上门来，道家是后发制人，但是道家不是消极的。我不知道你们现在中学里怎么讲道家，我小的时候书上讲道家，讲老庄，说他们是消极的人生观，我读了觉得他们不消极啊，相反觉得他们特别积极，是伪装消极。

"我总是这样子，"老子答道。"长久不看见了，一定是躲在寓里用功罢？"老子看上去很老实巴交，其实很"坏"。"躲在寓里用功"，这一句话就把孔子看得很清楚，知道他回去下功夫去了，躲在寓里用功。这句话在鲁迅的笔下也有更广的讽刺含义，我们知道现代社会以来，鼓励人们好好学习，鼓励人们做学问，鼓励人们写文章，所以有很多文人学者在家里刻苦用功，天天写文章。特别现在更是这样，每年发表很多文章，表示自己很勤奋。我看鲁迅那个时候的大学者的往来书信和日记，我发现那些大学者很看不起用功的人，很奇怪，我说你们不也很用功吗？所以好像与现在有点差别。比如他们要到哪儿去喝酒去吃饭，有人说带上谁吧，比如说带上老张吧，"带他干什么，天天用功的人"。天天用功的人好像被他们看不起。后来我想起我学生时代，好像也看不起那些天天用功学习的人。真正学习好的学生，必须装出不怎么学习的样子。每天学习十六个小时的人，都被人看不起，一定要每天只学七八个小时，一天到晚到处晃着玩，还参与很多"坏"事，这样的人才被人佩服。躲在寓里用功好像被老子看不起，所以他要这样点明孔子。但是孔子的厉害是他不在乎这些，你说我用功，我就用功怎么了，我就是要用功，就是要为人民服务。

孔子说,"那里那里,"孔子谦虚的说。"没有出门,在想着。想通了一点:"下面又是原文的翻译,"鸦鹊亲嘴;鱼儿涂口水;细腰蜂儿化别个;怀了弟弟,做哥哥的就哭。"很高深,这两人的话就像禅宗的机锋一样,如果我们把它想象成武功对打的话,也就是孔子一瞬间就出了七八剑,一瞬间就把一团剑花舞了出来。"我自己久不投在变化里了,这怎么能够变化别人呢!……"原文孔子是这样说的:"丘得之矣。乌鹊孺,鱼傅沫,细要(腰)者化,有弟而兄啼。久矣夫! 丘不与化为人;不与化为人,安能化人?"这就是孔子对上一次老子教训的回答。上次老子跟他讲了一大篇,孔子这次来给老子讲一篇老子心得。讲完之后,说您看看这怎么样。

"对对!"老子道。"您想通了!"高手对决,非常爽快。知道你功夫很高了,可以打我了,那就承认,你厉害。

大家都从此没有话,好像两段呆木头。一段、一段,在这里同时写,"好像两段呆木头"。我们知道这种场面,金庸还写不好,写得最好的是古龙,两个人不出招,静静的,瞬间打了一架,其实在他们脑海中,千招万招都是一招,都不需要化为现实,这是高手。这两个人从此都没有话,不用再说什么了,彼此都知道,彼此在心中演了很多的电影了。

大约过了八分钟,又"八分钟",这八分钟,两个人心里边千言万语都说过了。孔子这才深深的呼出了一口气,就起身要告辞,所以说这高手比武,外行人看不懂,你以为没比,其实他们已经比过了。一面照例很客气的致谢着老子的教训。又跟上次说的一样。所以最高境界的对话,无声也是交流,虚无缥缈。

老子也并不挽留他。我们看跟上面一样,站起来扶着挂杖,一直送他到图书馆的大门外。孔子就要上车了,他才留声机似的说道:

| 孔子的一团剑花——《出关》 | 273

"您走了？您不喝点儿茶去吗？……"这些对话，他就这样敷衍着过去了。

孔子答应着"是是"，上了车，拱着两只手极恭敬的靠在横板上；冉有把鞭子在空中一挥，嘴里喊一声"都"，车子就走动了。待到车子离开了大门十几步，老子才回进自己的屋里去。用重复的段落来突出不重复的那几句话，显出这几句话是惊心动魄，电光石火的一击。

"先生今天好像不大高兴，"你看，前面一段说是高兴，现在又说先生"好像不大高兴"。庚桑楚看老子坐定了，才站在旁边，垂着手，说。这次连学生都看出来了，老子不大高兴。"话说的很少……"

"你说的对。"老子微微的叹一口气，有些颓唐的回答道。"可是你不知道：我看我应该走了。"上一次孔子是绝对的失败，虽然看不出他怎么输，但是绝对失败，这一次孔子没有失败，这一次两个人打了平手，如果孔子再打就不可知了，所以老子说"我看我应该走了"，别人谁也看不出来。

"这为什么呢？"庚桑楚大吃一惊，好像遇着了晴天的霹雳。他的学生是不懂得老师的境界的。

"孔丘已经懂得了我的意思。他知道能够明白他的底细的，只有我，一定放心不下。我不走，是不大方便的……"明白了吧，所以我为什么说这是武侠小说啊，它不是一般的写思想家的交流，我们现在谁写思想家的交流能写到这种程度？看上去什么事都没有，其实是惊心动魄的，而且是关系到中国几千年的文明史。

"那么，不正是同道了吗？还走什么呢？"他觉得孔子既然明白你的意思了，那咱们就是一伙的了，为什么还要走？

"不，"老子摆一摆手，"我们还是道不同。譬如同是一双鞋子罢，我的是走流沙，他的是上朝廷的。"老子看得非常清楚，老子有一身本事，这个本事他是不用的,他是要走流沙的,孔子是要用的,孔子学了本事是要上朝廷。

"但您究竟是他的先生呵!"

"你在我这里学了这许多年,还是这么老实,"老子笑了起来,老子不是一个好的教师,自己很伟大,可是学生教不出来。"这真是性不能改,命不能换了。你要知道孔丘和你不同:他以后就不再来,也再不叫我先生,只叫我老头子,背地里还要玩花样了呀。"鲁迅写到这里好像不是写孔子和老子,明明是他和另外一个人,对吧,鲁迅的学生,鲁迅的某学生,他以为把鲁迅的思想学去了,然后不再叫鲁迅"老师",叫鲁迅"老头子",还写文章攻击鲁迅等等,鲁迅用这个其实是写的自己的情况。

"我真想不到。但先生的看人是不会错的……"这个学生说老师看人不会错。

"不,开头也常常看错。"这句话是说圣人不是一开始就看得准,只要后来看明白了,便是圣人,开头会犯错。

"那么,"庚桑楚想了一想,"我们就和他干一下……"还是这个学生年轻,我们怎么怕孔子呢,跟他干一下。

老子又笑了起来,向庚桑楚张开嘴:

"你看:我牙齿还有吗?"他问。

"没有了。"庚桑楚回答说。

"舌头还在吗?"

"在的。"

"懂了没有?"这个要再不懂,那这学生得被开除了,这应该懂了。

"先生的意思是说:硬的早掉,软的却在吗?"

"你说的对。"这是老子的一个重要哲学观点——柔能克刚。牙为什么要掉,因为太硬,进来食物就跟它"干",进来食物舌头不跟它干,而是跟它搅和,所以舌头活了一辈子,完整无损,一般是不损,牙是干了一辈子就掉了。这是老子一个重要的哲学观点。

"我看你也还不如收拾收拾,回家看看你的老婆去罢。"老子其实很有人情味,要庚桑楚回去看看他老婆。"但先给我的那匹青牛刷一下,鞍鞯晒一下。我明天一早就要骑的。"小说的前半部分,通过老子跟孔子的两次交锋,写下了老子要出关的理由。老子为什么要出关?跟化胡不化胡没有关系,老子要出关是因为人民内部矛盾,是中国现在要崛起的儒家势力要大。这样,下面就是出关的过程。

老子到了函谷关,没有直走通到关口的大道,却把青牛一勒,转入岔路,在城根下慢慢的绕着。他想爬城。这写得很可笑,老子要爬城。城墙倒并不高,只要站在牛背上,将身一耸,是勉强爬得上的;但是青牛留在城里,却没法搬出城外去。倘要搬,得用起重机,无奈这时鲁般和墨翟还都没有出世,那个时候还没有鲁班,起重机还没发明。老子自己也想不到会有这玩意。我们知道老子、道家的态度是反对机器的,反对一切科学发明,只要有科学发明,人心就会变坏,发明一回机器就坏一次,这是道家讲的。所以不是说老子智力上发明不了,他根本不会想去发明这些东西。总而言之:他用尽哲学的脑筋,只是一个没有法。

然而他更料不到当他弯进岔路的时候,已经给探子望见,立刻去报告了关官。我们看刚才那段描写,作者的笔法似乎站在道家的角度,对儒家进行嘲笑,但是在专门写老子的时候,鲁迅他对道家也有嘲笑,他写出道家尴尬无用了。所以绕不到七八丈路,一群人马就从后面追来了。那个探子跃马当先,其次是关官,就是关尹喜,就是古代传说中那个把守,海关关长关尹喜,其实叫关尹,还带着四个巡警和两个签子手。

"站住!"几个人大叫着。

老子连忙勒住青牛，自己是一动也不动，好像一段呆木头。这里的呆木头和前面又不一样，这里为什么呆？不是在那里好像悠闲地进入自如的状态，这不是自如的，这是被迫的，被城管迫害的呆。

"阿呀！"关官一冲上前，看见了老子的脸，就惊叫了一声，即刻滚鞍下马，打着拱，说道："我道是谁，原来是老聃馆长。这真是万想不到的。"

老子也赶紧爬下牛背来，细着眼睛，看了那人一看，含含胡胡的说："我记性坏……"

"自然，自然，先生是忘记了的。我是关尹喜，先前因为上图书馆去查《税收精义》，曾经拜访过先生……"这人还读过专业书，看过专业书，自己学习。

这时签子手便翻了一通青牛上的鞍鞴，又用签子刺一个洞，伸进指头去掏了一下，一声不响，撇着嘴走开了。这一个细节透露出很多信息，贪赃枉法从那时候就开始了，先看看过关有什么东西，有什么油水没有，老子就没什么油水。

"先生在城圈边溜溜？"关尹喜问。

"不，我想出去，换换新鲜空气……"

"那很好！那好极了！现在谁都讲卫生，卫生是顶要紧的。不过机会难得，我们要请先生到关上去住几天，听听先生的教训……"我们看这个关长，国家官员，要强留老子在这里，这个情形和其他小说作品里写的强盗差不多，人要出关，要把人留在这里，强迫人家给他上课。

老子还没有回答，四个巡警就一拥上前，把他扛在牛背上，签子手用签子在牛屁股上刺了一下，牛把尾巴一卷，就放开脚步，一同向关口跑去了。这就说明鲁迅观察过牛怎么跑，不然不会这么写。

到得关上，立刻开了大厅来招待他。这大厅就是城楼的中一间，临窗一望，只见外面全是黄土的平原，愈远愈低；天色苍苍，真是好空气。这雄关就高踞峻坂之上，门外左右全是土坡，中间一条车道，好像在峭壁之间。实在是只要一丸泥就可以封住的。鲁迅要写一个场面，三笔两笔就写得非常成功，这是一个好画家，当然这里也是用了典故，典故中讲一丸泥就可以封住函谷关，讲地势险要。好了，下面开始了。

大家喝过开水，再吃饽饽。"再吃饽饽"，鲁迅故意写北方的饮食，叫饽饽。让老子休息一会之后，关尹喜就提议要他讲学了。老子早知道这是免不掉的，就满口答应。于是轰轰了一阵，屋里逐渐坐满了听讲的人们。同来的八人之外，还有四个巡警，两个签子手，五个探子，一个书记，账房和厨房。有几个还带着笔，刀，木札，预备抄讲义。

老子像一段呆木头似的坐在中央，沉默了一会，这才咳嗽几声，白胡子里面的嘴唇在动起来了。大家即刻屏住呼吸，侧着耳朵听。看老子讲课怎么讲，只听得他慢慢的说道：

"道可道，非常道；名可名，非常名。无名，天地之始；有名，万物之母。……"

大家彼此面面相觑，没有抄。

"故常无欲以观其妙，"老子接着说，"常有欲以观其窍。此两者，同出而异名。同，谓之玄，玄之又玄，众妙之门……"老子一来，不讲是不讲，一讲就给大家都侃晕。

大家显出苦脸来了，有些人还似乎手足失措。一个签子手打了一个大呵欠，书记先生竟打起瞌睡来，哗啷一声，刀，笔，木札，都从手里落在席子上面了。老子讲的是思想的精华、真理，但是恰恰是真理可以催眠，我们往往被真理给催眠了，听的好玩的东西往往不是真理。

老子仿佛并没有觉得，但仿佛又有些觉得似的，因为他从此讲得详细了一点。然而他没有牙齿，发音不清，打着陕西腔，夹上湖南音，

"哩""呢"不分，又爱说什么"唎？"：大家还是听不懂。可是时间加长了，来听他讲学的人，倒格外的受苦。

为面子起见，人们只好熬着，但后来总不免七倒八歪斜，各人想着自己的事，待到讲到"圣人之道，为而不争"，住了口了，还是谁也不动弹。老子等了一会，就加上一句道：

"唎，完了！"

大家这才如大梦初醒，虽然因为坐得太久，两腿都麻木了，一时站不起身，但心里又惊又喜，恰如遇到大赦的一样。我们看鲁迅对老子好像是调侃，其实是讲高深的思想没有办法向大众传达，讲的是这个。这个时候，如果是孔子，就会讲得很好听，在这样的场合下，孔子是游刃有余的，孔子是善于对付世间所有人的，而这是老子的弱项。

于是老子也被送到厢房里，请他去休息。他喝过几口白开水，就毫无动静的坐着，好像一段呆木头。

人们却还在外面纷纷议论。过不多久，就有四个代表进来见老子，大意是说他的话讲的太快了，加上国语不大纯粹，所以谁也不能笔记。没有记录，可惜非常，所以要请他补发些讲义。补发讲义，这都是鲁迅在各大学上课的真实经历，连鲁迅讲课都不行，鲁迅讲课很多人听不懂，他也不会普通话。所以，鲁迅的很多讲演最后都印成讲义，印成讲义之后成了很好的文章。下面说的是方言：

"来笃话啥西，俺实直头听弗懂！"账房说。

"还是耐自家写子出来末哉。写子出来末，总算弗白嚼蛆一场哉唲。阿是？"书记先生道。这是方言，鲁迅比较"坏"。【众笑】

老子也不十分听得懂，但看见别的两个把笔、刀、木札，都摆在自己的面前了，就料是一定要他编讲义。他知道这是免不掉的，于是满口答应；不过今天太晚了，要明天才开手。

代表们认这结果为满意,退出去了。

第二天早晨,天气有些阴沉沉,老子觉得心里不舒适,不过仍须编讲义,因为他急于要出关,而出关,却须把讲义交卷。他看一眼面前的一大堆木札,似乎觉得更加不舒适了。那个时候写字要刻在竹简上,所以讲得很对。

然而他还是不动声色,静静的坐下去,写起来。回忆着昨天的话,想一想,写一句。那时眼镜还没有发明,他的老花眼睛细得好像一条线,这虽然不是画吧,鲁迅画的老子非常形象,我觉得比太史公画得还好,很费力;除去喝白开水和吃饽饽的时间,写了整整一天半,也不过五千个大字。够快的了,用刀刻的,一天半刻了五千个字。我现在好好写文章,一天写两千字,我觉得就可以了。

"为了出关,我看这也敷衍得过去了。"他想。这写得非常深刻,我们今天以为是万古不朽的皇皇巨著,老子的《道德经》,五千字的《道德经》,原来是老子为了敷衍人写的。小时候我很奇怪,老子讲清静无为,既然清静无为,干吗写五千个字呢?什么都不写不是最符合你们的思想吗,为什么还写?鲁迅在这里解释是不写不行,不写出不去,要交卷。

于是取了绳子,穿起木札来,计两串,扶着拄杖,到关尹喜的公事房里去交稿,并且声明他立刻要走的意思。

关尹喜非常高兴,非常感谢,又非常惋惜,坚留他多住一些时,但看见留不住,便换了一副悲哀的脸相,答应了,命令巡警给青牛加鞍。一面自己亲手从架子上挑出一包盐,一包胡麻,十五个饽饽来,装在一个充公的白布口袋里送给老子做路上的粮食。并且声明:这是因为他是老作家,所以非常优待,假如他年纪青,饽饽就只能有十个了。这里就是杂文笔法,这是鲁迅自己的经历,经常被出版商剥削,被书店剥削,人家还说你是老作家，还照顾你呢，要年轻作家，不能给你这么多稿费。鲁迅这里讲对文人的剥削。

老子再三称谢，收了口袋，和大家走下城楼，到得关口，还要牵着青牛走路；关尹喜竭力劝他上牛，逊让一番之后，终于也骑上去了。作过别，拨转牛头，便向峻坂的大路上慢慢的走去。

不多久，牛就放开了脚步。大家在关口目送着，去了两三丈远，还辨得出白发、黄袍、青牛、白口袋，这景象这颜色，搭配得非常好。接着就尘头逐步而起，罩着人和牛，一律变成灰色，再一会，已只有黄尘滚滚，什么也看不见了。这是一个长镜头，长长的，老子出关，再也看不见了。小说到这里本来可以结束了，到这里就可以算是出关了，但是下面还加了很多送老子回来以后的、对关尹喜这些闲人的描写：

大家回到关上，好像卸下了一副担子，伸一伸腰，又好像得了什么货色似的，咂一咂嘴，好些人跟着关尹喜走进公事房里去。

"这就是稿子？"账房先生提起一串木札来，翻着，说。"字倒写得还干净。我看到市上去卖起来，一定会有人要的。"

书记先生也凑上去，看着第一片，念道：

"'道可道，非常道'……哼，还是这些老套。真教人听得头痛，讨厌……"

"医头痛最好是打打盹。"账房放下了木札，说。

"哈哈哈！……我真只好打盹了。老实说，我是猜他要讲自己的恋爱故事，这才去听的。要是早知道他不过这么胡说八道，我就压根儿不去坐这么大半天受罪……"这里鲁迅其实是讲启蒙的艰难。很多革命者、先觉者，以为去给老百姓讲道理人家很爱听，其实人家想听你的恋爱故事。这里边在调侃中都含着悲愤。

"这可只能怪您自己看错了人，"关尹喜笑道。"他那里会有恋爱故事呢？他压根儿就没有过恋爱。"

"您怎么知道？"书记诧异的问。

"这也只能怪您自己打了瞌睡，没有听到他说'无为而无不为'。这家伙真是'心高于天，命薄如纸'，想'无不为'，就只好'无为'。一有所爱，就不能无不爱，那里还能恋爱，敢恋爱？"这就是老百姓解释圣人的思想。"您看看您自己就是：现在只要看见一个大姑娘，不论好丑，就眼睛甜腻腻的都像是你自己的老婆。将来娶了太太，恐怕就要像我们的账房先生一样，规矩一些了。"他这样理解"无为""无不为"。

窗外起了一阵风，大家都觉得有些冷。这句话写得很传神。他们这样糟蹋、解构圣人的话，窗外起了一阵风，他们觉得有点冷。这其实又是在写人生的凉薄。是群众的这种议论，让人感到人生的凉薄。老子尽管看不起孔子，老子觉得孔子都瞎胡扯、瞎胡闹，老子自己其实也是这个命。鲁迅写了老子已经走了，还在写"出关"的意义。

"这老头子究竟是到那里去，去干什么的？"书记先生趁势岔开了关尹喜的话。

"自说是上流沙去的，"关尹喜冷冷的说。"看他走得到。外面不但没有盐、面，连水也难得。肚子饿起来，我看是后来还要回到我们这里来的。"我们不要看不起关尹喜，关尹喜说的话可能很有道理。最后的道理是肚子饿了要吃饭，才是硬道理。

"那么，我们再叫他著书。"账房先生高兴了起来。"不过饽饽真也太费。那时候，我们只要说宗旨已经改为提拔新作家，两串稿子，给他五个饽饽也足够了。"鲁迅很重视饽饽，鲁迅非常重视吃饭问题。不要往高深方面说，拉下来跟吃饭放在一起，这是马克思主义的观点。

"那可不见得行。要发牢骚，闹脾气的。"

"饿过了肚子，还要闹脾气？"

"我倒怕这种东西,没有人要看。"书记摇着手,说。"连五个饽饽的本钱也捞不回。譬如罢,倘使他的话是对的,那么,我们的头儿就得放下关官不做,这才是无不做,是一个了不起的大人……"

"那倒不要紧,"账房先生说,"总有人看的。交卸了的关官和还没有做关官的隐士,不是多得很吗?……"鲁迅这句话有意思,就是说什么人喜欢看道家的书?有人说他的书没人看啊,那听他的,我们头儿就得放下关官不做啊。但这句话的意思是说那些还没有当上官的和已经退了休的人,喜欢看道家的书,他们要看道家的书,他们不看《论语》。这家伙说得很好,倒有些对。

窗外起了一阵风,括上黄尘来,遮得半天暗。这时关尹喜向门外一看,只见还站着许多巡警和探子,在呆听他们的闲谈。

"呆站在这里干什么?"他吆喝道。"黄昏了,不正是私贩子爬城偷税的时候了吗?巡逻去!"关尹喜既管文化又管警察,他都管。

门外的人们,一溜烟跑下去了。屋里的人们,也不再说什么话,账房和书记都走出去了。关尹喜才用袍袖子把案上的灰尘拂了一拂,提起两串木札来,放在堆着充公的盐、胡麻、布、大豆、饽饽等类的架子上。

小说到这完了。我们看《道德经》的命运,老子写了五千言,尽管是他敷衍写出来的,但毕竟是他一生思想的结晶,在短时间内就总结了老子思想的大要,精华都写里面了。但是被关尹喜放在哪里了呢?跟盐、胡麻、布、大豆、饽饽放一块儿,放在架子上。所以我就想起了辛弃疾写的一句诗词:"却将万字平戎策,换得东家种树书。"(《鹧鸪天·有客慨然谈功名因追念少年时事戏作》)再高深的思想,老百姓也认为还不如种树的书,还不如讲农业实用技巧的书,老百姓需要的是这个。老子也不过是这个命运。所以说,鲁迅把历史真正还原了,你看好像这是调侃,它都有它不同的依据,这些小说浑身是学问,没有一个细节没有历史的材料支撑，没有一个地方是戏说的，看上去很好笑，但绝不是戏说，而是说得非常严谨。能写看上去很严肃又好笑的文章，这是本事，这是小说家的本事，这是才华。

同时这里面有我们讲的复调的问题。鲁迅对老子到底是什么态度，鲁迅对孔子到底是什么态度，你觉得他是崇尚道家贬低儒家吗？好像不能简单这么说。对道家儒家他好像都既有尊敬又有调侃，他没有明确地给出一个结论来。小说里老子说孔子是一个阴谋家，得了老子的道就跑了，那只是老子的看法。小说不负责下思想结论，小说提供一个思考的空间。为了让大家思考得好，要把这个故事写得很生动。鲁迅在这篇小说里，有三个人物写得非常好：老子、孔子，知识分子的两条道路；然后是一个普通老百姓的代表、俗人的代表，关尹喜。在这些俗人的世界里，他们也活得有滋有味，他们抓一个大学者，一个顶尖的大学者，让他讲故事，他就想听你讲故事，讲讲自己的恋爱故事。老百姓有他自己的生存哲学，不是说平民百姓那里就没有哲学，不是的。

鲁迅在其他地方，专门讲过他写《出关》的"关"。鲁迅对一部中国思想史是有他自己的独到的看法的，但是鲁迅不但没有写这方面的内容，也没有注明，我们从《故事新编》里可以看到，他对中国文化是有着整体上的思考的。我们讲鲁迅小说，从基本的意义上，是希望大家来提高欣赏小说的水平，能够在一个高的境界上欣赏文学作品，提高对鲁迅思想的认识。再进一步希望对大家的人生有用，对将来人生有启发。我这样讲鲁迅的小说也是一个尝试。

这一学期讲下来，首先要感谢各位同学，很多同学向我提问，给我纠正我在课堂上讲错的地方，特别是你们对鲁迅的态度，令我很感动。我从二十年前开始——我特别是在老师面前去讲——从来没对年轻人失望过，从来没有对北大失望过，我相信江山代有才人出，北大代有英雄出。通过这学期,我看鲁迅小说受到这样的重视和欢迎,我相信各位中能够产生出新世纪的英雄,我觉得中国还是有希望的。希望各位同学在各个场合、各个机会,继续给我批评,这学期的课就上到这里,谢谢大家。【鼓掌】

——2009年北大鲁迅小说研究课第十二课

2009年6月2日

攻与不攻的故事

——《非攻》

好,时间已到,我们开始上课。

今天我们讲另一篇小说《非攻》,我想这篇小说也许大家理解起来不那么复杂,相对简单一点儿,我们以阅读为主,大家自己能读出很多东西来。

我们今天所处的这个时代,到底是一个什么时代?不知道各位心里是如何判断的。人很难得的是清醒地判断自己所处的时空的性质。人和动物不同,动物是很准确地判断出自己所在的时空的性质,是安全、是危险、是安稳、是动荡,动物的判断是很准确的。人号称高级动物,可是人的判断为什么会发生错误呢?因为人类发明了语言。我们都以为语言是为了准确传递信息的,如果你要这样认为,你就恰恰上当了,人家发明语言的人就没有白发明语言,从某种角度说,发明语言就是为了欺骗你这样的傻子。你认为语言是传递准确信息的,那是错的,语言是一种武器,语言的主要功能是欺骗、是遮蔽,而不是传递。同类之间传递信息根本不需要语言。你看蜜蜂之间传递信息用语言吗？不用啊，一只蜜蜂飞过来了，它用它特有的信息传递方式告诉其他的蜜蜂，我在多少公里之外的什么什么地方发现了什么什么样的蜜源，够我们采多长时间，绝对不带差的，其他的蜜蜂或者跟着它去或者自己去，它不需要语言。一只狼看见几个人路过，把嘴往地上一插，一叫，附近来了七八只狼，非常准确。所以如果只是生存需要，没必要发明语言。

我小的时候就发现，语言主要是用来骗人的。我小时候看电影《地雷战》，八路军民兵撤退的时候，在路边写上"小心地雷"。鬼子来了之后，就不知所措，他们不知道这儿到底有没有雷，走了两步没有雷，他就以为凡是写着"小心地雷"的都是欺骗皇军的，再一走就有雷了，就炸了。一般人看来，八路军民兵真聪明啊，糊弄鬼子。可是我想到语言的问题，语言到底是干吗的？语言的重大功能是用来欺骗的。

所以我在《非攻》下面写了"攻与不攻的故事"。我们今天是一个攻的时代还是一个非攻的时代？今天生活在一个和平的时代吗？国际上和平吗？谁跟谁和平？你跟你宿舍的同学之间是和平关系吗？你和你高中同学就没有一天和平过，因为你们在竞争，你比他多考了十分，你和他命运就不一样了。但是这层窗户纸不能捅破，真话不得人心。

鲁迅是民众的"敌人"，鲁迅说话是不得人心的，因为他说了太多的真话、实话，其他的人偶尔说点真话、实话就要被"攻"，就要被打击。什么是真正美好的年代、美好的时空？可能都不是那些主流文字所描写的，真正美好的时代就像火车路过的一个不起眼的小站，人们没有注意就过去了。我有些时候坐火车看见窗外，偶尔路过一个不起眼的小站，我想这里的老百姓可能活得很幸福。他们没什么事，他们可能一百年、五百年就这么活着，好像与时俱进，其实也与世沉浮。他们没有当过什么先进集体，也没有遭过什么大的灾难，但是这样的地方是不被报道的，所以人们不知道,火车呼一下子就过去了。这就像我们历史的火车一样,历史的火车驶过很多年代,即使在大叙述中认为最动荡、兵荒马乱的年代,也一定会有人活得很好,但是在文字中留不下来。

我跟大家讲这些,恰恰因为你们都是知识分子,你们很会读书,所以我要讲这些,去掉大家心头的遮蔽。我如果给文化很低的人讲课我不会讲这些,我会鼓励他们多读书,我会说你们读书还不够,吃了没有文化的苦。等你读书多了,我再告诉你,读书多了还是一种孽障,这叫知识障。鲁迅就是这个打破人们的种种障的人,特别是打破人的知识障。什么东西少了,你觉得匮乏,但多了也不好,多了都是障。你的钱多了你就痛苦,当然大多数人现在钱不够多,我们现在希望钱多一点儿。可是真到多的那一天,你已经止不住它了,灾难就来了。你被人家一罚款就罚二十五个亿的时候,【众笑】那时候你才知道钱是灾难,钱是障。你说钱是障大家还可以理解,因为大家恨贪官,但是你觉得知识多了是障吗?我告诉大家,知识多了也是障。当一个人学富五车,当一个人无书不读,当一个人看什么东西一眼就看透的时候,他是有障的,必须想办法除掉这个障。就像金庸小说里写的,一个人学了少林寺七十二绝技,最后是要走火入魔的。真正的大侠会两三门武功就可以了,就可以纵横天下,要那么多的武功干什么。所以我为什么说知识分子学问大了,一定要想办法把学问发泄出去。

怎么发泄出去呢?要为人民服务。为人民服务不光是为他人好,也是自身解毒排毒,你读了四书五经,读了一肚子东西,你憋着干吗呢?如果不为别人做事,在你的心里就会成长起知识的癌细胞,它会扩散,会让这个人作恶。我这是讲一点题外话,但是我讲这个题外话,鲁迅早就想过了,鲁迅在他思考古代那些圣贤的时候也想过了。孔孟老庄墨子荀子这些人学问大了,比我们今天的人大得多,他们最后怎么样排自己的毒？我想这是鲁迅超越他那个具体时代，给我们的一个启发。

这篇小说和《故事新编》里的其他一些小说一样，没有在报刊上发表过。我想也是没有报刊需要这样的小说，没有报刊向他约稿，向他约稿的都是让他给我们写点《孔乙己》呀，批判一下万恶的旧社会呀，批判封建社会等等，恐怕没有人向他约这样的稿子。所以他写了之后，大概也不好意思给人家编辑投稿。再有，这篇小说和我们上次讲的《采薇》差不多，都是写在他生命的晚期，已经到了20世纪30年代的中期了——1934年、1935年。1934年、1935年是什么岁月啊，20世纪30年代那才叫真正内忧外患。在国际上中国是半殖民地社会，在国内蒋介石只能领导江浙一带，南方有桂系军阀、这个系军阀那个系军阀，北方有冯玉祥、张学良……多了，还有一个他们共同的敌人叫红军。蒋介石五次大规模围剿，前四次都失败了。不管你是站在红军的立场上还是站在白军的立场上，你愿意活在那个时代吗？据说活在那个时代有什么"民国范儿"，我不知道你这个"范儿"要"范儿"到什么地方去，你是愿意被红军打土豪分田地呢？你还是愿意被白军烧杀抢掠呢？那个"范儿"是谁的"范儿"？除非你是宋美龄，你控制中华民国空军，号称要买一千三百架飞机，自己贪污一千架，造成抗日战争一开始，中华民国空军全部被歼灭，这是很多人崇拜的民国名媛。

按理说在这样一个时代，人们主要考虑的应该是革命问题、战争问题、国家问题等等，这都没错，许多作家确实这么考虑，鲁迅也考虑、也参与。可是鲁迅偏偏就是鲁迅，他跟别人不一样，他要写一些不着调的东西，要写一些好像跟现实没关的东西。比如今天有一些情绪很激动的人，经常要求别人必须写某种东西，你一天不写他想看的那种东西，你就属于犯了罪。可在那个时候，鲁迅把眼光投向古代，写了好多《故事新编》里的小说，比如这篇小说《非攻》。

我们学过一点历史的都知道,《非攻》就是写墨子的。墨子跟20世纪30年代有什么联系呢?为什么1934、1935年他要写墨子?墨子和公输盘的这个故事,我们中学的时候也应该学过了,大概的意思我们就不讲了。《墨子》中这一段古文应该大家都知道:

  公输盘为楚造云梯之械,成,将以攻宋。子墨子闻之,起于鲁,行十日十夜,而至于郢。见公输盘。公输盘曰:"夫子何命焉为?"子墨子曰:"北方有侮臣者,愿借子杀之。"公输盘不说。子墨子曰:"请献十金。"公输盘曰:"吾义固不杀人。"子墨子起,再拜,曰:"请说之。吾从北方闻子为梯,将以攻宋。宋何罪之有?荆国有余于地,而不足于民,杀所不足而争所有余,不可谓智;宋无罪而攻之,不可谓仁;知而不争,不可谓忠;争而不得,不可谓强;义不杀少而杀众,不可谓知类。"公输盘服。子墨子曰:"然乎,不已乎?"公输盘曰:"不可,吾既已言之王矣。"子墨子曰:"胡不见我于王?"公输盘曰:"诺。"子墨子见王……

下面的不用读了,大家都知道,他用大概的逻辑说服了楚王不去攻宋,但是楚王说:道理是这个道理,但是呢:

  "虽然,公输盘为我为云梯,必取宋。"于是见公输盘。子墨子解带为城,以牒为械,公输盘九设攻城之机变,子墨子九距之。公输盘之攻械尽,子墨子之守圉有余。公输盘诎,而曰:"吾知所以距子矣,吾不言。"子墨子亦曰:"吾知子之所以距我,吾不言。"楚王问其故。子墨子曰:"公输子之意,不过欲杀臣；杀臣，宋莫能守，可攻也。然臣之弟子禽滑厘等三百人，已持臣守圉之器，在宋城上，而待楚寇矣。虽杀臣，不能绝也。"楚王曰："善哉！吾请无攻宋矣。"子墨子归，过宋，天雨，庇其闾中，守闾者不内（纳）也。

这段文字还有其他文献有相关的记载，细节上有一些出入。鲁迅这篇小说几乎就是完全根据这些记载改写一遍，没有多大的发挥创造，鲁迅其他一些小说还尽情地调侃、讽刺、搞笑、穿越，但是在《故事新编》里面，这篇小说显得特别"老实"。我不知道这篇小说写得特别"老实"是不是为了故意地吻合墨子的性格，也就是说墨子这人老实，鲁迅不好意思调侃他，不好意思把他写得特搞笑。那么就从鲁迅这篇不动声色的小说中，我们读一读鲁迅最"老实"的时候，小说写得不太引人注意的时候，它这里面包含了一些什么思想。

下面我们来读小说的原文。

子夏的徒弟公孙高来找墨子，已经好几回了，总是不在家，见不着。子夏我们知道，儒家的，读《论语》的时候我们对这人很熟。子夏还有一个弟子叫公孙高，这个古书上查不着，估计可能是鲁迅自己编的，虚拟的，给他安一个徒弟，说他找墨子，这是为了小说开头虚构这情节，为了引出墨子。我们看金庸的武侠小说也是这样，先出场两个不重要的角色，虽然写得好像也很厉害，但一会儿真正厉害的角色出来，这两人什么都不是，这是写小说惯用的伎俩。**大约是第四或者第五回罢，这才恰巧在门口遇见，因为公孙高刚一到，墨子也适值回家来。他们一同走进屋子里。**

公孙高辞让了一通之后，眼睛看着席子的破洞，和气的问道："先生是主张非战的？"

"不错！"墨子说。

"那么，君子就不斗么？"

"是的！"墨子说。

这个开头是一个儒家子弟来找墨家大师请教问题，但是这两个请教的问题，提的很像碰瓷的，不像平常请教问题。孔老师现在几乎每天都遇到碰瓷的，在网上、在网下、在生活中、课前课后，经常遇见碰瓷的，我已经习惯了，一瞬间就能判断出这家伙是真正请教问题的还是来碰瓷找事的，是应该装糊涂混过去还是给他踹走等等。这种碰瓷好像在古代就有了，由于学术见解的不同，以请教问题为名来难为对方。当然那个时候没有记者，有记者就更热闹了。

鲁迅虚构一个碰瓷的情节开头，我们注意这开头叙述好像很平淡，没有什么特殊的，唯一特殊的是一个细节："眼睛看着席子的破洞"。这眼睛看哪儿不行啊，他这双眼睛看着屋角、看着屋梁、看着桌案、看着对方的衣服，看哪儿都行，他非得看着席子的破洞——凡是这样的地方，这就叫文学。文学的奥秘藏在无关紧要之处，文学不是三言两语概括出来一个所谓的中心思想，如果那样的话，就不需要写作品，直接把思想写出来就行了，"啊，这是一个万恶的旧社会，原因有八，一二三四五六七八"，就完了。文学不是直接把话说出来，因为文学的话是无穷无尽的。席子的破洞可以引人遐想，古人都是坐在席上，席上有破洞，表面的解释是说墨子生活艰苦，这么大一个思想家，屋里铺的席子是破的，他坐在一个破席子上，表面解释是他生活简朴。但是我认为这是一种对他思想的暗喻，来者希望找到他思想上的破洞。所以无意识中，这人为什么看着这破洞呢，内外是一致的，他看着席子破洞，其实心里面是想找人家思想上的破绽。那么他的思想上到底有没有破绽呢？这又是第二个值得思考的问题，这是小说的开头。

"猪狗尚且要斗，何况人……"这是公孙高的理论，这是儒家理论。

"唉唉，你们儒者，说话称着尧舜，做事却要学猪狗，可怜，可怜！"墨子也不是好惹的，墨子张口也骂人是"猪狗"。你看墨子，人家说"猪狗尚且要斗"，他就说人家做事学猪狗。**墨子说着，站了起来，匆匆的跑到厨下去了，一面说："你不懂我的意思……"**我们今天经常认为儒家跟墨家有一致性，那么我讲武侠的时候，也经常讲"武侠"两个字的来源，有儒家的、有墨家的，可是在鲁迅看来，他好像认为墨家与儒家有很大不同，有原则性的争论、分歧。

他穿过厨下，到得后门外的井边，绞着辘轳，汲起半瓶井水来，捧着吸了十多口，这是墨家领袖人物的生活，自己在井边打水，捧着瓦罐喝水，够艰苦朴素的了。**于是放下瓦瓶，抹一抹嘴，**这毫无领袖风度，生活这么平易近人，到井边打起水来，捧了一捧起来就喝，完了抹抹嘴开始说话，**忽然望着园角上叫了起来道：**

"阿廉！你怎么回来了？"这"阿廉"肯定是鲁迅给人家虚构的名字，因为墨子艰苦朴素，手下的人有叫阿廉的，比较廉洁，但是古代的人怎么可能叫阿廉呢，而且是北方人，南方还可能叫"阿"什么，北方基本没有叫"阿"什么的。北方管人叫"阿"什么的都是有特殊的来源，一定是另外取的，或者是他的父母另有文化追求，才给他取名叫"阿"什么。北方人取名都取什么呢？二柱子、狗剩儿……都是这样的，哪有什么阿廉这样的名呢。

阿廉也已经看见，正在跑过来，一到面前，就规规矩矩的站定，垂着手，叫一声"先生"，于是略有些气愤似的接着说：

"我不干了。他们言行不一致。说定给我一千盆粟米的，却只给了我五百盆。我只得走了。"这都是古书上的记载，不是鲁迅编的，鲁迅临时翻译一下就行了。他有个学生确实是这样，说好的工资，给打了五折，所以他很气愤,说人家不守信用,不干了。这里我们看墨子他们这一学派的人很讲伦理,先秦诸子都讲伦理,只是侧重点不一样,他们使用的概念大体上是相通的,像"仁义道德"这些词都用。看下面,墨子怎么处理他学生工资打折事情。

"如果给你一千多盆,你走么?"

"不。"阿廉答。

"那么,就并非因为他们言行不一致,倒是因为少了呀!"

这是墨子教育学生的方法,他学生好像是在斥责社会不公,但是墨子说,那么给你工资多了你就不走了是吧?多了少了不一样吗?多了少了都是不守信用,你其实是因为人家给你少了,还是有私心。墨子教育学生是这样的严格。是因为有私心,并不是他们言行不一致。

在这个问题上,我觉得孔子应该也是这么教育学生的。孔子遇到学生处理这个问题,应该也是问出他的"席子上的破洞"来,他学生席子上有破洞,孔子找到这个破洞来教育他:啊,你别装清高,给你工资发少了就骂,给你多了就不骂了是吧?所以,都是自己修养不到家,就是因为给你东西少了,给你多了就不骂了,你的公心何在?其实没有公心。遇到这个问题处理不一样的,大概是老庄一派,老庄一派有更"阴险"的想法,不会这么教育学生,都是教育学生先占了便宜再说,这是老庄一派。儒家和墨家都是非常认真的伦理学派。

墨子一面说,一面又跑进厨房里,叫道:

"耕柱子!给我和起玉米粉来!""耕柱子",看着像北方的人名,但是这确实是真的,不是鲁迅虚构的,墨子还真有一个弟子叫耕柱子。但是说"给我和起玉米粉来",这是穿越了。大家知道玉米什么时候到的亚洲吗?对,大概在明朝的时候,玉米才到亚洲大规模种植,孔孟老庄他们连玉米面都没有见过,不知道什么叫玉米。鲁迅要故意表现他艰苦,因为那个时候穷人吃玉米面,所以要把玉米粉安在墨子头上,说他和玉米粉。

耕柱子恰恰从堂屋里走到,是一个很精神的青年。

"先生,是做十多天的干粮罢?"他问。

"对咧。"墨子说。"公孙高走了罢?"

"走了,"耕柱子笑道。"他很生气,说我们兼爱无父,像禽兽一样。"

我们看两个学派之间的攻击,见面的时候看起来好像很客气,碰瓷的时候说的话也很客气,但是他们原则上的攻击是不可调和的,因为已经骂对方是禽兽了。我们现在有没有两个学派认为对方是禽兽的?这还没有。

可是儒家和墨家之间是进行学术讨论,很严肃很正经地从学术上说你是禽兽——"请接受你是禽兽吧",他不是骂对方,这不是骂人的话,这个话是孟子批评墨家的话。因为他讲得很有逻辑:为什么说你是禽兽呢?因为你兼爱无父,你对所有的人是等距离的爱,那父母何在?别人的父母也就是你的父母,你的父母也就是你的子孙,你的老婆就是别人的老婆,那这就是禽兽。按照儒家的看法这不是骂人,这是一个合理的推断,所以儒家认为墨家是禽兽。

墨子也笑了一笑。墨子不在乎。他知道人家怎么攻击他。

"先生到楚国去?"

"是的。你也知道了?"墨子让耕柱子用水和着玉米粉,自己却取火石和艾绒打了火,点起枯枝来沸水,眼睛看火焰,慢慢的说道:"我们的老乡公输般,他总是倚恃着自己的一点小聪明,兴风作浪的。造了钩拒,教楚王和越人打仗还不够,这回是又想出了什么云梯,要耸恿楚王攻宋去了。宋是小国,怎禁得这么一攻。我去按他一下罢。"

这事跟他没关系。有一个叫公输般的,这是伟大的发明家鲁班,可是鲁班在墨子眼里是什么人呢？是仗着一点小聪明兴风作浪。大家知道，在中国古代文化系统中，无论是儒家、墨家、道家、什么家，没有发明家的地位。我们今天把科学家捧得了不得，科学家一个个成为座上宾。在墨子，包括孔子这里，对他们还客气点，在老子庄子那里，科学家是什么人？完全是罪人。墨子说得还老实点，还客气一点说：仗着一点小聪明兴风作浪，还教人打仗。但是这事跟你没关系啊，打的又不是你们国，打的是宋国，你是鲁国人。他要去管闲事，要去按他一下。

我们看墨家是管闲事的一派，为什么说侠起源于墨，侠是干什么的？侠是管闲事的。为了自己所受迫害去抗争的，不是侠，顶多说你有抗争精神，你不愿意当奴隶，你想反抗，这不叫侠。所以刚刚参加娘子军的吴清华不是侠，她只是为了个人报仇雪恨；在党代表洪常青牺牲之后，她接过党代表的公文包，挎在自己的身上，她成为娘子军的党代表的时候，已经是一个无产阶级革命战士了，这才是一个侠。这个时候她不是为了自己报仇雪恨，她是要管闲事了，要管别人的事。所以说共产党是侠，其他的党不是侠。那些共产党的领袖一个个过得挺好的，非要看到这个世界不公平，他要去"按他一下"。人有了这个"按他一下"的一念之闪，这一刻就是圣贤。"按他一下"未必能按住，未必能成功，你看见一个大胖子欺负一个小瘦子，你想去"按他一下"，这一刻你就是圣贤。

他看得耕柱子已经把窝窝头上了蒸笼，鲁迅写东西越写越像，好像真有窝窝头似的。**便回到自己的房里，在壁厨里摸出一把盐渍藜菜干，一柄破铜刀，**鲁迅把他艰苦的生活写得很形象。**另外找了一张破包袱，等耕柱子端进蒸熟的窝窝头来，就一起打成一个包裹。衣服却不打点，也不带洗脸的手巾，只把皮带紧了一紧，走到堂下，穿好草鞋，背上包裹，头也不回的走了。从包裹里，还一阵一阵的冒着热蒸气。**写得太形象了。现在家里都不蒸馒头、不蒸窝窝头了，大家没有这种生活感了。有工夫你去饭店，到后面厨房去看一看，一定要了解厨房是什么情况，然后你出来再说"君子远庖厨"。一定要接近过，才知道为什么要远庖厨。我估计鲁迅也是在北京居住的时候，亲眼看到过蒸窝窝头的景象，才能够写得这么好，因为在绍兴是不蒸窝窝头的，他在北京看过。这个细节描写得非常好，把墨家写活了。

"先生什么时候回来呢？"耕柱子在后面叫喊道。

"总得二十来天罢。"墨子答着，只是走。

墨家这么伟大的领袖，就这么背着窝窝头上路了。这写得是搞笑呢，还是令人肃然起敬呢，好像都有。对一个伟人真正的尊重，一定是含着搞笑的，这就是佛家讲的，呵佛骂祖才是真正信佛的人。见佛就跪拜的人，根本就不懂佛，佛不喜欢这样的人。敢于拍着肩膀跟佛称兄道弟的，那心里才是怀着真正的敬仰。

这是第一节，我们看第二节墨子出门。

墨子走进宋国的国界的时候，草鞋带已经断了三四回，觉得脚底上很发热，停下来一看，鞋底也磨成了大窟窿，脚上有些地方起茧，有些地方起泡了。这都是书上真实的描写，摩顶放踵，写得很形象。他毫不在意，仍然走；沿路看看情形，人口倒很不少，然而历来的水灾和兵灾的痕迹，却到处存留，没有人民的变换得飞快。走了三天，看不见一所大屋，看不见一颗大树，看不见一个活泼的人，看不见一片肥沃的田地，就这样的到了都城。

鲁迅很喜欢使用重复句，但是很少使用排比句。这里竟然罕见地使用了排比句，是为了强调战争造成的灾难。河南这一片是中华民族的发祥地，但是千百年来都是多灾多难的，就是因为这地方太好了，中原大地，都要抢这块地方，所以这个地方打仗最多。河南那个地方特别有生命力，打仗死那么多人，但是生育率奇高，打死六个我生八个。我为什么到处赞美河南人民呢？他们代表我们中华民族的不屈的精神。就是中国的什么事，河南都有，河南是一个小中国，为什么狭义的中国指的就是河南呢，看来鲁迅对于这个地方也是很了解，才故意把这个地方写得很多很细。而鲁迅想象的当年的河南，其实我们闭着眼睛一琢磨，这不就是鲁迅所处的时代吗？写的是民国景象。墨子那时候未必真的打成那样，一棵大树都没有。这古代也没有炮弹，能把所有的树都炸没了？

鲁迅写这篇小说的时候，正是中原大战的时候，蒋介石、阎锡山、白崇禧、张学良、李宗仁等人动用上百万兵力，打得昏天黑地，死亡数百万人民。因为它是不义战争，后来我们历史上很少提，就简单地说一句军阀混战。其实中国军阀混战的军事史完全可以单独研究，军阀混战是很值得研究的。当然这些军阀由于军事指挥水平不高，经常打的是人海战术，所以不义战争死了很多人，没有军事艺术。后来共产党打仗那是艺术，上百万人厮杀最后只死几万人，多数都是俘虏，不战而屈人之兵，把中华民族的艺术、哲学在战争中发挥得淋漓尽致。那个战争比读历史好看、过瘾，你看这些历史没什么可看的，就是一个个血肉之躯倒在污泥里。所以这是中原大战之后的景象，不是两千多年前的景象。

城墙也很破旧，但有几处添了新石头；护城沟边看见烂泥堆，像是有人淘掘过，但只见有几个闲人坐在沟沿上似乎钓着鱼。好像有太平景象。

"他们大约也听到消息了，"墨子想。细看那些钓鱼人，却没有自己的学生在里面。当时诸子百家都有很多学生，学生都散布到各地，到处都能遇见自己的学生。墨子没看见这些闲人里面有他的学生，说明他的学生都不闲着。

他决计穿城而过，于是走近北关，顺着中央的一条街，一径向南走。

城里面也很萧条，但也很平静；店铺都贴着减价的条子，这越看越是中华民国，然而并不见买主，可是店里也并无怎样的货色；街道上满积着又细又粘的黄尘。这就是所谓的民国范儿，中华民国的真实情况是这样的，你走进一个又一个城市都是这样。我们今天骂中国这不好那不好，但是起码你看看今天中国的城市是什么样的，你随便走到中国的一个三线城市，那都是欧美的大城市，欧美很多城市二十万人口就叫大城市了。中国随便一个城市就一百万人口，虽然比较千篇一律，但是绝对繁华。走进任何一个县城，到处都在大吃大喝，包括路边建筑工地的民工边上，放着几瓶啤酒，那碗里全是肉。我们当然要说中国现在社会有很多问题，可大家要看到有巨大的进步，古代帝王都过不上这样的生活。当时是什么情况呢？看看这是当时的河南。

"这模样了，还要来攻它！"墨子想。

他在大街上前行，除看见了贫弱而外，也没有什么异样。楚国要来进攻的消息，是也许已经听到了的，然而大家被攻得习惯了，自认是活该受攻的了，竟并不觉得特别，况且谁都只剩了一条性命，无衣无食，所以也没有什么人想搬家。待到望见南关的城楼了，这才看见街角上聚着十多个人，好像在听一个人讲故事。这一段社会心理写很好，也很像中华民国的社会心理：一方面国破家亡在即，另一方面大家好像习惯了。因为我们就是积贫积弱，多少年被人家打、被人家揍、被人家羞辱，也无所谓了，我们就活该这样，没什么特别的，反正就剩下一条命了，也没什么可搬家的，往哪搬啊，到处都一样。

今天我们大家为什么都希望和平不愿意打仗，因为今天家里多少都有点财产，你说那些东西不值钱，毕竟也有个十万八万，几十万的。虽然有的人家里有几十个亿，我们看着很生气，可是很多人家里总还有个几十万吧。家里还有很多家用电器，还有那么多家具，所以说人有了点坛坛罐罐思维就不一样了。当年蒋介石进攻，日本鬼子进攻的时候，毛泽东怎么动员大家转移？老百姓舍不得家里的坛坛罐罐，就一个破坛子都舍不得，临走要抱着。共产党跟大家说：不要舍不得这些坛坛罐罐，等革命胜利了，我们过上好日子了，拥有的比这些东西要多得多，我们会有更多的坛坛罐罐。有一点坛坛罐罐，人的思想马上不一样了，这就是阶级决定思想。鲁迅看得很准。

当墨子走得临近时，只见那人的手在空中一挥，大叫道：

"我们给他们看看宋国的民气！我们都去死！"

墨子知道，这是自己的学生曹公子的声音。

这句话比较露骨地攻击国民党政府，攻击中华民国。因为在当时，日本帝国主义侵略中国日益严重的情况下，一方面是民众的麻木，另一个方面，你记住每个时代有极"左"就一定有极右，有极右就一定有极"左"，有麻木就一定有骗子。就有很多人在那里鼓吹什么民气，鼓吹一种空洞的铁血精神，什么十万青年十万血之类的东西，那都是不做认真扎实的抗战准备，只在那里作作秀的演说家、动员家。

然而他并不挤进去招呼他，匆匆的出了南关，只赶自己的路。出去了。又走了一天和大半夜，歇下来，墨子的精神在走路中体现出来，也不打个车，按理说他这么多学生，这么大的名望，完全可以打个牛车嘛，打个驴车也行啊。他不打车自己走。在一个农家的檐下睡到黎明，拿农家屋檐下当服务区，起来仍复走。草鞋已经碎成一片一片，穿不住了，包袱里还有窝窝头，不能用，便只好撕下一块布裳来，包了脚。

不过布片薄，不平的村路梗着他的脚底，走起来就更艰难。鲁迅写得就好像自己走过一样。到得下午，他坐在一株小小的槐树下，打开包裹来吃午餐，也算是歇歇脚。远远的望见一个大汉，推着很重的小车，向这边走过来了。到得临近，那人就歇下车子，走到墨子面前，叫了一声"先生",一面撩起衣角来揩脸上的汗,喘着气。好像又遇见学生了。

"这是沙么?"墨子认识他是自己的学生管黔敖,便问。又一个学生,这都是历史上记载的真人。

"是的,防云梯的。"

"别的准备怎么样?"

"也已经募集了一些麻,灰,铁。不过难得很:有的不肯,肯的没有。还是讲空话的多……"

从本质上讲募捐是不对的,是错误的,但是对孩子却不能这样讲,这就是圣人的苦恼。所以鲁迅通过学生的口讲出来:有的不肯,肯的没有,讲空话的多。

墨子说:"昨天在城里听见曹公子在讲演,又在玩一股什么'气',嚷什么'死'了。你去告诉他:不要弄玄虚;死并不坏,也很难,但要死得于民有利!"

我今年9月份有一个讲座,讲的就是毛泽东《为人民服务》这篇文章,我在讲座里讲毛泽东为人民服务的思想的源泉,其中一个重要源头是墨家思想。就是"人固有一死",人早晚都得死,这得看透,怕死没用。我们要区分的是如何去死,为什么而死,怎么死得值。毛泽东继承的是从司马迁上到墨子的精神,"死得于民有利",这都是墨子的原话翻译来的,翻译成共产党的话就叫为人民利益而死,你就死值了,你眼前的痛苦,什么酷刑、折磨,什么金钱、美女,都能超越。你要不想到这一点,你就觉得不值得超越,"我干吗受那苦呢"。

首先要想通,反正也是死,你今天养生养得再好,明天突然一个灾难来了,也是死。我最近遇到几个突然得癌症,被宣布癌症晚期的人,真是很冤枉。他们平时保养得可好了,不抽烟、不喝酒、不近女色,锻炼身体,身体都倍儿好,没有任何不良嗜好,为人也特别好,找不着任何毛病，突然有一天就不舒服了，到医院一检查，什么癌的晚期。欲哭无泪！我招谁惹谁了？所以我就说，我说你也值了，你想想你为人民服务，做了很多贡献，毕竟不是个坏人，做了很多好事，就值了。如果相反，没做什么好事，说我家床底下藏着二十亿还没花呢，坏了，那这辈子活得就惨极了，那就不值。

所以墨子的话是直通毛泽东的，我想毛泽东一定读过鲁迅写的这篇《非攻》。毛泽东读现代小说并不多，鲁迅是他重点读的，毛泽东除了读鲁迅就读武侠小说，但是他不向老百姓推荐，他给他自己儿子都推荐了。毛泽东给他儿子开的书单里，明确的有还珠楼主的武侠小说《蜀山剑侠传》。邓小平给他子女开的书单里也有《蜀山剑侠传》，这才叫武功秘籍。【众笑】我就是搂不住，我就告诉你们了，【众笑】本来也不应该告诉你们的，武功秘籍很重要哦。

"和他很难说，"管黔敖怅怅的答道。"他在这里做了两年官，不大愿意和我们说话了……"墨子是主张在底层服务的，可是你的学生毕竟有本事，有本事就可能做官，一做了官思想就不一样了。

"禽滑釐呢？"

"他可是很忙。刚刚试验过连弩；现在恐怕在西关外看地势，所以遇不着先生。先生是到楚国去找公输般的罢？"这个学生试验过连弩，这边的学生也有高科技，但这高科技是为了守备用的。

"不错，"墨子说，"不过他听不听我，还是料不定的。你们仍然准备着，不要只望着口舌的成功。"这句话很重要，这句话是鲁迅对当时中华民国的外交发表意见。我们知道日本一侵略中国，从晚清到北洋到蒋介石政府，都企图通过外交斡旋。说要相信国际公理，他打我，我们这么老实，这不合公理，咱找几个大哥开个会，商量商量。美国、法国、英国、德国，你们商量商量，他们这么打我对吗？几个大哥来吃一顿，说，不对，最好别打了。完了他就放心了，就以为不打了。这就叫"只望着口舌的成功"。

保卫自己的力量，不建立在自己的身上，而是寄托于人家的可怜，寄托于所谓国际公理，国际上有公理吗？你看这是什么国际啊？连共产国际都不见得真有公理，何况强盗国际？我们活在一个强盗国际的时代。这么说好像是对今天不满，那历史上有哪个时代不是强盗国际？马克思说在共产主义社会实现之前，全都是黑暗野蛮的时代，包括社会主义初级阶段，只要没实现共产主义，就叫史前时代，真正的人的历史从共产主义才开始。指望国际公理，指望什么"普世价值"，那东西有吗？墨子看得清楚：要准备着！这个思想，不也是几十年后的毛泽东思想吗？备战备荒为人民，不乞求谁给我们讲道理，我就准备好了，来，我就跟你打，打服了再讲道理，打败了它再说：打错了吧？原来说的话没听吧？！——这才叫英雄的国度！

管黔敖点点头，看墨子上了路，目送了一会，便推着小车，吱吱嘎嘎的进城去了。

墨子思想，备战为主。墨子不是无原则的和平主义者，任人宰割，人家来打他，和平不抵抗。他是主张抵抗的。他号召人备战为主，有帮着人家抵抗的思想，这个时候的墨子不就很像金庸笔下的郭靖吗？我讲金庸的时候，为什么说郭靖是墨家人物？郭靖的形象在这里，结合墨子就体现出来了，郭靖是墨家人物。跟他自己没关系的事，他打抱不平，帮着人家守城，而且是备战为主，不指望着口舌上的成功，不放弃外交斡旋，但是立足于战场上的胜利。

第二节完了，第三节，墨子离开宋国，到楚国了。

楚国的郢城可是不比宋国：大国到了，街道宽阔，房屋也整齐，大店铺里陈列着许多好东西，雪白的麻布，通红的辣椒，这又写得有问题了，辣椒什么时候到亚洲的？跟玉米差不多，古代没有辣椒，中国古代哪来的辣椒呢？听都没听说过。之所以在椒前面加个辣，就说明原来没有，原来只有椒，来了一种特别辣的，起名叫辣椒。**斑斓的鹿皮，肥大的莲子。**这个是有的。**走路的人，虽然身体比北方短小些，却都活泼精悍，衣服也很干净，**这说明这里没有战乱。**墨子在这里一比，旧衣破裳，布包着两只脚，真好像一个老牌的乞丐了。**这是调侃墨子，也是调侃自己，说他自己像老乞丐。绍兴话中有一句叫破脚骨，破脚骨是街头小混混的意思。周作人专门写过一篇文章叫《破脚骨》。有人研究说《破脚骨》是影射鲁迅的，不知道鲁迅是不是借此来自嘲——我就是这么一个脚都破了的人，老乞丐。

　　再向中央走是一大块广场，摆着许多摊子，拥挤着许多人，这是闹市，也是十字路交叉之处。墨子便找着一个好像士人的老头子，打听公输般的寓所，可惜言语不通，缠不明白，正在手掌心上写字给他看，只听得夯的一声，大家都唱了起来，原来是有名的赛湘灵已经开始在唱她的《下里巴人》，所以引得全国中许多人，同声应和了。我不知道"下里巴人"这个典故是怎么来的，被鲁迅给写这儿了，而且有模有样地写出，有一个歌星叫赛湘灵，"湘灵"是来自《楚辞》，这儿有个歌星叫赛湘灵，这好像是《水浒传》里的外号一样。这个人在广场上——现在是跳广场舞，那时候是唱广场歌——唱《下里巴人》，大家都会唱，引起全国应和。

　　不一会，连那老士人也在嘴里发出哼哼声，墨子知道他决不会再来看他手心上的字，便只写了半个"公"字，很有意思，"公"只能写半个，没写完。拔步再往远处跑。然而到处都在唱，无隙可乘，那个时候流行文化肯定就很厉害，有些歌曲是这么有魅力。许多工夫，大约是那边已经唱完了，这才逐渐显得安静。他找到一家木匠店，去探问公输般的住址。这位公输般的工作是跟木匠有关系的,所以找木匠店去问。

这写出一个没有战乱的国家,流行文化很发达。而且大家跟着流行文化一呼百应,一呼万应。这好像不是什么强国的状态。楚国确实很大,按理说应该由楚国来统一中国,可是事实恰恰相反,事实是一个最落后、最偏远、好像最没文化的国家统一了国家,统一了中国,楚国被灭了。这再次告诉我们,不能简单地认同什么"落后就要挨打",恰恰是最落后的打所有人,最先进的被灭得最惨。或者我们客气一点儿说,被打不被打、被灭不被灭,跟先进落后没有关系,跟有没有铁血精神才有关系。

他去问木匠。"那位山东老,造鉤拒的公输先生么?"店主是一个黄脸黑须的胖子,果然很知道。"并不远。你回转去,走过十字街,从右手第二条小道上朝东向南,再往北转角,第三家就是他。"这方向很有点蒙人,我想了半天没想明白,怎么叫朝东向南,再往北转角?我觉得这跟我上大学的时候糊弄人一样,人家问我这办公楼怎么走,我说往北走向南拐这么忽悠人是一样的道理。【众笑】这个方向就怕你仔细去想,咋想不明白呢,怎么向南再往北转角?我估计这是鲁迅犯"坏",是他故意的。

墨子在手心上写着字,请他看了有无听错之后,这才牢牢的记在心里,谢过主人,迈开大步,径奔他所指点的处所。果然也不错的:第三家的大门上,钉着一块雕镂极工的楠木牌,上刻六个大篆道:"鲁国公输般寓"。看这个门口,就知道气派不一般,门口这几个大篆字,一块门牌,就显出地位来了。

墨子拍着红铜的兽环,当当的敲了几下,不料开门出来的却是一个横眉怒目的门丁。他一看见,便大声的喝道:

"先生不见客!你们同乡来告帮的太多了!"这人也不错,一眼看出是同乡,看得很准。告帮——就相当于打秋风,要求财物接济,来混吃混喝的意思,说你们同乡来告帮的太多了,不见了。人家一句话没问他,就料定他是什么人了,可见当时公输般先生已经住在大宅门了。在我们历史书上,声名显赫的科学家鲁班在鲁迅的笔下,是阶级性很鲜明的一个人。但是我们又觉得这好像也合理,这么大一个科学家,难道能和老百姓住在一块吗?住大宅门也对,是国家贵宾嘛,好像也没什么不合理。所以鲁迅写的东西就让你不能那么简单地下判断,生活是复杂的,不能简单地说对和错,而是让我们思考生活的原貌。

墨子刚看了他一眼,他已经关了门,再敲时,就什么声息也没有。都没让他说话。然而这目光的一射,却使那门丁安静不下来,他总觉得有些不舒服,只得进去禀他的主人。公输般正捏着曲尺,在量云梯的模型。这科学家还不错,在那里搞科研呢,倒不是在家里吃喝玩乐。

"先生,又有一个你的同乡来告帮了……这人可是有些古怪……"门丁轻轻的说。他之所以汇报一下,是因为墨子目光的力量。我年轻时候看书,有人说诸子都是气功大师,孔孟老庄墨子都是气功大师,说他们的目光里面是有力量的。虽然你没有让我说话,我看一眼,你的心理就产生变化了,内功已经注进去了。

"他姓什么?"

"那可还没有问……"门丁惶恐着。

"什么样子的?"

"像一个乞丐。三十来岁。高个子,乌黑的脸……"

"阿呀!那一定是墨翟了!"他们认识,一句话就判断出来了。而门丁形容人倒是鲁迅的水平,白描的手法,几句话便描绘出来了。像乞丐,岁数多少,高个子,乌黑的脸,这是鲁迅描绘人的水平,几句话把一个人画活了。

公输般吃了一惊,大叫起来,放下云梯的模型和曲尺,跑到阶下去。

门丁也吃了一惊，赶紧跑在他前面，开了门。墨子和公输般，便在院子里见了面。两个老乡见面了。

"果然是你。"公输般高兴的说，一面让他进到堂屋去。"你一向好么？还是忙？"

"是的。总是这样……"

"可是先生这么远来，有什么见教呢？"马上问，无事不登三宝殿，这么远来。我们看墨子怎么回的，墨子是来劝他不要打仗的，墨子这么说：

"北方有人侮辱了我，"墨子很沉静的说。"想托你去杀掉他……"武侠小说来了，杀手来了。

公输般不高兴了。

"我送你十块钱！"墨子又接着说。读到这里我们知道是下套，这是在给对方下套。我们读先秦散文知道，先秦诸子都会来这套，尤其是孟子，每次跟君王都先讲个故事下套，先把君王套进来，让他改不了口，然后开始宣讲自己的理论，这都是他们惯用的伎俩。所以在诸子笔下君王都是很蠢的，都是上套的人。墨子跟公输般也来这一套，先托他去杀人。

这一句话，主人可真是忍不住发怒了；他沉了脸，冷冷的回答道："我是义不杀人的！"不杀人前边加一个状语叫义，义不杀人，我是讲义的人，我是有道义的人，按照我的道义原则我是不杀人的，不是一般的不杀人，是有伦理原则的不杀人。墨子等的就是他这句话，前边下套就是为了这句话，这句话作为下边言论的起点。

"那好极了！"墨子很感动的直起身来，拜了两拜，又很沉静的说道："可是我有几句话。我在北方，听说你造了云梯，要去攻宋。宋有什么罪过呢？楚国有余的是地，缺少的是民。杀缺少的来争有余的，不能说是智；宋没有罪，却要攻他，不能说是仁；知道着，却不争，不能说是忠；争了，而不得，不能说是强；义不杀少，然而杀多，不能说是知类。先生以为怎样？……"

这段话是他早就准备好的，搞几个概念，给他套上帽子，前面再给他加一个套。只要你一上套，这段话就出来了，这是一套组合拳。然后这套组合拳马上就把对方打蒙。

"那是……"公输般想着，"先生说得很对的。"你看搞理科的人说不过搞文科的，几句话就给打倒了。那么不可以歇手了吗？墨子三句话就把他说服了。而他又是一个明理之人，公输般不是一个不讲道理的人，公输般不会说，"嗨，这就是你们文科生的'坏'，这是你们文科生陷害我们理科生"，不会这么讲，他是很懂道理的，你既然说得对我就承认，你说的是很对的。既然对——

"那么，不可以歇手了么？"

"这可不成，"公输般怅怅的说。"我已经对王说过了。"这国家大事不是我能决定的。

"那么，带我见王去就是。"

"好的。不过时候不早了，还是吃了饭去罢。"他很懂道理。

然而墨子不肯听，欠着身子，总想站起来，他是向来坐不住的。有个成语叫席不暇暖，就是说墨子的。他是坐不住的人，总要起来。既然坐不住也不知道他那席子的破洞怎么来的，老坐不住。公输般知道拗不过，便答应立刻引他去见王；一面到自己的房里，拿出一套衣裳和鞋子来，诚恳的说道：

"不过这要请先生换一下。因为这里是和俺家乡不同，什么都讲阔绰的。还是换一换便当……"墨子穿得"破衣拉撒"的，公输般都不能跟他一块出门，觉得实在得换衣服才行。

"可以可以，"墨子也诚恳的说。"我其实也并非爱穿破衣服的……只因为实在没有工夫换……"这句话说得很恳切，故意要穿破衣服那也是变态，故意显示自己艰苦朴素，动不动就说我这夹克十年没换，我这鞋十年没换，到一个地方让秘书给他到处大张旗鼓地修鞋，这一定另有阴谋。好人哪会那样？所以墨子说我不是故意穿破衣服，是忙得没工夫换。明朝有一个坏皇帝故意要穿有补丁的衣服，而且希望大臣们也穿有补丁的衣服。结果怎么样呢？北京市的街头出现了大量的卖补丁衣服的商店，卖得极贵，专门卖给大臣。大臣为了骗皇帝，花一百两银子买一个"破衣拉撒"的袍子穿着上朝。皇帝很高兴，说大臣们艰苦朴素，不知道为了买这件衣服花了一百两银子。所以作秀是罪恶，该穿什么衣服就穿什么衣服，只要随便自然就好。这是澄清对墨家的一个错误理解。

好，该见王了。第四节。

楚王早知道墨翟是北方的圣贤，一经公输般介绍，立刻接见了，用不着费力。圣贤当时都是知名的。当时春秋战国确实乱，乱是乱，但是因为乱，却需要圣贤，所以各国政府还都是礼贤下士，很尊重圣贤。当然不一定听，而且越是圣贤的话可能越不听，不听话还得表示尊重，因为这有名誉在里边，表示我是礼贤下士的，但是实际上还不能听。

墨子穿着太短的衣裳，高脚鹭鸶似的，这个写的有点反讽，鲁迅专门喜欢嘲笑英雄，越英雄越要写得他形象可笑。跟公输般走到便殿里，向楚王行过礼，从从容容的开口道：又开始下套了——

"现在有一个人，不要轿车，却想偷邻家的破车子；不要锦绣，却想偷邻家的短毡袄；不要米肉，却想偷邻家的糠屑饭：这是怎样的人呢？"来了一个脑筋急转弯，这当王的都不会转弯。

"那一定是生了偷摸病了。"楚王率直的说。有时候我一看古代这个东西，我就很同情这些君王，我说这君王上当了，一定是被这帮坏小子上套给套进去了，一句话就给套进去了。下面好了，还是一个逻辑：

"楚的地面，"墨子道，"方五千里，宋的却只方五百里，这就像轿车的和破车子；楚有云梦，满是犀兕麋鹿，江汉里的鱼鳖鼋鼍之多，那里都赛不过，宋却是所谓连雉兔鲫鱼也没有的，这就像米肉的和糠屑饭；楚有长松文梓楩楠豫章，宋却没有大树，这就像锦绣的和短毯袄。所以据臣看来，王吏的攻宋，和这是同类的。"这是简单的逻辑上的三段论，A是B，B是C，所以C是A。你就是犯偷摸病的，你自己说这人有病，那你这不就是有病吗？这种逻辑在现场辩论的时候是很强大的，很强有力的。只要让对方上了钩，瞬间以一个逻辑把对方压倒。但是你要回家里仔细琢磨，墨子这个逻辑能成立吗？一个大国打一个小国，是不是就相当于不要自家的轿车想偷邻家的破车？这比喻是不是有漏洞？人家楚王是说把自己的楚国换成宋国吗？这就错了吧，他显然是偷换了概念。但是楚王肯定都是没上过什么大学的，逻辑上很不严密，三下两下就自己先上了套，就顾不上逻辑的漏洞。其实墨子的逻辑不能成立，人家是想锦上添花，我已经有五千里了，我再多五百里不更好吗，没说要把五千里换成五百里啊！墨子偷换了概念，说你要把五千里换成五百里。你回家一想这是不成立的，但是当场这是很有力的。

我为什么要批判大专辩论赛呢？大专辩论赛讲的是当场作秀的结果，当场作秀大家都是不理性的，包括评委也不理性。所以老去大专辩论赛的人，从教练到学生，都可能变成一种无理搅三分的那种文过饰非之徒，恰恰背离逻辑。真正的学术辩论不可能当场唇枪舌剑地辩论，真正的辩论都是双方给对方充足的时间，反复想好，反复辩论，目的不是战胜对方，目的是找到真理。找到真理的时候大家共同相信这个真理，而不是谁要压倒谁。电视上那种辩论赛是为了压倒对方，即使明知道自己错了，还要偷换概念，所以这种辩论是有利有弊的。可是墨子反正把楚王给忽悠了。

"确也不错!"楚王点头说。"不过公输般已经给我在造云梯,总得去攻的了。"你看人家在道理上讲不过你,人家讲的是另一番道理,说这东西不能糟蹋了,云梯已经造了,不打,糟蹋了怎么办呢?总得去攻。那墨子怎么办呢?

"不过成败也还是说不定的。"墨子道。"只要有木片,现在就可以试一试。"现在可以演习一下。

楚王是一位爱好新奇的王,凡是爱好新奇的王一般都要亡国。"爱好新奇"很有意思,我们看清朝皇帝后来也爱新奇了,"楚王好细腰"什么的,我们都知道。非常高兴,便教侍臣赶快去拿木片来。墨子却解下自己的皮带,弯作弧形,向着公输子,算是城;把几十片木片分作两份,一份留下,一份交与公输子,便是攻和守的器具。这实际上就是小型的打架,利用一个小器具来打架。

于是他们俩各各拿着木片,像下棋一般,开始斗起来了,攻的木片一进,守的就一架,这边一退,那边就一招。不过楚王和侍臣,却一点也看不懂。

只见这样的一进一退,一共有九回,大约是攻守各换了九种的花样。这之后,公输般歇手了。墨子就把皮带的弧形改向了自己,好像这回是由他来进攻。也还是一进一退的支架着,然而到第三回,墨子的木片就进了皮带的弧线里面了。

这是我们今天说的沙盘军演,今天的打仗通常都要先进行沙盘军演,而且沙盘军演和战争结果的吻合度越来越高。古代其实早就有了。《孙子兵法》怎么产生的?中国古代就把战争当成艺术、当成哲学来研究。

不过古书记载的有两种版本:一种只是公输班进攻,墨子守住了,就算他胜利;还有一种版本,就是攻守换位,由你来攻,由他来守,然后还是墨子胜利。这两个版本鲁迅都采用了，一攻一守。但是这两个版本有什么区别？它在结论上有什么区别？如果只是墨子守，公输班进攻的话，公输班失败了，它证明你这套办法打不过我的这套办法，就是说你这个云梯虽然造了，你这个云梯的技术不如我守城的技术，所以你在技术上是失败的。现在攻守换位，由墨子来进攻，公输班守，墨子胜利了，那说明什么呢？说明不是技术方面的谁先进、谁落后，说明那是人的问题，说明由我来进攻、我就能胜利。

所以我觉得有了这个换位之后，恐怕会产生一个新的逻辑上的问题，也就是说进攻是可能胜利的，关键是谁来指挥，它会造成新的、让人家去试一试的这样一种动力。它模糊了战争的性质。墨子如果打侵略战争也是打不赢的——这才是中国人的观点，不义的战争谁指挥也不行，这是中国文化的观点。所以这两个版本不是一个简单的细节上的丰富与不丰富。这是读书的时候要仔细留心的。

楚王和侍臣虽然莫名其妙，但看见公输般首先放下木片，脸上露出扫兴的神色，就知道他攻守两面，全都失败了。两边失败，说明公输班这个人不厉害，不是他那个云梯不厉害。

楚王也觉得有些扫兴。

"我知道怎么赢你的，"停了一会，公输般讪讪的说。"但是我不说。"

"我也知道你怎么赢我的，"墨子却镇静的说。"但是我不说。"两个人开始玩儿脑筋急转弯。

"你们说的是些什么呀？"楚王惊讶着问道。楚王在那边急了，你们玩儿的什么东西？

"公输子的意思，"墨子旋转身去，回答道，"不过想杀掉我，以为杀掉我，宋就没有人守，可以攻了。然而我的学生禽滑釐等三百人，已经拿了我的守御的器械，在宋城上，等候着楚国来的敌人。就是杀掉我，也还是攻不下的!"

"真好法子!"楚王感动的说。"那么,我也就不去攻宋罢。"事情解决了。

解决的一个重要因素是楚王智商比较低,【众笑】人家一说,他就信了。但是我们觉得这样的领导人比较可爱,能够被知识分子轻易就给忽悠了。可是如果按照刚才沙盘军演的话,并不是说云梯不能战胜你那个守城的器械。如果墨子来指挥就能成功,那墨子的指挥很重要啊,你的学生禽滑釐有墨子的水平吗?如果按照刚才那个情形的话,杀掉墨子是有可能成功的,因为你的学生水平不如你。你必须证明只靠着你的工具,没有你的指挥也能守住,人家才能取消进攻的念想,这才是逻辑。而刚才的情形恰恰证明你指挥就能胜,这一方只要能超过你的学生禽滑釐就行了,所以增加了那个细节,反而多了一件麻烦。但是这里主要突出一个有备无患的思想——战争关键在于准备。虽然现在战争军事演习的预测成功率比较高,但实战还是瞬息万变的,实战中很多细节会改变最终的结局。如果有了不起的人指挥,还是会改变结局的。

墨子止住了楚王。下面是第五节。

墨子说停了攻宋之后,说客成功,原想即刻回往鲁国的,但因为应该换还公输般借他的衣裳,衣裳得换,这细节注意得很好,就只好再到他的寓里去。时候已是下午,主客都很觉得肚子饿,楚王也不招待他们吃饭,主人自然坚留他吃午饭——或者已经是夜饭,还劝他宿一宵。

"走是总得今天就走的,"墨子说。"明年再来,拿我的书来请楚王看一看。"这也是真事,确实他拿书给楚王看了。

"你还不是讲些行义么?"公输般道。"劳形苦心,扶危济急,是贱人的东西,大人们不取的。他可是君王呀,老乡!"这老乡劝他的话还是很实在的。从这句话里看出公输班的阶级性。他是科学家,他能发明,但是他看不起贱人的东西，他发明东西是要为上等人服务的。所以我们要重新思考一个问题：科学有没有阶级性？我们现在把好多观念都混淆了，技术有没有阶级性？这不是三言五语说有或没有就能解决的。这些问题真正考验我们是不是读书人，是不是行尸走肉，我们不求标准答案，求的是你想过没有。人生一世，需要想很多这样的问题，才算活过了。墨子怎么说的？

"那倒也不。丝麻米谷，都是贱人做出来的东西，大人们就都要。何况行义呢。"墨子的逻辑总是很强的，但是仔细推，好像都有偷换概念之嫌。他驳倒公输班的这个逻辑，能成立不能成立？人家说大人们不取贱人的东西，他说丝麻米谷，都是贱人做出来的东西，大人们就都要，所以行义大人们也要。这之间能不能等同？有时候，我们中国人逻辑上比较马虎，我们太讲包容。

"那可也是的，"公输般高兴的说。公输班逻辑方面比较差，墨子说什么就是什么。"我没有见你的时候，想取宋；一见你，即使白送我宋国，如果不义，我也不要了⋯⋯"公输班这一点说明他还是人民科学家，他虽然为上等人服务，但是他讲义，坚持一个义字，所以他还是人民的科技工作者。

"那可是我真送了你宋国了。"墨子也高兴的说。"你如果一味行义，我还要送你天下哩！"这也是鲁迅简单翻译原文，原文就是这么说的，你要行义的话，不光送你宋，天下都给你，因为有义就行了。看来义在墨子的思想里是非常重要的，他很赞赏公输般行义。

当主客谈笑之间，午餐也摆好了，有鱼，有肉，有酒。墨子不喝酒，也不吃鱼，只吃了一点肉。多少补充点蛋白质。公输般独自喝着酒，看见客人不大动刀匕，过意不去，只好劝他吃辣椒：

"请呀请呀！"他指着辣椒酱和大饼，恳切的说，"你尝尝，这还不坏。大葱可不及我们那里的肥……"我不知道古代的时候山东大葱是不是像今天的这么好,鲁迅这是趁机表扬一下山东大葱。

公输般喝过几杯酒,更加高兴了起来。

"我舟战有钩拒,你的义也有钩拒么?"他问道。这是发挥另一段古文的记载,钩拒是两种武器,钩是把对方的船钩过来,拒是把对方的船推开,这叫钩拒。这都是鲁班发明的,所以中国古代水战技术就很高了。

"我这义的钩拒,比你那舟战的钩拒好。"墨子坚决的回答说。"我用爱来钩,用恭来拒。不用爱钩,是不相亲的,不用恭拒,是要油滑的,不相亲而又油滑,马上就离散。所以互相爱,互相恭,就等于互相利。现在你用钩去钩人,人也用钩来钩你,你用拒去拒人,人也用拒来拒你,互相钩,互相拒,也就等于互相害了。所以我这义的钩拒,比你那舟战的钩拒好。"

这也是简单地翻译原文,但翻译很清晰,把墨子的思想展现出来了。墨子主张爱和恭,人和人之间要怎么相处,他讲的是相处的道理,所以他说我这个比你这个高。可见他是一个哲学境界的钩拒,公输般只是一个技术层面的钩拒,那当然比他的强,公输般说不过他。

"但是,老乡,你一行义,可真几乎把我的饭碗敲碎了!"公输般碰了一个钉子之后,改口说,我们想是啊,如果天下都按照孔孟老庄墨子这么搞,科学家吃什么饭啊?这伦理在一定意义上就是反对科技进步的,科技进步一般都先用来干坏事,坏事干完了再给老百姓干点好事,这时候坏人又有更新的技术了,最新的技术永远是坏人拿来干坏事。**但也大约很有了一些酒意:他其实是不会喝酒的。**

"但也比敲碎宋国的所有饭碗好。"这是墨子的一个想法,敲碎你一个人的饭碗算什么,比敲碎所有人的饭碗好,这就叫义。

"可是我以后只好做玩具了。"到温州、义乌的小玩具市场包项目。

"老乡，你等一等，我请你看一点玩意儿。"总得给科学家留一碗饭吃吧，你让科学家干什么呢？

他说着就跳起来，跑进后房去，好像是在翻箱子。不一会，又出来了，手里拿着一只木头和竹片做成的喜鹊，交给墨子，口里说道：

"只要一开，可以飞三天。这倒还可以说是极巧的。"

"可是还不及木匠的做车轮，"墨子看了一看，就放在席子上，说。"他削三寸的木头，就可以载重五十石。有利于人的，就是巧，就是好，不利于人的，就是拙，也就是坏的。"

我们看，墨子认为科技是有伦理属性的，他不说阶级性。伦理属性的系数决定于是否对人有利，有利于人的才是巧，先要定一个性，不利于人的是拙。

那么这就足够我们思考科学问题了。我们知道专门有科学哲学，有人研究科学史，我们北大就有这方面的教授。如果没有这样的研究，单纯的科技工作者研究到一定的阶段就会很痛苦，就会觉得人生很没有意思，人海茫茫，四顾无人，每天活得席不暇暖，寝食不安。我在网上就多次和一些科技工作者包括一些天天做实验的博士交流，他们非常痛苦：老板交给我一个课题，让我研究一个什么什么东西，我不知道研究这个东西是为什么，但没办法，老板一个月给我三千块钱让我研究这个，我不知道研究这个对人好不好，对中国好不好，我都不知道。但是我也没有办法打听清楚，我的知识不够，只能研究一部分，另一部分他让我师姐去研究了。【众笑】多少痛苦的博士生在做着这样的工作，科技不需要伦理指导吗？

"哦，我忘记了，"公输般又碰了一个钉子，原来公输般那个时候就有这个问题。这才醒过来。"早该知道这正是你的话。"

"所以你还是一味的行义，"墨子看着他的眼睛，诚恳的说，墨子又来救他的老乡了，让他行义，"不但巧，连天下也是你的了。真是打扰了你大半天。我们明年再见罢。"给他一顿教诲。

墨子说着，便取了小包裹，向主人告辞；公输般知道他是留不住的，只得放他走。这也是原文，谁也留不住墨子，他要到处奔走。送他出了大门之后，回进屋里来，想了一想，便将云梯的模型和木鹊都塞在后房的箱子里。

有研究科技史的学者就斥责墨子，说他毁了一个伟大的科学家，说我们古代在鲁班那时候就发明了可以自动飞翔的器具，根据记载有一个木鹊，这个东西不知什么原理，它一打开就飞三天三夜。我们想古代，它的动力从哪儿来，这没法解决，不是使电的，没有电池，不用充电，也不能烧汽油，它动力从何而来，能飞三天三夜不落地？如果给他发明出来，那今天的世界完全不一样。

我们这里面有太多可思考的：不知道这事是不是真的，那假如真的，这东西保留下来好不好？根据史书的记载，好像鲁班就不再发明这些东西了，觉得这东西没意思，对人不好，发明出来都被统治者拿来发动战争。我们想也是，任何技术发明出来肯定是统治者先用，统治者用来干吗？肯定是攻城略地，肯定是杀人。但是后来我们也知道，战争也进一步促进科技进步，科技进步之后也能带来老百姓生活水平的提高，不是说完全是负面的。杀完人之后，天下太平了，大家该交税交税，该磕头磕头，然后产量增加了，衣服增加了，房子变漂亮了，这也是事实。每一次大战之后，死了很多人，但是过个一代人两代人，生活提高了，所以评价科技也是很复杂。

我们今天也有云梯，但是这个云梯是不是鲁班的云梯，不知道。看记载鲁班的云梯好像很复杂，本身是武器，这云梯好像本身带有装甲部队的功能。还有这个木鹊就更厉害了，那是最早的制空权，所以有人说很可惜。我们如果把鲁班的东西都记载下来就好了，还有后来记载的诸葛亮发明的木牛流马，自动运输的机器人，长途贩运的机器人，到底是什么？现在很多人想复制，这都让我们思考科技问题。

总之鲁班的形象，在中国历史上、在人类文化史上还是正面的，还是很伟大的，但是鲁迅通过写墨子跟他的对比，对他的形象加以了局限。我们五四以后慢慢形成科技崇拜，科技崇拜跟迷信哪个好，这恐怕也需要重新思考。今天的人一个个觉得自己有了点知识，就很自信的样子，这是不是一种新的愚昧？鲁迅在《故乡》里就写过了——我们不见得比闰土高明。

那么最后我们看看墨子行侠仗义的结局。

墨子在归途上，是走得较慢了，一则力乏，没劲儿了，**二则脚痛，三则干粮已经吃完**，公输般也没给他带点窝窝头，自己的窝窝头吃完了，**难免觉得肚子饿，四则事情已经办妥，不像来时的匆忙**。我们看古人出门好像没那么大担忧，粮食带的也不够，大概齐就行了，就敢出门，也不带钱，也没有身份证，就敢出门。**然而比来时更晦气：一进宋国界，就被搜检了两回；走近都城，又遇到募捐救国队，募去了破包袱；**这才是鲁迅的拿手好戏！鲁迅最喜欢写英雄人物遭受群众迫害，这是鲁迅永远改不了的终生的情结。

英雄圣贤是为了救群众的，是为了救苦救难的，但是群众永远理解不了英雄圣贤，不但不理解，还要迫害他。迫害他，你还无处可说，没有可讲道理的地方。所以英雄难就难在这里。群众明明里面有很多坏人、小人、流氓，你还要不要救他？就在你救他的同时，他还在迫害你，还在骂你。

那个夏瑜关在监狱里，他要救的人包括红眼睛阿义，可是红眼睛阿义给了他一个嘴巴：说什么混账话，竟然说大清天下是我们的。你还要不要救这个阿义？那么很多人就觉得，都是坏人，我不救了，我管你们呢，我自己活得好就行了。或者，干脆，跟坏人同流合污，或者干脆自己当大坏人，自己当了商纣王。我想商纣王一定也是满腔悲愤，他那么英武，全天下最英雄的人，他的臣民不可能理解他。既然你们不理解我，我也不救你们了，干脆我就迫害你们，你不是说你聪明吗？我看你多聪明。变态的人是怎么变态的？这是文学家研究的一个问题。

墨子这样的人，大侠啊——我们看金庸写郭靖这个大侠，郭靖周围的人基本还是理解他的，金庸再写，写到萧峰的时候，萧峰那一死比郭靖悲壮多了，可是，有人理解萧峰吗？你看看他死了以后，周围那些人怎么议论萧峰，没有一个人理解他。但是，毕竟他还留下了光辉形象。墨子有什么光辉形象吗？什么形象都没有，鲁迅就要把他写得极惨、极可笑、极猥琐，就这样一个猥琐的结局。

募去了破包袱不说，**到得南关外，又遭着大雨，到城门下想避避雨，被两个执戈的巡兵赶开了，淋得一身湿，从此鼻子塞了十多天。**

最后一句显示鲁迅很"坏"，这个"坏"里面有极大的沉痛。这一句就写出两千年过去了，国民性没有变，现在的人不是会数学、会物理、会英语了吗，有什么变化吗？没什么变化，现在的墨子还是墨子。那么当时的墨子是谁呢？挺身出来，以民间身份，不是执政党，不是政府，却要救中华民族的是谁？毛泽东。鲁迅赞美的是毛泽东和他领导的革命事业，鲁迅这样的人能够洞穿历史。

侠的结局往往是不好的，有些小说为了鼓舞人心，把侠的结局写得好一些。特别是新中国成立后，我们的革命战争文学，结局都是胜利的：小分队在群众的帮助下，战胜了敌人，迎着一轮鲜红的朝阳，他们又出发了。这是革命文学为了鼓舞我们。实际生活不是这样的，实际生活是胜利之后，办成事之后，英雄就落难了，英雄就遭殃了，英雄被误解、被污蔑,其至被逮起来,都有的。

所以这一篇小说,看上去不太热闹,看上去比较沉闷,它里面包含着很多沉重的问题。我们把这个沉重的问题概括一下。这些沉重的问题产生于鲁迅的写法,这一篇是比较客观的叙事,我开头说了,这是鲁迅小说里写得最老实的一篇,很合乎墨子的性格、墨子的风格,老老实实,客观叙事,没有玩什么花活,这里边故意调侃的地方也不太多。我们上次讲《采薇》就知道,《采薇》里很多地方故意调侃。这里我觉得鲁迅还是出于他心底的对墨子的敬仰,也想调侃,放不开,明显看到鲁迅的笔放不开,心里面毕竟是敬仰为多,但是他又习惯于呵佛骂祖,多少还调侃了一下。

这篇小说写于1934年,民族危亡很严重,大家看一看茅盾先生的《子夜》那些小说就知道,当时中国是什么中国?民族资本不断被国际资本所吞噬,大多数知识分子趋炎附势,政府对外屈膝,对内镇压人民,国内一方面军阀混战,一方面去围剿红军,等等。这是一个革命的年代,鲁迅恰恰在这样一个革命的年代去回溯历史,回到遥远的两千年前,看一看当时的生活。可是他并不是钻到故纸堆里去,他反思古代是为了映照现实,写的是现实问题。

这篇小说因为客观叙事,除了让我们看到墨子之外,同时让我们思考科技问题。我们今天国家还有鲁班奖,我们前国家领导人李瑞环同志,年轻时候就被评为"青年鲁班",当年盖人民大会堂的,一个李瑞环,一个张百发,都是我们国家鲁班式的青年突击队长,我们还给他们拍了电影《青年鲁班》。鲁班的形象一直是正面的,可是鲁迅不是把他当成一个简单的木匠来写的,他代表了当时的高科技,科技与伦理的关系,科技与统治者的关系,与群众的关系。

那么我们今天如何评价一些科技工作者,如何评价一些科学家?我们北大有很多科学家，怎么评价？我们今天都是评价他获得了什么奖，在哪儿发表了论文，哪个大学毕业的，有多少实验室，带多少研究生，弄了多少课题……我们今天不是这样评价科学家的吗？我们这样评价科学家缺少了什么参数？不仅是评价科学家，评价其他学者，评价社会科学学者、人文科学学者，评价作家，缺少什么参数？

通过这一篇小说，我们看到墨子真是侠的鼻祖。我们讲侠这条线，有一块叫"禹墨精神"，是从大禹墨子开始，但大禹毕竟是个传说中的人物，大禹精神也是被后世所塑造的，他们的精神是什么？是实践精神，义前面关键要加上一个行，行是非常重要的。我们今天讲弘扬传统文化，传统文化这么好，中国怎么还遭了这么大的灾难呢？古代有很多兵荒马乱的年月，但从1840年以来，中国这么大的灾难，为什么？传统文化怎么发挥作用的？传统文化如果没发挥作用，放在那里给人们背诵，给孩子们念叨，那有什么用呢？

中国文化有一条重要的概念是超乎仁义道德之外的，叫行，从孙中山从鲁迅那一代人开始，他们发现"行"这个概念重要，所以讲"知行合一"，为此有个教育家专门改名叫陶行知。如果不"行"，一切都是空的，"行"就相当于数学里的一个正号，必须把正号加在前面，不"行"就等于是零，一乘什么都没有了。所以从孙中山到毛泽东，恢复的是我们中华传统文化的实践性，而这个实践精神是从禹墨那儿来的。

毛泽东的《为人民服务》，是真正中国传统文化一个精华的现代版，从为人民服务中可以找到中国传统文化的精华，把儒家佛家道家墨家都结合起来，特别强调的是实践，要行义。我记得我小时候看的电影《闪闪的红星》，里边的小主人公潘冬子爸爸的名字好像叫潘行义，我老记不清楚。"行"和"不行"，是关键区别。其实共产党领导的革命，也没有发明太多的概念，做的还是古代圣贤所提倡的仁义道德，但是真做。只要实践了,你就是真的侠客;真做了,这个国家就改天换地了。

这篇小说还写了侠的孤独。侠的精神为什么沦落?刚刚我说共产党行侠仗义,建立了新中国,改天换地,国家蒸蒸日上,十多年时间重新成为工业强国,谁也不敢打,我们国家有了两弹一星,等等。可是即使在今天,我们回首看去,非常有成就的那些岁月里,群众真的理解共产党吗?真的理解毛泽东吗?真的理解墨子、理解大禹、理解鲁迅吗?真的理解雷锋吗?在毛泽东没有发出"向雷锋同志学习"的号召的时候,雷锋一个人做好事的时候,他也是遇到很大压力的,周围的人说他是傻子,星期天不休息,跑去干活。在毛泽东时代多数人都说他是傻子。后来是毛主席说"向雷锋同志学习",大家才向他学习的,群众觉悟没有那么高啊。也就是行侠仗义的人被看成傻子。

所以侠永远是孤独的,做侠行侠很难坚持。特别是你要求一个上千万人数的执政党都做侠。中国有上千万大侠活在这个土地上,这也很难啊。

那么,回到墨家思想本身,墨家的基本的概念需不需要探讨?诸子百家都很重要,为什么一提传统文化,主要是儒释道,我们不提墨家?像我是讲武侠的,我很重视墨家,可是我们要承认,墨家的影响就是不如儒家法家道家那么大,为什么?墨子这么值得敬仰的一个人,大英雄,墨家的理论本身是不是需要思考?比如他说的兼爱,孟子很尖锐地攻击他,兼爱就是无父,兼爱就是禽兽。讲的话可能说得太激烈了,不好听,很难听,但是,有没有指出它的问题?人能不能够不分远近距离、不分程度、不分厚薄地对所有人兼爱?那么兼爱是可能的吗?兼爱有没有问题?我们希望让世界充满爱,可是不切实际的希望,会带来什么实际问题?

还有"非攻",我们一张口就是:"我是反战的,我爱好和平。"谁也不敢往相反说，我是爱好战争的。我们不是讲言论自由、言论平等吗？允许人发表自己的心声，为什么没有人敢说我就喜欢打仗，我就喜欢杀人？我相信有很多人心底是有这个声音的，他不敢发出来。你为什么不敢说你想杀人？你想杀人和你实际杀人是两回事，实际杀人是犯法的，但是你说我就愿意率领千军万马消灭另一拨千军万马，这不行吗？特别是我相信很多男孩子从小都有军事梦、战争梦，看《三国演义》，看《水浒传》，哪怕看"007"，他都有一个代入感，他想成为那些英雄，他想成为巴顿将军，想成为麦克阿瑟，可是这些梦不能说出来。因为我们要求大家都说"非攻"，都表现得很温文尔雅，很合乎这个社会主流。那么这样的结果，就造成千万不诚实的人，不诚实的人就是作恶的根源。

我也像鲁迅一样，不敢把真话都说出来，只能点到为止，给那些有心人回去开悟开悟。但是，鲁迅已经暗示我们了，他心里有更黑更黑的话，留在那里了。

好，今天我们就讲到这里。

——2014年北大鲁迅小说研究课第十三课

2014年12月17日

做神也不必迂腐

——《起死》

好，同学们我们开始上课。今天是我们的倒数第二次课，下一次课是最后一次，也是本年最后一天，大家记得最后一次课的时候要交作业，用我们这门课的作业来迎接整个期末的到来。

今天我们讲鲁迅一篇很特殊的小说，说是小说，其实它是戏剧体，上次已经告诉大家了，是《起死》，"起死回生"中的"起死"。我们知道鲁迅是绝对超一流的小说家，我的老师严家炎先生论述到：鲁迅的小说开辟了现代小说的所有的道路。鲁迅的小说并不多，他也没有长篇小说，但是此后中国现代小说的各种风格、各种样式，基本上都是鲁迅所开创的。大家回想一下，仅仅就是本学期我们讲过的这些并非鲁迅小说精华的作品，这十来篇作品，粗略想一下就可以知道，每一篇和每一篇都是不一样的，这对于小说家，对于作家来说，是很难得的。

生活中我们不能要求一个人是多面手，我们要求一个人把一样工作做好就可以了，两样也可以，一个人能做好三样事情，那我们就很羡慕他，很佩服他了。同样对于作家、小说家，我们不要求他散文、戏剧、诗歌都写得好。小说家内部，我们看一个人一旦写某种小说成名了，之后他就老这么写，能够突破自己的人是很少的。突破别人比较容易，我们看今天的大多数网上暴徒都去突破别人，有谁能突破自己吗？我们想想那些很优秀的作家，比如说获了诺贝尔奖的莫言同志，莫言同志的小说很好，尽管有很多人骂他批评他，我从一个文学研究者的角度，我仍然认为莫言的小说是优秀的，他驾驭语言文字的功夫是高超的，他的想象力是超凡脱俗的。但即使像莫言这样优秀的小说家，你看他小说看多了，你会发现，很雷同。使用的比喻，使用的那些想象，包括他爱想象什么东西，他怎么写人、怎么写人性，你看多了就知道，哎，这就是莫言。比如他怎样写女人，怎样写人的各种生理活动，这篇小说和那篇小说好像是一个大的小说中的不同章节、不同的段落。当然我们不能说这是一个作家的缺点，也许作家正是这样在巩固着自己的风格，就好像一个商家不断地巩固着、扩大着自己品牌的影响，以至于最后他这个品牌获得了诺贝尔奖。

特别是一些通俗小说、大众文艺，它就更要公式化、模式化，我们平常说公式化、模式化好像是个批判的词，可是我们知道对于大众文艺来说，公式化、模式化不是它的缺点。比如说京剧就是要程式化的，京剧要表示骑马，他就手里拿着代表马鞭的东西上台来了，他就愣说他现在骑着马呢，你就得相信他真的骑着马。假如哪一天有个人说他突破一下，他牵着一匹真马上台来了，老京剧迷就火了，就开始起哄了，也就是说程式化是艺术的内在的一个要求。我们看好莱坞影片也好，法国、英国、德国影片也好，都是高度程式化的。武侠小说、言情小说，一个作家往往风格是一种，只有少数像金庸这样的人能够突破自己，每一篇小说，形式上不一样，思想上不一样。

那鲁迅也是这样的一个作家。所以你读了鲁迅之后，再读其他的现代小说，有时会发现这是从鲁迅那里来的，这条道路是鲁迅开辟的。但是，鲁迅毕竟不是专门的戏剧家，鲁迅的全部作品中带有戏剧风格的非常少。他的《野草》里面有一篇作品叫《过客》，是他的名篇。《过客》是戏剧体，以人物对话为主，有场景，一个过客上了场，他要往前走，然后遇见了一个老人带着一个小女孩。老人说：前面有什么意思呢，不要往前面走了，前面我去过，前面什么都没有，前面是坟！然后这个过客说：前面有一个声音叫我，我得去，找那个声音。但是他又累又渴，脚上受了伤，小女孩给他水喝，还给他一布条让他把伤裹上，他说我谢谢你，我不能要你这布条。为什么呢？他说我要了你的布条，我往前走的时候，我的心里就有了牵挂，一旦有了牵挂，就不能够坚定地前行，所以为了坚定的前行，就要拒绝布条。我们看这个过客的思想和戏剧的文体是紧密结合在一起的，如果是用第一人称叙述，效果可能是另外一种，恰好是用了戏剧体，让我们如临其境地看见这个场景了。我们看的时候，会去想这个过客，想他的内心世界。但是《过客》这个作品，是放在《野草》散文诗集里边。在鲁迅的小说集里面也有一些很不规范的小说，比如《一件小事》《鸭的喜剧》《兔和猫》，看上去都不大像标准的小说，但是鲁迅就把它放在小说集里了。

这部小说集里还有一篇特殊的，就是我们今天讲的《故事新编》的最后一篇。既然放在《故事新编》里，它肯定也属于跟《采薇》《非攻》一样的历史小说。可是小说却用戏剧体来写，这是个剧本。小说写成一个剧本，有舞台、设计、背景，然后人物上场，主要的内容由人物之间对话构成，这就是戏剧。那我们就有点糊涂了，它的第一文体性质是什么？《起死》是什么？是戏剧还是小说？也就是说文体都是学者人为划分的，是我们为了研究方便，我们给人家命名的，正像大自然本身本来不存在分类一样，我们根据自己的观察硬给人家分成了松树和杨树。松树和杨树自己同意吗？它未必同意，但我们为了我们的方便，我们看那个叶子那么大，这个叶子这么细，说这肯定是两种树，这是根据我们自己的大脑来划分的。

我们今天把人分成各种民族，都是根据主观的某种标准把人分成民族了，一旦追根溯源仔细研究起来，会发现很多荒谬的事情，被划成同一个民族的人可能差异更大，不同民族的人可能差异更小，这种差异还不但是指语言风俗的差异，甚至血缘上，不同民族的人可能更近，一个民族的人可能更远。但是我们不管它本来面目是什么，是为了研究的方便。

所以你如果说：我要研究鲁迅笔下的戏剧，你可以把《起死》拿出来，算鲁迅的一个剧本，尽管这个剧本今天看来不太好演，但我想稍微改编一下，变成一个小品，也蛮有意思的，也挺好玩的。因为中国现代话剧早期就是这么简单，那个时候很有名的一些话剧还不如今天春晚上的一个小品复杂，今天好多复杂的小品在一百年前那是大戏了，那时候有这么高水平的戏就不得了了。好，这是说一下作品的文体。

这个作品的主人公是谁呢？主人公是大家都知道的伟大思想家庄子，鲁迅的《故事新编》写的都是历史上的名人，基本上都有历史典籍作为原本。前面我们讲了两篇，里面涉及了儒家、墨家，我在讲的时候有意地在这个方面做了阐释：在20世纪30年代的时候，鲁迅突然回到历史、回到上古去思考诸子百家的问题。鲁迅对儒家有那样的态度，对墨家有那样的态度，我们古代还有一大家——道家，鲁迅对道家是什么态度？道家是非常复杂的，道家跟道教又有密切的关系。当然刚有道家的那个时候还没有道教，道教是后来兴起的，道教兴起之后自己追认老子是他们的鼻祖，所以道观里面供老子。

可是我们看道观里面其实什么都拜，中国的寺庙里面本来就是乱七八糟五神杂陈，特别是道观里面，道观里面有大量的佛家的东西、儒家的东西，有时候墨家的人他也拜。所以鲁迅在1918年8月20日给许寿裳的信中说"中国根柢全在道教"。我在上大学以前没有读到过这句话，我在上大学以前一直认为中国的主流文化是儒家，我现在当然也这么认为，也就是那个时候我没有注意到道家的重要。上大学之后读了鲁迅这句话，然后我再去读老庄，结合我去道观考察，在生活中考察，慢慢体会这句话，我慢慢明白了，中国人生活中最底层的那个世界观是道家的。

我们去探讨这些事物的时候，不是带着现在的一种感情色彩去评判它，不是说它好和坏。大家切记年轻的时候少下价值判断，少做是非、好坏、高低这样的判断，我们学习主要是要学习知识，要多做事实判断，是什么样的，是怎么一回事……我们要多学这些。年轻时候所做的那些道德判断、是非判断、价值判断，过后你都会发现基本是错误的，或者是可笑的，或者是人云亦云的，没多大价值。特别你说谁好谁坏的时候，一般都不准，因为你还没掌握大量的事实。什么叫有学问？有学问的人很少下价值判断，而是肚子里装了无数的事实，他知道怎么回事，他不说孔子好还是老子好，但是知道孔子怎么回事、老子怎么回事，他肚子里装了很多老子的话、孔子的话，这叫有学问。越是没有学问的人越喜欢跳出来进行评判：某某好，某某不好；我发现今天老张的文章比老李写的好多了。这都是没有学问的人说的话。

因为道家这么重要，所以我们想鲁迅肯定对道家会有自己的看法，在《故事新编》这八篇小说里，他总得多多少少涉及一点道家吧。在《起死》之前，有一篇已经涉及了，那篇叫《出关》。《出关》那篇小说很有意思，一看《出关》我们就知道主要是写老子的，但是在《出关》的开头写了老子跟孔子斗法，那个写得很好。一开始孔子来拜访老子，那段写得极其精彩：两个人静静地坐着，不说话，只要一说话说的都是道貌岸然的话，就像我们前边讲的"您不喝点水吗……"说的是这些，这是两个顶级高手在决斗，顶级高手决斗是这样的，坐在那里，特别强调老子呆呆地坐着，像"一段呆木头"。两个高手对决，坐在那里边连风都不动，或者他们能听到空气的每一丝颤动，通过这个来写两种思想。其实两个人互相都搞明白了，然后说一些很玄妙的话，鲁迅就是把老子的原话翻译一遍，然后孔子就客客气气地走了，孔子表示很佩服。孔子一走，老子就跟学生说：咱们赶快跑，这待不下去了。他写得很幽默，但是又很深刻。我觉得鲁迅是把古代的诸子都看透了，看透了之后，他不是简单地做一个高下的评判，他是从当下的现实需要出发去拣选。

当我们说一件事是好还是不好的时候，根据是什么、出发点是什么？这个出发点应该是当下人民的生活。比如当下有很多人糊涂，说，毛泽东为什么要"批林批孔"？毛泽东一生中不是多次赞美过孔夫子吗？他亲口说过"从孔夫子到孙中山"我们要继承，（《1938年10月在中共六届六中全会上向全党提出研究理论、研究历史和研究现状的任务时的讲话》）他多次地讲孔子，他的言谈话语中引用儒家经典太多了，他自己一生所作所为处处都体现了儒家的理想，但是他为什么要批评孔子？还有鲁迅为什么也要批判孔子？怎么去看一些对立的好像矛盾的事物？这些都要从历史人物当时所处的境况出发，去理解。

所以我们首先要掌握大量的乃至无数这样的历史事实，然后你再去对它做评判，怎么评判是你自己的事，如果你不知道这样的事实，就想对一个大的历史阶段进行评判，是虚妄的。鲁迅能够写《非攻》、写《采薇》、写《起死》，这里面是他做了多少年学问的结果，在他远远没有成为鲁迅之前，在他还叫周树人的岁月里，他读了多少古籍、读了多少佛经，能够看穿儒家、道家、墨家，很可能跟他有其他的知识来源有关系。比如鲁迅的大量的知识来源是佛家文化，他研究了十年以上的佛经，到了20世纪30年代他又掌握了马克思主义，又有了新的思想武器。尤其他跟其他学者不一样的是，他是接地气的，他是跟这个社会的三教九流——一方面跟劳苦大众，一方面跟达官贵人——都保持着密切的交往，他清楚地看到这个社会脉搏的跳动。这样再回过头去看老子、看庄子、看孔子，那就像看普通人一样，就看得很清楚。

这一篇《起死》也是之前没有发表过的，直接编到《故事新编》里边，这篇《起死》的材料来自《庄子》这本书中的一个寓言，这个寓言里面说：

"庄子之楚，"庄子到楚国去，"见空髑髅，"见一个空骷髅，"髐然有形，撽以马捶，因而问之，曰：'夫子贪生失理，而为此乎？将子有亡国之事，斧钺之诛，而为此乎？将子有不善之行，愧遗父母妻子之丑，而为此乎？将子有冻馁之患，而为此乎？将子之春秋，故及此乎？'"就是说庄子问这骷髅你怎么死的，是因为活不下去、养活不起老婆孩子自杀的，还是自己饿死冻死的等等，问他。"于是语卒，援髑髅枕而卧"，枕着骷髅睡觉。

"夜半，髑髅见梦曰：'子之谈者似辩士，视子所言，皆生人之累也，死则无此矣。子欲闻死之说乎？'"骷髅晚上给他托梦，说你说的这些乱七八糟的东西，都是活着的人的自我累赘，人死了这些事就都没有了，你愿不愿意听我给你讲讲？"庄子曰：'然。'髑髅曰：'死，无君于上，无臣于下；亦无四时之事，从然以天地为春秋，虽南面王，乐不能过也。'"骷髅说死了之后绝对快乐，上无君下无臣，没有四时没有春秋，你就是南面当君王都没有死了快乐。"庄子不信，曰：'吾使司命，复生子形，为子骨肉肌肤，反子父母妻子，闾里知识，子欲之乎？'髑髅深矉蹙曰：'吾安能弃南面王乐，而复为人间之劳乎？'"庄子不信，说我现在找一个司命大人给你复活，帮你重新长出肌肉来，还给你老婆孩子、亲戚朋友，你愿不愿意？这骷髅很痛苦，骷髅说我现在怎么能抛弃我的当王之乐，重新回到人间受苦受难呢？

庄子最擅长的是寓言体，庄子寓言的想象太汪洋恣肆了，人类有史以来最伟大的想象、最大胆的想象就出自庄子，而那个想象给了我们无限的启迪。通过这个想象，就把死从另一个角度看穿了。我们认为死是痛苦的，是我们站在活的人的立场上。庄子告诉我们站在另外的立场上看，跳出活人的立场看，死可能不是那样的。所以庄子有《齐物论》，就是活着死了都一样，活着死了都差不多。可是一种来源于生活本身的思想，和这种思想被传播之后变成众人的思想，中间一定会产生变异、落差。

比如马克思所讲的那个马克思主义，和我们大家所讲的马克思主义一定是不一样的。韩毓海老师最近写了好几本跟马克思有关的书，而且他的书获得了国家好几个奖。但是即使是这样，我想他这个"马克思"一定不是马克思的那个"马克思"。这思想在传递过程中会发生变异，变异就可能发生好的效能也可能发生不好的效能。

庄子说的《齐物论》，我们从《庄子》的原文分析觉得很深刻，可一旦你教给很多人了，它们最后就会变成一句口头禅："都一样"，"活着死了都一样"。我们中国人有一种马马虎虎的精神，这个马马虎虎的精神是其他民族比不了的。如果说我们中国有什么特殊的真的跟其他民族不一样的地方，我觉得不在于儒家之路，当然我们的儒家精神跟其他国家的也有差异，但不是最大的。最大的一个差异在于中国人觉得什么都差不多，胡适先生有一篇小说叫《差不多先生传》，我讲现代文学史的时候批评过胡适先生，我说作为一篇小说他写得太差劲了，它就没有什么艺术性，还不如直接写成一篇杂文呢。但是胡适先生指出的这个问题，确实是存在的,就是中国人的口头语是"差不多"。说你是想上北大呢,还是想上清华呢?"差不多";说今天这节课是在103还是在104?"差不多"。中国人随口一句就是"差不多",什么什么都可以一样。中国人这个劲儿,是很多刚到中国的外国朋友不愿意理解的。

当然我说的这个也不能全批判,但是在有些历史时期,什么历史时期呢?当整个民族需要奋然前行的时候,当现实生活需要判别是非的时候,特别是需要判断大是大非的时候,这个"差不多"是有害的,"差不多"是要批判的。正是从这个意义上,我们肯定五四先贤那种认真的精神,特别是以鲁迅为代表的现实精神。至于批判的这个是不是庄子的原意,那是其次的问题。正像我们今天都谣传五四的时候要"打倒孔家店",孔老师和我们的很多搞现当代文学的老师多次来辟谣,但是辟谣是无力的,因为大家都这么认为。历史上从来没有发生过打倒孔家店这回事,但是大家都认为五四运动打倒孔家店了,一传十,十传百。于是孔老师又说了,孔家店里卖的不是孔子的东西,孔家店跟孔子没什么关系,孔家店开张的时候孔子早就死了,卖的不知道是什么东西,孔家店里的东西不好,可能需要更换,但是跟孔子可能没有什么关系,你还是到孔子的车间里去看看,孔子自己生产的是什么物件。

《齐物论》本身是哲学上很值得探讨的,可是到了后世,为什么就变成了马马虎虎,变成"差不多"?这恐怕是德先生、赛先生急需引进中国的时代,需要辨明的一个问题。在这个背景下,我想鲁迅去思考了道家与现实的关系问题。

这篇小说是完全标准的戏剧格式,开头有一段舞台背景介绍,都写在括号里,是这样写的:

(一大片荒地。处处有些土冈,最高的不过六七尺。没有树木。遍地都是杂乱的蓬草;草间有一条人马踏成的路径。离路不远,有一个水溜。

远处望见房屋。)

我们看鲁迅写的舞台背景，也是他小说的风格，是属于白描风格，写得很不仔细，但是足够你想象。如果真的要拍戏的话，那需要导演重写，写得要很仔细。比如说"远处"，多远处？"草间"是哪里？"离路不远"，是左边还是右边？专业的剧作家一定要写得很清楚。大家看曹禺的剧本，写得非常清楚，像油画一样精细。鲁迅这不是，草草的几笔人物山水画。然后就是人物，人物第一个就是庄子。

庄子——(黑瘦面皮，花白的络腮胡子，道冠，布袍，拿着马鞭，上。)

这个人物描写，就有点儿不尊敬。首先把庄子写成黑瘦面皮，我们知道古代，黑瘦面皮代表着生活不好。他把他写得跟墨家人物差不多，生活不大好。鲁迅认为，儒家跟当官的来往密切，可能生活得好一些。"花白的络腮胡子"，岁数很大了。"道冠"，这个是搞笑，那个时候没有道教，庄子怎么会戴道冠呢，庄子戴的徒子徒孙的道冠。布袍，也说明很朴素。还拿着马鞭，"上"，这好像是一个戏曲的开头，拿着马鞭虚拟骑马。所以这个剧本是带有戏曲色彩的，上来之后就开始说话了，说什么呢：

出门没有水喝，一下子就觉得口渴。口渴可不是玩意儿呀，真不如化为蝴蝶。可是这里也没有花儿呀，……哦！海子在这里了，运气，运气！

他上场说的这几句话，很像京剧里的上场诗。传统的戏剧里人物一上场，说几句上场诗表明自己的身份。不知道这话是跟谁说的，好像把自己的心里话说出来一样。你看庄子不就是这样吗，也没有人跟他说话，自己说了这么一段话。但是这段话里包含着一个庄子的典故，化为蝴蝶。还说"海子"，海子这是北方话，是湖泊。北京这一带受蒙古文化的影响,把湖叫海子,比如说什刹海、中南海、北海。害得我小时候以为北京的水有多大呢,来的时候一看,是一破水泡子。就是从这里来的。

(他跑到水溜旁边,拨开浮萍,用手掬起水来,喝了十几口。)可见一路赶路很饥渴。唔,好了。慢慢的上路。(走着,向四处看,)阿呀!一个髑髅。这是怎的?我们看这儿的话,完全是戏剧舞台上的台词。如果改成戏曲,下面就该有一段唱:忽然看见一骷髅……就要开始唱了。(用马鞭在蓬草间拨了一拨,敲着,说:)下面这段话完全是从庄子原文翻译来的:

您是贪生怕死,倒行逆施,成了这样的呢?(橐橐。)还是失掉地盘,吃着板刀,成了这样的呢?(橐橐。)还是闹得一榻胡涂,对不起父母妻子,成了这样的呢?(橐橐。)您不知道自杀是弱者的行为吗?(橐橐橐!)本来他是翻译原文,翻译翻译,就把自己的私货夹带进去了,这是鲁迅的战术。鲁迅经常在好像是很随众的叙述中,突然夹带自己的私货,说"自杀是弱者的行为",这是当时社会上一些文人的批评。

我们知道,不要说万恶的旧社会,现在也有很多人自杀,而且近年来自杀率不断地提高。我们过去以为自杀都是知识分子的行为,不对,现在大量的农村人自杀,尤其是农村妇女自杀,农村妇女自杀率非常高,达到非常可怕的程度。可是那些吃饱了的知识分子,那些"公知",不去分析自杀的原因,却谴责自杀者本身,说自杀是弱者的行为,没出息,为什么自杀?如果我们阻止一个具体的人自杀,这样批评可以阻止他自杀的话,我觉得这倒是有良心的一个说法;如果自杀已经发生之后,你在媒体上去这样谴责自杀者,这是不是没有良知、没有良心啊。

而这不是今天才发生的,鲁迅那个时代就是这样,鲁迅当时发表过关于自杀问题的文章。就是我们怎么对待那些社会弱势群体,对待那些自杀的人,对待那些因为生活所迫犯了一点罪的人,对待那些小偷、那些从事色情业的人员？我们怎么看待这样一些复杂的社会现象？鲁迅顺便就讽刺了一下，而这个话是从庄子嘴里说出来的，庄子讲《齐物论》，但是鲁迅让他的嘴里谴责自杀者自杀是弱者的行为。

还是您没有饭吃，没有衣穿，成了这样的呢？（橐橐。）还是年纪老了，活该死掉，成了这样的呢？（橐橐。）又敲两下哈。还是……唉，这倒是我胡涂，好像在做戏了。那里会回答。好在离楚国已经不远，用不着忙，还是请司命大神复他的形，生他的肉，和他谈谈闲天，再给他重回家乡，骨肉团聚罢。古代南方文化、楚国文化里面有司命神。《楚辞》里面有大司命、少司命，司命是掌管人的生命的。司就是掌管，司机就是掌管机器的，司命是掌管生命。这司命可以让人生让人死。庄子看来还是有特异功能的，他竟然认识司命，让司命来，让这个人起死回生，让他回家。但是我们看他一句话说的是，"和他谈谈闲天"，首先是为了自己，自己走道无聊，找一骷髅，让他复活，跟我聊聊天。（放下马鞭，朝着东方，拱两手向天，提高了喉咙，大叫起来：）

至心朝礼，司命大天尊！……

（一阵阴风，许多蓬头的，秃头的，瘦的，胖的，男的，女的，老的，少的鬼魂出现。）他这一叫唤，鲁迅让出来这么多乱七八糟的鬼魂，我读着有点像莎士比亚笔下的鬼魂出现了。鬼魂就说话了：

鬼魂——庄周，你这胡涂虫！花白了胡子，还是想不通。死了没有四季，也没有主人公。天地就是春秋，做皇帝也没有这么轻松。还是莫管闲事罢，快到楚国去干你自家的运动。……

这鬼魂说的话是押韵的，而且押的是胡适那种韵，长不长短不短，毫无节奏，只是凑一个韵拉倒。鲁迅是很"坏"的，他想着无数的细节，能"糟蹋"谁"糟蹋"谁，在鲁迅看来《尝试集》那也叫诗吗？那就是鬼魂的满嘴鬼话。

庄子——你们才是胡涂鬼，死了也还是想不通。要知道活就是死，死就是活呀，奴才也就是主人公。我是达性命之源的，可不受你们小鬼的运动。他以胡适之体来回答，也是押韵。我们看人一旦要陷入齐物论，两个人都使用齐物论来进行辩论的话，最后会陷入诡辩。我就经常看见两个都学了禅宗的人在那里辩论，最后就会陷入诡辩。为什么两个人都学禅宗反而是诡辩？就因为禅宗本身已经说了语言是空的，不立文字直指人心，两个要互相说对方是空的，也就是自己已经站在虚空里，再说别人是空的，他就必然是一种诡辩。两个人一旦在某种理论上达到相通之后，你们应该做的是什么？应该去实践。我上次讲墨子的时候就说，应该去实践。两个人拿了相同的理论在那里互相启蒙，互相比高低，那我不说他是骗子，起码是对自己不真诚，不论你拿的什么理论。你发现，辩着辩着你会觉得他人品有问题了，因为他们两个现在拿的都是相对论。到底这个死和活怎么样？

鬼魂——那么，就给你当场出丑……

庄子——楚王的圣旨在我头上，更不怕你们小鬼的起哄！你看他还是押着韵地说。（又拱两手向天，提高了喉咙，大叫起来：）

至心朝礼，司命大天尊！他开始念咒，我们看念的什么咒：

天地玄黄，宇宙洪荒。日月盈昃，辰宿列张。

赵钱孙李，周吴郑王。冯秦褚卫，姜沈韩杨。

这是鲁迅的恶作剧，本来念的是千字文，千字文接着是百家姓，前四句千字文后四句百家姓，前后都不挨着。就用这样的荒谬的台词，来表示这种念咒都是鬼画符，最后还加了句：

太上老君急急如律令！敕！敕！敕！反正表示念咒了，就是捣鬼。

（一阵清风，司命大神道冠布袍，黑瘦面皮，花白的络腮胡子，手执马鞭，司命大神长的什么样？跟庄子一样，这也是鲁迅的恶作剧，他叫来的司命大神跟他是一样的，穿的一样，长的一样，也拿着马鞭。在东方的朦胧中出现。鬼魂全都隐去。）

司命——庄周，你找我，又要闹什么玩意儿了？喝够了水，不安分起来了吗？司命训斥他为什么给我添麻烦。

庄子——臣是见楚王去的，路经此地，看见一个空髑髅，却还存着头样子。该有父母妻子的罢，死在这里了，真是呜呼哀哉，可怜得很。所以恳请大神复他的形，还他的肉，给他活转来，好回家乡去。

庄子这句话蛮有同情心，看上去他很好心。他看见一髑髅，这髑髅是个头的样子，头的样子像人嘛，他按照人的样子去想，人家有父母妻子，死在这里可怜，因为可怜，所以请大神复形还肉，让他活来，而且还说让他回家乡去。庄子的这番话很合乎人情，可是合乎人情却又违背他的齐物论呐，齐物论说一切都一样，回不回家乡有什么不一样的，家乡他乡是一样的；有没有父母妻子是一样的；可怜不可怜是一样的，那你为什么要让他活呢？死和活不是一样的吗？鲁迅笔下的庄子没有去想这个问题。

司命——哈哈！这也不是真心话，你是肚子还没饱就找闲事做。认真不像认真，玩耍又不像玩耍。还是走你的路罢，不要和我来打岔。要知道"死生有命"，我也碍难随便安排。

司命这番话其实是鲁迅的话，鲁迅把庄子看透了，你别装的有同情心，你可怜别人，你是肚子还没饱就找闲事做，你是闲的，你是要找闲事做，你让他活不是为了可怜人家，是为了你自己。

我们想一想《采薇》，那个回家给伯夷、叔齐做姜汤的那个太太，她是为了可怜伯夷、叔齐吗？她看着他俩挺好的，甚至有点失望，她希望人家的好是因为自己的姜汤。

这种人呢，你还不能说他是坏人，这好像还是一点儿人之常情。好多年前我和一些朋友,买了好多文具,然后去贫困山区想送给孩子们。可是可能是我们的信息不太对,我们看见的孩子都有很好的文具,人家书包也很好,铅笔盒也很好,我们没有地方可送,当时真是有点儿失望,就恨不得前边过来一个孩子说自己特别穷。面对这种事的时候,你要自我反省,你会发现自己心里有很多不干净的东西。你不是为了让孩子过得好吗?你不是看见孩子已经过得很好吗?你应该高兴,可是你为什么有点儿失落呢?你干吗老希望看见那个吃不上喝不上的孩子呢?你是为了孩子,还是为了自己?真正有良知的知识分子应该去这样想问题。

大司命看得很清楚,说你"认真不像认真,玩耍又不像玩耍"。鲁迅在这里看穿了一些道家的东西。当然,这不是从哲学上对道家的批评。庄子回答:

庄子——大神错矣。其实那里有什么死生。我庄周曾经做梦变了蝴蝶,是一只飘飘荡荡的蝴蝶,醒来成了庄周,是一个忙忙碌碌的庄周。究竟是庄周做梦变了蝴蝶呢,还是蝴蝶做梦变了庄周呢,可是到现在还没有弄明白。这样看来,又安知道这髑髅不是现在正活着,所谓活了转来之后,倒是死掉了呢?请大神随随便便,通融一点罢。做人要圆滑,做神也不必迂腐的。【众笑】

我们看,如果那么高深的《齐物论》被这样搞笑地发挥,它自我就解构掉了。就是你随便都可进可退嘛。最后鲁迅给它指出,道家的思想最后落在做人要圆滑,做神也不必迂腐。这还是道家思想吗?这是庸俗化了的庄子哲学。

司命——(微笑,)你也还是能说不能行,是人而非神……庄子再花言巧语,司命也一眼把他看穿了:哈,其实你还是摆脱不了个人欲望,说了半天,你就是会说,还是人,不是神。**那么,也好,给你试试罢。**司命毕竟是神,毕竟比人宽容,他就满足一下庄周。

（司命用马鞭向蓬中一指。同时消失了。司命消失了。这是一个舞台场景，司命一指，没了。所指的地方，发出一道火光，跳起一个汉子来。）这个人活了，骷髅活了。司命确实厉害，人家是点石成金，他点骷髅成人，点起来了。下面就是汉子，这个人物出场了。

汉子——（大约三十岁左右，体格高大，紫色脸，像是乡下人，全身赤条条的一丝不挂。用拳头揉了一通眼睛之后，定一定神，看见了庄子，）然后就发了一个音，唅？我不知道鲁迅为什么发这个音，【众笑】很奇怪，表示疑问、惊奇等等。庄子也学他。

庄子——唅？（微笑着走近去，看定他，）你是怎么的？

汉子——唉唉，睡着了。你是怎么的？（向两边看，叫了起来，）阿呀，我的包裹和伞子呢？伞子就是雨伞的伞，原来身边是有东西的，有包裹有雨伞。（向自己的身上看，）阿呀呀，我的衣服呢？（蹲了下去。）看见自己赤条条的没穿衣服，马上蹲下去了，说明这是一个曾经活在阶级社会的人。如果是最早的原始人，不会有这样的反应，原始人不穿衣服和穿衣服是一样的。一定是到了阶级社会，才认为不穿衣服不对。所以一看自己不穿衣服，马上本能地蹲下去啦。

庄子——你静一静，不要着慌罢。你是刚刚活过来的。你的东西，我看是早已烂掉，或者给人拾去了。庄子告诉他——庄子站在自己的立场，说你是刚活过来的，你的东西早烂了，让人拿走了。

汉子——你说什么？

庄子——我且问你：你姓甚名谁，那里人？

汉子——我是杨家庄的杨大呀。学名叫必恭。俩名，一雅一俗，俗名叫杨大，雅名杨必恭，看来他还不是早期阶级社会的，还是阶级社会发展到一定阶段的人。

庄子——那么，你到这里是来干什么的呢？

做神也不必迂腐——《起死》

汉子——探亲去的呀，不提防在这里睡着了。（着急起来，）我的衣服呢？我的包裹和伞子呢？

庄子——你静一静，不要着慌罢——我且问你：你是什么时候的人？

我们如果站在庄子的角度，会觉得这个话挺正常的，没什么，但是你换一个角度，站在汉子的角度，你能听懂这句话吗？"你是什么时候的人？"你听得懂听不懂？

汉子——（诧异，）什么？……什么叫作"什么时候的人"？……我的衣服呢？……

你想一个刚睡醒的人的意识，他觉得自己刚睡醒，别人怎么问我是什么时候的人呢？假如你早上起来，在宿舍里一睁眼，宿舍同学说：你是什么时候的人？【众笑】这很吓人的吧？所以你得去深入那个语境。

庄子——啧啧，你这人真是胡涂得要死的角儿——专管自己的衣服，真是一个彻底的利己主义者。【众笑】你看喜剧效果出来了，庄子竟然批评人家是利己主义者。你这"人"尚且没有弄明白，这"人"带引号，庄子强调你这"人"还没弄明白，那里谈得到你的衣服呢？所以我首先要问你：你是什么时候的人？唉唉，你不懂。……那么，（想了一想，）我且问你：你先前活着的时候，村子里出了什么故事？

汉子——故事吗？有的。昨天，阿二嫂就和七太婆吵嘴。他记得昨天的事儿，认为自己是刚起来。

庄子——还欠大！意思是说这事还太小，还应该大点儿，再大点儿。

汉子——还欠大？……那么，杨小三旌表了孝子……这是村里大事了，村里一个叫杨小三的，被表扬为孝子。

庄子——旌表了孝子，确也是一件大事情……不过还是很难查考……就这个事情,不能说它是哪个朝代的,查不清。(想了一想,)再没有什么更大的事情,使大家因此闹了起来的了吗?我们看什么叫历史大事件?必须闹起来,必须要人们闹起来,才是历史的大事,如果没闹起来,都不算大事。

鲁迅随便用一个字,已告诉我们什么是历史事件。我也讲过,很多幸福的生活是从来不曾闹过,历史像一列快车,就掠过这些小站,那样的小站才是快乐的、幸福的。

汉子——闹了起来?……(想着,)哦,有有!那还是三四个月前头,因为孩子们的魂灵,要摄去垫鹿台脚了,真吓得大家鸡飞狗走,赶忙做起符袋来,给孩子们带上……

出了大事了,这里出现一个专有名词——鹿台,我们刚学过《采薇》,就知道这鹿台是怎么回事了。

庄子——(出惊,)鹿台?什么时候的鹿台?

汉子——就是三四个月前头动工的鹿台。一个鹿台,学者就考证出年代来了,庄子马上就知道了。

庄子——那么,你是纣王的时候死的?这真了不得,你已经死了五百多年了。遇见学者很可怕,他知道你死了多少年了,他说你已经死了五百多年了。

汉子——(有点发怒,)先生,我和你还是初会,不要开玩笑罢。我不过在这儿睡了一忽,什么死了五百多年。我是有正经事,探亲去的。快还我的衣服,包裹和伞子。我没有陪你玩笑的工夫。这是鲁迅随便写的,那个时候据说伞还没有发明。

庄子——慢慢的,慢慢的,且让我来研究一下。你是怎么睡着的呀?

汉子——怎么睡着的吗?(想着,)我早上走到这地方,好像头顶上轰的一声，眼前一黑，就睡着了。

　　庄子——疼吗？

　　汉子——好像没有疼。

　　庄子——哦……（想了一想，）哦……我明白了。一定是你在商朝的纣王的时候，独个儿走到这地方，却遇着了断路强盗，从背后给你一闷棍，把你打死，什么都抢走了。现在我们是周朝，已经隔了五百多年，还那里去寻衣服。你懂了没有？

　　什么叫穿越啊？鲁迅是穿越的老祖宗，【众笑】这才是穿越。《桃花源记》里面写"乃不知有汉，无论魏晋"，那他只是不知道而已，那些人毕竟还是同一时代的人。可是这个呢，一个时代的人复活到另一个时代，真是没有办法理解。特别是现在社会节奏越来越快，不要说五百年前，一百年前的人现在复活，他没法生活，他不知道怎么活着，因为我们现在生活中所使用的一切，他几乎都不会使用。

　　汉子——（瞪了眼睛，看着庄子，）我一点也不懂。先生，你还是不要胡闹，还我衣服，包裹和伞子罢。我是有正经事，探亲去的，没有陪你玩笑的工夫！

　　庄子——你这人真是不明道理……

　　汉子——谁不明道理？我不见了东西，当场捉住了你，不问你要，问谁要？（站起来。）因为我们是从文本开头随着庄子进入情节的，所以我们往往会站在庄子的立场上，觉得那个汉子很可笑，不懂道理。其实你站在汉子的立场上，他的想法完全是正常的，一个人醒了，衣服没有了，旁边站着一个人，肯定找他问，没有什么不正常，他肯定要问他。

　　庄子——（着急，）你再听我讲：你原是一个髑髅，是我看得可怜，请司命大神给你活转来的。你想想看：你死了这许多年，那里还有衣服呢！我现在并不要你的谢礼，你且坐下，和我讲讲纣王那时候……

庄子的话一方面很理性，很有道理，但另一方面，我们看庄子到底要干什么？他就是想找一个人陪他聊天，忽然发现这个人还是五百多年前的，更有考古学价值了，让这人给他讲讲纣王那时候咋回事，趁机采风，然后再写上论文，评个教授，这是庄子的目的。可是那个人要衣服。庄子不去想那个人要衣服比他聊天更重要，这个时候对于那个汉子来说，要衣服这个事不但很正常，而且真的是第一大事啊。你把他想象成自己，你早上从宿舍起来，衣服被子都没了，然后你同学就死不承认，说你是死了五百多年了，你能饶了他吗？【众笑】将心比心，你不可能饶了他。

汉子——胡说！这话，就是三岁小孩子也不会相信的。我可是三十三岁了！（走开来，）你……

庄子——我可真有这本领。你该知道漆园的庄周的罢。庄子在历史上是个漆园小吏，还是个小官，虽然官不大，但还是很知名的——漆园吏庄周，当时很知名，虽然没多大官。

汉子——我不知道。就是你真有这本领，又值什么鸟？火了，这汉子真火了。你把我弄得精赤条条的，活转来又有什么用？叫我怎么去探亲？包裹也没有了……（有些要哭，跑开来拉住了庄子的袖子，）我不相信你的胡说。这里只有你，我当然问你要！我扭你见保甲去！

那个时候是没有保甲的，保甲还是讽刺民国，保甲是民国制度，把人民变成一保一甲。当然一方面说这是现代化，但是现代化就是不自由，就是越来越不自由。蒋介石自己当了无数的官，他不但要当总统、当委员长、当国民党主席，他自己家所住的那一保、那一甲的保长甲长，都是由他自己兼任的。【众笑】老蒋这人很有意思，他连个保长都不让给别人，他自己兼任保长。一方面我们觉得可笑，另一方面说明这保是很重要的。

庄子——慢慢的，慢慢的，我的衣服旧了，很脆，拉不得。你且听我几句话：你先不要专想衣服罢，衣服是可有可无的，也许是有衣服对，也许是没有衣服对。鸟有羽，兽有毛，然而王瓜、茄子赤条条。此所谓"彼亦一是非，此亦一是非"，你固然不能说没有衣服对，然而你又怎么能说有衣服对呢？……

这个台词非常精彩，这段话把庸俗的庄子哲学、庸俗的相对论，给揭露得体无完肤。从哲学上学的那个相对论是很伟大的、很深刻的，它告诉我们表面不同的事物，在更深的一个层次上，可能是相同的。你看着两个杯子不一样，但都是由分子组成的，在那个层次上它们是一样的。可是庸俗的相对论是不承认事物表象之间的差异。就庄子所说的这番话本身来说，鸟有羽，兽有毛，黄瓜茄子赤条条，可是正因为它们不一样，所以它们有的是鸟，有的是兽，有的是黄瓜茄子。

所以这个话本身是一种诡辩，他没有说明，他想说服人家，说有没有衣服都一样，他恰恰说明有没有衣服是不一样的。掌握了话语权的知识分子就是这样去欺骗劳动人民的，劳动人民由于不懂得逻辑分析，没有办法反驳他的话，但是从本质上知道这是胡说。最后劳动人民逼急了，只好采取暴力革命，只好干掉你算了，因为实在说不过你，你们太能胡说八道了。我们看庄子的话汉子能驳倒吗？汉子根本就驳不倒他，汉子果然就发怒了，直接就骂他。

汉子——（发怒，）放你妈的屁！不还我的东西，我先揍死你！（一手捏了拳头，举起来，一手去揪庄子。）

鲁迅在这里用一句粗话，就写出了革命爆发的原因，是不是劳动人民不讲理，不是！是知识分子不讲理，知识分子因为会讲理，会讲理的人就会不讲理，他利用自己掌握的话语权为自己谋私利，用语言这种最大的暴力去欺压、去剥夺没有话语权的底层人民。底层人民在这个战斗中是必然失败的，因为知识分子拿着最先进的武器，劳动人民没有，那么劳动人民怎么办呢？劳动人民只能转到另一个领域，另一个领域是自己占优势的，就是直接诉诸暴力，这个时候劳动人民脱口说出自己的话：我揍死你！

庄子——（窘急，招架着，）你敢动粗！放手！要不然，我就请司命大神来还你一个死！这是他拿出最后的撒手锏来了。

汉子——（冷笑着退开，）好，你还我一个死罢。要不然，我就要你还我的衣服，伞子和包裹，里面是五十二个圜钱，斤半白糖，二斤南枣……

这里面的东西他都记着，这东西不值钱，不起眼，它说明劳动人民对生活本身是很执着的。这个执着是一种现实态度，再贫贱的人，现在的生活对于他也是最重要的，对于现有生活条件的认真、捍卫，正是人的尊严所在。就像《白毛女》里边杨白劳家那么穷，过年的时候他要给女儿买一根红头绳，给女儿扎红头绳那场戏是重头戏，这条红头绳，是他全部生活的尊严所在，在有钱人看来这算什么东西啊，一钱不值，但是为了这个红头绳，他可以付出生命。这个汉子很重视他身上带的这些东西，要不你让我死了算了。

庄子——（严正地，）你不反悔？

汉子——小舅子才反悔！

原来这汉子还是山东人，山东话喜欢拿小舅子发誓，小舅子也可以用来骂人，"小舅子才反悔"，说反悔了我是小舅子。这个外国人是没有办法理解的，为什么小舅子就不好，仔细想小舅子的意思，就是他的姐姐跟这人发生过关系，所以说小舅子是骂人的话。外国人说那关你什么事啊，那不是你姐的事吗？这就是中西文化的差异。

庄子——（决绝地，）那就是了。既然这么胡涂，还是送你还原罢。庄子其实是失败了，没有办法解决，还弄死人家。（转脸朝着东方，拱两手向天，提高了喉咙，大叫起来：)

至心朝礼，司命大天尊！

天地玄黄，宇宙洪荒。日月盈昃，辰宿列张。

赵钱孙李，周吴郑王。冯秦褚卫，姜沈韩杨。

把那话又叨叨了一遍。

太上老君急急如律令！敕！敕！敕！

（毫无影响，好一会。）

这大司命不理他了，就管救，不管杀。

天地玄黄！

太上老君！敕！敕！敕！……敕！

（毫无影响，好一会。）

（庄子向周围四顾，慢慢的垂下手来。）

汉子——死了没有呀？

庄子——（颓唐地，）不知怎的，这回可不灵……

汉子——（扑上前，）那么，不要再胡说了。赔我的衣服！

这回证明你是胡说。知识分子的法术不是永远都灵的，一旦你失败了，你骗过的劳动人民饶不了你。其实平时大多数情况下，劳动人民是挺佩服知识分子的，拥护知识分子，知识分子倒了霉，还都是劳动人民救他。劳动人民一般不跟知识分子对立。劳动人民一旦和知识分子对立，那说明那个知识分子已经很不像话了，一定是伙同权贵把劳动人民折磨得够呛。大多数情况下，劳动人民希望自己的孩子成为知识分子，这本来是知识分子真实的一个处境。

庄子——（退后，）你敢动手？这不懂哲理的野蛮！这里出现野蛮，什么是野蛮？什么是文明？这里需要用相对论来理解了。

汉子——（揪住他，）你这贼骨头！你这强盗军师！我先剥你的道袍，拿你的马，赔我……马上就发生革命了。

（庄子一面支撑着，庄子现在怎么办呢？这鲁迅写得确实厉害。一面赶紧从道袍的袖子里摸出警笛来，狂吹了三声。汉子愕然，放慢了动作。不多久，从远处跑来一个巡士。）

庄子的衣服里边竟然装着警笛，这太厉害了，他竟然有警笛，拿出警笛来狂吹了三声，把警察找来了，跑来一个巡士。有人说鲁迅这太搞笑了，这太穿越了，这庄子道袍里怎么会揣着警笛？还会吹警笛，叫警察。这情节当然是胡编的，那么编造这样的情节，一语揭穿了什么呢？它揭穿了"公知"与权力的关系。"公知"为什么敢于骑在劳动人民头上嚣张，除了你能说会道之外，你还有什么？劳动人民如果不听你的欺骗怎么办呢？原来"公知"另有倚仗。"公知"背后都勾结着国家政权，勾结着权力。

当然有的不一定是不合法的勾结，有的可能是认识，有的可能是正当勾结。比如我们今天研究五四，五四的时候北大了不起，北大这些教授们提倡白话文，要民主、科学等等，好像把这些人都打扮成英雄。那么经过我们仔细地考察研究发现，五四运动这些先驱们得到了北洋政府的大力支持。当时我们号召要实行白话文，1920年，北洋政府就规定以白话文为国语，北大教授的主张迅速变成了国家政策。当时的北洋政府为什么要支持北大教授呢？因为南方有一个革命政府——广东另有一个政府，一旦政府之间对立，它就需要争夺知识分子。所以近水楼台先得月，北京的北洋政府先把这些知识分子拿下，抢先支持他们。没有单纯的文化运动，文化运动背后都有复杂的政治运作。

那庄子的袍子里为什么装着警笛，警笛哪儿来的？普通老百姓怎么没这东西呢？他怎么能叫来警察呢？他为什么叫来警察？这个荒谬的情节，让我们想到了卡夫卡，卡夫卡的小说被认为是现代小说鼻祖，是最荒诞的。那都不是说五百多年前、五百多年后的事了，这人早上起来一睁眼，发现自己变成了一只大甲虫，然后家里就活着这么一只大甲虫。这大甲虫这么活着，当然你不可能去追究：这怎么可能，是瞎编的。人家告诉你这就是瞎编的，关键是它的意义：这一个人打官司永远打不赢，永远没人理。我们现在发生的很多事情，卡夫卡早都写到了。

那庄子吹警笛，又有什么可奇怪的呢？有些学者批评鲁迅不会写小说，写不下去了，就开始胡编乱造了，说他艺术灵感枯竭，才会这么写，说是鲁迅也快死了，没什么灵感了，开始乱编。在我看来，这不但不是乱编，恰恰是神来之笔 —— 庄子吹警笛的这个形象，从此就留在读者的脑海里。经常，我们想到一个很高档的、很自由的、很逍遥的庄子的时候，旁边还有一个庄子吹个警笛。这两个形象在这里对比着、映照着，一个是"鲲鹏展翅九万里，翻动扶摇羊角"的那个庄子，一个是吹警笛的这个庄子。

巡士 ——（且跑且喊，）带住他！不要放！（他跑近来，是一个鲁国大汉，身材高大，制服、制帽，手执警棍，面赤无须。）据说当时上海的好多警察都是山东人。山东大汉，身材高大，性格比较耿直，所以很喜欢雇山东人当警察，鲁迅写他是鲁国人。带住他！这舅子！……

汉子 ——（又揪紧了庄子，）带住他！这舅子！……这两人是老乡。

（巡士跑到，抓住庄子的衣领，一手举起警棍来。汉子放手，微弯了身子，两手掩着小肚。）看见来人了，他还知道羞耻。

庄子 ——（托住警棍，歪着头，）这算什么？

巡士 —— 这算什么？哼！你自己还不明白？

庄子 ——（愤怒，）怎么叫了你来，你倒来抓我？

巡士 —— 什么？

庄子 —— 我吹了警笛……这巡士没搞清楚怎么回事。

巡士——你抢了人家的衣服,还自己吹警笛,这昏蛋!

我们看这个警察,他是凭着自己的眼睛所观察到的现象来判断事物,这个警察是很耿直的一个警察,一看见这个人穿着衣服,那个人没穿衣服,按理说就是庄子把人家衣服抢了。

庄子——我是过路的,见他死在这里,救了他,他倒缠住我,说我拿了他的东西了。你看看我的样子,可是抢人东西的?

本来庄子是处于不利地位,他现在怎么改变自己不利地位呢?是让对方看看他的样子:你看我的样子,我不是抢人东西的。

巡士——(收回警棍,)"知人知面不知心",谁知道。到局里去罢。

这警察还不买他的账,不肯看。

庄子——那可不成。我得赶路,见楚王去。

庄子镇住这个汉子,靠的是警察,靠的是国家机器。警察来了,警察不站在他一边,他靠什么镇住警察呢?靠楚王。在鲁迅看来,道家这样强调逍遥自由的一个学派,最后还要抬出统治者来,这才是知识分子的可悲——到了最关键的时刻,他拿出最高统治者吓人家:我是要见楚王去的。也就是说,他摆脱自己不利身份,不是通过法律,没有公正的什么法律,通过的还是比这个国家机器更高的一个国家机器的环节——楚王。这句话果然管用。

巡士——(吃惊,松手,细看了庄子的脸,)他去见楚王,可能这消息早都传播开了,漆园吏庄周要去见楚王,大家早都知道了,媒体已经报道了,所以巡士知道。那么,您是漆……说明他早就知道了。

庄子——(高兴起来,)不错!我正是漆园吏庄周。您怎么知道的?

马上情况变了,庄子提起楚王,巡士想起是漆园吏庄周。

巡士——咱们的局长这几天就常常提起您老,他的局长是庄子的粉丝,说您老要上楚国发财去了,也许从这里经过的。敝局长也是一位隐士,带便兼办一点差使,很爱读您老的文章,读《齐物论》,什么"方生方死,方死方生,方可方不可,方不可方可",真写得有劲,真是上流的文章,真好!您老还是到敝局里去歇歇罢。

形势急转直下,好了!提到楚王,大人物,提到楚王知道他是庄周;正好他们局长是庄周的粉丝,正像我说的,局长大人爱读《齐物论》,读多了,连这个小警察都背下来了,都知道什么"方生方死,方死方生,方可方不可,方不可方可",不知道说的什么,但听着很有文化,听着很有劲。

凡是劳动人民听不懂的,劳动人民认为是好文章——"就是有学问,你看都听不懂啊,读了这么多遍还没读懂,他一定是大学问家,国学大师!不像孔老师,一说话我们都懂,那肯定是没学问的。"有学问的一个标志是让劳动人民听不懂。可见这个庄子不光能见楚王,他在官场上很有人脉,很有市场。官场的人喜欢读道家文章,就和今天喜欢读佛经一样。

不管怎么样,庄子的情况改变了,而且就连警察都知道,他的文章是上流的文章。鲁迅在这里故意说到"上流的文章",还有一个背景,当时林语堂写过一篇文章,林语堂说"吾好读极上流书或极下流书"。就是人家读书不读中间的,读两种书,要么读最上流的,要么读最下流的,读这两种书。他就解释什么叫上流、什么叫下流,"上流如佛老孔孟庄生",这是上流书,就是我们说的四书五经级别的;"下流如小调童谣民歌盲词"(《烟屑(四)》)。他决不读一般知识分子写的这些文章,大学教授写的文章基本不要读,除非你要在这里混饭,你要在这圈子里混饭你就读,人生是有限的,现在印刷业这么发达,你每天都被这些垃圾纸张把青春耗费尽了。

我觉得林语堂的话脱离了时代之后是有道理的,鲁迅批评他,是那个时代他这么主张有问题,脱离了时代之后,从大的读书理论上讲,它是有道理的。人要读最上流的书,最高级的,人类的精华,要读就直接读四书五经,读这个级别的书;要么就读最下流的书,赤裸裸地来自生活本身的,劳动人民张口就说的这些东西,里边一样存在着真理。最有害的就是这些教授学者写的书,上不上下不下,装得道貌岸然,半瓶子醋的学问,互相欺骗互相抄袭。当然这里边有万分之一的可能能成为经典著作,但是你怎么辨别谁是这万分之一呢?很难找到。所以保险的方法就是,读极上流的和极下流的,最好的办法是今天读《论语》,明天读《金瓶梅》。在这里,鲁迅是讽刺,是说连他一个警察都知道庄子写的是上流文章。

可是他跟警察关系一好,那汉子惨了。

(汉子吃惊,退进蓬草丛中,蹲下去。)知道情况不妙了。

庄子——今天已经不早,我要赶路,不能耽搁了。还是回来的时候,再去拜访贵局长罢。

(庄子且说且走,爬在马上,正想加鞭,那汉子突然跳出草丛,跑上去拉住了马嚼子。这一段不知怎么演,因为刚才整个戏剧,前边并没有一匹马上场,这舞台上并没有马。我们开头说了,它是个戏剧的模式,可是这个时候说庄子爬在马上,汉子又跳出来拉住马嚼子,这马从哪儿来的呢?我们仍然把它理解为一匹虚拟的马,整个这些都是舞台虚拟动作。这些不知道鲁迅有没有想,反正这里正表现出这是篇小说化的戏剧,不是真正的剧本。巡士也追上去,拉住汉子的臂膊。)

庄子——你还缠什么?

汉子——你走了,我什么也没有,叫我怎么办?(看着巡士,)您瞧,巡士先生……

巡士——(搔着耳朵背后,)这模样,可真难办……但是,先生……我看起来,(看着庄子,)还是您老富裕一点,赏他一件衣服,给他遮遮羞……

这警察还不错,警察还想可怜一下弱势群体,确实他没衣服,警察看他这老乡挺可怜的,庄子有衣服,你赏他一件衣服。

庄子——那自然可以的,衣服本来并非我有。不过我这回要去见楚王,不穿袍子,不行,脱了小衫,光穿一件袍子,也不行……

你看知识分子一旦恢复了自己的自由之后,他就怎么说都有道理。他先说我不是不同情劳动人民,我把衣服给他本来是可以的,衣服可有可无,自己的理论不能打破;可是现在强调一个特殊的当下原因,当下是要见楚王,我外边一件袍子里边一件小衫,脱了袍子光穿一件小衫不行,不穿小衫光穿一件袍子也不行。我们前面讲《非攻》知道,墨子去见楚王的时候,公输般专门让他换了衣服,就是现实面前,衣服不是可有可无的。

所以庄子的这句话更表现出,你那个相对主义不可能不讲条件地去实现,理论上说有没有衣服都行,但现在要去见楚王,没有衣服能行吗?要见楚王没有衣服不行,这就是严峻的现实生活在拷问你的理论。

巡士——对啦,这实在少不得。(向汉子,)放手!

汉子——我要去探亲……

巡士——胡说!再麻烦,看我带你到局里去!(举起警棍,)滚开!

(汉子退走,巡士追着,一直到乱蓬里。)

这个庄子一旦有道理,警察就要向着他,要保护见楚王的人,先不管那个汉子。

庄子——再见再见。

巡士——再见再见。您老走好哪!

我们看,本来是山东人,这时候忽然说起北京话来了,警察平时说山东话，一旦要表示自己文明了，要点头哈腰了，变成北京巡警了，变成"您老走好哪"，变成这种话了。在鲁迅的笔下，方言的改换都是有意识形态色彩的。大家看晚清小说里边写的妓女，什么时候说普通话，什么时候说苏州话，对什么客人说普通话，对什么客人说苏州话，是有意识形态在里面的。

（庄子在马上打了一鞭，走动了。巡士反背着手，看他渐跑渐远，没入尘头中，这才慢慢的回转身，向原来的路上踱去。）

好像一场纠纷解决了，可是有一个人的问题还没解决。

（汉子突然从草丛中跳出来，拉住巡士的衣角。）

巡士——干吗？

汉子——我怎么办呢？

巡士——这我怎么知道。

汉子——我要去探亲……

巡士——你探去就是了。

汉子——我没有衣服呀。

巡士——没有衣服就不能探亲吗？这个巡士也开始不讲理了。

汉子——你放走了他。现在你又想溜走了，我只好找你想法子。不问你，问谁呢？你瞧，这叫我怎么活下去！

巡士——可是我告诉你：自杀是弱者的行为呀！

这个警察自从见了知识分子，跟知识分子关系好了之后，也会说混账话了，也会说知识分子的话了，什么"自杀是弱者的行为"，汉子不管他这个逻辑。

汉子——那么，你给我想法子！

巡士——（摆脱着衣角，）我没有法子想！

汉子——（绰住巡士的袖子，）那么，你带我到局里去！

做神也不必迂腐——《起死》 | 353

我们看劳动人民宁可被抓起来，宁可被关押在监狱里，监狱里毕竟有饭吃。对他们来说，坐牢不是什么倒霉的事，甚至有人愿意坐牢不出来。

巡士——（摆脱着袖子，）这怎么成。赤条条的，街上怎么走。放手！

汉子——那么，你借我一条裤子！

巡士——我只有这一条裤子，借给了你，自己不成样子了。（竭力的摆脱着，）不要胡闹！放手！

民国时期，警察也是弱势群体。老舍笔下，北京城最穷的两种人，一种是车夫，一种就是巡警。都是走投无路的年轻人，找不着好工作，只有这两个工作等着你，一个是拉车的骆驼祥子，一个就是《我这一辈子》里的臭脚巡。劳动人民认为这是很不好的工作。很多警察就因为当了警察，发一身衣服，其实他就这一身衣服，看上去是制服，冬夏就那么一身破衣服，生活很悲惨，有的时候工资还不能发下来。

汉子——（揪住巡士的颈子，）我一定要跟你去！

巡士——（窘急，）不成！

汉子——那么，我不放你走！

巡士——你要怎么样呢？

汉子——我要你带我到局里去！

巡士——这真是……带你去做什么用呢？不要捣乱了。放手！要不然……（竭力的挣扎。）

我们看这就是一个很逼真的场面。矛盾是越来越加深的，不是一开始矛盾就深，如果能和平解决，警察也希望和平解决，可是人民现实问题解决不了，他不可能放手。你认为是小事，对于群众来说是天大的事，此时，他的东西没了，衣服没了，就是天大的事。

汉子——（揪得更紧，）要不然，我不能探亲，也不能做人了。二斤南枣，斤半白糖……你放走了他，我和你拼命……

他说的这些其实是他的全部家当，他的全部生活都没有了。我们看就那点儿破东西值几个钱啊？衣服、小枣、白糖，有什么东西啊？但是在他看来，没有这些和死了差不多，所以他宁肯到局里去。最后，我们看怎么办呢？

巡士——（挣扎着，）不要捣乱了！放手！要不然……要不然……（说着，一面摸出警笛，狂吹起来。）

小说结束，小说结束在狂吹警笛中。

一个很有法力的知识分子，不知出于什么原因，把一个劳动人民救活了，可是救活了之后问题来了，他并不能解决劳动人民的生活问题。他救活他，本来是为了给自己解闷，没想到救活了之后，如此的麻烦，他自己的闷没有解成，为了摆脱这个麻烦，暴露了自己的本质，暴露了自己很不光彩的一面，暴露了自己跟国家权力之间的勾结，最后侥幸脱身。

可是，这个劳动人民活过来和死了有什么区别呢？对于劳动人民来说，活着死了是一样的，没有衣服了，没有东西了，没有办法活下去，不还是死吗？所以他宁肯一死——你找司命来让我死；不让我死，我到局里去。局里也不愿意养活他，局里养这么一个人干吗啊，还得给他饭，也就是这个问题没有办法收场。小说以救命开始，竟然是以警笛收场，所以小说叫"起死"，但是并没有"回生"。这是鲁迅小说里非常辛辣的一篇，因为他讽刺得太尖锐。

从这篇小说中，我们看到鲁迅对道家的另一种态度。在我刚才提过的《出关》那篇小说里，鲁迅好像对老子有更多的同情，虽然也写了老子比较滑头，老谋深算的一面。但是在跟孔子的对比中，他好像是说，孔子是走上层路线的，孔子是要奔走于权贵之门来实现自己理想的；老子还是有自己的孤独，不被人所理解。所以老子要出关，还被勒索一刀，人家非得让他写一写自己的经历，本来以为他写的是自己的恋爱经历，没想到写的是《道德经》，写了五千言，写了"道可道，非常道"。写完了之后，人家很失望，他还是一个孤独的圣贤，很像我们学的《非攻》，墨翟最后感冒了，鼻子塞了十多天。可是，到了《起死》中，鲁迅对庄周的批评，明显是比较刻薄的。

当然，这不是历史上真实的庄子，也不能代表鲁迅对道家思想、对《齐物论》的整体性的批判。正像五四运动对中国传统文化糟粕的批判一样，五四运动并没造成中国传统文化之断裂，并不是反对孔孟老庄思想的精华，五四运动反对的是什么东西？主要反对的是伪传统文化，批判的是造假的东西，或者是把传统文化的精华推到极端的一面。我们原原本本地读《齐物论》的原文，会觉得它很有道理、很深刻、很启迪人。大学本科的时候，我们宿舍的同学，读《老子》《庄子》都非常佩服，我们读《老子》《庄子》的时候，同时还在上着有关黑格尔、康德的课，那都太简单了，我们古代一定早就经过康德那个阶段，才能产生老庄，最后能用这么少的话把宇宙道理讲清楚，也就是说，它本身的哲学意义自成一个伟大的系统。

可是当这些东西一旦被世俗化，被直接用到生活中，就会产生种种实用性的滑头哲学。这个滑头哲学——"此亦一是非，彼亦一是非"，固然是在流传过程中产生的变异，但是有时候我们从哲学的角度去想一想，它是不是也能从原文中推导出来？也就是说，老庄哲学本来就很丰富，它本来就可以高尚可以庸俗，本来就可以推导出这些实用的一面来。表面看起来，老子这套东西很柔弱，好像很消极，我上学的时候，学的是《老子》是一种消极哲学。可是我们自己读了《老子》之后，觉得很不消极,觉得《老子》这东西很有力量,或者我们说得直接一点,很阴险。

兵家可以直接从道家中转化出来。为什么我们中国的战争艺术这么发达,就和道家有关系。我们知道为了进,就先要退,退了之后,才能更大地进,把拳头收回来打出去才更有力量。所以,这是中国战争艺术发达的一个原因。

我们看一看伟大的毛泽东军事思想,里面充满了道家精神,包括最简单的游击战十六字诀:"敌进我退,敌驻我扰,敌疲我打,敌退我追。"[1]这不全是道家思想吗,这不就是太极拳吗,这就是两个人的太极推手。也就是看上去最无用的东西,里面本来就包含着最实用的东西,可这最实用难免有人把它变成滑头哲学,一旦完全用来谋私利,而且众人趋之若鹜,它就可能成为社会一个坏的主流。

鲁迅自己是做过官的,那个时候官没有今天多,他在教育部做佥事,大概换算到今天相当于局级干部。一个教育部的局级领导,对官场一定观察得很细致,他把民间和官场打通了,所以他能够看到实际上人们信奉的那些儒家的东西、道家的东西是个什么面目。这些人其实很少去读原著,像这个局长还读读《齐物论》,"方生方死,方死方生"的,大多数人读的都是二传的、再传的东西。比如很多人喜欢读南怀瑾,我说南怀瑾也不错,可是你既然喜欢读南怀瑾,为什么不去读南怀瑾推荐的四书五经本身呢?南怀瑾不也是读了四书五经吗?我就很奇怪这些人不读四书五经,要读南怀瑾;不去读佛经,要去读什么星云法师,这个云那个星的,去读这些东西,读它干吗啊?你为什么不直接读经呢?宁肯每个星期去教堂听牧师说,为什么自己不好好读读《圣经》呢?你要

---

[1] 《毛泽东军事箴言:全2册 上》,中共中央文献研究室第一编研部编著,辽宁人民出版社,2018年,第226页。

真喜欢基督教,你自己背二十首赞美诗呗,那不比什么都强吗!你为什么要听那个本来学问不大的牧师的布道呢?所以,这些二传的再传的学问,在传的过程中才产生了毒素,它危害着社会。

鲁迅在20世纪30年代写这些小说,是有一个全面的回顾和审视中国传统文化的心思在这里。今天也仍然是一样,把传统文化认识清楚了,知道什么是传统文化,知道今天要继承哪些传统文化,我们才能更好地找到未来的方向。

这几天,全国有很多人民要纪念毛泽东的诞辰。我在一个讲话中说,毛泽东思想也需要像传统文化一样,要好好清理。那些热爱毛主席的人,不要把他当成一个神盲目崇拜,先把毛泽东当成一个普通的农家孩子。一百二十一年前,湖南韶山冲诞生一个普通的小孩,乳名叫石三伢子。这个孩子长到七岁的时候,有一个叫梁启超的人写了《少年中国说》,写《少年中国说》的这个人,不知道有一个七岁的孩子要实现他的这个少年中国说。他靠什么实现?他不是天上掉下来的耶稣基督,他靠的是传统文化。这个孩子打通了孔孟老庄,加入了马恩列斯,最后形成了一套他自己的独门武功,把一个四分五裂满目疮痍的国家变成这样。

据有的经济学家说,到今年年底,中国经济规模已经超过美国,成为世界第一大经济体,至少是跟美国差不多了。但是,我们能说自己是个强国吗?当然不能。我们跟美国的差距大多了,批判美国霸权主义是一方面,我们自己的差距明显摆在这里是一方面,我们自己有什么病我们自己知道。美国国家有一个好处,它没有传统文化可继承,它轻轻松松往前走,想打谁打谁,它就是这个跳起来的汉子,你说,你死了五百多年了。他说,胡说!他才不信你这套鬼话呢。正因为我们中国背的东西太多,听见鹿台,想起商纣王,所以他不如美国人,美国人听见啥都不懂,就知道杀人放火。杀人放火是不对的,但是它做什么事有力量,它充满血性。

所以如何在现实生活和传统文化之间找到我们今天要读的那本经，这是鲁迅要考虑的问题，也是我们今天要考虑的问题。

今天的《起死》我们就讲到这里，光"起死"不行，所以最后我们要"补天"。

好，下课。

——2014年北大鲁迅小说研究课第十四课

2014年12月24日

附：

《故事新编》序言

这一本很小的集子,从开手写起到编成,经过的日子却可以算得很长久了:足足有十三年。

第一篇《补天》——原先题作《不周山》——还是一九二二年的冬天写成的。那时的意见,是想从古代和现代都采取题材,来做短篇小说,《不周山》便是取了"女娲炼石补天"的神话,动手试作的第一篇。首先,是很认真的,虽然也不过取了弗罗特说,来解释创造——人和文学的——的缘起。不记得怎么一来,中途停了笔,去看日报了,不幸正看见了谁——现在忘记了名字——的对于汪静之君的《蕙的风》的批评,他说要含泪哀求,请青年不要再写这样的文字。这可怜的阴险使我感到滑稽,当再写小说时,就无论如何,止不住有一个古衣冠的小丈夫,在女娲的两腿之间出现了。这就是从认真陷入了油滑的开端。油滑是创作的大敌,我对于自己很不满。

我决计不再写这样的小说,当编印《呐喊》时,便将它附在卷末,算是一个开始,也就是一个收场。

这时我们的批评家成仿吾先生正在创造社门口的"灵魂的冒险"的旗子底下抡板斧。他以"庸俗"的罪名,几斧砍杀了《呐喊》,只推《不周山》为佳作,——自然也仍有不好的地方。坦白的说罢,这就是使我不但不能心服,而且还轻视了这位勇士的原因。我是不薄"庸俗",也自甘"庸俗"的;对于历史小说,则以为博考文献,言必有据者,纵使有人讥为"教授小说",其实是很难组织之作,至于只取一点因由,随意点染,铺成一篇,倒无需怎样的手腕;况且"如鱼饮水,冷暖自知",用庸俗的话来说,就是"自家有病自家知"罢:《不周山》的后半是很草率的,决不能称为佳作。倘使读者相信了这冒险家的话,一定自误,而我也成了误人,于是当《呐喊》印行第二版时,即将这一篇删除;向这位"魂灵"回敬了当头一棒——我的集子里,只剩着"庸俗"在跋扈了。

直到一九二六年的秋天,一个人住在厦门的石屋里,对着大海,翻着古书,四近无生人气,心里空空洞洞。而北京的未名社,却不绝的来信,催促杂志的文章。这时我不愿意想到目前;于是回忆在心里出土了,写了十篇《朝华夕拾》;并且仍旧拾取古代的传说之类,预备足成八则《故事新编》。但刚写了《奔月》和《铸剑》——发表的那时题为《眉间尺》,——我便奔向广州,这事就又完全搁起了。后来虽然偶尔得到一点题材,作一段速写,却一向不加整理。

现在才总算编成了一本书。其中也还是速写居多,不足称为"文学概论"之所谓小说。叙事有时也有一点旧书上的根据,有时却不过信口开河。而且因为自己的对于古人,不及对于今人的诚敬,所以仍不免时有油滑之处。过了十三年,依然并无长进,看起来真也是"无非《不周山》之流";不过并没有将古人写得更死,却也许暂时还有存在的余地的罢。

一九三五年十二月二十六日,鲁迅。

致谢

本书经东博书院书友会、月刊编辑部整理校对,我们对此深表感谢!